COLÔNIA
A OUTRA FACE DE ADÃO
CAPELLA

PEDRO DE CAMPOS

por instruções do espírito
YEHOSHUA BEN NUN

LÚMEN
EDITORIAL

COLÔNIA CAPELLA
ESPÍRITO YEHOSHUA BEN NUN
PSICOGRAFIA DE PEDRO DE CAMPOS
COPYRIGHT @ 2002 BY
LÚMEN EDITORIAL LTDA.

8ª EDIÇÃO — ABRIL DE 2009

Direção editorial: *Celso Maiellari*
Revisão: *Adriane Gozzo*
Diagramação e capa: *SGuerra Design*
Impressão e acabamento: *Gráfica Orgrafic*

Dados Internacionais de Catalogação na Publicação (CIP)
(Câmara Brasileira do Livro, SP, Brasil)

Yehoshua ben Nun (Espírito).
Colônia Capella : a outra face de Adão / instruções de Yehoshua ben Nun : (psicografada por) Pedro de Campos -- São Paulo : Lúmen, 2002.

1. Bíblia e espiritismo 2. Bíblia e evolução 3. Espiritismo 4. Evolução - Espiritismo 5. Psicografia I. Campos, Pedro de. II. Título.

02.4827   CDD-133.901

Índices para catálogo sistemático:

1. Evolucionismo espiritual : Doutrina espírita   133.901

Rua Javari, 668
São Paulo — SP
CEP 03112-100
Tel./Fax: (0xx11) 3207-1353

visite nosso site: www.lumeneditorial.com.br
fale com a Lúmen: atendimento@lumeneditorial.com.br
departamento de vendas: comercial@lumeneditorial.com.br
contato editorial: editorial@lumeneditorial.com.br

Para **Arcílio** e **Ana**,
os responsáveis pela vida,
pelo trabalho e orientação do espírito;

para **Maria Dalcira Garcia**,
pela nossa juventude, namoro, casamento, filhos,
por sua personificação da bondade;

para minha filha **Daniela de Campos**,
pelas apresentações de dança e alegria interior,
pela dedicação, fé e otimismo;

para meus filhos **Fábio** e **Rafael**,
pelas partidas de futebol e competições de natação,
pela contemplação dos céus nas "pipas" ganhas e perdidas,
pelos sons de violão, pelos videogames e muito mais...

para minhas irmãs **Cida** e **Eliane**,
por nossa feliz convivência na infância,
pelas festas, pelos maravilhosos sobrinhos e sobrinhas;

aos demais **parentes** e **amigos**,
pelas praias, pelas horas de bate-papo,
em tudo que vivemos eu verdadeiramente aprendi;

aos **Espíritos,**
que destas terras já partiram e aqui foram
pais, mães, irmãos, parentes e amigos – eu vos saúdo!
Ainda estaremos juntos em muitas escaladas da evolução.

ÍNDICE

Nota do autor

Uma pessoa muito querida, antes da primeira edição deste livro, fazendo um elogio, disse-me: *"Colônia Capella é um verdadeiro tratado de antropologia à luz da Doutrina Espírita"*. Confesso que fiquei enaltecido com essa opinião, mas não convicto dela, porque eu estava tendo muita dificuldade para achar um editor. Consolava-me o comentário feito, pois partira de pessoa com capacidade mediúnica reconhecida, cujos momentos de convívio me trazem saudade; era um exemplo de dedicação e amor ao próximo. Eu, entretanto, tinha sérias dúvidas quanto ao elogio, não sem motivo.

Embora eu procurasse, não conseguia achar um editor. Então, com muita dificuldade imprimi pelo computador meia dúzia de cópias dos originais, encadernei e mandei para pessoas influentes. Depois, convidei algumas para prefaciar aquilo que seria o meu primeiro livro. As personalidades contatadas e alguns editores foram todos muito polidos em suas respostas, sempre enaltecendo o trabalho, mas nenhum se dispôs a fazer o serviço. Quanto a mim, eu não era nada conhecido e achava que as portas apenas se me abririam com alguma boa referência. Devo confessar: estava enganado.

O livro acabou saindo sem Prefácio, porque após receber os originais a Lúmen Editorial de imediato chamou-me e colocou mãos à obra. Mas se engana quem pensa que fiquei magoado. Hoje, alguns daqueles são meus amigos. Apenas relato o episódio como curiosidade, talvez possa servir de incentivo a outros. A primeira edição deste livro saiu no final de 2002. E o público se encarregou de consagrá-lo.

Agora, sete anos depois, por ocasião da reforma ortográfica de 2009, os editores Celso Maiellari e Ricardo Carrijo deram-me a honra de publicar a oitava edição. Pediram-me para revisar a obra, ampliá-la em alguns pontos, fazer eventuais ajustes, tanto no meu ponto de vista quanto no do autor espiritual, considerando, inclusive, a opinião dos leitores, responsáveis que são pelo sucesso do livro.

Desde a primeira edição as cartas que recebi foram muitas. Curiosamente, talvez pela amplitude dos temas abordados no livro, elas não tiveram concentração num determinado capítulo ou tema, mas variaram. Nesta revisão, procurei atendê-las no possível. Melhorias na linguagem para mostrar o assunto também foram realizadas, sem alterar a intimidade do pensamento original. Uma ou outra supressão foi necessária para incrementar ainda mais o tema, seguindo por caminhos alternativos, até aportar ao objetivo final: ter na Terra uma humanidade consciente de si, que saiba de onde veio, por que está aqui e para onde vai. Também esclareci algumas dúvidas de ordem científica sobre Capella e seu sistema. As questões de ordem espiritual foram relatadas conforme instruções do espírito mentor durante a revisão.

O desenvolvimento com maior fluidez deu à obra mais qualidade, sem perda de seu conteúdo doutrinário original, e proporcionou leitura mais direta. Espero que goste.

Pedro de Campos

Introdução

O assunto que tratamos neste livro está distante de ser comum. Por essa razão, é preciso de início dar algumas explicações sobre o tema nele abordado, a título de elucidar a questão, antes de fazermos considerações mais profundas.

A palavra evolução pode ser definida como sendo um acontecimento progressivo de uma ideia, ocorrência ou ação. Ela expressa um movimento de avanço em que a substância passa de uma posição a outra mais elevada. Define, também, a transformação de um elemento em outro mais complexo, em que o novo torna-se sempre mais diferenciado do original.

Entretanto, em 1857, Hebert Spencer e – dois anos depois, em 1859 – Charles Darwin utilizaram a palavra evolução para definir um avanço progressivo da vida. Em decorrência disso, surgiu o termo evolucionismo, expressando uma doutrina científica denominada Teoria Evolucionista.

Darwin, nos estudos e viagens realizadas pelo mundo, reuniu uma série de argumentos e evidências contundentes, sugerindo que as espécies vivas geram outras espécies, num processo constante de transformação e progresso.

Embora fosse rejeitada de início, a Teoria ganhou enorme impulso com a adesão de notáveis cientistas da época. Foram achados fósseis da espécie humana remontando a milhares de milênios. Houve a comprovação científica de que o homem era produto de um evolucionismo milenar, não um ser colocado pronto na Terra, como fora ensinado na Bíblia. Essa divulgação criou enorme polêmica, pois invalidava parte das Escrituras Sagradas, as quais eram tidas como verdades inquestionáveis.

O tempo e as novas descobertas encarregaram-se de demonstrar que Darwin estava certo, a ponto de hoje, em quase toda parte, a Teoria ser aceita e estudada não somente nas universidades, mas nas escolas primárias, por crianças no início da formação, dada sua importância para entendimento da origem do homem em nosso planeta.

Com o passar do tempo, o grande inconveniente que a Teoria trouxe foi ter retirado a figura de Deus do cenário da criação, colocando em xeque todas as religiões criacionistas. Ela considerou que a natureza, o surgimento da vida e o desenvolvimento das espécies foram produtos de um evolucionismo ocasional, em que a inteligência Divina não atua. A Teoria fez o materialismo erguer-se com força poderosa, enquanto as religiões desabaram por terra.

Embora as religiões tivessem relutado no passado para aceitar a Teoria, hoje, de modo geral, diante de inúmeras evidências denotando sua exatidão quanto a certos fatos, as religiões viram-se obrigadas a aceitá-la, porém o fazem com graves restrições. O centro de discordância agora é a negação da existência de Deus, por parte da Teoria. As discordâncias iniciais relativas à criação do mundo estão agora em segundo plano, passaram a ser aceitas com menos relutância, pois se considerou que tudo estava sendo interpretado muito ao pé da letra, quando deveria ser entendido o sentido figurado da Escritura Sagrada. Mas isso resolveu apenas parcialmente o problema. A existência de Deus ainda continua em xeque.

Querendo evitar o descrédito popular, os religiosos têm tido grande desconforto para explicar as suas contradições.

Chegam a pisar em terreno movediço e afundam ao não encontrar um ponto de apoio racional, para elucidar as questões religiosas colocadas em xeque. Não convencem ao explicar como a alma, entidade imaterial, que dizem ser criada no instante do nascimento, une-se ao corpo físico, indivíduo de outra natureza, e comanda suas ações. Tampouco convencem ao explicar a lógica de a alma não evolucionar na Terra como todos os seres vivos, ficando estacionária no saber obtido apenas em uma única encarnação; portanto, não evolui.

Entre uma posição e outra, em que uma nega a existência de Deus, explicando o fato com argumentos científicos ainda insuficientes, e a outra afirma sua existência, mas não arreda pé de suas interpretações religiosas incapazes de convencer o raciocínio lógico, seria natural indagarmos como, afinal, entender essa questão conciliando uma e outra parte, pois nenhuma das duas convence.

Caro leitor, a resposta a essa indagação já foi feita. Se retornarmos ao tempo em que o evolucionismo foi publicado, dois anos antes, em 1857, Allan Kardec demonstrou, utilizando-se de meios científicos registrados na Introdução de *O Livro dos Espíritos*, que aquilo que as religiões criacionistas chamam de espírito é, na verdade, um ser inteligente extrafísico, com o qual é possível comunicar-se. Demonstrou tal fato realizando centenas de comunicações, as quais foram registradas devidamente a partir de 1854, para depois consolidá-las em um corpo doutrinário completo, ao qual deu o nome de Espiritismo ou Doutrina Espírita.

Como decorrência das investigações, os espíritos superiores comunicaram a Kardec que "tudo na natureza se encadeia", que "o princípio inteligente se elabora" por evolução e, em seguida, "sofre uma transformação e se torna espírito humano". Comunicaram que tudo na natureza tem "pontos de contato", mas "que o homem não pode compreender" ainda [ano de 1857], mas sim em outro estágio de sua evolução. Com fortes evidências racionais, deixaram claro que o espírito humano é um ser evolucionado e a causa do fenômeno, não a causa primária de tudo como é Deus; portanto, depreende-se que é passível de estudos e observações práticas, embora a ciência empregada possa ser outra, diferente da atual.

Do mesmo modo, Kardec registrou que o espírito, no início, é apenas um princípio intelectual, um elemento inteligente singelo que se irradia na matéria e nela evoluciona, animando as espécies e progredindo com elas por meio de múltiplos renascimentos até chegar ao grau humano, como nos outros, além da Terra. Comprovou de modo prático que o espírito quando desencarnado pode comunicar-se com o homem de diversas maneiras, as quais devem ser estudadas para a necessária compreensão.

Entretanto, a questão evolutiva do espírito, episódio integrante da Doutrina Espírita, que, particularmente, denominamos Teoria Evolucionista Espiritual, teria de ser retomada nos tempos seguintes, para novos desenvolvimentos. No tempo de Kardec, as atenções científicas estavam todas voltadas para o evolucionismo de Darwin. Se o fato concreto era difícil de ser aceito pela mentalidade humana da época, o que se falar, então, de algo impalpável como o aspecto espiritual da evolução? O assunto teria de ser retomado, numa época de mentalidade mais propícia, para ser desenvolvido.

De fato, houve essa retomada. Em 1958, o espírito André Luiz, na obra *Evolução em Dois Mundos*, psicografada por Francisco Cândido Xavier e Waldo Vieira, desenvolveu magnificamente o evolucionismo espiritual, alvo inicial de Kardec que se estendeu até seu último livro, *A Gênese*, lançado em 1868. Outros autores também retomaram o tema, enfocando novos aspectos com belíssimos trabalhos, tendo cada qual contribuído para o entendimento evolutivo.

Caro leitor, em decorrência de nossos estudos de Doutrina Espírita e valendo-nos da assistência do mentor espiritual, vamos resumir aqui, com duas maneiras diferentes de expressão, um mesmo pensamento: o processo evolutivo pelo qual passa a consciência extrafísica, àquilo que chamamos espírito.

Numa primeira forma de expressão, observamos que, de início, atua na matéria uma energia responsável pela coordenação dos movimentos atômicos, a qual proporciona à massa a estabilidade que ela tem e lhe dá capacidade para compor novos arranjos e formar outras substâncias. Também observamos que por meio de um processo de encadeamento perfeito, o qual está ainda fora do alcance científico humano, a inserção de um novo componente na matéria inorgânica faz desabrochar a matéria orgânica. Neste organismo que aflora, há uma potência inteligente, autoexpansiva, organizando o surgimento da vida e fazendo-a expandir dentro dos reinos inferiores, até atingir o seu limite máximo. Ao assentar-se ali, no ponto culminante de cada reino, abre-se ao organismo um imenso portal de conexão por onde a consciência passa sofrendo profundas alterações na esfera extrafísica. Embora tal fato esteja distante da percepção concreta da ciência, não obstante isso o curso da vida prossegue e de concreto assoma a bioforma orgânica animal. A este ponto de avanço, o pensamento que nos orienta aponta para a atuação de um intelecto já em franco percurso, mas agora se fazendo presente de forma inequívoca no organismo animal em construção. Trata-se de um ser extrafísico que antecede a matéria e a ela sobrevive, chamado "princípio espiritual". É insipiente de início, mas com potencial para expandir-se. Por isso, progride sem cessar, passando de uma espécie animal a outra, obedecendo, sempre, para progredir, um processo de renascimento constante até chegar ao estágio humano.

Numa segunda forma de expressão, em outras palavras para mostrar o mesmo raciocínio fundamental, percebe-se, além da matéria concreta, facilmente observada no universo, que por toda a imensidão do cosmos há uma consciência soberana permeando tudo. Essa consciência governa os movimentos e infiltra-se nas íntimas estruturas da matéria, dando a ela características que não podem ser captadas pela vista humana, mas podem ser notadas em razão de seu efeito. Essa consciência se faz presente tanto na matéria inorgânica – ao vivificá-la – quanto na orgânica – ao evolucioná-la –, pois ambas estão submetidas a ela. Em cada edifício material há um grau de consciência se fazendo presente, mas somente é visto em seu efeito. Na matéria primaz, através do fluido cósmico universal, essa consciência espraiada se apresenta para registrar a ordenação imperceptível de cada átomo. Contudo, na medida em que os átomos se juntam em milhões, aproximando-se ao evento de eclosão da vida, o fluido primitivo deriva de si mesmo um princípio vital, sob o comando dessa consciência imperceptível, e culmina por organizar a vida no singelo reino das moneras. Mas é somente na célula animal que o princípio inteligente pode ser percebido com mais nitidez, ocasião em que as sensações corpóreas se fazem presentes com reações inequívocas de sua existência. Um efeito crescente de consciência se faz sentir na medida em que se sai de um reino da natureza e adentra-se noutro mais evoluído. Entretanto, a notoriedade maior dessa consciência faz sentir-se quando surge o cérebro no corpo físico do animal já mais desenvolvido. Nesta condição, dir-se-ia que o princípio espiritual incorpora-se definitivamente na matéria, muito embora ele já estivesse ligado a ela desde o início. O princípio espiritual prossegue sua jornada evolvendo de espécie a espécie no mundo animal, até constituir o organismo humano, a máxima expressão do espírito na vida física da Terra. Assim, avulta, pouco a pouco, o espírito humano, autoelaborando-se e, por consequência, formando seu aparato físico para progredir irradiado na matéria.

Caro leitor, é principalmente da fase inicial humana que nos ocuparemos nesta obra, estudando a evolução espiritual de maneira paralela à biológica, examinando o passado pré-histórico do homem, seu pensamento relativo ao sobrenatural e o evolver de sua religiosidade. Vamos examinar a ascensão gradual da cultura até o surgimento das grandes civilizações antigas, pois tudo isso é reflexo da evolução do espírito.

A marcha evolutiva é ampla e diversificada. As moradas no cosmos são muitas. Portanto, é preciso destacar que em razão da própria natureza do espírito, ele não está restrito à permanência em apenas um orbe para realizar sua jornada de progresso, mas evoluciona renascendo em vários mundos do infinito, expandindo sua memória e adquirindo cultura em todos os estádios em que se assenta. Por esta razão, sob o comando dos espíritos superiores, pode migrar de um orbe a outro do cosmos, quando isso se faz necessário à sua evolução.

Quanto a essa migração espiritual, desde há muito ela nos tem despertado a atenção para o devido estudo. Em especial o caso daqueles espíritos que para a Terra vieram com a missão de promover o evolucionismo humano. Conforme o registro da Doutrina Espírita, no sistema da estrela Capella há uma esfera vibratória que guarda semelhança com a Terra. No passado pré-histórico, os espíritos de lá vieram para cá e se estabeleceram aqui com o propósito de ajudar a promover o desenvolvimento da humanidade.

A *Colônia Capella* que aqui se estabeleceu constitui feito mencionado nos registros da espiritualidade maior. E merece de nossa parte o devido estudo, no sentido de entendermos aquela ocorrência espiritual num amplo aspecto, inclusive em seu efeito antropológico, pois fora responsável por grandes acontecimentos evolucionistas no passado. De modo comparativo, esse estudo nos ajudaria a entender o porquê das várias fases de transformação corporal do homem, e também como o tipo primitivo, então existente na Terra, culminou por gerar o homem atual ou *Homo sapiens*, como preferem alguns, dando amplas possibilidades de evolução ao espírito. Essa *outra face de Adão* precisa ser conhecida e estudada. Vamos tratar dela também neste livro.

Logo em seu início, vamos mostrar lances relativos a essa colônia de espíritos, época Paleolítica que as Escrituras Sagradas chamaram de sexto dia, onde teria surgido na Terra o primeiro homem com as nossas feições. Em seguida, mais à frente, após outros desenvolvimentos da evolução espiritual, vamos examinar detidamente a vinda desses hóspedes vindos de Capella e o avanço cultural que deram à humanidade.

Não se trata de um livro com argumentos devocionais, mas sim de uma exposição de fatos com conotações científicas, onde as reflexões filosóficas e religiosas visam conduzir a razão a encontrar, na vida humana, o espírito que a forma e, na ciência, as evidências sutis da existência dessa espiritualidade.

Para realizar este trabalho tivemos de fazer ampla pesquisa da pré-história humana e de literaturas científicas versadas em biologia, antropologia, evolucionismo e outras, com o objetivo específico de argumentar em cima de fatos aceitos como parte integrante do passado do homem[1]. Nessas leituras, procuramos selecionar as melhores ideias, aquelas que estavam mais próximas da Teoria Evolucionista do Espírito, para desenvolvê-las e mostrar a verdade espiritual dos fatos. Esta foi a melhor maneira que encontramos para tornar a questão imaterial mais palpável, embora esta afirmação possa parecer um paradoxo.

Neste trabalho, era preciso datar os acontecimentos como forma de localizá-los no tempo e assim concretizar melhor a ideia. A datação realizada procurou ser, embora com alguma

---

1   É o estudo que capacita os médiuns a receber mais facilmente a inspiração para realizar as tarefas a que os espíritos se propõem. (Yehoshua)

perda de exatidão na ótica espiritual, a mais "aceita" cientificamente no que concerne à investigação da pré-história humana,
não obstante as grandes lacunas ainda existentes para elucidar
fatos importantes. Há de considerar-se, na medida em que os
tempos pré-históricos se aproximam do início da civilização,
que mil anos podem fazer alguma diferença no argumento
apresentado; entretanto, quando se trata de afastarmo-nos em
direção à obscuridade das Eras remotas, um milhão de anos
quase nada significa para localizar um fato, e a complacência
dos estudiosos quanto a essa dificuldade é concedida naturalmente. Portanto, eventuais diferenças na datação não devem
constituir impedimento que invalide os argumentos apresentados, pois a importância maior está no fato, não na data em si.

Ao falarmos de Teoria Evolucionista Espiritual, com foco
de visão na Terra pré-histórica, cabe ressaltar que, ao espírita
estudioso, tal evolução é fato definitivamente aceito. Ao intro-
duzirmos no contexto a palavra Teoria, a qual dá ideia de hipótese, algo que ainda não é certo e precisa ser demonstrado, não
é que duvidamos do fato em si, mas sim que pode ter outros
desenvolvimentos em suas linhas mais íntimas. Em face de sua
complexidade, de como é elaborada e se transforma a consciência espiritual, encadeando-se ordenadamente na natureza ao
"encarnar" em outros elementos, é explicação perfeitamente
passível de novas abordagens. Mas, quanto ao fato de existir a
evolução espiritual, nisso não colocamos a menor dúvida.

Por outro lado, o evolucionismo biológico tem sido constante desde o início dos tempos. A ciência atesta que, desde
quando surgiu a vida na Terra, há cerca de 3,5 bilhões de anos,
um elemento inteligente está em progresso incessante. Formou
os vários tipos de vida e fez emergir as várias espécies. Mas somente há 65 milhões de anos vamos notar o mamífero primitivo
transformar-se em primata. A evolução segue o seu curso, e o
primata transforma-se em antropoide; o antropoide, em hominí-

deo; o hominídeo, em proto-humano mais elaborado; e este, recentemente, em homem moderno. O fato é que a vida prosperou. E o elemento inteligente foi junto. O espírito é esse elemento inteligente. Seus estágios iniciais de progresso devem ser estudados, assim como é estudada a evolução biológica das espécies. A esse amplo aspecto da evolução espiritual é que damos o título de Teoria. É teoria porque não se trata de um dogma doutrinário. Não se trata de fazer o argumento como um postulado que nunca se demonstra. Trata-se de refletir sobre os argumentos apresentados, observar a lógica de raciocínio, debater o assunto para ampla concordância e obter a confirmação dos espíritos através de vários médiuns confiáveis. Antes disso, a palavra Teoria não poderá ser extraída do título. Quanto ao aspecto científico da questão, é a própria ciência que, com seus meios cada vez mais modernos, deverá testá-la para encontrar o espírito; caso contrário, a ciência ainda avançará, mas sempre de modo insuficiente.

Para escrever este livro tivemos a assistência decisiva do mentor espiritual que se encarregou de nos facilitar o trabalho de pesquisa, ajudando-nos a encontrar rapidamente a literatura de estudo e intuindo-nos na redação da obra e no ordenamento dos assuntos.

Cabe ressaltar aqui que, embora a ideia de escrevermos este livro já viesse de longe, foi somente em janeiro do ano 2000 que recebemos a comunicação de que o trabalho deveria ser iniciado e teríamos colaboração espiritual para executá-lo.

Iniciamos a tarefa. Em princípio, a entidade espiritual que nos intuía, quando solicitada a identificar-se, informava sempre que se tratava de um espírito amigo e muito antigo. "Sou muito antigo", dizia. Esta forma de identificação, diante da nossa curiosidade, persistiu até após a metade do livro, quando tivemos de escrever sobre o antigo Egito.

Em setembro do mesmo ano, o mentor comunicou-nos, através da médium Ana de Campos, que seu nome era Josué e sua trajetória na Terra, durante a última encarnação em que aqui estivera, estava registrada nas páginas da Bíblia, a qual nós deveríamos ler se quiséssemos conhecer a sua história. Informou-nos que naquela vida houvera tido um retardo de 14 anos em sua missão[2], motivo pelo qual agora, em espírito, retornava à Terra Santa para continuá-la. Estaria certo tempo conosco, ajudando-nos na tarefa de escrever este livro, pois o assunto nele tratado fora motivo de suas preocupações naquelas épocas distantes e enigmáticas de sua vida, em que também estivéramos presentes. Para desempenhar parte de sua missão, faria incursões constantes às abençoadas terras do Brasil, o tempo que fosse necessário para realização completa do trabalho.

Yehoshua ben Nun, da tribo de Efraim, nasceu na cidade de Ramsés, situada na Antiguidade a leste do delta do Nilo, no Egito, ou Mizrahim, como era chamada a região naqueles tempos. Hoje, a antiga cidade é um aglomerado de pedras e ruínas que se perdem à beira do deserto, quase irreconhecíveis ao espírito que ali habitou.

A grandeza da metrópole que fora no passado está irremediavelmente perdida. Construída em regime de servidão pelos habiru, como eram chamados os hebreus pelos homens do Faraó, fora uma cidade importante na rota do comércio, um local por onde passavam as caravanas vindas de Canaã, após cruzarem a extensa faixa de Gaza. Vamos, caro leitor, observar rapidamente alguns lances dessas épocas recuadas no tempo.

---

2 O espírito apresenta-se na forma de um respeitável ancião, com barba e cabelos longos branquíssimos, vestido com túnica comprida na cor marrom-clara, cinto e sandálias antigas. Tem feição calma e suave. Nos círculos espirituais, trabalha para haver paz entre os homens, notadamente no Oriente Médio. (Nota da médium)

Corria a 19ª dinastia que pontificava Ramsés II já na segunda metade de seu longo governo como Faraó do Egito, quando nas cercanias da grande cidade que o monarca fizera reconstruir e na qual colocara seu próprio nome para ser lembrado, nasceu, numa casa à beira do Nilo, Oseias, filho de Nun[3].

O pai, inicialmente pescador e construtor de barcos, depois fora chefe de Armada. O avô, Elishama ben Amihud, era vigoroso comandante militar no Egito. Sua família pertencia à tribo de Efraim, cujos primeiros antepassados provinham de José, o escravo hebreu, filho de Jacó, que se tornara importante vizir no Egito na época dos Faraós estrangeiros (hicsos), após ter sido vendido com a participação de seus irmãos aos mercadores nômades ismaelitas.

Contudo, à época em que nos reportamos esses tempos já andavam longe. A família de Akhenaton, o Faraó tido como herege, já havia retornado ao poder e fizera dos hebreus um povo escravo, exceto os israelitas pertencentes às tribos de Efraim e Manassés, que descendiam diretamente de José, o afamado vizir vidente, ainda respeitado pelos antigos sacerdotes e pelo povo.

Por aquelas épocas, quase todas as tribos de Israel viviam em regime de servidão. Mas em alguns agrupamentos havia liberdade relativa e era possível usufruir de benefícios. Assim, certos hebreus tiveram oportunidade de instrução em casas egípcias de ensino, nas quais, naqueles tempos, atuavam preceptores públicos de grande sabedoria. Oseias, como era chamado Josué na infância, não fora escravo por pertencer à tribo de Efraim. Por essa razão, recebera ampla instrução.

Embora nascido no Egito, seus pais eram hebreus. Jovem de estatura alta, magro, espáduas largas denotando forte estrutura e vigor físico, possuía feições hebreias e tez clara que o sol

---

3   Nm 13:8,16 – Filiação de Oseias e troca de seu nome. 1Cr 7:20-27 –
     Descendência de Efraim até Josué. Nm 10:22 – Função de Elishama
     ben Amihud. (Yehoshua)

escaldante da região encarregara-se de tornar parda. Tinha olhos
e cabelos castanhos. Como a maioria dos filhos de Israel, usava
barba e cabelos compridos. Inteligente e culto, além de dominar
perfeitamente as letras e a religião, também fora homem de ação,
instruído pelo avô nas artes militares e pelo pai na fabricação
de objetos de forjaria. Ele apenas iniciara o aprendizado dessa
última atividade quando se dera o êxodo do povo de Israel, sob
o comando de Moisés, deixando as terras do Egito.

Na ocasião do êxodo, o povo hebreu não estava reunido em uma só parte da região, mas sim distribuído em muitos
agrupamentos, inclusive nas cidades de Pitom, Sucot e outras.
Cerca de seiscentos grandes grupos foram reunidos por Moisés e deixaram o Egito. A rota escolhida foi aquela que oferecia
menor perigo ao povo no deslocamento. A movimentação deu-
se em direção ao sudeste da região, até atingir as elevações do
Sinai. Daí prosseguiu rumo ao acampamento tribal de Madiã[4],
ao norte do Golfo de Ákaba, local que Moisés já conhecia por
haver nele se refugiado, quando, no passado, fora perseguido
por Ramsés, em razão de um ato de defesa que praticara no
Egito para proteger a própria vida e a de outros. Em Madiã,
Moisés permaneceria por alguns anos, após ter desposado Sé-
fora (Zípora), filha de Jetro, sacerdote do acampamento tribal e
pessoa a quem devotava profundo respeito.

Na verdade, a liderança religiosa de Moisés surgiu naqueles anos de meditação nas elevações de Madiã, quando ali
se refugiou. As práticas religiosas de Jetro e as orientações que
dele recebera fizeram-no refletir profundamente sobre sua verdadeira missão espiritual na Terra. Por inúmeras vezes reviu a

---

4   Após a morte de Sara, Abraão casou-se com Quetura, que lhe deu
     vários filhos, dentre eles, Madiã (Gn 25:1), que formou grande tribo
     nômade. Alguns viviam nas montanhas, perto das minas, forjando
     metais (ferreiros); foram chamados de Cineus (oriundos de Cin, o
     Queneu, filho de Jetro) e muito ajudaram Israel (Jz 1:16) na feitura
     de armas militares. (Yehoshua)

vida de contenda que tivera no Egito e a servidão pela qual passava o esperançoso povo de Israel. Isso, associado à sabedoria religiosa que aprendera com os sacerdotes egípcios, iria transformar o solitário pastor de Madiã no grande profeta hebreu. O espírito do Senhor o instruía; e dali saiu poderoso em palavras e obras. Conduzido por forças sobre-humanas, tirou seu povo do Egito e formou uma nova religião na Terra, preparando o caminho a um espírito elevado que com ele também se comunicava[5] em meio à sarça ardente do Horebe, para esse encarnar a figura de Jesus Cristo no porvir.

Mas, ainda assim, as dificuldades surgidas na rota escolhida para o êxodo foram muitas. Dentre os problemas que logo sobrevieram, e precisavam ser solucionados de imediato, estava a falta de água e comida, cuja solução exigia o domínio dos oásis e dos rios da região, os quais eram vigorosamente disputados pelas tribos do deserto.

O grande contingente israelita do êxodo fez com que os nômades amalecitas ficassem inseguros quanto ao seu domínio do local. Não houve como resolver a questão senão através de luta. Moisés fez do jovem Oseias seu representante no campo de batalha. E, liderado por Oseias, o povo de Israel venceu os homens de Amalec[6] e dominou o primeiro grande oásis. O mesmo sucedeu com outras fontes de água.

Contudo, não obstante a energia religiosa de Moisés quando se referia a Yahweh[7] para comandar o povo, o desentendimento dentro do próprio Israel tomava volume. As contendas fizeram-se diárias. Moisés encarregava-se de julgar as

---

5   Dt 18:15-18; 1Co 10:4; notar que a comunicação entre Jesus e Moisés fora constante. E na transfiguração no Tabor, os apóstolos Pedro, João e Tiago viram os espíritos de Elias (João Batista) e de Moisés anunciando para Jesus a proximidade de seu desencarne (Lc 9:28-36). (Yehoshua)
6   Êx 17:9,10, 13 (registro da peleja). (N.A.)
7   Transliteração do hebraico (Iavé, Javé). É o Adonai judaico. (N.A.)

questões pendentes, mas eram muitas e o desgastavam em demasia, para dar sentença justa a cada causa. Havia a necessidade imperiosa de uma lei que regulasse o procedimento individual, para o povo guiar-se e agir corretamente em toda ocasião. Foi então que Jetro, sogro de Moisés, em uma de suas visitas ao acampamento, tendo sido inspirado pelas forças do bem, comunicou a Moisés essa necessidade.

Após algumas tentativas que não lograram êxito pela fé insuficiente do povo, Moisés voltou a concentrar-se e meditou muito. Recebeu instruções de Yahweh para subir ao monte. Então, chamou Oseias, a quem confiava o serviço principal de segurança, e com ele subiu ao Sinai[8]. Inspirado pelas forças do Altíssimo, de lá trouxe as Tábuas da Lei, contendo os Dez Mandamentos. E promoveu as regras de procedimento que norteariam, daquela data em diante, o povo de Israel em sua nova caminhada.

Com a Lei trazendo novas regras de convívio religioso e social, agora seria preciso prosseguir na conquista da Terra Prometida. Assim, Moisés chamou um príncipe de cada tribo e enviou doze espias[9] para observar as terras de Canaã, com o intuito de rapidamente conquistá-la.

Porém, antes da partida, obedecendo ao costume da época de que numa situação especial o acontecimento de vulto era marcado com a mudança de nome do escolhido, assim fez Moisés com Oseias, chefe da missão, trocando seu nome. E o fez da mesma maneira como no passado já ocorrera com Abrão, que passara a chamar-se Abraão, após a aliança feita com Deus para circuncidar o prepúcio de todo varão nascido de sua descendência. E também com Sarai, sua esposa, que passara a chamar-se Sara, quando já velha e estéril concebera e dera à luz o filho

---

8 Êx 24:12-14; 32:15-17; 33:11. Quando Moisés subiu ao Sinai, Josué foi incumbido de acompanhá-lo e desde muito moço sempre esteve com ele no desempenho de sua missão. (Yehoshua)

9 Nm 13:1-3. Registro do envio dos espias à Canaã. (N.A.)

Isaac, por graça Divina, para selar a aliança de Abraão com Deus, nascendo assim uma grande nação. E ainda, em seguida, o mesmo com Jacó, filho de Isaac, que tivera seu nome alterado para Israel após uma severa luta espiritual, da qual saíra vencedor, dando surgimento ao povo israelita. Assim também, seguindo o antigo costume, Moisés alterou o nome de Oseias[10] para Yehoshua[11] [transliteração do hebraico] ou Josué, como conhecido em língua portuguesa, o soldado do Senhor que, protegido por Yahweh, haveria de salvaguardar o povo de Israel, conquistando a Terra Prometida.

Moisés deu a Josué a missão de chefiar os espias na tarefa de colher informações sobre as cidades de Canaã, as suas fortificações e o seu povo, para tomar corretamente a decisão de invadir as terras e garantir o futuro de Israel.

Dos doze espias enviados na missão, somente os jovens Josué e Caleb, este filho de Jefoné, da tribo de Judá, viveriam para conquistar a Terra Prometida. Foram protegidos em razão da fé e do otimismo que haviam demonstrado em seus relatos pós-retorno[12], dizendo que seria possível a conquista.

Mas as cidades e o povo espionado eram fortes. Ficara notório que haveria luta acirrada. A batalha não poderia ser vencida sem o concurso de exército numeroso, treinado e bem armado para dar conta da operação.

Vendo o povo em lágrimas, em razão da gravidade da tarefa que não poderia se dar de imediato e demandaria, forçosamente, muitos anos de preparação para formar o contingente armado, Moisés exasperou-se diante da indignação do povo e profetizou acontecimentos nada promissores.

---

10 Nm 13:16. Note que a troca de nome era costume hebreu que vinha de séculos. Também Jesus mudou o nome de Simão para Cefas, que quer dizer Pedro (Jo 1:42), além de mudar o nome de outros apóstolos. (Yehoshua)
11 Pronuncia-se "iôchúa". (N.A.)
12 Nm 14:6-9,30,31. Descreve Canaã e profetiza sua conquista. (N.A.)

Entretanto, passados alguns dias, Moisés, agora com pensamentos de longo alcance para planejar a conquista, chamou as tribos e tratou com elas novamente a questão. Deu a todas, sob a coordenação geral de Josué, a missão de formar cada uma delas um grande exército, para no futuro invadir Canaã. Essa era a única maneira de conquistar aquelas terras, seria preciso usar da força. E foi essa a causa dos longos anos passados no deserto.

Tal objetivo fora levado avante por anos a fio, com parcos recursos materiais. Por isso, foram feitas várias avaliações, houve sensos para orientar os preparativos militares. Os armamentos de Israel, inicialmente compostos de lança comprida de mão, algumas espadas e facas cortantes, inclusive de pedra, com o passar dos anos foram melhorados. Houve a inclusão de arco e flecha, de espadas resistentes e de outras armas de metal. Obtiveram-se atiradeiras, elmos, couraças, escudos manuais e sandálias de couro. Tais artefatos eram feitos por artesãos do povo, que se multiplicavam nas várias tribos estabelecidas nos montes e nas regiões desérticas e ensinavam aos mais jovens essas culturas. Tudo sob a coordenação geral de Josué.

De tais preparativos participaram, inclusive, as tribos encontradas dispersas na região, que não tinham participado do êxodo, mas de alguma maneira possuíam origem hebreia e se tornaram devotas de Yahweh pelo trabalho de doutrinação dos sacerdotes consagrados por Moisés e Aarão; por isso, opuseram-se vigorosamente a Baal, o deus dos cananeus e de outros povos vizinhos, e assim foram absorvidas por Israel.

Nos anos em que se desenrolaram os preparativos no deserto, a população crescera e formara o efetivo humano que levaria avante a grande missão de conquista. Tal como Moisés, Josué também permanecera nas aldeias por longos anos, conduzindo os trabalhos, meditando muito e professando as palavras de Yahweh. Os fatos extraordinários que presenciara no Sinai marcaram seu espírito para todo o sempre.

As primeiras campanhas militares, em acampamentos tribais ao leste do mar Morto, foram iniciadas enquanto Moisés ainda vivia. Contudo, nas antigas terras de Moab, vendo aproximar-se o fim da vida terrena, o grande legislador hebreu, sob inspiração espiritual, reuniu o povo e passou solenemente o comando de toda Israel a Josué[13], dando-lhe a missão de conquistar Canaã, a Terra Prometida que ele próprio avistara do alto do monte Nebo, mas não viveria o suficiente para nela pisar.

Coube a Josué conquistar Canaã. Após as providências necessárias à campanha militar e dispondo de 40 mil homens sob seu comando, atravessou o Jordão e invadiu a primeira cidade, Jericó. A tomada dessa cidade, além de elevar a confiança dos homens, também aumentou o poderio militar do exército, com apropriação de armamentos de ferro, carros de combate e animais. O simbolismo do povo encarregou-se de divulgar exageros de conduta, os quais passaram para a história.

Com a tomada de Jericó, a conquista adquiriu maiores proporções. Após a invasão de outras cidades e a tomada de territórios valiosos, foi possível a Josué fazer a distribuição de terras às tribos de Israel. A Terra Prometida deixara de ser um sonho. Deus havia criado a possibilidade; e o homem a concretizara por sua livre escolha.

Seria impossível pensar, principalmente naquelas épocas recuadas onde imperava a força bruta para preservação da vida, que se estando na terra nela não se pudesse viver. Os fortes que nela habitavam eram egoístas e impiedosos. Era preciso fé para reunir o povo em torno de um ideal e organizar ação de conquista para se ter terra fértil. O sofrido povo de Israel precisava de um território para nele viver dignamente. Pensava-se que essa dádiva Divina, que é a terra, fora criada

---

13 Nm 27:16-23; Dt 1:38; 31:7,8,23. Recebe a liderança espiritual. (N.A.)

por Deus e concedida a todos os homens, não somente aos mais poderosos que nela viviam sem piedade e nada haviam pago a Deus para tê-la. Deus haveria de dá-la também ao povo de Israel, assim se pensava fervorosamente. Essa foi a razão da conquista de Canaã[14].

Hoje, contudo, cabe completarmos o raciocínio dizendo que, quando por amadurecimento da bondade humana as nações e os homens abastados se dispuserem a abrir mão de parte do excesso que possuem, em benefício dos menos favorecidos, não mais faltará terra, água, comida e trabalho a ninguém. E a paz tão sonhada nos tempos atuais grassará mais facilmente entre os homens, proporcionando-lhes felicidade e novo salto evolutivo.

Nos anos de paz relativa que se seguiram após a conquista de Canaã, Josué encarregou-se de registrar com o próprio punho seu livro em rolos de papiro, os quais, ao final de sua vida, foram entregues ao sacerdote Fineias, homem responsável e maduro, filho de Eleazar[15], sobrinho de Moisés que já estava em idade avançada. O sacerdote Fineias encarregou-se de repassar o livro de Josué à posteridade, juntamente com os cinco livros de Moisés, a Torá.

Nos séculos vindouros, coube ao deuteronomista, a cujas mãos as Escrituras chegaram, processar todo o material histórico reunido, dando a ele um corpo único, com complementos ulteriores às primeiras escrituras[16], cujo conteúdo já havia sido

---

14 Dt 9:4-6. Deus dá Canaã aos hebreus por impiedade dos vizinhos. (N.A.)

15 Eleazar, filho de Aarão, que por sua vez era irmão de Moisés. (N.A.)

16 Deuteronomista é o nome dado aos redatores da classe sacerdotal que consolidaram os textos antigos (*Pentateuco* de Moisés e *Livros Históricos* dos profetas) num corpo único. O fato teria ocorrido entre a ascensão do rei Davi (1010 a.C.) e a volta do povo israelita a Jerusalém após seu exílio em Babilônia (538 a.C.). (N.A.)

consolidado pela classe sacerdotal dos tempos de Aarão e de sua descendência próxima.

Os demais acontecimentos daquelas épocas podem ser observados pelo leitor nas páginas dos Livros Sagrados, local onde a história fora definitivamente imortalizada.

Desde o início dos tempos, o espírito evoluciona encarnado[17] e traz na mente as suas lembranças. Quem sabe, talvez, se um dia nos for permitido, possamos relatar alguns episódios em que Josué esteve presente, sem os excessos dados pelo deuteronomista e de maneira mais apropriada à compreensão lógica dos tempos atuais, em que a humanidade anseia por conhecer a verdade à luz da sabedoria do espírito.

Por ora, caro leitor, o nosso trabalho é este livro que lhe entregamos. Ele retrata passagens importantes de vidas distantes que médium e espírito tiveram na matéria física para evolução espiritual.

---

17 Nm 16:22; 27:16. O mistério da morte velou a lucidez dos homens, mas a origem divina das Escrituras revelou a eles o espírito que anima a carne e volta a ela em novas vidas, além de guiá-los na evolução. (Yehoshua)

1

A OUTRA FACE DE ADÃO

Há cerca de vinte e cinco mil anos, após uma longa viagem no tempo terrestre, encarna na Terra, procedente de um dos orbes do sistema da estrela Capella, na constelação de Auriga, o primeiro espírito de uma legião composta de sete milhões de degredados que viria corporificar-se aqui em seguida. Eram espíritos diferenciados dos demais até então no planeta, pois estavam num patamar evolutivo mais adiantado que o terrestre. Sua tarefa era iniciar uma colonização para aprimorar a forma física e a cultura humana na Terra, levando a humanidade a novo grau de progresso.

Vamos fazer uma rápida viagem no tempo, caro leitor. E retornar àquelas épocas recuadas para observarmos algumas cenas românticas desenroladas entre duas pessoas, um casal muito singular, e dali partiremos viajando rumo a épocas cada vez mais recentes, para vermos, em relâmpagos, algumas cenas que nos ajudarão a elucidar a história espiritual dos exilados da Capella nos capítulos que virão em seguida.

Há vinte e três mil anos antes de Cristo, obedecendo aos desígnios do Altíssimo, o hóspede especial, o primeiro espírito degredado que para aqui viera, nasce em meio a um cenário fabuloso. A Terra é um Paraíso em flor, um Éden da natureza onde as flores perfumadas da vegetação farfalham ao sabor dos ventos, e as águas cristalinas dos regatos, ao rolarem nas pedras em direção às campinas, compõem suave sinfonia a ressoar no íntimo de cada criatura, formando um ambiente de paz e alegria.

Por aqueles dias outros hóspedes nasceram na vasta região do Pamir. Nos meses seguintes, vieram muitos outros. E os nascimentos prosseguiram. Em trinta anos formavam um contingente de 300 mil na Terra. E passaram-se quinhentos anos até nascerem em todo o orbe sete milhões deles, pois, naqueles tempos[1], o planeta abrigava em sua superfície poucos milhões de almas, as quais eram daqui oriundas desde há muito e estagiavam na onda mais avançada da evolução espiritual.

Na hora em que a luz do poente reflete aos céus seu colorido flamejante, o primitivo Cro-magnon[2], pai do nosso hóspede especial nascido há pouco em nosso solo, já estava dotado de intelecto para ensaiar enlevações próprias de uma mente sonhadora. Mas agora se encontrava ferido, havia feito uma caçada malsucedida.

Aquele ser primitivo e moribundo fitou os céus no início da noite e contemplou o universo. Encantou-se com a beleza da Lua a passear vagarosa na noite clara que ela mesma fazia iluminar. Girou o rosto admirado e contemplou as estrelas. Enlevado, alçou ainda mais a vista e penetrou o olhar no infinito. Sentiu-se entorpecido e espantado com a beleza da esfera de cristal negro que estava contemplando. Receoso, ao impulso de sua imaginação, apressadamente cobriu o rosto com a pele áspera do animal abatido tempos antes e adormeceu pensando no

---

1   Edward S. Deevey, da universidade de Yale, calculou que a população da Terra teria sido perto de 100 mil indivíduos há dois milhões de anos. De um milhão há 300 mil anos. De 3,3 milhões em 25 mil a.C., e de 86 milhões em 6 mil a.C. Na Era Cristã, em 1750, de 728 milhões. Em 1950, de 2,4 bilhões, e no ano 2000, de 6,2 bilhões de indivíduos (HOWELL, 1971, p. 175). A previsão atual é que dobre em 2100, atingindo por volta de 12 bilhões. E em 2200, talvez 24 bilhões. (N.A.)
2   Cro-magnon, pronuncia-se "cromanhón". (N.A.)

filho que acabara de nascer. Esquecera-se do grave ferimento que lhe ceifava a vida.

Naquela noite, o primitivo Cro-magnon acordou na esfera extrafísica assoberbado pelo cenário mental construído por ele antes de adormecer. Reviu os lances admiráveis de esplendor celeste ainda em seu intelecto e, sem perceber o ocorrido, levantou-se na outra dimensão da vida e encontrou figuras estranhas, muito luzentes. Foi informado por esses instrutores espirituais que não pertencia mais ao mundo da matéria: desencarnara dormindo durante a noite.

Assim, o nosso hóspede especial, primeiro ser a possuir todas as características completas do *Homo sapiens moderno*, com feições graciosas e tez branca, ficara órfão de pai, no dia de seu nascimento.

Avancemos no tempo. Quinze anos depois.

No alvorecer do dia, ao som do canto matinal dos pássaros, desperta um jovem esbelto. Embora o céu lhe sorrisse um alvorecer esplendido de luz, ele está triste e sente-se só na Terra: além do pai, tinha perdido a mãe havia pouco e encontrava-se irremediavelmente órfão. O moço fita o infinito, como a recordar Capella, e sonha com a bela jovem idealizada em seus sonhos juvenis.

A Divina providência já lhe acompanhara os passos desde há muito e decide conceder-lhe, através de seus anjos benfeitores que se mostram a ele em expressivas visões, os ideais juvenis de ter uma companheira.

O hóspede da Terra, ao despertar do êxtase que o acometera há pouco, percebe à sua volta, nas redondezas do bosque, a bela com a qual sonhara em seu íntimo romance.

Um poema silencioso se desenvolve na mente daquelas duas criaturas, incitando-as à sublime união conjugal. Ele e ela estão próximos:

Ele a vê apanhando frutas.

    Ela já o havia visto antes.

Ele é forte e alto.

    Ela é delicada e sedutora.

Ele é músculos.

    Ela, macia.

Ele é simples.

    Ela, inocente.

Ele é coragem.

    Ela, brandura.

Ele é o melhor dos homens.

    Ela, a mais linda das mulheres.

Ele está sentado na relva.

    Ela, em pé ao sabor dos ventos.

Ele a admira e a cobiça.

    Ela o vê e quer se aproximar dele.

Ele a segue com o olhar.

    Ela, encantada, oferece a fruta que colheu.

Ele aceita extasiado.

    Ela está enamorada.

Ele, apaixonado, a quer.

    Ela também o quer.

Ele acaricia sua pele.

    Ela afaga seus cabelos.

E nessa hora, uma voz silenciosa ressoou no interior de suas mentes, dizendo: "Enchei a Terra" (Gn 1:28).

Eles assim fizeram, e a união estava selada.

Deles nasceram as cidades civilizadas, os povos pastores, os que primeiro lavraram a terra e parte daquelas sete milhões de almas degredadas, vindas para ajudar no aprimoramento da aparência e da cultura humana.

Agora, os hóspedes especiais já não estavam mais a sós. Bem dentro da alma, algo lhes dizia que durante milhares de anos viveriam na esfera terrestre para resgatar o passado assombroso que os condenara ao degredo. Longe da pátria distante, em outro orbe do infinito, eram aqui espíritos decaídos de outros céus.

Avancemos mais no tempo. Vamos aportar na Grécia Antiga, quatro séculos antes de Cristo e vinte e três milênios após a chegada pré-histórica do nosso primeiro colono capellino. Mas vamos tirar de cena o nosso hóspede especial e nos deter agora na figura de seu pai, o primitivo Cro-magnon, aquele sonhador das estrelas, morto no dia em que seu filho nascera.

Após inúmeras encarnações, o primitivo Cro-magnon chega ao Peloponeso para estagiar nessa península do sul da Grécia. Agora, mais evoluído, é um homem letrado.

Conhece Aristóteles (384 – 322 a.C.), na cidade de Atenas, e encanta-se com seus estudos de teor cósmico. Enquanto o filósofo caminha descontraído pelos jardins do Liceu de Apolo, ensinando que a Terra é redonda e tudo no universo gira em torno dela, o nosso primitivo Cro-magnon absorve os ensinamentos e sonha extasiado com as estrelas. Fita novamente os céus, como no passado, saudoso daqueles com quem vivera em outras encarnações. Sem ter em si o motivo dessa saudade, em pequenos lances vê a vida na eternidade, em outra pátria do infinito, e se imagina um dia como Aristóteles, conhecedor profundo das coisas dos céus. Mas, caro leitor, esse personagem não alcançou nessa vida melhor projeção, de modo a destacar-se na história para nos determos aqui por mais tempo. Vamos adiante.

Nos vínculos da reencarnação, por volta de quinhentos anos mais tarde vamos observar retornando ao plano físico o nosso primitivo Cro-magnon. No século II da Era Cristã, o mesmo espírito ressurge movimentando agora a figura de Cláudio Ptolomeu (83 – 161 d.C.), o grande cientista grego.

Na já decadente, mas ainda exuberante cidade de Alexandria, Ptolomeu estuda os movimentos celestes e observa os movimentos do planeta Marte, cuja órbita diferencia-se das demais. No apogeu da Roma Imperial de Antonino Pio, professa, além de sua "Síntese Geográfica do Mundo", também seus estudos astronômicos com base nas antigas teorias de Aristóteles, com quem estudara os conceitos numa encarnação passada.

Teve o cuidado, no entanto, de respeitar os preceitos da Igreja nascente, para não confrontá-la, conforme instruções recebidas de Antonino Pio, um dos imperadores mais lúcidos que Roma teve em sua história. Assim, a antiga teoria de que tudo no cosmos gira em torno da Terra ganha força irresistível e ultrapassa mais de um milênio como sendo verdade incontestável. O homem e o mundo das ciências não poderiam conceber outra explicação senão a ensinada por Ptolomeu: "A Terra é o centro, e tudo no cosmos gira em seu redor". Por essa ideia, os navegantes se orientaram para singrar os mares, os estudiosos fizeram calendários e os sonhadores descobriram os mistérios do céu.

Avancemos de novo no tempo. Os séculos vêm e passam. Mas ao espírito que busca a verdade, as preocupações ficam.

Na Polônia, no ano de 1473, ressurge novamente o nosso Cro-magnon. Vem agora como Nicolau Copérnico, cônego católico e astrônomo notável. Estuda na Itália. E suas conclusões cósmicas são inovadoras, tão chocantes para a época que apenas aos 70 anos, quando já moribundo, concordou em dá-las a público.

Com o mesmo cuidado tido por Ptolomeu, Copérnico comunica ao mundo em 1543, ano de sua morte, o fruto de suas pesquisas. Após trinta e seis anos de espera, divulga sua descoberta suavizando a questão religiosa. Informa que para efeito de simplificação de cálculo, houvera colocado como figura central do cosmos o Sol, não mais a Terra.

A afirmativa de que o Sol é o novo centro do universo gera polêmica e desconfiança nos círculos científicos ainda dominados pela religião. A divulgação, sem o resguardo necessário, seria considerada uma heresia. E ela fora prevista por Copérnico, pois colocando o Sol como figura de maior importância cósmica restaurara a antiga deidade solar egípcia, colocando em xeque, pela primeira vez na história da ciência, o valor das Sagradas Escrituras, as quais dão a Terra como centro mais importante do universo e o homem como figura principal da criação.

O nosso antigo Cro-magnon desencarna naquele mesmo ano e retorna à pátria espiritual. Mas a sua afirmação causa curiosidade no meio intelectual. Abre caminho para o italiano Galileu Galilei (1564 – 1562), setenta anos depois de Copérnico, usando um dos primeiros telescópios para estudo do céu profundo, afirmar que Copérnico não dera apenas uma teoria para cálculo astronômico, mas uma tese modificando a visão científica dos movimentos celestes.

Galileu aprofundou os estudos e reuniu provas, as quais eram inconcebíveis para a mentalidade religiosa da época, por isso enfrentou os rigores da Inquisição. Teve de se retratar publicamente por ter dito que a "Terra se move ao redor do Sol", e amargou prisão domiciliar aos 69 anos. "Entretanto, se move...", diria ele ao final da vida.

Seu esforço não fora em vão. Anos mais tarde, harmonizando o pensamento científico de modo a ampliar a ótica dos movimentos cósmicos, outro espírito capellino, Isaac Newton, lança a teoria da gravitação. Essa lei estabelece que todos os corpos movimentam-se no universo e estão sujeitos a uma força maior, a da gravitação. Essa força vigora em todo o cosmos, atraindo para si, ou ao redor de si, em movimento orbital, os corpos de menor massa, pois um corpo massivo dobra o espaço e submete os menores a girar em torno. Newton deixa patente que a Terra e os demais planetas gravitam ao redor do Sol, comprovando as afirmações de Copérnico e de Galileu.

Em nossos relâmpagos celestes, vemos a astronomia revelando verdadeiros gênios. Vamos encontrar no século XX o norte-americano Edwin Hubble mostrando que as nuvens distantes, observadas entre as estrelas, são na verdade outras galáxias. Ensina que muitas cintilações nos céus não pertencem à Via Láctea, mas são outras galáxias. Explica que o universo está em constante expansão. Seus trabalhos fizeram dele o astrônomo mais importante do século XX. Em sua homenagem, o primeiro telescópio orbital, lançado em 1990, foi chamado de Hubble. E a afirmativa de que o universo está em expansão foi realmente constatada.

A descoberta levou a questionar qual evento teria marcado o início dessa expansão, pois tudo que se afasta o faz em relação a um ponto inicial. Surge assim a teoria do Big Bang. A ciência, mesmo com fortes controvérsias[3], considera que há 15 bilhões de anos houve uma grande explosão, dando origem ao universo. Antes, toda matéria havia se concentrado em um só ponto, em que as leis da física atual não valeriam. Essa matéria condensada explodira, marcando não o início, mas "uma grande transição na existência universal", como ensina o físico Stephen Hawking.

Hoje, a ciência trabalha com duas hipóteses sobre essa expansão: a primeira considera que se houver matéria suficiente no universo a expansão chegará a um ponto-limite em que tenderá a contrair-se novamente, pois a massa atrai a massa; a segunda considera que se não existir matéria suficiente, a expansão não haverá de cessar; assim, a matéria ficaria cada vez mais distante e morreria de frio, por assim dizer, pois as estrelas se extinguiriam no vazio.

---

3   Alguns cientistas dão o início em 13,5 bilhões de anos, mas outros argumentam que parece haver estrelas a 17 bilhões de anos-luz. Optamos por 15 bilhões de anos. (N.A.)

Esta segunda hipótese é desoladora e contrária aos propósitos de uma criação inteligente. A primeira, prevendo recomeço para o universo após certo limite de expansão, aproxima-se do ensino dos espíritos e está em consonância com os preceitos da Doutrina Espírita em pensamentos por ela adotados, os quais nos dão conta de que:

"O movimento existente no universo não é jamais um deslocamento unilateral, efetivo e definitivo, mas a metade de um ciclo que regressa ao ponto de partida após haver cumprido determinado devir; uma vibração de ida e volta, completa em sua contraparte inversa e complementar. Assim, a espiral que dantes era aberta agora se fecha; a pulsação de regresso completa o ciclo iniciado pelo de ida"[4].

---

4 Para aprofundar estudos, consultar o livro *A Grande Síntese*, capítulo XXXIII, em que fica patente a coincidência de pensamentos no que tange a um recomeço do universo. (N.A.)

2

Vida inteligente no universo

O estudo dos astros avança desde a Antiguidade indagando sempre sobre a possibilidade de vida em outros mundos. E o sonhador dos céus prossegue em sua jornada.

No século XIX, vamos encontrar o astrônomo e escritor francês Camille Flammarion[1], reconhecido pelas autoridades de sua pátria como um de seus principais cientistas, publicando livros de grande alcance cultural e em conformidade com os estudos desenvolvidos nos campos científico, filosófico e religioso.

De fato, o livro *Astronomia Popular*, considerado uma obra-prima do gênero, é premiado pela Academia Francesa, em 1880, tendo vendido em pouco tempo mais de cem mil exemplares. Pouco antes, em 1862, o mesmo Flammarion fez publicar *A Pluralidade dos Mundos Habitados*, estudo fascinante sobre o controvertido tema de vida em outros mundos. Como astrônomo, tendo em mãos apenas a instrumentação de pouco alcance disponível na época, seu estilo entusiasta o fez acreditar que Marte poderia ser um orbe habitado por formas de vida

---

1 Não seria de estranhar uma reencarnação de Galileu Galilei na França, como Camille Flammarion, com a missão de produzir, sob profundo magnetismo intuitivo na Sociedade Parisiense de Estudos Espíritas, o capítulo da Uranografia Geral e outros escritos do livro *A Gênese*. (N.A.)

com constituição sólida. Hoje, entretanto, sabe-se que o planeta não é habitado por esse tipo de vida inteligente.

Conforme informações espirituais, esse engano de interpretação fora reconhecido por ele após sua passagem para o plano espiritual, em 1925, quando desencarnou. Mas ainda permanece a sua afirmação de que em Marte já houvera prosperado algum tipo vida, e cabe à ciência investigar.

Não é possível olvidar suas considerações de que outros mundos planetários são habitáveis, assim como o é a Terra, pois ela não tem nenhuma proeminência sobre eles, de modo que o homem possa acreditar numa existência sua isolada no cosmos. Flammarion considerou que o espetáculo descortinado pelo universo fará o homem reconhecer que o pequeno mundo terrestre não é senão um átomo no concerto universal das esferas habitáveis. Para ele, a Terra seria apenas parte de um esquema criador de alcance inteligente inimaginável.

Desde a mais remota Antiguidade, o homem vislumbra a chance de vida em outros mundos. E cada vez mais essa possibilidade ganha maior dimensão. Na medida em que os estudos da astronomia avançam, a ciência descerra os olhos para observações jamais realizadas, fazendo o homem deduzir que a não existência de vida em outros mundos é improvável diante das chances infinitas dadas no cosmos para geração de vida assim como a da Terra.

Em épocas passadas, sem os recursos da tecnologia atual, mas da mesma maneira romântica de alguns estudiosos de hoje, o homem descerrou os olhos com o coração para observar essas vidas do infinito. Para chegar àquelas paragens celestiais, Flammarion considerou:

"Basta a ele se transportar em pensamento às noites esplendidas em que a alma, a sós com a natureza, medita silenciosa debaixo da cúpula imensa do céu estrelado. Ali, mil astros perdidos nas regiões longínquas da extensão celeste derramam sobre a Terra uma sublime claridade que mostra ao homem o seu verdadeiro lugar no universo; ali, a ideia misteriosa do infinito, que a todos circunda e isola da agitação terrestre, leva o homem, sem que ele perceba, para aquelas vastas regiões inacessíveis à fraqueza dos sentidos humanos. Absorvido numa vaga cisma, o homem contempla aquelas pérolas cintilantes que tremeluzem nas profundezas do azul e segue essas estrelas passageiras que sulcam, de tempos em tempos, as planícies etéreas; e, afastando-se com elas na imensidade, vai errar de mundo em mundo no infinito dos céus. Observador obscuro de um universo infinito e misterioso, o homem sente dentro dele mesmo a necessidade de povoar aqueles mundos sedutores que na aparência estão desprovidos de vida inteligente; e, sobre aquelas plagas eternamente desertas e silenciosas, procura olhares que correspondam aos seus olhares"[2].

Então a alma humana, ao seu próprio influxo, consciente da insuficiência que o corpo de carne lhe outorga, projeta o pensamento em busca daquelas habitações sidéreas que somente ao espírito é dado conhecer. Assim, o homem passageiro compreende pela lógica de sua intuição que não está só no concerto universal da vida e na "casa do Pai há muitas moradas".

Para se ter ideia da grandeza do universo, basta considerar que é estimado haverem nele cem bilhões de galáxias, e em cada uma delas mediamente cem bilhões de estrelas. Muitas dessas estrelas podem carregar consigo, girando em sua órbita, um aglomerado de planetas com potencial de desenvolver alguma forma de vida.

Os estudiosos têm se reunido, com certa frequência, para discutir a possibilidade de vida inteligente em outros mundos.

---

2   *A Pluralidade dos Mundos Habitados*, vol. I, cap. I, pp. 15-16, o.c. (N.A.)

Para suportar cientificamente essa questão, o radioastrônomo Frank Drake, da Universidade da Califórnia em Santa Cruz, em seus estudos realizados por mais de trinta anos no Observatório da Virgínia Ocidental, formulou uma equação que define, em teoria, o número de "civilizações tecnicamente avançadas" que é possível existir no universo conhecido e, em particular, na nossa galáxia.

Naquelas reuniões, os cientistas estavam de acordo que, para existir vida inteligente em outros mundos, é preciso que as condições necessárias à eclosão da vida sejam satisfeitas.

Houve quem considerasse, dentre eles, que a equação de Drake era apenas uma forma matemática encontrada pela ciência para concentrar sua falta de conhecimento. Não obstante a oportuna consideração diante da incerteza dos cientistas naqueles estudos, cabe-nos examinar aqui quais seriam as pré-condições para a vida inteligente em outros mundos. Algumas variáveis devem ser consideradas; vamos observá-las.

A fonte de estudos é o universo conhecido, a nossa galáxia, a Via Láctea, que está inclusa nele e possui em torno de 200 bilhões de estrelas, um diâmetro de 100 mil anos-luz e a idade de 15 bilhões de anos. É nela que a nossa minúscula Terra está localizada.

Para haver vida em condições semelhantes às da Terra, é forçoso procurar por uma estrela que possua, a girar em sua órbita, uma corte de planetas. Mas com a instrumentação atual essa procura torna-se até certo ponto inglória, pois a distância que nos separa dessas estrelas é imensa, e procurar por planetas sem luz em torno delas é algo extremamente difícil, embora os cientistas tenham lá seus métodos.

Para albergar vida, a estrela procurada deve possuir ao menos 5 bilhões de anos, tempo necessário para desenvolver vida inteligente nos moldes semelhantes aos da Terra. Ela deve ser quente o bastante para gerar e sustentar a vida, e não deve ter proporções gigantescas, pois se assim fosse suas condições seriam outras bem diferentes, não dando chances de reprodução como as da Terra. Assim, tal estrela enquadra-se nas de tipo F, G e K definidas pela astronomia.

Para abrigar vida, sempre nos moldes terrestres, um planeta deve ter tido no início de sua formação condições apropriadas, considerando-se: massa, composição química, temperatura constante, radiação solar, pressão e composição atmosféricas, obrigatória existência oceânica e outras tantas condições capazes de produzir reações físico-químicas que são os pressupostos para se "gerar vida" da matéria inerte.

Concordou-se que tais condições possam existir numa escala que varia, na pior das hipóteses, de "um planeta a cada dez sistemas planetários", ou, na melhor delas, de "dois planetas num mesmo sistema solar". Com esta última hipótese, a mais otimista delas, poderia dizer-se que, por exemplo, a Terra e mais um planeta do sistema solar teriam condições de desenvolver vida inteligente e, por analogia, o mesmo também ocorreria em outros sistemas.

Embora seja muito difícil conceber que a vida possa desenvolver-se quimicamente a partir da matéria inerte, ainda assim a ciência tem dedicado sérios estudos nesse sentido, e nós aqui devemos observá-los.

De fato, muitos experimentos são realizados mesclando amoníaco, metano, água, hidrogênio e aplicando descargas elétricas variadas, luz, calor, raios ultravioletas e outras fontes de energia sobre uma grande variedade de bases nitrogenadas, ácidos nucleicos, ácidos orgânicos, açúcares e outros componentes da matéria viva. Apesar de o homem não ter obtido êxito em seu intento de produzir uma molécula viva, com capacidade de replicar-se por si só, ainda assim, nos estudos, considera-se que a vida prospera em todos os planetas que tenham condições favoráveis.

A evolução biológica também deve ser considerada. Os evolucionistas têm que uma vez produzida a molécula de vida autorreplicante, essa inteligência genética seria capaz de fazer progredir, por si só, um processo evolutivo contínuo, aprimorando-se por meio da seleção natural. Assim, de dez planetas em que se desenvolve algum tipo de vida, em apenas um deles essa vida chegaria a ser inteligente.

Uma vez produzida a vida inteligente, há que se considerar que essa inteligência teria de chegar ao estágio de civilização avançada, através de longo processo técnico-cultural, até alcançar o estágio do homem. Considera-se que somente a décima parte das espécies inteligentes chegaria ao patamar de "civilização tecnicamente adiantada".

Uma civilização adiantada, a seu turno, pode ter um tempo de duração de vida limitado, considerando que ela pode tanto ser destruída por fatores ambientais externos como por sua propensão em se autodestruir com guerras químicas, biológicas, nucleares, acidentes genéticos, deficiência de alimentos, falta ou excesso de energia e outras situações semelhantes. Um número mais reduzido ainda de civilizações poderia chegar ao grau evolutivo que lhe permitisse controlar todos os fatores contrários, por assim dizer, e chegar ao máximo do desenvolvimento técnico.

A ciência conclui, considerando todas essas variáveis e fazendo todos os seus cálculos, que a probabilidade de existir vida inteligente no universo, na forma de "civilização tecnicamente avançada", pode variar numa escala que vai de "um planeta em cada dez galáxias" até "100 milhões de planetas numa só galáxia".

Portanto, caro leitor, considerando a estimativa de haver 100 bilhões de galáxias no universo, mesmo no ponto mínimo dessa escala conclusiva, a vida existe em tal proporção e avança rumo a números tão infinitamente grandes que é impossível ao homem sequer imaginar a quantidade total de vida, sua imensa variedade e as fases de seu desenvolvimento.

Reduzindo o foco de visão apenas para a nossa galáxia – a Via Láctea –, Drake concluiu em seus estudos que devem existir nela por volta de "dez mil civilizações". Embora esperançoso, afirmou desolado:

"Nada é mais frustrante do que imaginar que, neste exato momento, mensagens de rádio de outras civilizações do espaço podem estar passando por nossas casas como um sussurro, sem podermos escutá-las"[3].

A este ponto devemos acrescentar que, dentre essas civilizações definidas como de provável existência no cosmos, vamos encontrar um orbe que apenas tange àquelas pré-condições de vida descritas anteriormente, mas parte de sua população incomum fora responsável por produzir alterações substanciais na constituição humana num passado remoto, assunto de que falaremos mais à frente.

Antecipando-nos num relance, devemos ressaltar que, em meados do século XIX, essa humanidade já fora alvo de estudos iniciais por parte de Allan Kardec, e o assunto foi introduzido na codificação[4] por iniciativa do Espírito Verdade, presidente dos trabalhos. Trata-se de um planeta físico, habitado por uma humanidade que guarda muita semelhança com o homem, mas não está encarnada num envoltório grosseiro[5]. Essa humanidade, num passado distante, teve uma pequena parte de sua população espiritual degredada para o orbe terrestre, para desempenho de missão retificadora. O planeta habitado de que falamos faz

---

3   Encartes do jornal OESP. National Geographic Society. Aventura do Conhecimento. Espaço II. pp. 10-11. s/d. (N.A.)

4   *A Gênese*, capítulo XI: Emigração e Imigração dos Espíritos; Raça Adâmica; Doutrina dos Anjos Decaídos e do Paraíso Perdido. (N.A.)

5   Camille Flammarion, no livro *Narrações do Infinito*, primeira narrativa, p. 20, obra citada, chamou aqueles seres de Ultraterrestres. (N.A.),

parte de um conjunto de corpos celestes pertencentes ao sistema da estrela Capella, na constelação de Auriga, da Via Láctea.

Mas, por enquanto, fiquemos neste relance. Mais à frente examinaremos a questão com profundidade.

Embora seja notória a possibilidade de vida inteligente no cosmos, muitos cientistas relutam contra o fato de aceitá-la, pois, em razão de não tê-la observado, negam sua existência. Por certo, outras civilizações do cosmos, produtos do meio físico-químico de seus planetas assim como o homem, devem possuir limitações inerentes à sua própria constituição física.

Sem dúvida, o corpo de carne é um limitador importante e pode ser obstáculo insuperável para extensas viagens cósmicas, cujo objetivo é transpor com sucesso os abismos infindáveis do universo e chegar à outra paragem em que haja vida. Uma civilização pode estar anos-luz de distância da outra, requerendo sofisticada tecnologia para superar obstáculos.

Além do corpo físico que precisa ser preservado, há de se considerar também as limitações da ciência, dificuldades técnicas e fatores críticos que não podem ser superados facilmente e impedem a realização do intento, mesmo com o uso de computador, de robô, de propelente refinado e de outras técnicas e energias mais aprimoradas.

Para uma ideia mais concreta dessas dificuldades, o fator tempo assume papel importante. Deve-se considerar que a velocidade de um foguete para escapar da gravidade terrestre deve estar em torno de 50 mil quilômetros por hora. Mesmo considerando o dobro dessa velocidade para uma viagem cósmica, o que já seria fantástico, ainda assim ela seria mínima em relação à velocidade da luz, a qual é de 300 mil quilômetros por segundo. A Astronáutica atual, para levar o homem a Capella, distante 42 anos-luz da Terra, precisaria nada menos que 500 mil anos viajando à velocidade de 100 mil quilômetros por hora. Portanto, fato impensável. E mesmo se admitíssemos a hipótese de uma viagem futura à velocidade da luz, ainda assim o problema persistiria, porque toda massa submetida à velocidade da luz se expande e transforma-se em energia. Tudo à velocidade da luz seria desmaterializado. Restaria saber como recompor a matéria inanimada à sua forma original e o organismo vivo, como reconstituí-lo, fazendo retornar a ele o espírito provisoriamente emancipado durante a teleportação. Essa viagem incomum ainda é um mistério para o homem.

Além dessas dificuldades, instruções espirituais nos dão conta de que há outras objeções de ordem espiritual que a ciência não considera por desconhecer o espírito, mas devem ser ponderadas. Vamos examiná-las.

Uma civilização material, num dado ponto de seu evolver técnico, atinge um estágio evolutivo em que se defronta com sua própria realidade: o homem descobre cientificamente seu próprio espírito. Descobre o ser inteligente que lhe transcende o corpo de carne, a ele preexiste e jamais morre. Descobre o ser espiritual que organiza todas as formas de vida no plano da matéria.

Atingido o clímax do conhecimento com a descoberta científica do espírito, a civilização adiantada trata de evolucionar em outra direção: rumo aos valores de elevação espiritual. Não mais avança no campo material de aquisições, pois a descoberta do espírito descerra-lhe outros tipos de viagens cósmicas, diametralmente opostas às atuais e muito superiores àquelas singelas possibilidades materiais típicas de civilizações em retardo. Não se interessa em contatar outras formas de vida física apenas por curiosidade, as quais possuem inteligência em fase rudimentar e corpos materiais limitados, expressões essas sobejamente conhecidas, pois foram detidamente superadas por ela própria no decorrer de seu longo processo evolutivo. Seu interesse agora passa a ser outro, mais altruísta. Busca fazer o bem. Para a civilização terrestre, são os chamados "anjos".

Os espíritos encarnados numa civilização adiantada, por ter adquirido sabedoria, procuram ajudar os seres inferiores e o fazem sem ser percebidos, salvo por algum sensitivo que lhes detecte a presença sutil. O desdobramento espiritual deles pode dispensar a utilização de corpos físicos e de naves convencionais para transpor distâncias e fazer contatos. Viajam quase instantaneamente e dão por natural o estágio inferior de outras humanidades. Ao mesmo tempo, consideram tal fase obrigatória, devendo ser superada no processo evolutivo de todas as civilizações. Eles próprios já viveram isso longamente.

Em que pesem objeções contrárias, dizendo tratar-se apenas de teoria quando de prático nada fora observado dessas supostas civilizações, seja em razão das viagens infrutíferas do homem ou da inexistência de contato formal de outras civilizações, o fato é que há chances de elas existirem e os contatos insólitos estão aí para quem quiser aprofundar estudos em matéria extraordinária.

A Ufologia somente ganhou maior projeção a partir do caso Roswell, quando em 1947 foram encontrados destroços de uma nave nos Estados Unidos, ainda enigmática. Esse fascinante estudo teria muito a ganhar conhecendo o evolucionismo espiritual. Para desenvolver seriamente a Ufologia é indispensável também sua inserção no meio universitário e o apoio de órgãos oficiais. O trabalho de observatório especializado, inclusive postado fora da gravidade terrestre para evitar interferência, não permitindo o descarte de nada que contenha base científica, seria o ideal na investigação dos objetos voadores não identificados. Observações por radar, recepções via luz, som, imagem e ondas variadas, as quais certamente existem, precisam de acurado estudo para captação, pois civilizações distantes podem estar num grau de avanço técnico diferente, requerendo estudo para percepção. Seres encarnados não são entidades espirituais e usam tecnologia avançada.

Cabe-nos ressaltar que, ao materialista, dificilmente algo que não se vê convence. Ele mesmo contraria a si próprio, pois, ao mesmo tempo que defende o prosperar da vida inteligente a partir da matéria inorgânica, ele a invalida, pois nega essa possibilidade em outros mundos numa matéria diferenciada ou num mundo de partículas que ele não conhece. Em outras palavras, admite o surgimento da vida a partir de um "nada" universal somente na Terra. Tal fato, por si só, é um grande absurdo. E não poderá ser mantido, pois a razão se encarregará de alterar o *status*.

Nos estudos para surgimento da vida, o homem de ciências tem considerado apenas dois elementos: a matéria e a energia, ambas em diferentes formas de expressão. Ao autor deste livro cabe adicionar um terceiro elemento: o espírito.

Na verdade, é necessário reforçar que o espírito é o elemento fundamental, o princípio inteligente que estimula a vida utilizando-se da energia para interferir decisivamente na matéria. Sem ele, a vida não seria animada. Ele é o intelecto essencial ao estímulo e ao desenvolvimento orgânico. Quando a ciência considerar em sua "efervescência" o elemento espiritual, suas reações ganharão outra dimensão, seu campo de experimento será radicalmente modificado. Pela lógica de raciocínio, ela será compelida a testar o espírito de modo objetivo, pois ele movimenta a matéria. A descoberta do espírito será a maior de todas as descobertas[6].

---

6   "O materialismo pode ver por aí que o Espiritismo, longe de temer as descobertas da ciência e o seu positivismo, vai além e o provoca, por ter certeza que o princípio espiritual, que possui existência própria, não pode sofrer dano algum." Allan Kardec, *A Gênese*, cap. X:30. (N.A.)

Somos forçados a reconhecer que a mente fechada de alguns homens de ciência poderá retardar tal acontecimento em séculos a perder de vista. Contudo, caminhar nessa estrada é obrigatório. Nada permanece na direção errada ou no marasmo para sempre. A descoberta positiva do espírito há de chegar e determinará um novo rumo nos destinos do homem, pois seus valores serão completamente alterados.

Ao homem de sabedoria cabe considerar aqui a existência de Deus como causa primária de todas as coisas. E, se assim o fizer, será forçoso admitir a existência da alma encarnada no homem, obedecendo a um processo de contínuo melhoramento. No cosmos há muitas moradas para essa alma viver e aprender, como fora ensinado por Jesus.

Nos próximos capítulos, vamos examinar a inclusão do "princípio espiritual" impulsionando a vida na Terra, o seu desenvolvimento no concerto evolutivo e a formação de sua personalidade até a fase em que estagia nos animais, ensaiando elevar-se ao estado de espírito humano.

3

ECLOSÃO DA VIDA NA TERRA

É possível deduzir a situação inicial. Vamos observá-la em alguns detalhes. No princípio nada existia, nem o céu, nem a Terra, nem as estrelas. As leis atuais da Física, formuladas pelo homem, não valeriam para aquelas épocas iniciais do universo. Imperava um caos inexprimível, um vazio infindável. Então, o Verbo Divino, por sua vontade, desencadeia a criação. A matéria criada é impelida com energia potentíssima. Uma grande explosão, por assim dizer, ocorre. E tudo o que não existia passa então a existir.

Através dessa ação criadora, as leis se fazem presentes e o fluido cósmico universal[1] deriva-se em todos os tipos de energia. O plasma inicial forma múltiplos elementos voláteis. A química se dispersa no espaço com velocidade monumental e carrega consigo, ordenadamente, os arranjos menores que lhes foram derivados. Num dado momento, as formas dispersas perdem velocidade e giram em turbilhão, estabilizando-se num movimento orbital. Incandescências estáveis formam os sóis. Valsando em cortejo, as formações menores gravitam o núcleo, que lhes governa o movimento por força centrípeta. No curso

---

1   Energia primitiva, da qual todas as outras derivam provocando metamorfoses: gravidade, coesão, eletricidade, magnetismo etc. (N.A.)

de bilhões de anos as energias materializam-se em compacta-
ções, dando origem às formas sólidas.

Após a ação criadora, o universo conhecido se faz presente com todas as suas fascinantes e monumentais expressões
cósmicas: nuvens estelares e tremendas nebulosas vagam na
amplidão; cometas em multidões rolam pelos espaços sem-fim;
bilhões de estrelas cintilam no cosmos e carregam consigo um
cortejo de planetas; buracos negros vorazes sorvem fantásticas
energias; e uma sinfonia indizível de astros ressoa no firmamento infinito.

Numa visão de comando sublime, reduzindo a nomeada
ao modo romântico de expressão terrestre, dir-se-ia que, obedecendo aos desígnios do Criador, os governantes espirituais de
cada esfera cósmica tomam suas posições nos tronos invisíveis
do infinito, para dar início à nobre missão de constituir cada
qual uma morada evolutiva no universo.

Em órbita da estrela solar consolida-se a Terra, massa
ígnea a valsar no espaço sideral. E, assim, passam-se bilhões
de anos. A Terra e sua atmosfera são bombardeadas por várias
formas de energia e calor. Os gases formados na atmosfera pro-
vocam faíscas e chuvas intermináveis, plasmando soberbos alagados. A Terra toda é sulcada pelas águas e transforma-se num
grande pântano sem vida. Esse caldo monumental e envolvente
atravessa épocas imensas sem que dele surja organismo algum.
Formam-se os oceanos de conteúdo salgado, o movimento das
ondas, as marés, os rios e os lagos. Mas nas águas salgadas e doces ainda não há vida. As leis da Física atual estão subjugadas,
e o mendelismo simplesmente não existe.

Em meio a essa efervescência maiúscula, o supremo Criador derrama na crosta terrestre o elemento espiritual em estado
dormente, o intelecto virtual que viria despertar na Terra, em
forma de vida, assim que as condições para sua germinação fossem satisfeitas.

Deixando para trás aqueles tempos, vamos aportar na Terra, nos rios e mares já consolidados, para iniciarmos os estudos e fazermos as considerações necessárias à visualização do surgimento da vida no planeta.

De início, é necessário considerarmos que, na natureza inorgânica, a energia reina soberanamente na matéria. Contudo, há um momento em que nessa estrutura inorgânica nasce o organismo. Esse mundo, constituído de matéria e energia, passa por uma mutação de melhoria inigualável, a seu tempo, ao ser inserido nele o terceiro elemento, o espírito. O elemento psíquico, depois de preparado e inserido no ambiente pelo supremo Criador, utilizando-se de uma força vital para agir, interfere no campo energético da matéria e modifica seus entrelaçamentos estruturais de maneira vertiginosa.

Essa minúscula consciência, elemento inteligente primaz semeado no universo pelo Criador, existindo em estádio virtual, por assim dizer, e atuando nos campos eletrônicos da energia, constrange o mundo infra-atômico da matéria amadurecida e produz geometrias moleculares de acordo com sua disposição arquitetônica íntima, obedecendo sempre seu modelo organizador de vida, semente de natureza psíquica que lhe preside a formação física.

Assim, estando a matéria amadurecida, uma mutação irresistível eclode em seu íntimo por ação da consciência que, apropriando-se de um princípio vital[2], atravessa o portal inor-

---

2   O fluido cósmico universal é o plasma primaz, a fonte de onde se origina o princípio vital. Este é uma propriedade daquele. Ele é o agente fluídico que possibilita, entretém e dá vigor à ligação do espírito na matéria. Sem esta energia vital, não haveria como o elemento espiritual unir-se à massa. Ele é apenas o laço de união, quem dá vida é o espírito. Não obstante o nosso esforço, note que nenhuma outra explicação é melhor e mais clara do que a de Jesus Cristo: "Quem vivifica é o Espírito." Jo 6:63. (Yehoshua).

gânico e projeta na massa um lance de lucidez irradiante, conformando na matéria sua organização mental de vida: surge o organismo, uma mônada orgânica idealizada aqui como a menor de todas as unidades vivas da natureza. Não germina isolado, mas nasce em verdadeira profusão nas terras milenarmente amadurecidas, onde as águas umedecem os elementos, a atmosfera os amalgama e o Sol, com suas energias variadas, desperta para a vida o gérmen psíquico.

Há que se considerar, para melhor visualização do processo de surgimento da vida, que os singelos elementos químicos encontrados na natureza, derivados que são do plasma elementar[3], tais como o carbono, nitrogênio, oxigênio, hidrogênio e outros, quando agrupados de maneira equilibrada, formam moléculas bem definidas. Essas moléculas, por sua vez, ordenadas de modo singular, constituem matéria que, em composição mais complexa, forma o vírus[4]. Os vírus, agrupados em quantidade, formam espécies de bastonetes. Esses bastonetes, numa conformação curiosa, não se autorreproduzem, mas aumentam, de modo estranho, no meio vivo, e formam grandes aglomerados que poderiam ser qualificados tanto como supermoléculas quanto como infrabactérias. Portanto, dir-se-ia estarem postados num estágio evolutivo qualificado de pré-vida, estádio latente desprovido de força vital própria.

No estádio de pré-vida, condição semelhante à do vírus descrito, mas ainda anterior a ele, fase de longuíssima duração,

---

3   Informações espirituais nos dão conta de que todos os elementos químicos foram derivados de um único fator ultrafísico. (N.A.)
4   Destacamos que o vírus não é matéria viva, não pode reproduzir-se por si mesmo. De forma simples, poderíamos considerar que os vírus são somente informações genéticas rodeadas por uma capa de proteínas. São parasitas intracelulares que precisam de uma célula hospedeira para se reproduzir. O vírus infecta uma célula e permite que as suas informações genéticas dirijam a síntese de novas partículas virais na célula. (N.A.)

a consciência espraia-se num sono profundo, por assim dizer, naquele meio inorgânico, mas registra em sua memória extrafísica a atuação da energia na massa sem nela interferir. Dir-se-ia que dorme naquele estádio mineral.

Por seu turno, no mundo extrafísico, os Gênios da genética interferem no espírito-grupo dos elementos em estádio de pré-vida, ativando-lhe a quintessência com enxerto de DNA astral, o qual vai compor a genética do corpo espiritual[5] primeiro; para que na Terra nasçam as entidades vivas inaugurais e sejam procriadas depois outras formas de vitalidade que possibilitem ao espírito evolucionar em conformações mais amplas.

Assim, o princípio inteligente apropria-se de uma energia vital, com ela ativa seu DNA astral e dá vida à matéria, conformando nesta o seu modelo biológico íntimo. Evoluciona nos reinos inferiores por milhões de anos até atingir neles o limite máximo de psiquismo, ponto em que é compelido, por um processo de amadurecimento psíquico, a transpor a última fronteira e a principiar os rudimentos do reino animal nos oceanos amadurecidos da Terra.

Em síntese: um relâmpago de lucidez acomete o elemento psíquico num dado momento e ele, num impulso, verte à matéria amadurecida sua consciência de íntima organização: surge a vida!

Emerge o protoplasma, matéria viva de organização e harmonia inigualáveis. Durante o ciclo vital, a estática da matéria inerte é abalada incessantemente pelo influxo da energia vital que lhe é irradiada. Ao comando inteligente do princípio espiritual transitam e transformam-se as novas substâncias. Os

---

5   Neste trabalho preferimos a denominação "corpo espiritual", em vez de "perispírito", visando facilitar o entendimento. Contudo, trata-se de sinônimo da denominação original kardequiana. (N.A.)

corpos químicos provenientes do meio exterior são alterados no organismo vivo que deles se alimenta convertendo-os em substâncias nutritivas para seu desenvolvimento e expelindo, ao exterior, as desintegrações que não mais lhe servem aos propósitos da vida.

Como ensinava Heráclito na Grécia Antiga: "Os corpos vivos são móveis como os rios e neles a matéria se renova como as águas de uma imensa torrente". Nesse rolar constante, o organismo vivo funciona, respira, nutre, cresce, movimenta-se, sensibiliza-se, restaura, evolve e reproduz, para, em seguida, precipitar-se na morte, onde a massa é transformada, enquanto o espírito, o intelecto que a anima, segue em frente para renascer de novo em outra forma física, organizando nova vida na matéria para nela progredir incessantemente.

É ledo engano materialista pensar o contrário, pois não é a matéria que por evolução gera a vitalidade, mas é a consciência espiritual irradiada na intimidade da matéria que a transmuta e faz eclodir nela a vida. A matéria não a produz, mas é sua receptora. Cada edificação viva tem sua expressão de forma, seu caráter íntimo e sua personalidade deliberando a ação; enfim, tem um sentimento refletindo a vontade do espírito, diferenciando-o, por completo, da composição química formadora da matéria inerte.

A mesma natureza que continuamente gera dor, fome e morte também possibilita o nascimento de todos os princípios espirituais em organismos físicos, fazendo-os galgar patamares sempre mais estruturados na matéria e ir muito além dela em espírito, na eternidade.

Na medida em que o espírito organiza a matéria, aprende cada vez mais e expressa nela seu íntimo. A própria vida material o ensina, pois ela tem como característica o instinto de sobrevivência, por isso ocorre a luta para viver e a seleção natural, em que se observa a diversidade de caráter e a extinção das formas menos evoluídas, sem isso constituir nenhum mal à evolução do espírito.

Na medida em que evolve o sentimento de amor, o espírito se desprende da matéria a que está sujeito renascer para, em estádio evolvido, abandoná-la de vez, terminando, assim, para ele, o instinto de sobrevivência de que esteve prisioneiro. Passa, por conseguinte, a viver liberto na erraticidade. E ali desfruta da sabedoria obtida durante longas Eras de experiência física, para produzir com realizações criativas e amorosas sua própria felicidade.

Conforme os estudos feitos pela ciência, os primeiros seres vivos apareceram na Terra há cerca de 3,5 bilhões de anos, na figura dos procariontes[6], organismos unicelulares dos mais singelos, do reino das moneras, exemplares na forma de simples bactérias. Após iniciada essa forma viva, constituída de uma só célula, evolucionando pelas Eras surgem os primeiros protozoários, em que a ameba é o indivíduo mais conhecido.

Daí em diante, em direção ao homem, transcorrem 3,5 bilhões de anos, pois o seu surgimento é recentíssimo, assoberbando-se, no ser vivo iniciante, fantásticas mudanças. Sobrevêm nele inumeráveis reproduções. A especiação de organismos é inimaginável, as mutações são inexprimíveis, a seleção interminável e as múltiplas transformações avultam assombrosas até a vida chegar ao estágio superior e galgar a forma humana, a mais perfeita organização corpórea criada na Terra.

Diante de tamanha complexidade do organismo inteligente, a ciência entorpecida, buscando uma luz, indaga: Que

---

6   Os procariontes são moléculas rodeadas por membrana e possuem uma parede celular. As células procarióticas não possuem núcleo, podem conter pigmentos de fotossíntese, extremidades para locomoção, espécie de pelos para aderência, ter formas cocos (redondas), bacilos (bastonetes) e espiralada (helicoidais). (N.A.)

raízes cósmicas de consciência espraiada o mais singelo dos elementos químicos teria para que sua combinação com outros fosse capaz de gerar vida?

Esta é, na verdade, a indagação feita por muitos homens de ciência na tentativa de encontrar uma explicação cientificamente válida, capaz de elucidar o entendimento dessa consciência espraiada existente nas formas de vida, a qual não pode ser vista senão pelo seu efeito: a vida.

A resposta, contudo, é que esses prolongamentos de consciência não estão no campo da matéria. Transcendem a isso. Estão no plano extrafísico, no estado astral da existência em que as técnicas atuais de pesquisa não conseguem tatear, por isso não são encontrados. Entretanto, a resposta para isso a própria ciência deverá encontrar, basta procurar o espírito humano encarnado no homem, pois ele é o princípio espiritual primitivo já evoluído por bilhões de anos, o mesmo que organizaara a vida na matéria e se utilizara dela para chegar à fase humana em que se encontra, preparando-se para incursões ainda mais arrojadas.

Quanto mais se desce na escala dos seres vivos, mais difícil observar neles traços da vida psíquica, embora sejam encontrados. O homem está na superfície. A observação do fenômeno deve ser feita no nível mais simples e superficial, para depois descer a níveis mais profundos e complexos. Seria impossível ao padre tcheco Gregor Mendel pesquisar no século XIX o complexo fenômeno bioquímico da vida hoje conhecido; ele fez somente o simples cruzamento biológico de plantas no jardim do convento e descobriu a genética – é no mais simples que está o fio da meada.

Sendo a matéria viva o reflexo harmônico do espírito imortal, e sendo ele efeito inteligente de uma causa maior, depreende-se que a vida fora efetivamente criada por um ser inteligente chamado Deus.

A vida não fora criada em forma de um corpo pronto, como uma semente inserida na terra para ali simplesmente germinar a mais bonita das flores. A vida evoluiu. Nem tampouco o primeiro homem fora colocado pronto na Terra, pois ele, evidentemente, como está demonstrado, é produto de evolução milenar. A vida na matéria fora criada a partir de um princípio espiritual que evoluiu no decorrer das Eras. Não teve início na efervescência química inicial do planeta, mas utilizou-se dela para nascer na matéria, fazendo eclodir a vida. E, num processo lento de evolução, por meio do "nascer, morrer e renascer ainda de novo para progredir sempre", em conformidade com as leis da Eterna sabedoria a presidir sua evolução, estagiou nas várias formas de vitalidade, desde os organismos mais simples até os mais complexos. Os mecanismos genéticos desenvolvidos pelo espírito estabeleceram os limites de cada espécie; para modificá-los, produziu mutações sucessivas, governadas pelos Gênios da genética, até atingir a forma humana.

Há que se ter claro que um homem não é um átomo, mas um ser complexo dotado de organismos autorreplicantes. Ele próprio é um ser reprodutor capaz de formar em seu organismo uma terceira criatura que lhe sucede como filho. O homem é um complexo composto de átomos, moléculas, células, órgãos, aparelhos que funcionam e se autorregeneram quando afetados, precisando ser coordenados por um cérebro pensante e organizador. Um ser dessa complexidade não surge e evolui ao acaso, por si só, ou somente por um processo de mutação e de seleção ao sabor apenas da natureza, ainda que longuíssimo. Isso está, pelo simples bom senso, mais que evidente. É a razão pela qual o próprio cientista não se satisfaz com a teoria evolutiva por ele criada, sente faltar algo. É preciso uma consciência gerindo todas essas ações, um fator inteligente superior ao corpo que o organize na complexa sinfonia da vida. Avulta, aí, o espírito imortal.

Entende-se, assim, que o elemento espiritual é o agente fundador na sinfonia da vida. Ele selecionou os elementos e os animou, produzindo a vida, e evoluiu nela vestindo corpos materiais, os quais lhe serviram de facilitador no processo. O destino final que lhe fora traçado pelo Criador se nos afigura como sendo o de atingir a sabedoria e a perfeição com méritos próprios, para daí prosseguir em realizações outras que, embora possamos cogitar, na verdade estão fora do nosso alcance.

4

O VIAJANTE DAS GALÁXIAS NA EVOLUÇÃO

De certa maneira, é de conhecimento dos interessados nas obras tradicionais da evolução humana a partir da Teoria Evolucionista que após o surgimento da vida no planeta, verificada com organismos simples, sucedeu-se uma série de eventos propiciando a evolução desses organismos para outros mais complexos. Após o impulso inicial, surgiram inumeráveis formas pluricelulares de vida, a autorreplicação celular, as algas verdes, o aparecimento do sexo, os primeiros protozoários, os animais oceânicos e a passagem deles à terra firme. Nesse estágio, a evolução prosseguiu formando outras espécies. Assim, sucessivamente, vieram os símios e, destes, os antropoides, ramo do qual o homem prosperou.

Na verdade, o objetivo aqui não é aprofundar estudo na evolução das espécies que antecederam o surgimento dos primeiros hominídeos; tal assunto, no aspecto espiritual, já foi magnificamente desenvolvido em outras obras que se tornaram referência obrigatória para estudo[1]. Por esse motivo, vamos dar um salto de 3,5 bilhões de anos na evolução das espécies, para retomarmos a subida da árvore da vida no ramo dos antropoides, animais próximos da espécie humana

---

1   Menção de Yehoshua às obras citadas na bibliografia; destaco nesse particular *Evolução em Dois Mundos*. (N.A.)

que poderemos focar mais de perto para vermos a evolução do espírito.

Antes, porém, é preciso concluir neste capítulo a evolução da vida na Terra, examinando algumas objeções à Teoria Evolucionista, em seus pontos mais vulneráveis, pois uma nova ótica na sua formulação, considerando o elemento psíquico pré-existente, daria a ela o fundamento adequado. Trata-se de aprofundar o conceito do capítulo anterior dada sua importância, de modo a demonstrar a necessidade de a ciência dirigir suas pesquisas ao ponto em que possa concluir a questão evolucionista de modo completo.

Em 1859, Charles Darwin publicou sua obra *Sobre a Origem das Espécies Mediante a Seleção Natural*, dando início à Teoria Evolucionista. Desde então, muitos homens de ciência têm-se ocupado dessa questão.

Da metade do século XX em diante, o assunto ganhou maior destaque. Passou a ser debatido à luz de novos conhecimentos surgidos em decorrência do próprio avanço científico no campo das pesquisas e dos grandes avanços técnicos.

O bioquímico russo Alexander Opárin e, depois, o biólogo inglês J. B. S. Haldane, em meados do século XX, ventilaram a hipótese de gerar vida a partir de uma solução química concentrada, uma composição denominada "caldo pré-biótico".

Esse caldo fora composto inicialmente por ingredientes como metano, amônia, hidrogênio, vapor de água e uma atmosfera com pouco oxigênio. Tal composição revelou-se insuficiente para gerar vida, por isso seria alterada inúmeras vezes pelos biólogos que se detiveram em pesquisar o tal processo.

A ideia científica básica, com esse caldo, é de produzir em laboratório uma evolução de elementos partindo de moléculas simples até chegar a outras mais complexas, de modo que a vida seja produzida a partir da matéria inerte.

Considerando que a natureza levou bilhões de anos para produzir vida, essa operação, em laboratório, deve ser acelerada por meio de técnicas especiais, sempre considerando a absoluta ausência de inteligência na operação. Assim, todos os eventos deveriam ocorrer aleatoriamente, ao acaso, num processo, dir-se-ia, estritamente natural.

Em condições mais ou menos semelhantes, o doutor Stanley Miller fez a mesma experiência durante 40 anos. Depois desse tempo, declarou que nenhum de seus experimentos produzira matéria orgânica ou biomoléculas autorreprodutoras de nenhum tipo. O acoplamento espontâneo de sistemas moleculares, para sua produção ser organizada, gravada e interpretada em modelos genéticos perfeitos, assim como se encontra sintetizado no DNA celular, continua sendo um grande mistério e o enigma permanece desafiando o mundo da ciência.

A esse ponto, devemos aduzir ao pensamento científico que sem a interferência do elemento psíquico não se estimula a geração da vida. Não se trata apenas de compor corretamente o caldo pré-biótico e empregar energia para amadurecer a matéria, trata-se de que faltou nesse "caldo" o elemento principal: o espírito[2]. Sem o princípio inteligente não há vida.

De encontro ao propósito da nossa argumentação, acrescentamos que o doutor Francis Crick[3] (1916 – 2004), um dos descobridores da estrutura do DNA e cientista ganhador de Prêmio Nobel, em seu trabalho deixa claro que as proteínas

---

2   Reforçamos que o espírito neste estágio inicial é apenas um princípio inteligente em suas primeiras manifestações. Para outra fonte de informação, ver *Evolução em Dois Mundos*, cap. III, subtítulos: Primórdios da vida; Nascimento do reino vegetal; Formação das algas. (N.A.)

3   Francis Crick & L. E. Orgel. *Directed Panspermia*. Icarus, 1973, 19:341-346. (N.A.)

possuem composições tão complicadas que deve existir por trás delas uma "inteligência organizadora".

O doutor Crick está tão convencido de que existe certa inteligência na magnífica estruturação da vida que postulou em sua prestigiosa publicação que os primeiros complexos bioquímicos, contendo DNA e RNA, teriam sido trazidos à Terra por "viajantes intergalácticos".

Seu posicionamento não deve causar espanto, pois o doutor Crick é um dos cientistas mais conceituados do globo e, além disso, outros de grande expressão compartilham de suas ideias. Ele sabe o que está dizendo e onde pretende chegar. É natural que, com essa postura, transfira o surgimento da vida para outra parte do universo, passando a teorizar somente a evolução das espécies, intento este menos difícil para a ciência do que demonstrar o surgimento da vida. Naturalista convicto, ele sabe que, sem admitir uma inteligência organizando a matéria, a Teoria Evolucionista torna-se inacabada; por isso, preferiu postular a presença de extraterrestres semeando vida na Terra do que admitir a interferência Divina, a qual ele não consegue encontrar em sua lógica. O Divino, para ele, seria o ser extraterrestre.

Com base nos relatos espirituais, devemos reafirmar que o solo da Terra teve seu processo de maturação realizado, possibilitando a eclosão da vida a partir de um desenho genético realizado pelas inteligências superiores que conformaram, no plano extrafísico, também o molde organizador biológico, dando-lhe as características para o arranjo vital.

Portanto, o princípio inteligente existe, mas não da forma postulada pelos cientistas, que o idealizaram como semeado por um hipotético viajante físico das galáxias, mas sim como espírito, o verdadeiro organizador da vida na matéria. A eclosão do espírito é obra de Deus; ele surge como uma flor, sem que se saiba como; o processo evolutivo do espírito encarnado, a seu turno, vem depois, facilitado pelos Gênios da genética, prepostos ultrafísicos do Altíssimo.

Outro fator que inquieta os cientistas é o fato de haver nas várias camadas geológicas da Terra fósseis de plantas e de animais todos em forma já complexa e consolidada de vida. As formas mais simples e transitórias, mostrando a evolução gradual e progressiva, não são encontradas.

Diante dessas ausências, surgem algumas indagações: Onde estarão fossilizadas as formas vivas transitórias? Por que não são achadas? Se a evolução ocorreu lentamente, seria lógico achar esses elos de ligação fossilizados nas camadas da terra; por que não aparecem? Por que desde Darwin persiste esse mistério? Por que os animais aparecem formados nas várias camadas e nelas não há sequer sinal dos ancestrais mais simples? Tais indagações causam enorme vácuo no saber e atormentam de longa data os mais expressivos cientistas.

Sobre essas dúvidas, informes espirituais dignos da nossa mais profunda consideração dizem que as formas intermediárias foram plasmadas pelos Gênios da genética no mundo extrafísico, e que lá foram trabalhadas até serem vertidas à matéria física em pouquíssimas especiações, razão da dificuldade de encontrar os parcos elos de ligação fossilizados há milhões de anos na Terra.

Além dessas objeções, há também outras com as quais os cientistas se deparam e que devem ser mencionadas. Hoje, sabe-se que a seleção natural tende a preservar as espécies, ou seja, a seleção natural as aprimora, mas não as modifica; por isso, não poderiam aflorar novas espécies, mas somente os aprimoramentos da mesma, afirmam alguns.

Ora, tal afirmativa apenas corrobora os apontamentos espirituais, os quais dão conta de que a elaboração das formas intermediárias deu-se na esfera extrafísica e lá ficaram.

Outro mecanismo proposto pela Teoria Evolucionista é o da mutação, ou seja, acidentes genéticos que fazem surgir novas espécies e, daí em diante, elas são aprimoradas pela seleção natural. Contudo, esse mecanismo, sem a gerência de uma entidade inteligente, redundaria em extinção da forma mutante, pois esta é inferior à principal; assim, pela lei da seleção natural, seria rapidamente exterminada. Antes de tudo, a mutação é por si só um desregramento fraco, que perece em pouco tempo após ter surgido. O ser mutante não resiste à competição inicial e se extingue sem progredir. Portanto, é evento único, e não chega a constituir espécie.

Sobre as mutações, os ensinos espirituais dão conta de que tais raciocínios estariam corretos se não houvesse o gerenciamento inteligente; contudo, ele existe e é realizado por entidades superiores, as quais se encarregam de produzir os fenômenos e fazê-los prosperar adequadamente nos campos da matéria física e extrafísica, cada qual a seu tempo.

Outro problema é a complexidade da evolução na passagem de uma espécie para outra. O doutor Michael Denton[4] argumenta que a evolução dos répteis em direção às aves é extremamente complexa. Dentre todas as complicações de anatomia que fazem um ser rastejante evoluir e tornar-se um outro capaz de voar, a natureza tem de resolver também a questão da complexidade do aparelho respiratório, tão diferente entre eles e ao mesmo tempo tão importante, pois em razão de segundos pode ceifar a vida do animal, mormente de mutantes em estágio intermediário. Assim, é difícil entender como um sistema orgânico tão complexo possa ter evoluído por meio da seleção natural, sem interferência inteligente nenhuma.

---

4   Michael Denton. *Evolution: The Theory in Crisis*. Adler & Adler, 1986, p.326-328. (N.A.)

Não obstante a oportunidade dessas considerações, ainda assim tornamos ao mesmo argumento, pois a interferência dos geneticistas do Altíssimo, elaborando e organizando o processo como um todo, é a causa inteligente capaz de solucionar as objeções levantadas.

Deve ser acrescentado que, com tais argumentos, não se trata de depreciar a Teoria Evolucionista; ao contrário, nosso propósito é mostrar sua validade, mas aperfeiçoando sua lógica. A evolução da vida efetivamente existiu. Não da maneira alegórica expressa no *Gênesis* mosaico, pois somente a observação dos fósseis ancestrais do homem é suficiente para compreender o sentido figurado daquelas Escrituras, mas sim na progressão de todos os seres vivos, dotados de alma, de espírito imortal que vivifica a matéria e se utiliza dela desde o princípio para evoluir.

Não satisfaz a ciência o fato de sem uma força inteligente, gerindo as ações evolutivas, as peças do quebra-cabeça não se encaixarem de modo algum. É imperioso admitir a existência dessa inteligência oculta, embora não encontrada. Sua existência é dedução lógica. Ela existe; não se trata somente de ato de fé. Não é necessário, para encontrá-la, procurar por Deus em primeira pessoa, pois Ele é a causa do fenômeno, não o seu efeito. Nem tampouco é preciso iniciar a procura com o propósito de encontrar o elemento espiritual primário, já irradiado no microscópico mundo molecular. Esse elemento inteligente evoluiu e tornou-se espírito humano. Portanto, em busca da verdade, a ciência deve pesquisar em paralelo, procurando encontrar o espírito irradiado no homem. Ele é o fenômeno. Ele é a inteligência que pode ser efetivamente encontrada. Nele está a verdade sobre a evolução da vida.

No próximo capítulo vamos sintetizar o evolucionismo do espírito, para passarmos depois ao exame da origem do homem.

5

Evolucionismo espiritual

Dominando parcialmente o átomo, ao construir inúmeros artefatos bélicos destruidores da vida, a ciência demonstrou na prática que massa transforma-se em energia por meio de uma reação nuclear em cadeia. Uma converte-se na outra num estádio íntimo, próprio das coisas inanimadas em condições especiais. Embora sejam de mesma essência, para facilitar o raciocínio vamos considerá-las separadamente.

Matéria, energia e espírito são elementos primordiais. A matéria, por ser concreta, foi a primeira a ser estudada e entendida pela ciência. A energia, deduzida na Antiguidade, foi encontrada recentemente em sua íntima constituição, no seio do átomo. O espírito, elemento inteligente, está em estágio de dedução pela ciência; não é admitido por ela, embora seja encontrado pelas mentes sensíveis que com ele interagem. Deve ainda ser observado em suas manifestações, estudado e pesquisado com métodos científicos atuais, para ser encontrado positivamente e de modo repetitivo nos laboratórios do mundo inteiro, para ter efetivamente comprovada sua existência.

Matéria e energia, por si sós, não geram vida, assim como a vida não gera o espírito. É a essência da vida, inclusa nesses dois elementos, que produz a vitalidade. O espírito não é a matéria orgânica, mas o elemento inteligente que a organiza.

Esses três elementos são expressões criativas de uma inteligência maior que se utiliza deles para arquitetar seus complexos empreendimentos. Esse Arquiteto maior planeja e produz as edificações espirituais, enquadrando-as dentro de leis evolutivas imutáveis e muito bem definidas. Leis completamente desconhecidas do homem, mas cujos efeitos podem ser observados, ficando evidente que desde os alicerces fundamentais até o topo desses edifícios espirituais, a cada nível que avançam são agregados novos valores de ordem somática, psíquica e moral.

Em outras palavras, de início o espírito é apenas um elemento psíquico simples que se espraia na matéria ditando uma harmonia vital capaz de organizar somente formas rudimentares de vida, mas evoluciona em direção a organismos cada vez mais complexos. Não possui, em seu ponto de partida, conhecimento algum de nada, apenas traz consigo, em sua organização íntima e diferenciada, um potencial inteligente a ser desenvolvido. Sua constituição lhe permite irradiar-se na matéria para aprender agindo e reagindo. Seu aprendizado, automaticamente gravado na memória extrafísica, ali se acumula sem cessar. Assim, o espírito está potencialmente capacitado para dar os primeiros passos nos campos do saber.

Na verdadeira origem, o elemento espiritual encadeia-se em seu manancial extrafísico e prepara-se atuando nos campos da energia. Em seguida, durante extensa incursão nos reinos inferiores, como no das moneras, dos protistas, dos fungos e das plantas, em si mesmo tece inúmeras propriedades psíquicas, e com méritos próprios capacita-se a adentrar ao reino animal da evolução, onde passará a comandar a vida com iniciativas de voluntariedade.

Imerso no reino animal, o agora princípio inteligente, possuidor de psiquismo mais avantajado, congrega outros princípios vitais específicos da espécie em sua organização corpórea e inicia amplas experimentações para desenvolver a inteligência por meio das sensações.

Em seu transcurso evolutivo, o qual decorre longas Eras, o princípio inteligente adquire maior consciência e avança mais eficazmente no aprendizado ao estagiar nos animais constituídos de cérebro, em que experimenta com vigor os instintos do mundo animal. Nesse estágio, adquire o sentimento inicial de amor para com o filho, o qual protege durante toda a infância.

Assim, aos poucos, por evolução, capacita-se cada vez mais consolidando sua individualidade, na qual evoluciona por milhões de anos até passar ao estádio original de espírito humano, animando corpos de carne mais aperfeiçoados, com maior liberdade para traçar seu próprio destino em mundos primitivos.

De posse da máquina humana, a mais perfeita obra genética na Terra, nas reencarnações que experimenta o espírito peregrina de um corpo carnal a outro, aprende lição após lição, passa por provas e expiações diversas, estagia em todas as situações que a vida humana lhe possibilita e progride incessantemente. Assim, aos poucos, constrói seu edifício de conhecimento, atingindo níveis cada vez mais altos, progredindo rumo à perfeição.

É justo pensarmos que, dessa maneira, Deus, a causa primária de todas as coisas, cria e faz evolucionar o espírito. A cada passo da edificação um mundo novo é descortinado aos olhos da inteligência criada como um impulso que a impele a progredir nos campos do conhecimento e da virtude. A subida desse edifício é irresistível, impossível de ser detida. A seleção do melhor é obrigatória, e o senso de responsabilidade prospera irremediavelmente em direção à moral. O último plano dessa edificação é o amor integral.

Os espíritos, seres incorpóreos que são, constituídos da sublime quintessência psíquica, criados incessantemente pela divindade e dotados de vida imortal, povoam todos os universos siderais. Tiveram começo, mas não possuem fim, pois a inteligência espiritual não é matéria perecível, embora isso possa parecer estranho ao limite científico. Por essas circunstâncias, a ciência poderá encontrar o espírito e conhecer suas ideias, mas não poderá dominá-lo, como fez parcialmente com a energia no seio do átomo.

Para a ciência, o espírito poderia ser comparado a um evento único, que não pode ser criado nem transformado em laboratório; entretanto, não é fato histórico, por assim dizer, semelhante à "descoberta do Brasil", porque não é físico, mas elemento vivo e inteligente que evoluciona sem cessar. Pode ser pesquisado e encontrado em suas formas de expressão mais próximas do plano físico evolucionado. Portanto, é objeto de estudo científico.

O nosso propósito é que a ciência possa desenvolver no futuro uma estrutura positiva de decodificação espiritual que permita a compreensão racional de Deus a partir da descoberta do espírito ou de suas evidências. Estreitando laços com a religião, esses novos elementos científicos de Teologia responderão com verdade incontestável os porquês da alma. E determinarão, com real saber de causa, uma mudança radical de conduta humana, tornando o homem melhor.

O espírito possui características próprias de manifestação e está envolvido por bioforma específica[1], semimaterial, com a qual se expressa no mundo físico. Poderá ser pesquisado, desde que sejam eliminados os preconceitos, pois são eles que distorcem o resultado das pesquisas, fazendo-as derivar para estradas circulares de onde não se chega a parte alguma.

A comunicação dos espíritos, os fenômenos paranormais, a regressão para vidas passadas e tantos outros eventos da alma

---

1   Mais esclarecimentos sobre manifestação dos espíritos e corpo espiritual semimaterial (perispírito) podem ser encontrados em *O Livro dos Médiuns* e em *Obras Póstumas*. (N.A.)

oferecem imenso campo de experimento, onde os cientistas, em trabalhos sérios e bem planejados, poderão desvendar magnificamente os enigmas evolutivos no orbe terrestre.

A Doutrina Espírita é a porta principal de entrada para esses trabalhos. Ela nasceu da comunicação dos espíritos; sem as comunicações, ela não existiria. Portanto, trata-se de adentrar um portal já existente para observar fatos e estudá-los detidamente, mas participando de modo efetivo.

Devemos considerar que assim como a ciência convencional constrói seu edifício com hipóteses e teorias demonstráveis, a ciência espírita também assim procede, no sentido de calcar sua filosofia e religião em bases racionais, à prova do efetivo experimento. A Teologia Espírita parte do microfenômeno espiritual na eclosão da vida, observa seu evolucionismo e segue em direção a Deus para demonstrar a Sua existência através do espírito encarnado no homem.

Em 18 de abril de 1857, dois anos antes da publicação da obra de Darwin, Kardec publicou *O Livro dos Espíritos*, marco inicial do Espiritismo. Produto de trabalho sério no campo das investigações psíquicas, demonstrou a presença de inteligências incorpóreas atuando no outro lado da matéria e se comunicando com os pesquisadores.

Na *Introdução* daquela obra, Kardec deixa claro seu modo científico de trabalho. Hoje, 150 anos depois, as condições de pesquisa são outras bem diferentes. As técnicas estão mais desenvolvidas. O eletromagnetismo, a eletrônica, as técnicas de filmes, as fotografias, os vários tipos de radiações, os computadores e seus programas estão todos num estágio de desenvolvimento que comporta incursões científicas jamais sonhadas num passado pouco distante. É inevitável a realização de tais pesquisas. Delas sairão os novos e grandes expoentes do mundo científico, aqueles que a humanidade futura encarregar-se-á de imortalizar.

6

O CRIACIONISMO RELIGIOSO

O homem é de fato um espécime animal antiquíssimo. Quanto a essa afirmação, não existe contraponto forte o suficiente para permanecer ativo declarando o contrário, pois lhe faltaria a necessária consistência, fazendo-o naufragar diante do primeiro obstáculo, assim como naufraga a tentativa das religiões em colocar o surgimento do homem em torno de seis mil anos atrás, fato que constitui um engano clamoroso de interpretação das Escrituras Sagradas.

Diante desse criacionismo absurdo, somos compelidos a afirmar que muitos religiosos insistem ainda em não aceitar a verdade dos fatos, seja por questões de dogma, fanatismo, falta de melhor conhecimento ou por qualquer outro engano que lhes assalte a mente. O fato é que aceitar a verdade de Adão não ter existido implicaria alterar conceitos religiosos de há muito incorporados como "verdadeiros", e os quais eles próprios não julgam estar preparados para explicar. Por conseguinte, a cúpula religiosa resiste em aceitar as interpretações da ciência mostrando uma realidade diferente da registrada nas Escrituras.

Espremidos pela verdade científica, muitos padres e pastores não possuem outra história religiosa para contar a seus fiéis senão aquela mostrada na Bíblia, entendida por eles de forma literal, não como símbolo a ser interpretado. Acreditam que, negando aos fiéis a verdadeira origem do homem, posta-

dos assim num fundamentalismo conservador, estariam preservando a integridade das Escrituras, pois manchá-las seria
uma violação imperdoável, capaz de derrotá-los popularmente
de maneira irremediável.

Assim procedendo, esses religiosos não se recordam do
mérito da verdade espiritual que, uma vez conhecida, liberta
o homem da ignorância e o faz evoluir. É forçoso reconhecer a
existência do espírito em suas expressões mais simples, desde
o início de sua evolução na Terra, dando explicações racionais
para o homem avançar espiritualmente de modo mais intenso.

Rejeitar essa outra face de Adão, deixando de reconhecer que a espécie humana emergiu de uma convergência primata e sua origem remonta a milhões de anos, somente pode
ser classificado como fundamentalismo religioso prejudicial
ao saber humano. Trata-se de uma defesa de princípios que se
concentra num conjunto de crendices puristas e em atitudes
desconexas da razão. Engano que se agarra na infalibilidade
das escrituras, no nascimento virginal de Jesus, na salvação limitada a poucos eleitos, na alma que estaria no sangue e fugi-
ria no ato de transfusão, na ressurreição dos corpos mortos, na
segunda vinda de Cristo e em outras passagens das Escrituras
nas quais a pena exagerada da Igreja se fez presente. Enfim,
a todas essas formas de pensamento destituídas de razão não
daremos crédito, e sua inconsistência ficará cada vez mais clara no decorrer deste livro.

Não pretendemos desenvolver aqui a questão funda-
mentalista, mas com lucidez teológica devemos ressaltar que
Jesus Cristo, como entidade de maior hierarquia no orbe terrestre, não poderia contrariar as leis naturais que regem a espécie e a reprodução humana. Leis estabelecidas na Terra pela
vontade de Deus. No tocante ao assunto sexo, longe de este se
constituir num malefício à humanidade, o fato é que sem ele
não existiriam os animais e muito menos o homem na face da

Terra. "Multiplicai-vos", disse Deus após ter surgido o homem. Contudo, somos forçados a reconhecer que na época do nascimento de Jesus o homem tinha aviltado de tal modo o sexo que era preciso ter, como espelho moral à face humana, a imagem imaculada da Virgem Maria refletindo sua pureza na concepção do menino Jesus, como providência necessária à evolução dos valores morais do homem. Apesar de hoje, dois mil anos depois, com os avanços já feitos pela genética podermos cogitar de alguma hipótese semelhante à inseminação artificial para justificá-la, ainda assim é preciso considerar também a possibilidade de Jesus não ter sido filho único de Maria. Duas hipóteses respeitáveis. A divindade e a pureza do Cristo estavam no seu espírito evoluído, não no modo de geração da carne, sobre o qual paira dúvida. Embora as Igrejas cristãs tenham fundamentos não danosos como os de outras ideologias, ainda assim é preciso suprimir da razão alguns deles. De nossa parte, o tema sexo, com visão evolucionista espiritual, ainda será desenvolvido mais à frente.

A origem do homem tem sido estudada desde há muito. No século XVII, o teólogo francês Isaac de la Peyrére[1] achou diversas pedras lascadas espalhadas num determinado campo. Estudou-as detidamente, utilizando-se dos meios materiais de que dispunha, os quais eram bastante singelos. Concluiu que aqueles artefatos de pedra lascada haviam sido construídos num período bastante remoto, anterior ao aparecimento de Adão.

Devemos considerar que segundo as dissertações de Moisés, no *Antigo Testamento*, Adão fora o primeiro homem na Terra, tendo deixado extensa geração. As Escrituras Sagradas foram estudadas sob a ótica religiosa de que tudo estava abso-

---

1 Citado por Kardec em nota de rodapé: cap. XII:25 - *A Gênese*. (N.A.)

lutamente correto, sem que a mão humana tivesse ali nenhuma participação indevida. Tudo teria vindo de Deus e estaria registrado segundo seu pensamento.

Em conformidade com os parcos conhecimentos científicos sobre a origem do homem, disponíveis no ano de 1650, o arcebispo James Ussher fixou o ano de nascimento de Adão em 4004 a.c., embora, anteriormente, os judeus o houvessem fixado em 3760 a.c., considerando que o ano cristão de 2000 equivale ao ano israelita 5760.

Entretanto, Peyrére não se importou com isso. Ficara tão empolgado com sua descoberta que chegou a escrever e a publicar o livro *Pré-adamitas*, em latim, dando conta do importante fato científico que descobrira. A polêmica fora enorme. O problema estava concentrado na afirmação de que as pedras teriam sido trabalhadas num período anterior ao aparecimento de Adão, constituindo verdadeira heresia perante as Escrituras. O livro teve o destino de milhares de outros: fora incinerado em grande fogueira no ano de 1655, logo após sua publicação.

Embora estudos sérios tenham sido feitos no século XVIII, como também surgido grandes homens no XIX estudando a evolução, os cientistas da época não chegaram a ser compreendidos pela cultura dominante. As razões dessa incompreensão foram resistências conservadoras e graves ataques públicos de religiosos que não queriam tirar Adão e Eva do Paraíso.

Somente no século XX, com o progresso científico verificado no mundo, é que o estudo da origem do homem ganhou novo entendimento e quebrou as grandes barreiras. Assim, a ciência pôde extrair as verdades encobertas nas entranhas da Terra, com o auxílio da arqueologia, e fazer curvar, ao peso de incontestáveis evidências, alguns dogmas religiosos fincados pela Igreja no decorrer de séculos.

Embora louvável o mérito alcançado no passado, ainda assim somos forçados a reconhecer que penumbras religiosas teimosamente persistem, fazendo agonizar as religiões conservadoras, proporcionando substancial retardo no conhecimento da verdadeira origem do homem.

Aqui deve ser feito um parêntese, para ressaltar que em meados do século XIX os prepostos do Cristo preparavam os alicerces de um novo advento, a eclodir na França, visando trazer um facho de luz renovador à humanidade. O entendimento da evolução do espírito seria capaz de libertar o mundo da ignorância, imposta pela Igreja nos longos séculos de seu predomínio na Idade Média.

Eis então, como prometera Cristo, surge o Consolador Prometido, o Espírito da Verdade que viria legar ao mundo a Doutrina Espírita, codificada por Allan Kardec.

Em meio às grandes controvérsias científicas e religiosas da época, a Doutrina dos Espíritos emerge trazendo informações valiosas ao tema abordado na presente obra, pois veio fazer o homem conhecer a si mesmo como espírito que efetivamente é, o qual vem se aprimorando moral e intelectualmente desde longas Eras, evoluindo rumo à plena sabedoria. Mas, caro leitor, sobre esse tema não vamos nos deter, pois dele ainda falaremos mais à frente.

No próximo capítulo vamos observar outros contornos para pegar o magnífico fio da meada e desenrolar o novelo da evolução humana.

7

O FIO DA MEADA

Ainda que grandes avanços tenham sido obtidos no campo da antropologia, a visão da rota evolutiva do primata *hominis* permanece encoberta por ampla nuvem de mistério, difícil de ser elucidada pela ciência. Os registros fósseis referentes a determinadas épocas simplesmente não existem ou são extremamente escassos, por isso certos pontos da evolução humana são desconhecidos.

O estudo da evolução é realizado em base sólida. Entretanto, no instante do surgimento da vida e nos pontos em que ocorre a mutação das espécies, o fio da meada se perde de repente. O estudioso se depara então com um abismo intransponível. Chegando a esse precipício em que impera a escuridão, não se caminha mais a passos concretos. Nele, o científico geralmente é compelido a adentrar o terreno das interpretações sugestivas, usando conhecimento proveniente de outros fósseis encontrados e demais dados disponíveis, onde tudo leva a crer que a evolução deva ter seguido este ou aquele caminho.

No vasto campo de possibilidades com o qual se depara, é imperioso escolher a interpretação mais sugestiva, que se lhe afigure mais provável, aquela cujo sentimento pessoal aconselha e o raciocínio lógico lhe permita visualizar. Realizada a interpretação do que poderia ter ocorrido há milhões de anos com a evolução das espécies, ele fica no aguardo de novas provas materiais a serem descobertas, para confirmar a conclusão obtida. Assim, o abismo da falta de conhecimento é transposto.

A ciência, completando o que lhe falta na base concreta de dados, avança rumo à filosofia e toma-lhe por empréstimo as técnicas de raciocínio. Assim pode concluir a tarefa, desvendando a origem do homem e suas fases de desenvolvimento morfológico e intelecto-cultual.

Enquanto o homem avança no estudo da genética, consolidando mapeamentos e derivando exames para desvendar os mistérios da constituição íntima de seu corpo, tomamos nessa empreitada outro caminho e chegamos ao nosso propósito com o auxílio dos espíritos.

Trata-se de um atalho que, antes de tudo, deve servir de estímulo ao poder de pesquisa humano, para encontrar essa consciência evolucionada que é o espírito. Entretanto, somos propensos a pensar que em breve a genética, a partir de certos fósseis, poderá desvendar grande parte dos enigmas da evolução humana, problemas não resolvidos há séculos, que tomam hoje de assalto a mente científica.

Uma explicação aqui se faz necessária. O nosso método de adicionar conhecimento e concluir a questão em pauta vai além dos tradicionais. Não permanecemos apenas com a ciência e a filosofia; a estas acrescentamos conhecimentos da Doutrina Espírita. Quando nos encontramos diante de um enigma ou precisamos de confirmação diante de grave obstáculo, socorremo-nos, quando possível, da comunicação espiritual e emitimos nosso parecer com esse embasamento. Então, o véu que encobre o saber da escalada do homem é retirado de nossos olhos e a visão dos acontecimentos pré-históricos se faz clara para escrevermos.

Tecendo considerações sobre a vida do espírito, afirmamos ser inconcebível ao homem espiritualizado que o espírito dotado de inteligência progressiva, tendo acumulado conhecimento em cada encarnação vivida e expandido sua capacidade intelectual, vá continuar sua existência no plano extrafísico, após deixar o corpo, sem usar ali seu intelecto pleno para executar obras mais engenhosas do que as da Terra. Os recursos daqui são insignificantes se comparados aos de lá. Sendo assim, é possível imaginar as realizações maravilhosas que o espírito pode executar intervindo nas energias ultrafísicas daquela dimensão quintessenciada.

Os espíritos têm nos ensinado que tudo constituído de matéria observável aos olhos do homem pode ser formado naquela esfera por ação da entidade evoluída, de maneira mais fácil do que a realizada na Terra, pois a capacidade do espírito motor, por assim dizer, é aumentada em muito naquela dimensão.

Contudo, o inverso, ou seja, realizar na Terra as obras notáveis existentes no plano extrafísico, somente em raras ocasiões é possível, e ainda assim de forma muito singela, pois o meio físico-químico denso não comporta idealizações com a plasticidade, a beleza e a funcionalidade das do plano sutil. Portanto, aquelas notáveis realizações são reproduzidas na Terra de forma discreta pelas mãos do homem.

A lembrança que o homem tem das belas realizações do lado de lá é muito vaga. Trata-se de um remanescente singelo de vivências presenciadas quando de sua viagem ao plano extrafísico, nas horas de sono, por desprendimento do corpo espiritual. Nesse estado de consciência, verifica-se certo intercâmbio de experiências entre os seres dos dois planos, com objetivo de ajudarem-se mutuamente. Assim, o espírito encarnado, conforme sua possibilidade, reproduz na

Terra obras[1] e ideias já existentes no plano da matéria quintessenciada.

Vale ressaltar que naquela esfera de vida se encontram arquivados todos os registros da evolução do homem, e, quando permitido conhecê-los, os espíritos superiores se encarregam de comunicá-los conforme a capacidade humana de compreendê-los. O propósito dessas comunicações é, no mais das vezes, estimular e dar direção ao rumo das pesquisas, para agregar valor espiritual ao homem, única maneira de elevá-lo na eternidade.

---

1 Após a publicação da primeira edição deste livro, o mentor espiritual mostrou-me, durante uma emancipação da alma, o original desta obra no plano extrafísico, a qual tem lá o nome de "*A Grande Colônia*", e contém informações mais amplas do que as reproduzidas aqui, as quais não me foram dadas à consciência. (N.A.)

8

OS ANTEPASSADOS DO HOMEM

Podemos dizer que há 65 milhões de anos, na Era Cenozoica, período Terciário, época do Paleoceno, quando ocorreu o desenvolvimento dos mamíferos primitivos, um volumoso bando de pequenos primatas especiais que vivia no chão das florestas tropicais da África, nas regiões próximas à linha equatorial, iniciou uma longa caminhada evolutiva que culminaria com o surgimento do homem atual.

Aquelas criaturas de constituição física apenas em início de formação não possuíam, naquelas épocas a perder de vista, cérebro suficiente para imaginar o destino que lhes fora traçado pelos prepostos do Criador, entidades que se ocupavam da formação da espécie humana na Terra, bem como não imaginavam a transformação que elas próprias seriam capazes de realizar na superfície do globo.

Ao contrário daquele mamífero especial, o homem moderno esclarecido e atualizado com a evolução das ciências pode visualizar com relativa facilidade aqueles seus remotíssimos antepassados. Mas essa visão tem que ser feita com prudência e sempre no campo das hipóteses, pois, de concreto, ainda não é possível fazer nenhuma afirmação definitiva sobre a verdadeira origem do homem, em razão de a ciência caminhar calcada no terreno das descobertas fósseis para concluir com acerto a questão.

Os cientistas consideram que houve uma época no passado em que aquele bando de mamíferos especiais desenvolveu o sentido de visão com foco de profundidade, de modo a poder distinguir perfeitamente à sua frente o alimento que desejava. Mais tarde, ampliou as capacidades de pegar alimento e locomover-se. Com os membros, pôde tanto caminhar por terra quanto subir em árvores.

Procurando agarrar comida e galhos de árvore, nos membros dianteiros, um dos dedos da mão, o polegar, desenvolveu-se de forma mais distanciada dos demais em razão dessa necessidade. Entretanto, nos membros posteriores, em função de alçar-se e dar continuamente alguns passos em busca de água e alimento, ocorreu o inverso, ou seja, todos os dedos dos pés tenderam a ser próximos uns aos outros, estabilizando a caminhada. Assim, no decorrer de milhões de anos, aqueles seres especiais formaram o tronco de todos os primatas conhecidos.

Acredita-se que os primatas proliferaram por toda a zona equatorial da Terra, numa quantidade extremamente grande. Formaram várias espécies, e a mistura de raças com fatores reativos externos redundou em mutações genéticas. Assim teriam surgido todos os primatas: aqueles que vivem nas árvores; os que vivem tanto nas árvores quanto no chão; os que vivem mais no chão do que nas árvores; e, finalmente, aqueles que viveram no chão e mais tarde se tornaram hominídeos[1], tornando-se depois homens.

Na era Cenozoica, período Terciário, época denominada de Eoceno, entre 54 e 38 milhões de anos atrás, observamos a existência de grande quantidade de pequenos macacos que viviam na terra e nas árvores, como o lêmure e o cercopiteco, este último com o rosto fantasticamente semelhante ao humano.

---

1   Hominídeo: ser semelhante ao homem, com exclusão dos antropoides. Portanto, proto-homem original. (N.A.)

Os milhares de anos passam vertiginosos. No Oligoceno, há 34 milhões de anos, é possível ao homem observar a existência de antropoides catarríneos e, há 30 milhões de anos, a de antropoides pongídeos, espécie sem rabo que teria antecedido os hominídeos.

Os macacos comuns, propriamente ditos, são todos quadrúpedes, isto é, locomovem-se nas quatro patas. Já os antropoides têm outra conformação do corpo e tendem à postura ereta, utilizando-se das mãos para se alçar. Em razão desses caracteres, pode afirmar-se que há mais proximidade dos antropoides para com o homem do que os macacos.

Dos antropoides existentes, o gibão é considerado o menos parecido com o homem, enquanto o chimpanzé é o mais semelhante. Os antropólogos buscam encontrar fósseis de criaturas intermediárias que datem do Mioceno[2] Médio e figurem num ponto entre os antropoides e o homem, assim teriam o mutante do qual se originou o hominídeo.

O homem, como espécime animal que efetivamente é, individualizado dentre outros antropoides na árvore da vida, passou por um processo evolutivo de milhões de anos até chegar ao ponto evolutivo em que se acha. A ciência, visando estudá-lo, encarregou-se de definir-lhe uma classificação sistemática. Enquadrou-o como sendo do reino animal, do filo vertebrado, da classe dos mamíferos, da ordem dos primatas, da superfamília dos antropoides, da família dos hominídeos, da subfamília dos antropianos, do gênero humano e da espécie *Homo sapiens* (homem moderno).

O último degrau dessa classificação, a espécie *Homo sapiens*, é a sua unidade mínima de constituição, em que estão

---

2   O Mioceno abrange o período entre 22,5 a 7 milhões de anos. (N.A.)

situados os indivíduos semelhantes entre si, capazes de se reproduzir em condições naturais sem ultrapassar o limite genético e dando origem a descendentes também capazes de se reproduzir nas mesmas condições.

Portanto, para efeito de simples raciocínio do que resultaria hoje um cruzamento hipotético entre a espécie *Homo sapiens* e a *Homo erectus*, nos moldes hoje conhecidos dessas duas espécies, sem a existência de elementos intermediários que teriam marcado a evolução de uma para outra espécie, resultaria, dentre outras hipóteses, nas seguintes: primeira, simples impossibilidade de reprodução; segunda, geração de um elemento novo não reprodutor; terceira, geração de um ser mutante e desconhecido. Portanto, conclui-se que a evolução caminhou a seu passo, sem nenhum desses sobressaltos desorganizadores.

Para uma ideia mais clara do raciocínio efetuado, podemos dizer que, se estabelecêssemos uma linha evolutiva imaginária entre as espécies e colocássemos numa ponta o gorila e na outra o homem moderno, mais ou menos no centro dessa linha estaria o *Homo erectus*, um homem-macaco com quase dois milhões de anos. Essa figura assombrosa estaria mais próxima do gorila que do homem moderno em aparência física, embora fosse efetivamente um antepassado do homem atual.

Dentre todos os animais superiores, o homem é o único que se locomove sempre elevado nos dois pés, fato que, dentre outros, possibilita-lhe o desenvolvimento contínuo do cérebro. Além disso, é o único animal que tem as mãos livres para satisfazer suas necessidades físicas e materializar habilmente o fruto de suas criações mentais.

É certo que, na formação da espécie, o homem desenvolveu intimamente, no decorrer das Eras e sob a regência dos geneticistas do Altíssimo, essas formas físicas que lhe deram fácil locomoção e habilidade manual.

Sua capacidade funcional e estruturação anatômica não são observadas em nenhum dos antropoides sem cauda, parentes mais próximos do homem na ordem dos primatas, em que a constituição física é outra bem diferente da do homem, não permitindo caminhar alçado nem tampouco ser hábil com as mãos, além de os caracteres psíquicos serem puramente instintivos e irracionais.

No entanto, todas essas formas físicas, bem como seu conteúdo mental, nem sempre foram assim como hoje se apresentam; obedeceram a um processo evolutivo bem definido até chegar ao estágio atual. As questões colocadas no presente, e de nosso interesse aqui, são aquelas que dizem respeito à origem dessa diferenciação.

Como afirmam os naturalistas, os primatas tiveram um início convergente na árvore da vida, um ponto de partida mais ou menos comum na ordem das espécies. Prosperaram a partir de um tronco principal até determinado ponto em que, por algum fator "natural" importante à sobrevivência, se separaram dos demais membros e procriaram em região de dimensões vastas, porém muito bem definida, cercada por barreiras naturais impedindo a fuga. Nesses estádios isolados, cada grupo misturou a genética e formou famílias distintas.

A esse ponto, tivera início uma procriação específica constante, em que a especiação se fez sempre cada vez mais diferenciada da do tronco principal de origem. Assim atingiram um ponto no qual não foi mais possível nenhum tipo de acasalamento desses indivíduos com os anteriores, por terem ultrapassado o limite genético da espécie. Por essa via, o estudioso considera a formação de uma nova espécie primata, diferente da inicial, que, por sua vez, também se alterou e adquiriu outras características físicas e emocionais.

Os novos caracteres genéticos desenvolvidos em outras condições de vida e modificados com a contribuição de fatores climáticos e alimentares, próprios da região em que se estabeleceram, foram se diferenciando até o ponto em que surgem os antropoides sem rabo. Nesse grau, ainda obscuro, no transcorrer das Eras emergem ramificações no tronco antropoide superior e surgem os pongídeos, onde se encaixam o gibão, o orangotango, o gorila e o chimpanzé; e surgem os hominídeos, na figura dos *Australopitecos*[3].

Recentemente, no início da década de 1980, com os novos fósseis do mutante denominado Ramapitecos (tido por muitos como o mais antigo mutante gerador do hominídeo), encontrados no Paquistão e na Turquia, foi efetivamente comprovado que essa espécie de primata não era humana. A ciência deparou-se, então, com grande névoa à sua frente. Uma nuvem de incerteza ofuscou-lhe a visão num ponto situado entre 15 e 5 milhões de anos, não lhe permitindo distinguir o mutante de onde teria se originado o hominídeo, projetando-se a diferenciação dos pongídeos pré-históricos.

Enquanto tais fósseis do mutante não forem achados e a inteligência humana não desenvolver as técnicas adequadas de pesquisa, restam à ciência somente as hipóteses prováveis para lançar luz nesse abismo Terciário que teve início no Paleoceno, há cerca de 65 milhões de anos.

O homem, na sua origem primata, segundo os espíritos, evoluiu de um tronco único, do qual emergiriam todos os hominídeos, sem necessidade de "descida da árvore", na linha de raciocínio proposta pelo espírito Emmanuel:

"Reportando-nos, todavia, aos eminentes naturalistas dos últimos tempos, que examinaram meticulosamente os transcendentes assuntos do evolucionismo, somos compeli-

---

3   *Australopitecos*, do latim australe, austral (meridional); e do grego píthekos (macaco); portanto: macaco-meridional. (N.A.)

dos a esclarecer que não houve propriamente uma 'descida da árvore' no início da evolução humana."[4]

De fato, os professores Francois Daubenton e Raymond Dart, durante a decifração do crânio infantil de Taung, concluíram que a origem do homem no ramo primata fora deixada longe, desde o Paleoceno:

> "Daubenton relacionou a postura vertical do corpo do espécime com a posição de *foramen magnum* do crânio na sua parte basal e para baixo, e não em sua parte posterior em direção à espinha como nos demais mamíferos, e Dart deduziu que o crânio infantil de Taung pertencia a uma espécie erguida. Caminha-se, pois, de pé e erguido, pelo menos há 5 milhões de anos [*Australopithecus Africanus*], e suspeita-se que os Queniapitecos de 14 ou 13 milhões de anos, com sua boca inerme, deviam andar com as mãos mais livres graças aos progressos dessa tendência. Nós pouco sabemos dessa evolução, exceto que o 'homem não descera da árvore' como se acredita comumente. O Queniapiteco é um parente próximo e contemporâneo do Procônsul, antecessor dos gorilas e dos chimpanzés."[5]

Ao longo de sua extensa linha evolutiva, o primata *hominis* caminha derivando a espécie em direção a seus ascendentes, e constitui, na derivação, outros tipos que lhes são próximos, obedecendo sempre uma linha principal que lhe conduz em direção ao *Homo erectus*, rota esta definida pela sabedoria Divina a presidir-lhe a inexorável evolução. Na medida em que avança, são agregados a ele, em seu corpo espiritual, novos

---

4   *A Caminho da Luz*, p. 30, obra citada. (N.A.)
5   Raymond Dart foi professor de anatomia da universidade de Witwatersrand, em Johannesburg, África do Sul, e descobridor do *Australopithecus Africanus*, crânio de Taung mencionado no texto. *O Homem Pré-Histórico*, p. 48, 58-59, obra citada. (N.A.)

caracteres de aperfeiçoamento que lhe serão vertidos à carne durante a gestação, no renascimento.

Ocorre, por conseguinte, o processo de antropização, produzindo, gradativamente, no curso vagaroso dos milênios, dentre outros: a globalização do crânio, o desenvolvimento do cérebro, o melhoramento da face, a liberação das mãos, o encolhimento dos braços, o aperfeiçoamento da bacia, o estiramento da coluna e das pernas, a estabilidade na planta dos pés, a postura cada vez mais ereta e o aumento do talhe.

A forma simiesca evoluciona fisicamente acompanhada de um processo de desenvolvimento psíquico, o qual lhe distingue traços de comportamento social cada vez mais diferenciado dos antropoides, e o ser caminha, sempre, em escala ascendente, rumo aos antepassados remotos do homem primitivo.

9

EMBRIOLOGIA

Quando se trata de retornar a uma época por demais recuada, como esta a que nos reportamos, devemos buscar em vários campos da ciência elementos para auxiliar a decifração dos enigmas. No ponto em que os fósseis não são conhecidos, é possível lançar mão da embriologia para obter suporte científico e aventar hipóteses mais plausíveis.

Os cientistas, ocupados da embriologia, afirmam que todos os animais durante a formação fetal reproduzem, muito rapidamente, as fases pelas quais passaram na evolução antes de adquirir a forma atual; assim, cada qual refaz durante a gestação suas formas tidas ao longo do processo evolutivo, iniciando no organismo unicelular até formas corpóreas mais avantajadas e recentes.

Como exemplo, os especialistas dão que o embrião de chimpanzé nasce com o dedo maior do pé em condições de agarrar nas árvores, mas isso somente ocorre pouco antes do nascimento. Durante a formação fetal, o dedo maior do pé aponta para frente, como no homem, sugerindo capacidade de andar. Quando feto, ele tem cabelos e sobrancelhas como o homem. Por conseguinte, a embriologia pode sugerir que o chimpanzé seja um ramo descendente do hominídeo, não o contrário. O homem, ao contrário, em nenhum estágio de seu desenvolvimento denota ter possuído quatro patas semelhantes ao macaco. Sua origem é, sugestivamente, a de um primata antropoide especialíssimo.

De fato, a embriologia é deveras fascinante e pode proporcionar-nos uma gama admirável de conhecimento para nos ajudar a desvendar a origem do homem. Mas pode também gerar discordância em certos pontos.

O professor Clodd ensina que os embriões de todas as criaturas passam brevemente, durante a gestação, pela série de transformações por que seus antepassados passaram quando da ascensão do simples ao complexo. As estruturas mais aperfeiçoadas passam pelas mesmas etapas pelas quais as estruturas inferiores passaram, até o ponto em que se diferenciam, mas nunca mostram a forma detalhada da espécie que representam. Ele explica:

"Por exemplo, o embrião humano tem, a princípio, fendas parecidas com guelras dos dois lados do pescoço, como o peixe. Estas são substituídas, em seguida, por uma membrana semelhante à que substitui as guelras no desenvolvimento das aves e dos répteis; o coração, a princípio, é uma câmara pulsante como nos vermes; a espinha dorsal está prolongada em uma cauda móvel; o grande dedo do pé, estendido ou oposto, como o nosso polegar e os dedos dos símios; o corpo, três meses antes do nascimento, está inteiramente coberto de cabelos, exceto a palma das mãos e a sola dos pés. Ao nascer, a cabeça é relativamente maior, e os braços e as pernas mais compridos do que no adulto; o nariz é sem vômer".

Todas essas características e ainda outras são distintivos dos símios. E o professor conclui seu estudo:

"O óvulo humano, essa estrutura medindo apenas dois décimos de milímetro, em poucas semanas passa por transformações obtidas como resultado de milhões de anos e apresenta-nos a história de seu desenvolvimento de forma análoga à dos peixes e répteis, e sua descendência mais imediata de um quadrúpede cabeludo com espécie de cauda. O que lhe é individual ou peculiar, o caráter físico e mental herdado, se desenvolve devagar só depois do nascimento"[1].

O hominídeo emergiu de ramo primata, era parecido com o macaco e seu caminho evolutivo até o homem pode ser mais bem entendido com o estudo do embrião humano.

Por seu turno, as manifestações espirituais têm sido úteis para confirmar os estudos científicos e aduzir comentários que ajudam a entender o processo reencarnatório do espírito. A elaboração espiritual das formas humanas é objeto de capítulo específico neste livro, mas é forçoso inserir aqui alguns comentários para esclarecer um pouco a recapitulação das formas enquanto na vida fetal, uma herança evolutiva de milhões de anos.

O espírito André Luiz, estudando detidamente a reencarnação, notou que ela significa recomeço no processo evolutivo e retificador da criatura:

"Os organismos mais perfeitos da nossa casa planetária procedem inicialmente da ameba. Ora, recomeço significa 'recapitulação' ou 'volta ao princípio'. Por isso, em seu desenvolvimento embrionário, o futuro corpo de um homem não poderia ser distinto da formação do réptil ou do pássaro. O que opera a diferenciação da forma é o valor evolutivo, contido no molde espiritual do ser que toma os fluidos da carne. Assim, ao regressar à esfera mais densa, como acontece, é indispensável recapitular todas as experiências vividas no longo drama de aperfeiçoamento, ainda que seja por dias e horas breves, repetindo em curso rápido

---

1 *Jnana Yoga*, cap. VIII, Ascensão do Homem, p. 138, obra citada. (N.A.)

as etapas vencidas ou lições adquiridas, estacionando na posição em que devemos prosseguir no aprendizado".

E prossegue informando:

"Logo depois da forma microscópica da ameba, surgirão no processo fetal os sinais da Era aquática de nossa evolução e, assim por diante, todos os períodos de transição ou estações de progresso que a criatura já transpôs na jornada incessante do aperfeiçoamento, dentro da qual nos encontramos, agora, na condição de humanidade"[2].

Conforme o registro, os enigmas da evolução humana são conhecidos na esfera extrafísica e a seu tempo, na Terra, aos poucos serão desvendados pela ciência. Dentro em pouco, com o passar dos anos e o auxílio das técnicas a cada dia aprimoradas, o homem descobrirá, cientificamente, aquilo que há muito lhe fora objeto de inúmeras indagações: a existência do espírito. Por ora, importa conhecer os ensinamentos aproximando os dois mundos, para sensibilizar a criatura quanto ao seu inexorável destino: a perfeição, atingida por meio do evoluir constante, inclusive passando antes pelas várias espécies.

---

2 *Missionários da Luz*, cap. 13, p. 234, obra citada. (N.A.)

10

CLONAGEM, APENAS UM CENÁRIO

Vamos, num relâmpago, focar a nossa visão nos recentes acontecimentos científicos ligados à genética, no que tange à reprodução animal, para conceituarmos genericamente o processo físico e, em seguida, retrocedermos ao passado remoto do homem, para naquelas distâncias observarmos em lampejos os acontecimentos espirituais que redundaram na melhoria das formas humanas primitivas.

No mundo animal, em que o sexo reproduz a espécie, um novo indivíduo é formado de modo natural pela união do masculino e feminino. Ocorre a fecundação do óvulo, a formação do embrião[1] e o desenvolvimento do feto até seu nascimento, ocasião em que não precisa mais do útero materno para se desenvolver.

O novo ser criado, desde sua fase embrionária, já possui na íntima constituição celular o arranjo somático das propriedades cromossômicas dos que lhe deram origem, tanto as do espermatozoide quanto as do óvulo. O novo ser é um elemento completo em termos genéticos, desde o início da formação embrionária até o final de sua vida física.

---

1 Embrião (germinar, em grego); feto (criatura, em latim). O embrião passa a ser feto quando as células ósseas começam a substituir as cartilagens. Em seres humanos, ocorre por volta da 8ª semana de gestação. (N.A.)

O indivíduo adulto assim originado não consegue, de maneira apenas natural, multiplicar a si mesmo sozinho. Para se reproduzir, precisa fecundar o sexo oposto, e este, após o período de gestação, dará nascimento a um novo ser com características próprias, sendo algo diferente dos pais que o geraram. Sua forma singular é resultado das disposições genéticas encontradas em estado potencial nos organismos paternos, os quais permitem arranjos variados para a elaboração do novo indivíduo. Surge então o novo ser, portador de caracteres físicos distintos e próprios dele mesmo. Não é exatamente igual aos pais nem a nenhum outro fisicamente, embora seja semelhante, nem tampouco igual em personalidade.

Entretanto, caro leitor, devemos ressaltar que no mundo espiritual não há reprodução por meio do sexo. O espírito existe por criação de Deus, sem nenhuma explicação de seu nascimento. Nenhum deles sabe como nasceu. A reprodução pelo sexo se dá exclusivamente no mundo da "matéria". Nela o espírito nasce, e ainda pode nascer de novo tantas vezes quantas forem necessárias à sua escalada de progresso. Nas fases iniciais da evolução terrestre, o nascer e renascer deu-se inclusive em corpos assexuados.

Para o espírito encarnar na matéria densa, os procedimentos são bem definidos. Tanto no mundo sutil quanto no denso, a genética oferece amplo campo de estudo e manipulação para conformar seja o molde espiritual seja o aparato corpóreo, de modo a viabilizar infindáveis expressões. As particularidades corporais, como as do sexo, do aparelho gástrico e outras não existentes no espírito em seu mundo devem ser elaboradas no plano sutil, para compor o corpo espiritual que moldará a matéria densa no decorrer do processo encarnatório. Contudo, não vamos aqui nos ater ao processo encarnatório, outros autores já o fizeram em outras obras de modo magnífico.

No mundo físico, as técnicas científicas de melhoria genética estão apenas iniciando. No que respeita à replicação animal em laboratório, à medida que os aprimoramentos forem acontecendo, a ciência espera obter resultados cada vez mais satisfatórios, podendo culminar na produção de órgãos avulsos para uso na medicina e no aprimoramento das várias espécies. Para entender de modo singelo o processo de replicação animal desenvolvido em seu início, é preciso falar de algumas passagens.

Uma célula somática contendo todas as informações genéticas do indivíduo, quando retirada dele (seja o indivíduo adulto ou simples embrião) e implantada por fusão num óvulo não fertilizado (que teve seu material genético previamente retirado), se for multiplicada por esse óvulo hospedeiro, e esse óvulo, a seu turno, for implantado no meio reprodutor para desenvolvimento (seja o útero materno ou o recipiente nutritivo de laboratório) e se nessa condição replicar, a célula diploide implantada no óvulo vazio formará neste um indivíduo gêmeo, por assim dizer, um ser semelhante ao doador da célula somática.

Assim, em termos singelos, surge o clone animal após inúmeras tentativas frustradas por dificuldade no processo, verificando-se a perda de vários embriões quando a célula-tronco é retirada deles para clonagem.

Aqui, caro leitor, se faz necessário um conceito de ordem espiritual. A vida, tanto na célula somática replicante como no óvulo enucleado, não se apresenta mais em estado singelo vegetativo como na planta, mas se faz presente de modo evolucionado, portadora agora de propriedades intelectuais que guardam informações genéticas da composição corpórea; logo, já adentrou o pórtico da esfera espiritual evolucionada, adquirindo relativa consciência e capacidade de memória. A fusão adequada e completa dessas duas memórias parciais e complementares, processo equivalente à "fecundação natural", possibilita o surgimento de canais sutis de ligação extrafísica em que o molde espiritual parcialmente se vincula, para se ligar, plenamente, e irradiar-se na matéria, após a implantação do óvulo no meio reprodutor, local em que se desenvolverá até a formação integral do feto.

Contudo, devemos alertar que a manipulação do embrião doador de material genético constitui aborto científico, com desdobramento na esfera espiritual.

As intervenções operadas após o implante, quando feitas de modo inadequado ou em desconformidade com os limites do corpo espiritual que servirá de molde biológico para formar o novo ser, redundarão, na sua fase inicial de fusão, em fenecimento das células implantadas, as quais se perderão à semelhança do ciclo menstrual ao expelir o material não aproveitado. Contudo, o implante já na fase embrionária "uterina", em que o corpo espiritual se liga firmemente para conformar o ser replicante, se houver o rompimento por si mesmo sobrevirá o aborto natural, com breve impedimento e reencarnação do espírito.

Não obstante o quadro palidamente científico que acabamos de retratar, ele apenas nos servirá de ilustração aos argumentos a serem feitos no capítulo seguinte, pois à época pré-histórica em que iremos aportar não se tratava de fazer clonagem para formar um ser igual a outro já existente. Não era caso de produzir um elemento gêmeo, por assim dizer, clonado, mas de ir muito além dele.

Com efeito, tratava-se de elaborar formas físicas mais aprimoradas que as existentes, fazendo profundas manipulações genéticas no DNA espiritual das criaturas primitivas. Alterações capazes de verter à carne soberbas mutações de melhoria durante o processo encarnatório do espírito.

No próximo capítulo, vamos observar isso do ponto de vista espiritual, tanto quanto possível.

11

ELABORAÇÃO ESPIRITUAL
DAS FORMAS HUMANAS

A máquina humana é de fato o mais perfeito veículo de que o espírito se serve para seu aprendizado na fase terrestre da evolução, por isso o aparelho físico é objeto de muitos cuidados na esfera espiritual. Essa dádiva Divina que o espírito consome na Terra para sua progressão deve ser sempre aperfeiçoada. Aditando a Teoria Evolucionista, instruções espirituais nos dão conta de que, desde os mais remotos tempos, antes mesmo da existência do homem, todos os corpos dotados de vida passaram por rigoroso processo de planejamento, construção, prova e melhoria.

Aqui vamos nos ocupar, sobretudo, da elaboração das formas humanas e, por analogia, será possível deduzir a conformação das demais morfologias do reino animal. Espíritos de elevada hierarquia têm registrado em suas comunicações que o processo de elaboração das formas físicas demanda estudos aprofundados no campo espiritual, para concretizá-las com sucesso no plano denso.

Tal desígnio requer a colaboração de equipe espiritual especializada para manipular campos eletromagnéticos e estruturas eletroquímicas da esfera extrafísica. Estudar a composição genética do corpo físico a ser construído e executar o trabalho de construção constitui tarefa de tal magnitude que, sem dúvida, seria capaz de fascinar as mais notáveis inteligências da Terra.

É correto afirmar que a natureza não dá saltos na evolução, pois somente com a vivência e o passar do tempo o espírito progride na escalada de sabedoria. Na medida em que avança, precisa de novos corpos mais aperfeiçoados para se elevar; caso contrário, não haveria progresso.

Não obstante o trabalho paciente de milhares de milênios em Eras remotíssimas, em que o corpo do primata mais evoluído estava ainda em estágio inicial de formação, a engenharia genética superior operava, então, incisões capazes de promover soberbas alterações de melhoria no corpo daquelas criaturas.

As principais linhas morfológicas do primata *hominis*, requerendo providências imediatas, eram as de ordem funcional, visando dotar o ser de condições anatômicas para conseguir caminhar ereto, trabalhar habilmente com as mãos, poder comunicar-se pela fala, e outras tantas mais; bem como era preciso dar qualidade de ordem intelectual, para prover a criatura de maior capacidade de raciocínio.

Para realizar tais tarefas, conforme registros espirituais comunicados, a esfera extrafísica operou numa estrutura organizacional apropriada, a qual, reduzindo a terminologia à nomeada terrestre de agora, para melhor conduzirmos o assunto em termos atuais, dir-se-ia denominar-se Centro de Organização Biológica Espiritual (COBE).

Cabe ao leitor considerar que as coisas espirituais estão muito distanciadas do modo humano de saber as coisas. Por isso, cada relato espiritual guarda sintonia com o saber humano da época, para estabelecer uma relação de entendimento. O que fazemos aqui, caso fosse uma centena de anos antes, teria outras palavras, assim como terá de ter outras mais aprimoradas no futuro.

O COBE se encontrava representado acima da crosta terrestre em três pontos operacionais: o primeiro na África, na região de Olduvai George; o segundo na Ásia, na região do Pamir; e o terceiro na Europa, próximo ao Cáucaso.

Os campos operacionais, cujas mais modernas universidades da Terra guardam alguma semelhança, são edificados com matéria quintessenciada extremamente plástica, flexível e precisa. Estão equipados com todos os recursos necessários à realização do trabalho de construção das formas de vida. Funcionam de tal modo que são capazes de propiciar às inteligências operantes condições avançadas de pesquisa, experiência e realização, num trabalho de mútuo desenvolvimento que congrega desde espíritos em franco progresso de aprendizado nas diversas especialidades do conhecimento até os que já alcançaram elevado patamar.

O Centro de Organização Biológica Espiritual, criado no início das atividades evolutivas no orbe terrestre, dentre os objetivos relacionados ao nosso tema tivera os de planejar, construir e melhorar seguidamente inúmeros veículos físicos usados pelos princípios espirituais até formar uma máquina humana capaz de suprir de modo pleno às necessidades do espírito, à medida que este ascende na escalada de progresso.

Para isso, aquele COBE tivera o concurso de elevadas potências criadoras regendo incumbências de porte principal e de trabalhadores de elevada hierarquia, possuidores dos mais profundos conhecimentos genéticos que se possam imaginar. Suas qualidades juntavam o saber de vários ramos científicos ligados às atividades biológicas da Terra e ainda outros ramos extrafísicos ainda desconhecidos, porque não dominados pelo homem em seu atual estágio.

É necessário ressaltar que o processo de reencarnação ocorre geralmente de modo padronizado. Cada espírito reveste um corpo formado pelos caracteres genéticos herdados dos pais pelo processo de junção cromossômica, base principal da constituição física, em que dois seres se unem para formar um outro com destino relativamente herdado. E, com alguns arranjos na arquitetura genética dos progenitores, os trabalhadores do Altíssimo propiciam ao espírito encarnante um corpo de acordo com o plano encarnatório a ser vivido.

Contudo, àquelas épocas em que nos reportamos, tratava-se de alterar, de maneira mais ou menos brusca, as formas físicas até então constituídas, produzindo mudanças genéticas substanciais, ensejando a melhoria morfológica do corpo, aumentando sua massa encefálica e o arcabouço craniano. Assim, as leis da hereditariedade e os arranjos eletroquímicos são alterados pelos Gênios da genética.

Tais mudanças, entretanto, produzidas na esfera extrafísica, por suas peculiaridades não são explicáveis com os recursos disponíveis no mundo denso. Não obstante os estudos genéticos conduzirem aos rudimentos da mutação organizada, instruções espirituais nos dão conta de que os avanços da genética são inerentes ao avanço científico do homem, cabendo a ele fazê-lo conforme seu entendimento.

Pensando em termos filosóficos, aquelas soberbas alterações genéticas feitas há milhões de anos pela engenharia biológica do mundo maior podem ser hoje entendidas pelo homem de sabedoria. Mesmo porque, considerando o saber científico atual, somente o processo seletivo, a especiação e a mistura de elementos não são suficientes para explicar, de modo convincente, como os elementos químicos da Terra foram capazes de produzir a vida vegetal, como do vegetal nasceu o organismo de reino mais avantajado e como desse reino culminou o homem. Tudo fora aurido no fantástico mundo imaginativo do "é provável ser", sem demonstração prática em laboratório, mas aceito cientificamente por falta de alternativa concreta.

Mesmo considerando o concurso favorável dos milhares de milênios no emergir e desenrolar da vida, ainda assim, se tirarmos do contexto a figura de Deus, não chegaremos a termo de plena satisfação à mente humana, a qual raciocina em termos de somente uma causa inteligente ser capaz de gerar um efeito também inteligente. Portanto, é forçoso reconhecer, apenas por bom senso, que o Divino soluciona todos os impasses e Suas leis naturais estão longe de ser compreendidas pelo homem.

Assim, não deve haver espanto nas ações espirituais relatadas. Não se trata de considerar aqui um "sopro criador", mas de explicar uma teoria evolutiva que teve a intencionalidade e a ação realizadora do plano espiritual no arranjo da vida e no seu desenrolar de progresso.

Por aquelas épocas, tratava-se de elaborar um corpo para o primata *hominis* com melhor forma estética, maior capacidade funcional e mais talento para avançar na cultura, em conformidade com suas novas aquisições intelectuais, e de modo a dotar seu corpo de inteligência progressiva, fato esse que, aliás, não se observa em nenhuma outra espécie, senão no homem.

Não se tratava de reproduzir um padrão de corpo já existente, mas de modificar sua genética, construindo, a cada passo, um padrão evolutivo mais completo, atribuindo-lhe valores de melhoria dentro do limite intelectual da massa de espíritos encarnantes, para haver plenas condições de avanço rumo aos planos mais elevados da existência.

Assim, vale ressaltar de novo, fica claro o porquê de diversos elos entre uma especiação e outra não serem encontrados nas camadas geológicas – é que não existiram fisicamente na Terra; foram elaborados e consolidados no plano extrafísico, por meio de modificações genéticas no corpo espiritual das criaturas, as quais ali estagiaram por extensos períodos, constituindo uma humanidade espiritual muito maior do que a encarnada no plano físico.

Instruções espirituais nos dão conta de que os Gênios da genética estudam, inicialmente, o corpo físico da criatura encarnada e verificam qual material genético pode ser selecionado nele, para, posteriormente, esse material ser utilizado pelo molde biológico espiritual na formação do novo ser, durante o processo encarnatório.

Em outras palavras e avançando mais a visão, depois de acurado estudo do potencial genético dos procriadores, em que a progênie materna ganha especial atenção por ser ela responsável pela metade cromossômica e geração integral do novo indivíduo, os Gênios da genética tratam de organizar o corpo espiritual da nova criatura. O trabalho harmoniza o material ofertado pelos genitores, imprimindo nele unidades genéticas modificadoras, as quais, durante o processo de aglutinação espírito-matéria, fazem as combinações e vertem ao corpo físico a nova composição corpórea.

Tal processo é ainda desconhecido do homem, pois se trata de enxerto espiritual, por assim dizer, diferente do processo de clonagem e manipulação genética em início de estudos na Terra, mas provoca mutação organizada, mexendo nos genes, dotando-os de novos caracteres. As unidades funcionais são mais bem arranjadas, causando nelas um avanço evolutivo dirigido.

O potencial das novas propriedades genéticas desabrocha tanto no corpo de carne em construção, de modo a aprimorá-lo, quanto depois, em seus descendentes. A hereditariedade se faz presente. Assim, explica-se, de maneira filosófica, também o avanço evolutivo das formas animais e a criação de novas espécies aparentadas.

O molde espiritual extremamente plástico na sua constituição, uma vez moldado pelo corpo mental e prestes a ser colocado no útero receptor para a realização da simbiose física, passa por um processo semelhante ao decrescimento até o ponto de tornar-se, por assim dizer, uma semente de vida, preparando-se para exercer sua função no início do processo gestativo. Então, colocado no meio reprodutor, irradia-se nas íntimas entranhas da matéria e incorpora-se nela cada vez mais fundo até culminar na encarnação do espírito, com o corpo todo formado.

Os trabalhadores espirituais encarregados dessa tarefa preparam a mãe para receber em seu ventre o filho querido, a semente espiritual[1] frutificada de amor inexprimível e o júbilo maior na constituição da família humana.

Caro leitor, à luz das instruções espirituais, é preciso destacar que, por mais que as experiências científicas avancem futuramente, buscando aprimorar em laboratório a geração humana, jamais o processo natural será abandonado pela humanidade na face da Terra, em razão da natureza da mulher e da satisfação amorosa que o filho causa aos pais.

Ao ser concretizada a fecundação, fecha-se um circuito de atração célula-espírito, canal psíquico em que o filamento do molde espiritual se vincula para sua ligação gradativa ao óvulo, na medida do desenvolvimento embrionário, e ali, agora em estado fetal, exercer plenamente sua função. Aglutina em si, por imantação de energia, obedecendo a sua estrutura sutil e realizando um processo seletivo na bioquímica da matriz, todo o material nutritivo de que precisa para formar o corpo. Assim, o feto prospera até o nascimento. E o novo ser criado prossegue se desenvolvendo até concluir o corpo na idade adulta, para depois definhar e morrer, desencarnando o espírito.

---

1 Trata-se aqui do corpo espiritual, que é composto de matéria sutil derivada do fluido cósmico universal. Sendo aquele uma condensação singular deste fluido, o corpo mental (foco da inteligência) apropria-se deste fluido singular e ao mesmo tempo é por ele envolvido, plasmando por si só uma forma biológica sutil (perispírito), a qual, depois, formará o corpo adequado à espécie que irá animar para a evolução do espírito. Tanto a matéria sutil quanto a densa tem origem no mesmo elemento primaz; embora apresentem estados diferentes, ambas são moldáveis pelos geneticistas do Cristo. Para aprofundar estudo dos fluidos na formação dos organismos, desde os mais densos até os mais quintessenciados do universo, consultar Kardec, em *A Gênese* XIV: 7-12. (Yehoshua.)

O leitor deve considerar que o espírito deseja expressar-se na matéria. Individualiza-se nela para aprender o bem e repelir o mal até atingir o limite máximo de aprendizado. Guarda, registradas em si, todas as experiências adquiridas durante as múltiplas passagens pela vida física. E, para expressar-se na matéria densa, tem a necessidade de reduzir o seu potencial, perdendo as lembranças em seu próprio benefício.

Qual usina de força para dar luz à lâmpada, de maneira semelhante ele reduz seu potencial energético e elabora para si uma nova capacidade intrínseca, uma solução psíquica sem forma definida, capaz de autoconstruir um novo molde biológico toda vez que uma nova espécie de vida tiver de ser criada ou alterada no plano extrafísico, para, depois, ser concretizada na carne.

Essa solução psíquica, sem forma definida, denomina-se "corpo mental". Em outras palavras, trata-se de uma memória sutil, uma mente criadora que se utiliza de energia para elaborar um novo corpo espiritual toda vez que o limite da espécie em que encarna for ultrapassado e o veículo físico tiver de ser substituído por outro melhor, cuja finalidade é suceder o anterior já obsoleto, para o espírito evoluir numa outra espécie.

Portanto, o corpo mental elabora o corpo espiritual; e este último é a expressão eletroquímica sutil, chamada também "modelo organizador biológico", o construtor do corpo físico no útero materno.

A última expressão do espírito é o corpo físico, construído por ele em fases sucessivas, englobando ideia, organização eletroquímica e materialidade (corpo mental, espiritual e físico). Expressões essas que se apresentam conforme as possibilidades intelectuais do espírito e foram adquiridas no extenso curso evolutivo pelo qual passara animando as mais diferentes formas de vida.

O cérebro de carne, por sua vez, é o meio denso em que a mente espiritual se exterioriza, não podendo esta se expandir mais por causa da limitação daquele. Tampouco o cérebro pode recordar-se de encarnações passadas em razão de estar limitado à sua forma carnal, que teve início na fecundação do óvulo; portanto, não pode retornar para aquém de seu limite inicial para se recordar de ocorrências anteriores ao seu nascimento, das quais, para ele, não existem registros na memória física.

Eventuais lembranças, como, por exemplo, as obtidas por meio de terapia regressiva, somente podem acessar vidas passadas ingressando-se na memória espiritual, que mantém os registros relativos a tais vivências. Essas recordações estão limitadas aos corpos anteriormente organizados e ficam restritas a fatos marcantes fixados na memória espiritual por ação de carma contraído, que repontam no limiar da consciência e afloram na regressão.

A lembrança de vidas passadas é facultada à mente espiritual quando em estado errante, desencarnada do corpo, e em harmonia com o seu estágio evolutivo. Contudo, ainda na esfera comum terrestre, as recordações estão restritas à fase humana de desenvolvimento mais recente, não à outra espécie animal que tenha animado.

Os reencarnacionistas sabem que essa impossibilidade parcial de recordar vidas anteriores, numa encarnação presente, fora deliberadamente planejada pelo Altíssimo. Esse impeditivo fora idealizado para que a criatura, não se lembrando delas, não sofresse solução de continuidade de uma existência anterior numa atual, fato que constituiria agravo, pois antigos ressentimentos e delitos praticados estariam sempre presentes na vida de cada um, constituindo barreiras de difícil superação na caminhada. Portanto, não seria um recomeço de vida para a criatura, pois haveria grandes dificuldades para transformar o ódio de um inimigo do passado em amor filial no presente, causando grave impedimento à reconciliação entre ambos. Assim, recordar vidas passadas na encarnação presente provocaria retardo na evolução do espírito; por isso, ocorre o bloqueio natural.

É preciso considerar que, além desse esquecimento transitório, a justiça Divina lança mão de outro dispositivo de reajuste capaz de saldar os débitos do passado: é lei de causa e efeito. A chamada "lei do carma" se encarrega de corrigir a criatura reagindo exatamente no ponto em que a ação maléfica fora praticada em existência pretérita.

Semelhante à lei física de ação e reação, essa lei Divina estabelece que o mal praticado por qualquer criatura provoque nela mesma um descontrole psíquico íntimo, alterando-lhe a constituição. Trata-se de um desarranjo espiritual que precisa ser reparado, sob pena de o espírito não se elevar vitimado por seu "próprio peso", por assim dizer. No mais das vezes, em casos graves, a reforma é feita junto àquela mesma criatura que recebera a ação nociva, para o espírito transgressor reparar seu débito e, depois, livre do "peso", dar seguimento à sua escalada ascensional. Assim, somente o bem sairá vencedor.

Retomando o nosso argumento fundamental, em última análise, depreende-se que o responsável pela construção das formas físicas é sempre o espírito. Em suas expressões iniciais, é apenas um intelecto insipiente suscetível de transformação. Ele se individualiza nas diversas formas de vida, irradia-se na matéria de modo cada vez mais expressivo e evolve sempre por meio das espécies rudimentares que anima até atingir a condição humana. Nesta condição, se expressa em corpo desenvolvido e encarna diversas vezes.

Seja em qualquer caso encarnatório, as formas físicas são sempre expressões do espírito em diferentes estágios de evolução. E essas expressões recebem, quando necessário maior surto evolutivo ou passagem de uma espécie para outra, o amparo da Divina providência. Assim, os Gênios da genética se encarregam de compor as novas formas corpóreas para uso nas duas esferas da existência, encarnada e desencarnada, processando-se a evolução seguidamente.

Novas características estavam prosperando naquelas individualidades encarnadas na Terra em corpos de animais cujo cérebro já estava apreciavelmente desenvolvido. Em questão de pouco tempo, a onda mais evolucionada daqueles seres se transformaria em espírito humano.

Por conseguinte, na mesma proporção das alterações verificadas no complexo espiritual, o organismo corpóreo também estava em aperfeiçoamento. Os primatas já haviam evolucionado e constituído o ramo antropoide dos animais, e certos tipos já ocupavam a onda mais evoluída do planeta, ocupando posição de destaque. Dentre eles, estavam os hominídeos, figuras de pré-homens que, àquelas épocas, habitavam a Terra com o nome atual de *Australopiteco*.

O Centro de Organização Biológica Espiritual, no *campus* de Olduvai, por essas épocas recuadas desenvolvia seus trabalhos de maneira intensa, visando produzir os melhores exemplares da espécie. O tipo *Australopiteco* fora criado em grande quantidade e abrigava nele a onda espiritual mais desenvolvida que a Terra produzira em seu *habitat* desde o princípio.

Por certo, hoje, neste planeta, já não se operam mais aquelas soberbas transformações corpóreas. Mas o laboratório terrestre daquelas épocas fora responsável por grandes intervenções mutantes decorrentes de ensaios monumentais produzidos em vários períodos geológicos, inclusive no Jurássico, em que prosperaram assombrosos dinossauros e aves gigantescas, fantásticas experiências genéticas feitas para obter o aprimoramento das formas físicas e fazer evolucionar nelas o espírito insipiente.

Em Olduvai, hoje, os animais já não entram mais na onda evolutiva humana nem tampouco em nenhuma outra parte do planeta, pois o globo terrestre encontra-se em fase evolutiva que não comporta mais aquela.

No *campus* do Pamir, onde as potências criadoras desenvolveram o modelo humano mongol, adaptado para viver em clima frio e iniciador das primeiras civilizações paleolíticas, hoje já não se realizam mais tais transformações.

E no *campus* do Cáucaso, onde seres humanos com especiação no Pamir ficaram represados por séculos e séculos até ser produzido o tipo caucasiano possuidor de maior porte físico, pele branca e olhos claros, hoje, tais alterações não mais acontecem.

Trataram-se de fases de desenvolvimento humano definitivamente superadas na Terra. Hoje, estamos numa nova onda de progresso, diferente das anteriores.

Vamos nos antecipar aqui, caro leitor, para ressaltar um fato que viria a ocorrer milhares de anos à frente dessa época e, num relance, destacarmos a importância da transmigração de espíritos de um orbe a outro do infinito, seres cujo estágio evolutivo é diferenciado entre eles e pode soerguer o menos capaz fazendo-o galgar um novo degrau na evolução.

Ao final da Era *Australopitecos*, o *campus* de Olduvai produziu um tipo mais aperfeiçoado de forma humana, denominada pelos estudiosos atuais de *Pitecantropo*[2], em sintonia com os achados de Java, na Indonésia. Eram homens ainda simiescos, mas já melhorados.

Essas figuras singulares, após milhares de anos de evolução, foram os primeiros seres dotados de lucidez acentuada,

---

2   *Pitecantropo*, do grego *píthekos* (macaco), *ánthropos* (homem); portanto: homem-macaco. (N.A.)

tendo constituído um novo episódio de progresso na escalada do homem. De corpos mais aperfeiçoados, mas ainda sobejamente embrutecidos na aparência que lhes denotava um estádio próximo do dos antropoides, essas criaturas incorporaram os primeiros espíritos mais adiantados que para aqui vieram oriundos de outros orbes, os quais muito ajudaram a humanidade em seus primórdios.

Esses espíritos, mais evoluídos, se constituíram em enxertos revigorantes que o plano maior da espiritualidade encarregou-se de implantar na Terra para potencializar o aprendizado daqueles que aqui já estavam desde o princípio.

Mas, por agora, não vamos nos deter, caro leitor, nessas considerações sobre transmigração espiritual, pois, mais à frente, ainda voltaremos ao tema para desenvolvê-lo em detalhes, observando em especial os espíritos capellinos.

Os Gênios da genética tinham desenvolvido, à época dos *Australopitecos*, todos os tipos de animais conhecidos hoje na Terra. E o princípio espiritual já havia evolucionado em muitos deles, tendo desenvolvido ampla experiência nos domínios da sensação, do impulso e do instinto. A seu turno, a experiência gera conhecimento e enseja novas caminhadas.

Assim, havia chegado o ponto em que a "sensação animal" tendia a transformar-se em "sentimento humano" de amor e ódio; o "impulso animal", a transformar-se em "vontade humana" de ter e rejeitar; e o "instinto animal", a transformar-se em "consciência humana" de pensar e agir. Por conseguinte, o animal estava à beira do despontar da razão. A individualidade espiritual animalesca estava prestes a transformar-se em espírito humano.

12

HOMINÍDEOS INAUGURAIS

Numa comunicação publicada em novembro de 1862 pela *Revista Espírita*, o espírito Erasto[1] nos relata, de forma magnífica, que a humanidade passou por algumas fases evolutivas. Situando-se na época inicial dos pré-homens, dá-nos conta de que:

> "A primeira fase humana, que podemos chamar bárbara [origem do homem], arrastou-se por muito tempo e lentamente, com todos os horrores e convulsões de uma barbárie terrível. Nela, o homem é peludo como animal selvagem e,

---

1 Erasto foi um judeu da dispersão, contemporâneo do apóstolo Paulo. De início, fora seu aristocrático anfitrião na cidade helenística de Éfeso, onde ensinou a Boa-Nova por dois anos e abalou a hegemonia do prestigioso templo de Diana, existente na cidade, ensejado aos contrários pedir seu sangue como pena. Posteriormente, Erasto tornou-se um dos grandes iniciadores do cristianismo primitivo. Foi encarregado por Paulo a obter os recursos necessários para fundar as primeiras igrejas. De Éfeso foi mandado para Tessalônica, na Macedônia, para ali organizar a Igreja. Habitou em Corinto, onde foi encarregado de combater a imoralidade, a idolatria e a magia que influenciavam negativamente o povo da região. Terminou seus dias como bispo da igreja da cidade de Felipos, a primeira do cristianismo primitivo fundada na Europa. É mencionado de passagem na *Bíblia* em At 19:22; Rm 16:23; 2Tm 4:20. Comparece na *Revista Espírita* de outubro de 1861 com a *"Epístola de Erasto aos Espíritas Lionenses"*, apresentando-se como discípulo consagrado por Paulo. (Yehoshua.)

como as feras, abriga-se em cavernas e nos bosques. Vive de carne crua e se repasta de seu semelhante como caça excelente. É o mais absoluto reino da antropofagia. Nem sociedade, nem família. Alguns grupos dispersos aqui e ali vivendo na mais completa promiscuidade e sempre prontos a entredevorar-se. Tal é o quadro desse período cruel. Nenhum culto, nenhuma tradição, nenhuma ideia religiosa. Apenas têm as necessidades animais a satisfazer, eis tudo. Prisioneira de uma matéria bestializada, a alma fica morna, latente em sua prisão carnal: nada pode contra os muros grosseiros que a encerram, e sua inteligência apenas pode mover-se nos compartimentos de um cérebro estreito. Os olhos são mansos, as pálpebras pesadas, os lábios grossos, o crânio achatado e a linguagem articulada apenas com alguns sons guturais. Nada prenuncia que desse animal bruto sairá o pai das raças hebraica e pagã. Contudo, com o tempo, sente a necessidade de se defender contra os outros carnívoros, como o leão e o tigre, cujas presas terríveis e garras afiadas facilmente dominavam o homem isolado. Assim, realiza-se o primeiro progresso social [motivados pela segurança, os homens se reúnem em bandos]. Não obstante, o reinado da matéria e da força bruta se mantém durante toda a fase cruel. No homem dessa época não procureis nem sentimento, nem razão, nem linguagem propriamente dita: ele apenas obedece à sensação grosseira que tem por objetivo comer, beber e dormir. Nada além disso. Pode-se dizer que o homem inteligente ainda está em germe: não existe ainda [está em gestação]. Contudo, é preciso constatar que, entre aquelas raças brutais, já aparecem alguns seres superiores, espíritos encarnados com a tarefa de conduzir a humanidade ao seu destino e apressar o surgimento das Eras [civilizadas] hebraica e pagã. Devo acrescentar que, além desses espíritos

encarnados, o globo terrestre era visitado[2] por esses ministros de Deus cuja memória foi conservada pela tradição sob
os nomes de anjos e arcanjos e que, quase diariamente, se
punham em contato com aqueles espíritos superiores encarnados que mencionei há pouco. A missão de grande número
desses anjos [denominados também de "arcanjos" e de "ministros de Deus" por Erasto, os quais se punham em contato
constante com os homens superiores] continuou durante a
maior parte da fase de humanização. Devo acrescentar que o
rápido quadro que acabo de fazer dos primeiros tempos da
humanidade vos ensina um pouco a que leis rigorosas são
submetidos os espíritos que ensaiam viver em planetas de
formação recente."[3]

O assunto é deveras envolvente e requer de nossa parte
melhor exame com relação a dois temas citados no comunica-
do espiritual: primeiro, quanto à promiscuidade no convívio
daquelas criaturas singulares e a forma de interação social que
se iniciou entre elas; segundo, quanto àqueles espíritos que vieram colonizar a Terra no início da fase de hominização.

Estamos nos reportando a uma época recuadíssima, dir-
se-ia primeira do espécime *hominis,* em que qualquer raciocínio comparativo ao homem de hoje e à sua maneira de proceder em sociedade seria inoportuno, inadequado e insuficiente
para visualizarmos a realidade primeira. Estamos tratando
de um tempo em que o primata *hominis* estava sobejamente
próximo dos antropoides, seja no aspecto morfológico seja na
inteligência e na convivência social. Por isso, nossas comparações devem ser feitas tomando como confronto as espécies de
antropoides.

---

2 Sobre a visita de tais seres não tratamos nesta obra, mas nas de
   Ufologia. (N.A.)
3 *Revista Espírita,* nov.1862, pp. 351-352, obra citada. (N.A.)

Façamos aqui uma pausa para explicar que a este ponto aprofundado de estudos cumpre-nos solicitar ao leitor a necessária compreensão ao entendimento do tema, para que não haja lesão de sua sensibilidade, pois estamos relatando procedimentos de seres irracionais que agem conforme seu grau evolutivo. Eventuais formas de expressão literária mais fortes somente poderiam ter essa classificação se o leitor imaginasse que aqueles seres eram homens verdadeiramente humanos e normais como a maioria dos de hoje; entretanto, tal imagem é falsa, pois aqueles seres eram ainda "tentativas de homens", por assim dizer, mas não homens propriamente ditos. O processo de humanização ainda não existia.

Contudo, somos compelidos a aceitar que nem mesmo algum requinte de palavra é capaz de amortecer por completo o forte impacto das comparações. Os relatos e analogias guardam íntima relação com o procedimento promíscuo de parte da humanidade atual, a qual se manteve próxima da irracionalidade quanto aos prazeres sexuais que movimentam o corpo físico e foram, em seu aspecto psicológico, estudados por C. G. Jung, nos esforços feitos por ele para extrair da mente a causa das anormalidades nela incrustadas.

Em última análise, não obstante se tratar de forças sexuais de prazer doentio oriundas do mergulho indevido da alma às grosseiras regiões abissais da libertinagem, ainda assim nos deparamos com casos definidos que precisam ser examinados, e alguns serão relatados aqui. O objetivo é elevar o estado de consciência do homem, de modo a estimular-lhe a adoção de providências para solucionar desregramentos.

Retomando o pensamento original, ainda assim não se altera o vasto campo de experiências que a engenharia genética espiritual, pacientemente, no curso dos milênios, empreendeu para formar o intelecto e a estrutura humana hoje conhecida.

Vamos examinar rapidamente o modo de vida de alguns primatas, cujo comportamento nos é bastante sugestivo para compreensão do primata *hominis*.

Quem estudou detidamente os macacos uivadores do sul da África afirma que eles estão acostumados a viver em bandos de 40 ou 50 indivíduos, entre machos e fêmeas. As fêmeas têm um ciclo de estro mensal que dura dois ou três dias. Durante seu período de fertilidade, no qual fica extremamente agressiva, ela se apresenta a cada macho para núpcias e é coberta por todos eles. Fato semelhante ocorre com a fêmea chimpanzé. Por conseguinte, qualquer semelhança fisiológica já aventada com a espécie humana não se consuma no comportamento sexual da fêmea.

Prosseguindo ao exame, observa-se que os babuínos vivem em grandes haréns, com quatro ou 5 machos comandando o bando. Cada macho possui seu aglomerado de fêmeas, devidamente guardadas em estábulos particulares. A proliferação da espécie é constante. Quando os jovens machos chegam à puberdade, assaltam as fêmeas indistintamente e são rechaçados pelo chefe do estábulo, que os expulsa do bando. Então, vão viver na periferia. O apetite sexual desses jovens é enorme, descontrolado. E essa necessidade, associada à momentânea falta de fêmea, provoca entre eles um distúrbio incontrolado, ensejando a prática homossexual até se tornarem adultos e ficarem fortes o bastante para destronar os chefes e tomarem seus haréns.

Observando essa forma de proceder dos babuínos, em sã consciência podemos visualizar a maneira humana de formar harém segundo o poder de posse, hoje em franca extinção. Também observamos nesse procedimento a conduta de alguns dentro dos presídios, em que a falta de mulher faz o mais forte, no uso da força bruta e da arma camuflada, impor ao mais fraco o horror da sexualidade passiva, considerada verdadeira desonra ao homem e causadora de danos psicológicos muitas vezes irreversíveis numa mesma encarnação do espírito.

A seu turno, os gorilas e chimpanzés vivem em bandos de um só harém. Os animais infantis e os velhos vivem ao lado do chefe dando-lhe força moral e sustentação no posto, mas não competem no harém. Contudo, os jovens na idade púbere sofrem o amargor da expulsão do bando e vão viver na periferia.

O gibão, por sua vez, difere claramente dos demais primatas relatados. Ele é monogâmico. Constitui família composta por macho, fêmea, filhos e filhas pré-púberes. Convive em bando composto de várias famílias. A fêmea do gibão é a que mais se aproxima por mulher no que diz respeito ao sexo, pois está sempre disposta a ele. Tal fato estimula o macho a viver com uma só fêmea. Quando os filhos e filhas se tornam atrativos aos olhos dos pais, o pai ou a mãe, prevendo o assédio, expulsa da família o jovem animal púbere, que vai viver nos arredores, se junta aos demais também expulsos de outros bandos, e nessa nova comunidade, encontra seu par, se junta e forma sua família.

Tateando no ponto inicial de surgimento dos hominídeos, o espírito Erasto se posiciona em consonância com algumas disposições antropológicas aceitas na atualidade. Naquelas épocas iniciais da espécie humana, dir-se-ia situada em torno de cinco milhões de anos atrás, época em que surgem os *Australopitecos*, pré-homens singulares possuidores de formas brutalmente simiescas, a visão que nos assoma é a de uma estrutura social erguida estritamente em função das necessidades comuns ao primata *hominis*. Essas necessidades, que não iam além de comer, beber, dormir e procriar, foram responsáveis por estruturar o modo de agir do primeiro grupo hominídeo de criaturas.

Os primeiros hominídeos não se diferem muito desses primatas que lhes são próximos. Morfologicamente, eram muito semelhantes aos gorilas, embora socialmente tivessem particularidades de diferenciação. Antes dos rudimentos da fala, do domínio do fogo e da confecção das mais singelas pedras lascadas, esses seres especiais viviam em completa promiscuidade. Essas tentativas de homens, por assim dizer, que viviam se intrometendo uns na vida dos outros, como os demais antropoides que vimos, poderiam, dependendo do chefe, tanto formar harém, pela força com que dominavam as fêmeas, quanto viver monogamicamente, em razão de a fêmea estar sempre disposta ao sexo. Essas duas situações de convivência podem, ainda hoje, ser notadas em comunidades humanas. Contudo, observamos que num harém hominídeo, em que a ausência do macho dominante é sentida, de modo que as fêmeas se sintam insatisfeitas, surgem as primeiras fêmeas ativas, em que o safismo se encarrega de saciar o desejo sexual reprimido.

Os filhos desses primatas especiais viviam com as mães até a puberdade. Na fase juvenil, corriam o risco de ser expulsos do grupo. Se isso ocorresse, iriam viver nas redondezas, fugindo dos carnívoros ferozes, até encontrarem seus pares. Com o decorrer dos milênios, por questão de maior segurança contra o ataque de animais carnívoros, o primata *hominis* percebe que a vida em bando, composta por famílias mais ou menos aparentadas, é capaz de dar-lhe maior força e, em vez de ser caçado, passa a ser ele o caçador das feras. A comida torna-se mais fácil, e a segurança aumenta com a vivência em grupo.

Assim surgem os primeiros bandos de hominídeo e os rudimentos iniciais de vida familiar. Por conseguinte, em benefício comum, os pais passam a estimular a aproximação dos filhos pré-púberes às irmãs e primas do bando. Realizado o ajuntamento, o bando torna-se mais forte, e os jovens, sexualmente saciados.

Após muitos milênios, à medida que os bandos prosperam, o primata *hominis* passa a disputar com outros bandos o
território que lhes é comum no consumo da água e da caça. O
sentido de propriedade começa a ser configurado na mente do
bruto, embora o território seja imenso.

A este ponto, o primata *hominis* percebe que seu maior
rival é o ser de sua própria espécie. E tal fato persiste até hoje,
constituindo desafio maior a ser superado pelo caráter do homem atual.

Referindo-se aos abusos sexuais praticados por homens e
mulheres indistintamente, o espírito André Luiz lamenta:

"A maioria dos nossos irmãos encarnados na crosta tem menosprezado as faculdades criativas do sexo,
desviando-as para o vórtice de prazeres inferiores. Todos pagarão, porém, ceitil por ceitil, o que devem ao altar santificado, através de cuja porta receberam a graça
de trabalhar e aprender na superfície da Terra. Todo ato
criador está cheio de sagradas comoções da Divindade e
são essas comoções sublimes da participação da alma, nos
poderes criadores da natureza, que os homens conduzem,
imprevidentemente, para a zona do abuso e da viciação.
Tentam arrastar a luz para as trevas e convertem os atos
sexuais, profundamente veneráveis em todas as suas características, numa paixão viciosa tão deplorável como a
embriaguez ou a mania do ópio. Entretanto – continua o
instrutor –, sem que os olhos mortais lhes observem as angústias retificadoras, todos os infelizes, em semelhantes
despenhadeiros, são punidos severamente pela natureza
Divina"[4].

---

4   Xavier, F. C. *Missionários da Luz*, capítulo 13, p. 201, obra citada.
    (N.A.)

No mundo físico, aos desvios inferiores dos prazeres homo e heterossexual cabe considerar a incidência das doenças sexualmente transmissíveis; a mais temida atualmente é a Síndrome da Imunodeficiência Adquirida (AIDS – *Acquired Immune Deficiency Syndrome*), além dos males psíquicos, deficiências sexuais decorrentes, rejeições de toda ordem, derrocada da família e outros desarranjos nada favoráveis à vida humana. No mundo extrafísico, as zonas trevosas estão pejadas de criaturas em estado miserável de sofrimento, resgatando débitos pesadíssimos do passado.

Não obstante a amplitude dos argumentos, depreende-se que o prazer é antes de tudo originado na mente. A referência mental estimula a prática. Muitos chegam às raias da irracionalidade enveredando na invulgar promiscuidade, na libertinagem e no cometimento de crime hediondo, numa situação de total afronta às leis Divinas. E a prática do sexo, seja pelo homem ou pela mulher, tendo sido soberbamente aviltada, enseja sérias consequências de retorno, pois no mundo espiritual do bem, cada qual enxerga sua verdadeira face para se recompor e ser feliz.

Os comentários feitos, não obstante o peso de graves disposições em contrário vindas de zonas espirituais sombrias, possuem endereço certo para estimular a correção da marcha de milhares de criaturas.

Devemos destacar que a providência para eventual reorganização do indivíduo somente pode ser de instrução educativa capaz de divulgar a moral e harmonizar a mente em relação ao sexo. Tal iniciativa comporta, muitas vezes, o reajuste íntimo com auxílio de profissional competente. E a cultura religiosa, por sua vez, como estímulo para realinhar as forças sexuais da alma, é de fundamental importância na empreitada de todo tipo de recomposição.

Na mensagem do espírito Erasto, os ministros de Deus, encarregados de aprimorar o homem naqueles tempos iniciais em que imperavam a barbárie e as formas simiescas próprias da evolução da espécie, decidiram, após deliberações realizadas no espaço consoantes ao pensamento do Cristo, providenciar a encarnação dos primeiros espíritos superiores, para ajudar aqueles que aqui iniciaram sua evolução.

Eis que espíritos oriundos de diversos mundos, criaturas apenas um passo acima do estágio evolutivo do homem, são chamados a dar sua contribuição com o objetivo missionário de proporcionar grande salto no progresso, favorecendo o aprimoramento das formas físicas do homem e o despontar da razão. Assim, dentre os trabalhadores do Cristo, encarnam na Terra, em meio a outros "colonizadores universais", os primeiros espíritos vindos do sistema de Capella.

Devemos ressaltar que, nessa ocasião, ainda não se tratava daquela grande colônia de espíritos exilados que viriam da Capella muitos milênios mais tarde, para encarnar aqui com a missão compulsória de ajudar os humanos na constituição final e na cultura do *Homo sapiens*, fazendo eclodir na criatura as formas belas e graciosas das diversas raças humanas.

Mas, por ora, caro leitor, não nos convém antecipar detalhes sobre esse tema, do qual ainda falaremos mais à frente. O surgimento recente do primata *hominis* exigia o concurso de espíritos mais evoluídos para deflagrar um novo surto de hominização[5] e humanização[6] no orbe terrestre.

---

5   Hominização: termo usado para denominar o processo biológico de formação do primata *hominis*, seu progresso físico-intelectual até se tornar um ser reflexivo e com características humanas inconfundíveis. (N.A.)

6   Humanização: crescimento interior do homem como ser pensante, responsável, justo, bom e realizador de cultura progressiva. (N.A.)

13

PRIMEIROS VESTÍGIOS FÍSICOS

Considerando os caracteres físicos das ossadas descobertas, o primeiro antepassado do homem aparece na Terra cerca de cinco milhões de anos atrás. Esses primeiros ascendentes são chamados de *Australopitecos*. Aparecem exemplares na África do Sul (*Africanus, Parantropo, Tchadantropo*), na África Oriental (*Boisei – Zinjantropo*), o descoberto na Etiópia (*Ramidus*), com 4,5 milhões de anos, e o achado no território de Afar (*Afarensis*), com idade de 3,2 milhões de anos, cujo único exemplar conhecido corresponde a uma mulher, a quem foi dado o nome Lucy.

O *Australopiteco* representa um subgênero dos hominídeos, porém ainda não pode ser classificado como estritamente do gênero *Homo*. Foi, por assim dizer, um "prelúdio de homem" que a engenharia genética sideral plasmou em mutações constantes no seu vasto campo de experiências antes de estabelecer a forma humana definitiva. Era omnívoro (comia de tudo, inclusive carne) e vivia nas planícies e colinas, onde as rochas eram abundantes, e nas cercanias da água, correndo perigo a toda hora.

Os primeiros *Australopitecos* eram muito semelhantes a certas espécies de gorilas: não tinham mais de um metro e meio de altura, pesavam uns 60 quilos e tinham ossos fortes; as faces eram largas, andavam erguidos a passos curtos e gingavam ao correr; possuíam pelos grossos e espessos. Lucy, por sua vez, embora pudesse subir em árvore com habilidade, já não era estritamente um mono, possuía caracteres físicos que a diferenciavam dos demais antropoides.

Inicialmente, a ciência pensou que os *Australopitecos* pudessem ser canibais, mas as últimas investigações revelaram que teriam sido vítimas da voragem de uma espécie mais forte, derivada deles mesmos, a qual teria alcançado certa supremacia na região. Essa outra espécie teria caçado o *Australopiteco* e se alimentado dele. É perfeitamente possível que isso tenha ocorrido, apesar de hoje causar certa repulsão à espécie humana, e as provas físicas tendem a confirmar essa hipótese.

Para imaginarmos a vida desses prelúdios do homem, basta observarmos a vida dos gorilas atuais. Ambos os seres diferenciavam-se apenas nos hábitos sociais; porém, entre eles, havia uma mutação genética distinguindo-os vivamente, pois já se vislumbravam nela rudimentos da forma humana primitiva. À medida que a mutação se estendeu e surgiram mais hominídeos, estes se agruparam na mesma espécie; porém, seus costumes eram os mesmos de seus parentes primatas. Com o passar dos milênios, esses hominídeos vão aparecer dispersos ao redor de onde haviam surgido pela primeira vez. Se acaso os fósseis desses mutantes surgissem simultaneamente em diversos pontos do globo, tal fato seria surpreendente para a ciência, pois até hoje não foram encontrados além da África, fato que concede a ela o título de "berço da humanidade".

Esses hominídeos eram de complexão débil, tinham mãos largas e finas, a caixa craniana estava deprimida em excesso e apresentava uma acentuada constrição na parte posterior; a face adiantava-se ligeiramente na parte inferior, denunciando uma mandíbula robusta e os maxilares mais pronunciados. Essas formas, em seu conjunto, denotavam maior semelhança com a figura de um símio do que com a de um homem. Sua capacidade craniana poderia chegar a 600 centímetros cúbicos (nos chimpanzés, é de 400 c.c, e nos gorilas, de 600 c.c); contudo, em relação à sua estrutura frágil, os *Australopitecos* tinham capacidade ligeiramente superior à dos demais antropoides.

Havia também outros fatores que os distinguiam: o rosto não sobressaía tanto, a cabeça era menos pontiaguda, o nariz mais próximo da forma humana, os dentes incisivos estavam plantados verticalmente, o primeiro molar apresentava aspecto similar ao humano, os caninos eram pequenos e a arcada dentária muito semelhante à humana, sem ser idêntica.

Um ponto de fundamental importância para distingui-los dos antropoides é que caminhavam erguidos, ainda que não tanto quanto os pré-homens mais desenvolvidos de épocas posteriores, porém tinham prescindido totalmente dos membros anteriores para despalmar. Também se distinguiam na posição adiantada do maxilar inferior, menos protuberante. Contudo, o fato marcante da distinção era a morfologia da pelve: o osso ilíaco da bacia, curto e largo. Mostrava uma forma similar à do homem moderno, a qual permitia ao *Australopiteco* andar erguido e o diferenciava bem dos demais antropoides cujo osso ilíaco é deveras comprido, dificultando ao animal ficar em pé e caminhar facilmente.

Aquele ser primitivo, prenúncio de homem em estágio inicial, em tempos remotíssimos convive com o evento da morte diariamente. Ela ronda sua vida a todo instante. O perigo é sempre iminente. O estado de alerta está sempre presente no seu convívio diário com os animais ferozes que disputam com ele a mesma fonte de beber e os mesmos campos onde a comida é farta. O leão, o tigre, o lobo e outros carnívoros vivem à sua proximidade. Vez ou outra uma das feras lhe toma de assalto o grupo, fazendo uma vítima. Mas, ao primata *hominis*, isso é um acontecimento comum. Apesar de os nervos saltarem-lhe à flor da pele e do ataque da fera causar-lhe profunda ira, ele ainda é impotente para desencadear reação de força suficiente para combater o inimigo e vencê-lo. Para ele, a morte de seu semelhante é somente um acontecimento separado de sua individualidade, cujo alcance ele não é capaz de perceber, não lhe traz consequência. Dir-se-ia que de modo algum a morte de um membro do grupo é capaz de causar-lhe medo descomunal, a ponto de afastá-lo da convivência diária com o perigo.

A ameaça vem e passa. E a vida continua para ele. A consciência real desse perigo não existe, somente o instinto animal o faz bater em retirada, ameaçar reação com gestos e distanciar-se do mais forte como meio de defesa. Assim prossegue, até que, certo dia, num descuido maior da atenção instintiva, a fera lhe salta à garganta e tira-lhe a vida. O primata *hominis* morre, inevitavelmente.

A existência terrena cessa para ele sem que perceba. Retorna, por conseguinte, ao plano extrafísico sem se dar conta do ocorrido. E lá, no celeiro da eternidade, se junta aos demais hominídeos que com ele estiveram agrupados no plano físico, qual ninho de gestação coletiva, para que suas mentes sejam iluminadas, em brevíssimos instantes, por relâmpagos de lucidez. Nesse banho coletivo de luz, são projetados na memória extrafísica de cada um, os lances principais vividos na estadia carnal, para cada qual vislumbrar as cenas mais agudas passadas na vida corpórea e, desse modo, em lições mentais repetitivas, fixar os valores da vida extinta, expandindo, assim, o cabedal de conhecimento.

Não obstante, no plano extrafísico os Gênios da genética prosseguem no trabalho incessante de consolidar o elo de formação mental do grupo, para poder imprimir-lhe, coletivamente, elementos de matéria quintessenciada capazes de produzir alterações de melhoria no corpo espiritual da espécie.

Realizado o intento de agregar novas substâncias espirituais de ordem qualitativa, as quais, em seguida, na encarnação vindoura serão vertidas à carne, os ministros do Altíssimo se encarregam de preparar-lhes a volta ao plano físico.

Compelidos a retornar à vida na matéria densa, para prosseguir no aprendizado individual, os hominídeos, cada vez mais, num processo de melhoramento cíclico transcorrido na marcha vagarosa dos milênios, rumaram ao destino memorável traçado pela bondade Divina.

14

PEDRA, A MARCA DO HOMEM

O que diferencia radicalmente o homem de outras espécies do reino animal, antes de sua forma física característica, é, sem sombra de dúvida, sua capacidade de raciocínio.

A forma física é estudada em função das ossadas pré-históricas descobertas nos mais sugestivos pontos do globo em que o homem tenha deixado seus restos. Sua constituição óssea, principalmente a caixa craniana, tem ocupado os cientistas em longas jornadas na busca do conhecimento da origem de sua própria espécie.

É certo que, quanto maior a capacidade craniana, maior também o cérebro ali alojado e, por conseguinte, provavelmente maior a inteligência ali encerrada, comparando sempre a mesma espécie animal.

Sucede que o cérebro, após a morte do corpo, entra rapidamente em decomposição, enquanto o crânio e os demais ossos, quando conservados pela generosidade da natureza, podem preservar suas características por milhões de anos e ser estudados para montagem do formidável quebra-cabeça da escalada do homem.

Os primeiros vestígios da origem do homem como ser pensante, antes de tudo, podem ser observados nas suas notáveis realizações. Suas marcas deixadas na pré-história são muitas; dentre elas, observamos os fósseis de animais abatidos, os instrumentos que produziu com as mãos e os vestígios do que utilizou durante a vida.

A mais notável patente pré-histórica do homem, aquela que evidencia o uso de um psiquismo e o diferencia dos demais animais encontrados na natureza, são as "pedras" em que ele próprio trabalhou. Essas pedras lascadas podem ser estudadas hoje, de acordo com a camada geológica, pois preservam suas características por tempo muito superior que a de qualquer ossada.

Com a pedra, o homem pré-histórico construiu instrumentos básicos para maior defesa contra os perigos e melhor condição de subsistência. A pedra foi, por assim dizer, a marca registrada do homem durante toda a pré-história. E sobre ela a ciência tem focado sua atenção para compreender melhor a origem do homem como ser cada vez mais pensante e realizador.

Na era Cenozoica, período Terciário, época do Plioceno, cujo período de duração pode ser estabelecido entre cinco e 1,8 milhão de anos, ocorreu uma soberba movimentação de terras onde hoje está localizada a Europa, tendo revirado oceanos, modificado o curso dos rios, esvaziado as bacias, formado montanhas, vales e gargantas.

Apenas terminado esse período, as pedras lascadas são achadas misturadas a todo aquele material movimentado. Essas pedras são os chamados "quartzos", minerais também denominados "cristais de rocha", por terem aspecto transparente e grande resistência.

Aquele ser primitivo, denotando apenas alguns lances de lucidez, ao lascar pedras em épocas remotíssimas deu evidências inequívocas de ser o primeiro antepassado do homem, considerando que nenhuma outra espécie animal fora capaz de lascar pedras para se utilizar delas em seu proveito. E o fez numa quantidade tal que seu uso não ficara restrito a um determinado agrupamento ou uma região, mas se multiplicara por toda parte, considerando-se os sítios da Europa, da África e da Ásia meridional.

Os eólitos, como foram chamados esses objetos, eram extremamente simples, fato que levou alguns estudiosos a não admitir que tivessem sido construídos intencionalmente, aceitando, por sua simplicidade, a hipótese de terem sido produzidos pela natureza.

Contudo, a grande quantidade de objetos achados e sérias investigações levaram os estudiosos a concluir que aqueles instrumentos primitivos de corte e de golpe, datados do Plioceno, são provas irrefutáveis de seres mais próximos do homem que qualquer mono até hoje conhecido. Tais objetos, sem primor algum de técnica, remontam a dois milhões de anos e foram feitos por um remoto antepassado do homem, chamado *Homo habilis*.

A forma *Homo habilis* aparece nas regiões de Olduvai por volta de 2,5 milhões de anos, na mesma África onde havia emergido o *Australopiteco*, após alguns milhões de anos de apuração dessa espécie. Esse hominídeo já está um pouco mais evoluído que o anterior e tem uma capacidade craniana maior, avaliada em 800 centímetros cúbicos; portanto, mais inteligente que seu antecessor.

O *Homo habilis* produziu objetos cortantes de pedra com a nítida intenção de atuar melhor nas caçadas, de poder retalhar a presa, para transportá-la até a caverna, e de cortá-la mais facilmente nas refeições. Sua população foi ampla e estendeu-se por toda a África, onde exerceu domínio territorial e evolucionou em direção ao *Homo erectus* por centenas de milhares de anos.

15

Surge o homem-macaco

No início do período Quaternário, há 1,8 milhão de anos, aparece outro hominídeo mais aprimorado no talhe, chamado *Homo erectus* em razão de sua postura quase vertical. Conforme estudos evolucionistas, tudo leva a considerar que ele tenha evoluído do *Homo habilis*, embora não haja sido encontrado nenhum estágio intermediário dessa evolução.

O *Homo erectus* alcançava a posição vertical de modo a diferenciá-lo totalmente dos antropoides. Tinha por volta de 1,60 metro de altura. Com uma capacidade craniana inicial de 900 centímetros cúbicos, era mais inteligente que seu antecessor, mas ainda distante dos homens que ele mesmo daria origem ao longo de sua extensa evolução.

Acerca de 1,5 milhão de anos após esse surgimento, um dos supostos descendentes do *Homo erectus*, o *Pitecantropo* de Java, como fora prenunciado intuitivamente por Haeckel em seus estudos acadêmicos para achar uma espécie de homem intermediário na evolução, finalmente fora achado por Dubois e justamente no local indicado por Haeckel, em Java, fossilizado na Indonésia há 350 mil anos.

Para fazer a descoberta, Dubois raciocinou em termos de procurar em local próximo à água potável e à linha do Equador, zona quente da Terra. As escavações foram realizadas no lugar proposto por Haeckel e a criatura intermediária foi ali encontrada.

Na verdade, todos os *Homo erectus*, por assim dizer, que viveram em finais de seu período evolutivo, entre 500 mil e 300 mil anos atrás, tinham características físicas mais ou menos semelhantes. Vamos observá-las.

A capacidade craniana havia aumentado e poderia chegar a 1.200 centímetros cúbicos. Portanto, dir-se-ia ter capacidade cerebral a mais de meio caminho da do homem atual. O crânio, na parte do couro cabeludo, é muito baixo, chato e prolongado para trás. A testa está em fase inicial de formação e praticamente não existe; acima dos supercílios ela não se alça, mas foge para trás subitamente. As órbitas dos olhos são grandes e grossas, assemelhando-se mais a reforçadas viseiras. O nariz ainda não existe, as fossas nasais estão quase coladas à face, em ligeiras protuberâncias. A boca está pronunciada mais à frente, assemelhando-se a um quase focinho, razão pela qual o queixo também não existe. Os dentes são quase humanos, principalmente os molares e os caninos; estes últimos apresentam grande redução em confronto com os dos antropoides. Os braços são longos. As pernas já se alçaram, mas ainda ligeiramente curvas. O corpo está todo revestido de pelos.

Embora já muito melhorado com relação a seus antepassados (*Australopitecos* e *Homo habilis*), o *Homo erectus* ainda está sobejamente parecido a um símio em suas expressões faciais, embora o restante do corpo tenha conformação semelhante à do homem atual.

A ciência conclui que esses homens, encontrados na África, na Ásia e na Europa, ao evolucionar deram origem a outras espécies mais evoluídas denominadas genericamente de *Homo sapiens arcaico*, cujo início remonta 400 mil anos.

Instruções espirituais dão conta de que os ancestrais arcaicos do homem, em seu percurso de Ser irracional até atingir a Era da Razão, formam uma trilha principal com início de vislumbres no umbral do Mioceno e seguem evolucionando por milhares de anos até obter o raciocínio rude no final do Plistoceno Médio.

A ciência, a seu turno, considera o Plistoceno Médio[1] como iniciado na glaciação de Mindel, há cerca de 480 mil anos, tendo prosseguido até o final da glaciação de Riss, por volta de 180 mil anos. Portanto, estima-se o início primevo da Era da Razão em torno de 200 mil anos, época em que o homem sapiente moderno teria iniciado sua caminhada evolutiva.

Caro leitor, sobre o surgimento da razão – esse soberbo salto de progresso dado pelo homem em sua extensa escalada evolutiva – falaremos com mais detalhes no próximo capítulo.

---

1   Ver outros desenvolvimentos no capítulo, *Nas Idades do Gelo*. (N.A.)

16

RAZÃO, UM SALTO SOBERBO NA EVOLUÇÃO

Partindo do prossímio inicial surgido no Paleoceno e envolvido no turbilhão de incontáveis experiências que os laboratórios da evolução na Terra propiciavam após longuíssimo processo de mutação para o desenvolvimento da forma humana, o homem chega ao Plistoceno Médio dotado de características físicas e potencialidades intelectuais que se "aproximam" das atuais. Por conseguinte, diferencia-se dos animais de forma marcante, como pode ser notado detendo-se o foco na evolução comparada das espécies, em que fica evidente a presença de uma inteligência progressiva no homem, enquanto nos animais ela parece ter estagnado.

Na sua escalada evolutiva, sem que se perceba, o homem tem o poder cerebral aumentado, fato que lhe dá suporte para novas aquisições. O conteúdo psicológico avoluma-se, como a pressionar o instinto para um desabrochar irresistível de consciência humana. O processo de maturação instintiva, que se lhe desenvolve desde a raiz da existência, atinge um limite máximo, um ponto extremo em que é impossível permanecer. Uma força psíquica imensa, que no decorrer das Eras vem-se avolumando e é represada continuamente no cérebro, não mais pode ser contida, desenrola-se sobre si mesma, espraia-se e força o interior da memória, exigindo-lhe uma expansão. Dir-se-ia que, nesse extremo, um átimo de lucidez se lhe agrega ao pensamento, o qual já se apresentava no limiar crítico do instinto e não suportava mais nenhuma carga adicional. Nesse ponto de máxima, a mente humana transborda, por assim dizer, e desabrocha nela própria uma mutação de melhoria brusca; uma modificação sem precedentes na história do desenvolvimento animal na Terra acontece. Opera-se, no pensamento, com esse átimo de lucidez adicional, um novo arranjo em sua organização funcional. Então, nesse momento, de forma repentina, nasce no homem primitivo, após uma gestação de dezenas de milhares de anos, o fruto iluminado da árvore da vida: a razão.

Esse processo contínuo de mutação hominizante, operado pela genética Divina, proporciona ao espécime homem a passagem de um estágio a outro da vida animal, ou seja, de uma vida mais instintiva que inteligente, a criatura passa a um estádio mais reflexivo e menos irracional. Em outras palavras, o processo de pensamento descontinuado do irracional, que lhe ocorre em forma de relâmpagos de lucidez, sofre substancial mutação, dá um salto soberbo na evolução e aporta à fase do pensamento contínuo, característica fundamental que distingue de vez o espécime homem dos animais, dando margem a surgir em seguida os rudimentos da fala.

Sendo, pois, a razão o elemento intelectual mais importante para diferenciar o homem do animal irracional, ressalta-se que seu surgimento implica, consequentemente, no nascimento intelectual do homem.

Ao contrário do nascimento físico, que se processa na matriz e está limitado a um único ser, ou a alguns poucos seres gêmeos, a razão, com prodigalidade, dá luz a toda uma coletividade humana de uma só vez. Ela não ocorre isolada num só homem, mas sim numa multidão de criaturas mais ou menos ao mesmo tempo.

Portanto, o primeiro homem, pai do gênero humano propriamente dito, fora uma onda em forma de multidão. Provocou, por assim dizer, uma reação em cadeia de proporções gigantescas, que ultrapassou um passado mental relativamente singelo e deu origem a um alvorecer intelectual esplendoroso.

Com a razão, uma nova fase de desenvolvimento planetário fora inaugurada, marcando o efetivo domínio do homem sobre todos os outros seres viventes na Terra. Enfim, com a razão havia nascido o homem realizador que modificaria o mundo nos milhares de milênios seguintes.

Entrementes, é necessário esclarecer que naquelas épocas remotíssimas o homem ainda não estava dotado de cérebro totalmente desenvolvido morfologicamente, providência essa que seria adotada em seguida pelos Gênios da genética, bem como não possuía ainda os rudimentos de nenhuma cultura digna de menção por ter adquirido algum primor. O alvorecer da razão, nos moldes explicitados, conforme registro espiritual deu-se nos vários pontos da Terra, em épocas distintas, porém próximas entre si considerando o longo percurso evolutivo do homem nos milhares de milênios anteriores. Ela aflorou em criaturas hoje denominadas genericamente de *Homo sapiens arcaico*, tais como o *Pitecantropo*, o *Sinantropo* e o *Atlantropo*, seres que formavam a humanidade daquelas épocas recuadíssimas e foram os precursores de outras figuras humanas que viriam se desenvolver depois na Terra.

A razão, como se conhece hoje em seres humanos da mais elementar cultura — por exemplo, os indígenas da Amazônia brasileira que o homem civilizado conhece, mas os quais rejeitam contato humano —, estágio de razão calcado na desconfiança e na agressividade, ainda assim é muito superior ao nível alcançado pelos seres daquelas épocas remotíssimas. Aquele nível iniciante de intelectualidade evolucionou por milhares de anos e somente beirou o estágio elementar dos índios amazônicos em plena época Cro-magnon, quando o homem já havia desenvolvido o cérebro em proporções iguais às de hoje e evolucionado por vários milhares de anos após o surgimento inicial da razão.

A capacidade racional completa e o estágio de consciência denotando responsabilidade somente vieram depois, com o surgimento do homem de Cro-magnon, que além de cérebro completo já havia aprimorado os demais sistemas do corpo, conforme os trabalhos da engenharia espiritual encarregada de estabelecer as raças humanas na Terra, e passado por experiências culturais necessárias ao desenvolvimento reflexivo da espécie humana.

Os espíritos com aquele nível intelectual, que para evoluir precisavam encarnar em corpos do homem-macaco e seus congêneres mais evoluídos do tipo Neandertal, hoje não encarnam mais na Terra, mas em outros orbes do infinito, conforme o grau evolutivo de cada um, porque a escola terrestre atual não comporta mais aquele tipo de transição operada aqui em épocas recuadas.

17

NAS IDADES DO GELO

Vamos recuar a uma época iniciada 600 mil anos atrás para focarmos a visão nos acontecimentos daqueles assombrosos tempos glaciais. E vamos prosseguir avançando rumo a épocas mais recentes, passando pelas quatro idades do gelo e pelos três períodos interglaciais que se seguiram após a época mencionada.

Naqueles tempos, a crosta terrestre passa por soberbas variações climáticas, as quais ficaram registradas nas camadas geológicas, onde podem ser observadas pelos arqueólogos. O globo terrestre é imobilizado por quatro períodos distintos de frio intenso, as glaciações de: Günz (600 mil – 540 mil a.C.), Mindel (480 mil – 430 mil a.C.), Riss (240 mil – 180 mil a.C.) e Würm (120 mil – 10 mil a.C.).

Esses enormes períodos de formações geladas transcorrem em certos intervalos de tempo. Podemos dizer que primeiro ocorre uma época glacial de frio terrível, depois vem um intervalo de milhares de anos com clima quente e a vida prospera, período chamado de interglacial, e em seguida sobrevém uma nova época glacial de frio intenso. Dentro de cada um dos períodos glaciais vamos achar épocas intermediárias, porém frias, nas quais se alternam climas extremamente gelados e outros de frio menos intenso. Em cada um desses períodos de glaciação, as terras próximas aos Polos são invadidas por enormes camadas de gelo.

Ao sul, a grande calota polar da Antártida se alça vaga-
rosamente, formando imenso continente gelado. Os enormes
blocos de gelo avançam mar adentro, congelando as águas
que encontram pela frente. Essa massa gelada progride pouco
a pouco e encontra terra firme, congelando o extremo sul do
continente americano. Não progride muito além daí; detém-se
a meio caminho entre o círculo polar Antártico e o trópico de
Capricórnio, não chegando a mostrar sua face ao sul da África
e à Oceania. Contudo, embora a grande calota de gelo tenha
estacionado, a onda de frio avança devagar em direção à linha
equatorial da Terra.

Ao norte, por sua vez, a calota polar do Ártico estende-se
aumentando de diâmetro, de modo a coligar terras e mares, formando um bloco único que engloba a Groenlândia, o Canadá, a
Europa em toda sua parte norte e a Rússia quase inteira. A onda
de frio que essa camada de gelo provoca desce num movimento
lento em direção à linha do Equador, fazendo as águas de muitos rios e lagos da Europa e da Ásia congelar-se. Quase tudo é
gelo. São tempos terríveis para o homem emergente daquelas
épocas da pré-história.

Os oceanos que banham a parte tropical da Terra evapo-
ram à luz do Sol. Contudo, os vapores de água, ao contato da
onda de frio intenso, são congelados nas terras firmes dos continentes. Por milhares de anos não vão mais retornar aos oceanos
de onde emergiram. As águas oceânicas recuam cada vez mais.
E o nível dos mares baixa para mais de cem metros. Assim, os
mares recuam para partes mais profundas, desnudando imensas extensões de terras. Um cenário incrível de terras despidas
ao sabor da natureza enregelada entra no cenário do homem
em formação.

No correr dos milênios, boa parte dessas terras oceânicas
desnudas torna-se fértil. Produzem vegetais e frutos em abundância. Os animais e o gênero humano passam então a ocupá-

las e tomam-nas como novas habitações, onde vão viver em seu seio convidativo por dezenas de milhares de anos. O clima nessas regiões centrais é mais ameno do que no restante das outras regiões da Terra; por isso, viver ali perenemente é um convite irrecusável que a natureza faz ao homem pré-histórico e a todas as outras formas de vida.

Aqui devemos considerar que as terras longínquas e tão decantadas da Lemúria e da Atlântida, ou quaisquer outros nomes que os literatos queiram dar àquelas localidades, hoje perdidas para sempre, simplesmente representam moradas transitórias de grandes aglomerados de vida em suas diversas variedades. Nada mais do que terras quentes com perfumes de vida, porém fragrâncias transitórias em leitos oceânicos dormentes à espera de nova alvorada. Nada mais que habitações passageiras onde a vida humana rudimentar se fixa e prospera até cumprir o estágio evolutivo traçado pelas mãos de Deus. Moradas distintas por remotas lembranças que passam de geração a geração com relatos e ficam arquivadas na memória para lembranças futuras. Estádios em que os espíritos passam, aprendem, evoluem e retornam ainda de novo, ao influxo de outra onda de vida na matéria, para evolverem, inexoravelmente, rumo à plena sabedoria.

As forças criadoras, obedecendo aos planos traçados desde remotas Eras, conforme registros espirituais fazem essas glaciações tendo como meta amadurecer o globo para possibilitar o desenvolvimento de novas formas de vida. Concentram grandes contingentes de vida animal em certas regiões do planeta, para ali executar melhorias, fazendo especiações constantes. Produzem formas corporais cada vez mais primorosas para uso dos espíritos cuja marcha evolutiva se realiza na Terra em estádio onde são compelidos a viver para melhorar o corpo e o intelecto, avançar na cultura, apurar a responsabilidade, a moral e o amor.

Estagiando em veículos corpóreos, os espíritos experimentam a vida na matéria, aprendem nessas vivências e, por conseguinte, evoluem. O propósito da vida material é evoluir o espírito. Com esse objetivo trabalham as forças criadoras. Ao homem atual, resta perceber essa realidade e corrigir o rumo de sua existência, de modo a direcioná-la aos sublimes propósitos destinados a ele pela Divina providência.

Na faixa de terra compreendida entre os trópicos de Câncer e de Capricórnio, as formas viventes prosperam em meio a um clima sobejamente frio.

Durante as glaciações de Günz e Mindel, na zona equatorial da Terra, onde predomina um clima menos frio, o *Pitecantropo*, depois conhecido também como homem de Trinil, descoberto fossilizado em Java, na Indonésia, apresenta-se em grandes contingentes e vive, naqueles tempos, apurando a espécie sem se dar conta disso.

Na Ásia, no *campus* do Pamir, são realizados trabalhos soberbos no sentido de transformar o *Homo erectus*, nascido no *campus* de Olduvai, em um ser mais aperfeiçoado na forma, na estrutura orgânica e com intelecto expandido.

Os Gênios do Pamir estão na iminência de concluir um padrão humano mais aperfeiçoado. O tipo mongol, cujo espécime é conhecido pelo nome de *Sinantropo* ou "homem de Pequim", está prestes a nascer e a despertar para a vida na China pré-histórica.

O aprimoramento das espécies, nas Idades do Gelo, prossegue. Os trabalhadores do Altíssimo se utilizam da natureza e produzem variedades de animais de pelos longos que melhor se adaptam ao clima glacial. Assim, nascem e prosperam os animais mais bem preparados ao clima frio.

O homem, inserido no concerto evolutivo como principal elemento, inicia novo salto de cultura. Açoitado pelo frio a congelar a carne, os trabalhadores do Altíssimo lhe facilitam a vida para continuidade da espécie. Dão-lhe instruções para melhor obter o animal, preparar a carne e utilizar a pele para defender-se do frio.

Conforme planejado, a nova alimentação e o uso da pele animal como roupa em épocas um pouco mais quentes faz a pelugem diminuir. A cultura passa a ser outra e as tendências físicas se modificam. Os Gênios da genética tratam de melhorar-lhe a aparência exterior, preparando no plano espiritual e reproduzindo nele no plano físico a pele de pigmentação amarela, cuja resistência fora aprimorada.

Não obstante a onda gelada a castigar o rosto e as demais partes do corpo, a Divina providência retira dele a barba e o excesso de pelos que lhe embrutecem a aparência. São produzidas condições orgânicas novas capazes de contrair os poros e dar à pele mais energia e calor. Por conseguinte, a barba quase desaparece no tipo mongol. Os braços encurtam e as pernas alçam. A formação dos olhos é melhorada. E para diminuir a irritação na neve, os olhos são feitos de forma puxada, estreitados para maior defesa e melhor desempenho num ambiente de frio intenso e grande claridade. Um novo tipo de homem está presente na Idade do Gelo.

Os milênios transcorrem vertiginosos. Nas zonas mais frias da Terra, sobretudo nas imediações da China, o tipo mongol, desenvolvido no *campus* do Pamir, ao influxo das instruções espirituais recebidas dos benfeitores do Altíssimo consegue produzir o fogo e, pela primeira vez, é capaz de conservá-lo em toscas lareiras dentro das cavernas.

O homem pré-histórico dá um notável passo no seu poder intelectual e consegue, com a técnica de armazenar calor, concentrar energia para superar as dificuldades e garantir sua sobrevivência no clima frio. Passa a cozinhar alimentos e, por consequência, sua digestão torna-se mais fácil; ele fica menos sujeito a doença e adquire mais força bruta.

Não obstante tais aprimoramentos, a caça e os frutos se tornam escassos naquelas regiões geladas. Obter comida torna-se árduo, porque difícil é o clima. Tudo o que pode ser ingerido é valorizado. Tais condições penosas de vida geram um ambiente em que somente o mais forte sobrevive. A falta de alimento provoca embates para sua obtenção.

Num cenário de lutas, emerge o canibalismo em meio àqueles seres pré-históricos. O raciocínio ainda primitivo e a fome os tornam ferozes. A solução achada pelo bruto é o entre-devorar-se mutuamente. Durante milênios a fome foi resolvida pela maneira mais fácil descoberta pela mente ainda brutal: o homem mata o próprio homem para se alimentar.

Conforme os espíritos, o canibalismo inicial não fora um ritual religioso, pois tal preocupação não havia na mente primitiva daquelas criaturas, mas resultado das condições adversas de vida confinada em caverna, com frio intenso e falta perene de alimento. Fora um estágio evolutivo em que a sobrevivência estava acima do sentimento. Nas Idades do Gelo, a preservação da vida movia as ações da criatura.

Apesar do comportamento aterrador aos olhos da cultura atual, ainda assim o passado pré-histórico do homem não se altera. E os milênios transcorrem vertiginosos, com melhorias de toda ordem realizadas pelos trabalhadores do Altíssimo, visando o alvorecer de uma nova humanidade.

As glaciações aos poucos regridem. E nessa medida haverão de produzir períodos mais ou menos quentes, denominados interglaciais, com clima ameno, os quais serão responsáveis por novas alterações na maneira de viver da fauna e da flora terrestres.

Embora ocorram melhorias climáticas nos períodos interglaciais, deve ser notado que a mudança é significativa, pois o extremamente frio muda para outro, oposto a ele ao extremo. O clima quente provoca fortes mudanças na crosta, fazendo o gelo acumulado derreter-se no continente. Surgem então as águas e os imensos alagados no que fora antes terra firme.

Por sua vez, as camadas oceânicas de gelo, próximas aos Polos, ao influxo de maior radiação solar precipitam-se sobre as águas profundas, num processo de monumental desgelo, liberando grandes volumes de água.

Aos poucos, na medida em que o calor aumenta, o desgelo acelera, e as águas passam a tomar conta das terras oceânicas anteriormente desnudas. Numa invasão soberba, avançam sem recuar. Elevam o nível dos mares, até ocupar por completo os antigos leitos oceânicos deixados para trás milhares de anos antes. Tudo é encoberto pelas águas marítimas. Espetáculo terrível e ao mesmo tempo admirável da natureza, onde a pororoca do Amazonas, embora com outras características e menor proporção, guarda semelhança comparativa quando considerada sem refluxo.

Façamos aqui uma pausa, tomando emprestada a imagem para explicar:

"Na língua indígena, pororoca significa 'grande estrondo'. É um fenômeno da região amazônica. Ela ocorre na foz de seu mais imponente rio, o Amazonas. Forma-se pela elevação súbita das águas junto à foz, provocada pelo encontro das marés ou correntes marítimas contrárias, quando estas encontram obstáculo impedindo seu curso natural. É um prenúncio de enchente. Minutos antes, uma calmaria se faz presente. As aves se aquietam e o vento parece parar. É ela que se aproxima. Os nativos já sabem, e rapidamente procuram lugar seguro, como enseadas ou mesmo pontos mais profundos do rio para aportar suas embarcações, pois a canoa que estiver na baixa-mar, onde ela bate furiosa e barulhenta, é arrancada do leito, vira na onda e é levada. Dentre as explicações de sua causa, a principal é mudança das fases da Lua. O rolar da massa líquida oceânica, força sentida na Amazônia a mais de mil quilômetros, é ouvido até com duas horas antes de sua chegada. Quando ela passa, formam-se ondas menores, os banzeiros, que morrem violentamente na praia."[1] Assim se faz a invasão das águas na pororoca, guardando semelhança com as inundações na Idade do Gelo.

Naqueles milênios recuados toda espécie vivente fora impelida a recuar, procurando terras altas para sobreviver. Deixaram para trás as terras oceânicas desnudas em que viviam e partiram em fuga desesperada. Nesse movimento, alguns grupos foram pegos num insulamento compulsório, surpreendidos pela própria resistência do homem em abandonar o lar ou, então, pelo engano de estabelecer-se numa plataforma de ilha fadada à submersão, engolida aos poucos pelas águas.

Enquanto a natureza realiza sua função renovadora, os náufragos são vistos ao longe por olhos atentos que partiram primeiro, receosos do avanço irresistível das águas. O afundamento é irresistível e a vida confinada perece.

Assim, à distância, o restante do povo contempla a tragédia das águas abatendo os semelhantes. Todos observam o naufragar de pequenas aldeias primitivas, plantadas em meio ao oceano seco do passado, ilhas que serviram de refúgio aos infortunados. A faixa costeira da África, o sul da Europa e a Ásia, na região da Indonésia, são as mais afetadas.

Não obstante as aflições humanas vividas nos vastos alagamentos e nos monumentais naufrágios de povoados primários, que com o tempo convencionou-se chamar de Lemú-

---

1   Ensino de autor especializado, mas de nome desconhecido. (N.A.)

ria e Atlântida, ainda assim, caro leitor, nada daquilo pode ser comparado às fantásticas cidades submersas criadas pela imaginação fértil, fazendo lendas memoráveis com destruição de culturas majestosas que jamais existiram.

O homem daquelas épocas ainda não possuía cérebro suficiente para realizar construções tão arrojadas. E, mesmo se considerássemos os últimos afundamentos ocorridos no final da glaciação de Würm, por volta de 10 mil a.C., já em plena época do homem sapiente, ainda assim ele não tinha cultura para erguer as fantásticas cidades que alguns dizem ter sido submersas na Lemúria e na Atlântida pré-históricas.

Na medida em que passam os milênios de desgelo, a paisagem da Terra se modifica. O Sol surge exuberante nos céus limpidamente azuis. A paisagem verde da flora resplandece exuberante. A vegetação prospera, e o verde alastra-se nas terras alagadas pelas águas vindas de planaltos e montanhas. Os bosques se fazem presentes, dando ao homem ampla variedade de frutos. O solo torna-se vermelho e produtivo, como se estivesse guardando todas as suas energias para desabrochar após a imobilização do período gelado em que fora envolvido por milênios. Os riachos começam a correr como crianças em idade infantil. E, na medida em que correm, murmuram aos vales e campinas melodias mais sonantes, qual coral de vozes aglutinando sons que vão formar os grandes rios e lagos no concerto da natureza. Os ventos sopram nas ramas, e as aves cantam nos bosques, fazendo a música vibrar naquelas idades longínquas. Nesse cenário romântico, a flora convida a fauna para vir morar consigo, numa união admirável. A vida, a cada dia, torna-se mais atrativa, e o homem emergente volta a vaguear irresponsável pelas terras frutificadas. Um paraíso na Terra consolida-se. A Terra está em flor.

A evolução do homem não se interrompe. O *Sinantropo*, descoberto pelo padre Teilhard de Chardin, fossilizado na China com cérebro expandido de até 1.200 centímetros cúbicos e feições brutais, continua sua marcha de progresso naquelas épocas recuadas. Envereda, cada vez mais, pelos caminhos da disputa guerreira, como era natural àquelas épocas distantes. Passa a ser um caçador de animais e de homens da sua mesma espécie. Mata o semelhante e dele se repasta com cenas assombrosas de canibalismo. O fogo e as lareiras que faz nas cavernas ajudam-no em seus intentos vorazes, numa época situada há 250 mil anos. Seus primeiros utensílios de cozinha são os crânios do gênero humano que ele caçou e cujos cérebros devorou. A antropofagia torna-se perfeitamente natural para aquele troglodita.

Tempos terríveis de barbarismo aconteceram na escalada do homem. Difícil conceber hoje que se tratava de seres humanos. Mas não é impróprio considerar que tinham sua própria espécie como animais opositores, disponíveis para repasto após uma contenda brutal.

De modo semelhante, mas guardando as devidas proporções, os seres humanos atuais fazem o mesmo com os animais inferiores, com a vantagem de poder abatê-los sem risco de perder a vida, ao contrário de seus antepassados. E o fazem com satisfação redobrada em razão de poder assá-los em modernas churrasqueiras para privilégio do repasto. Portanto, de modo comparativo, não há que se ter espanto com as cenas aqui relatadas, considerando o nível mental estagiado pelo homem dos tempos pré-históricos.

Entretanto, somos compelidos a aduzir que a época atual também passará, assim como passou aquela. Os tempos de hoje serão lembrados pelo homem do porvir como de grande barbárie para com os animais. Os que hão de vir, haverão de considerar isso um crime. Por certo, haverão de entender os animais como irmãos menores da humanidade, pois a espécie humana também passou, há milhões de anos, por esse estágio evolutivo. Assim, conscientes de seu passado milenar, acabarão eliminando a matança, pois tal alimento, além de desnecessário, é prejudicial ao organismo refinado.

Não obstante as melhorias, aqueles seres primitivos, precursores da humanidade, teriam ainda de ser melhorados para alcançar estágio mais alto previsto pelos servidores do Altíssimo. Por isso, no *campus* do Cáucaso, os Gênios da genética preparam a vinda do Neandertal, para lançá-lo em grandes contingentes nas paragens promissoras da Europa e ali fazer evolucionar os espíritos mais avantajados na onda de vida iniciada na Terra. Vamos ver isso no próximo capítulo.

18

A Era do Neandertal

Quando o francês Marcellin Boule, em 1856, na caverna Feldhofer, encontrou o fóssil de um homem – ao qual deu o nome de Neandertal em homenagem ao vale em que fora descoberto, perto de Dusseldorf, na Alemanha – classificou-o precipitadamente como: "Uma besta que caminhava com os joelhos flexionados e arrastando os pés, com a cabeça inclinada para frente e suspensa por um corpo arredondado, tendo o polegar estendido para o lado, como o chimpanzé". Essa classificação fora incisiva e precipitada, porque mais tarde ficaria demonstrado que a figura estava doente, sofrendo de artrite.

Não obstante o exagero do renomado paleontologista, o cognome empregado por ele tem alguma analogia, pois, conforme registros, o termo "besta" [*bête, idiot*] era uma forma de expressão antiga, sugestivamente da época dos Cro-magnons para definir o homem de Neandertal de quem eram inimigos. Tal cognominação perdurara por milênios, tendo chegado ao homem antigo de épocas posteriores, que no início da escrita usou o termo para designar uma figura brutal, de estruturação animalesca. Em seguida, o termo "besta" seria utilizado nas escrituras bíblicas, imortalizando a denominação sem o Neandertal ser lembrado.

Os avanços científicos do século XX possibilitaram modernas interpretações da constituição física do Neandertal e de sua cultura. Se os seus antecessores poderiam receber restrições quanto a ser qualificados como precursores da humanidade atual, o Neandertal não pode receber objeções tão rigorosas, pois foi uma figura próxima da do homem moderno, não deixando dúvida quanto ao seu melhoramento físico e intelectual em relação aos tipos anteriores, embora fosse ainda uma criatura brutalizada. Estudar esse tipo de homem significa recordar os primórdios da humanidade. Neste capítulo, vamos focar a visão nessa fantástica e brutal figura, para compreendê-la melhor.

Por volta de 300 mil anos atrás aparece em Mauer, perto de Heidelberg, na Alemanha, um espécime de homem que alguns cientistas acreditam teria evolucionado do *Homo erectus* da Ásia, o *Sinantropo*. Esse espécime teria sido um antepassado do Neandertal que viria povoar grande parte da Terra milênios depois.

Ainda na Alemanha, em Steinheim, foi encontrado um crânio datado de 250 mil anos que também sugeriu ser um tipo Neandertal. De uma forma ou de outra, o fato científico certo é que por volta de 100 mil anos atrás o homem de Neandertal dominou toda a Europa e parte da Ásia, tendo nesses continentes deixado marcas de sua existência. Quanto ao povoamento da África pelos neandertais, parte dos estudiosos aceita que isso tenha ocorrido em razão de ele ter evolucionado do *Atlantropo*, achado nas regiões da Argélia.

Em resumo, todas essas aparentes especiações do *Pitecantropo* inicial propiciaram, de uma maneira ou de outra, o surgimento dos pré-neandertais, que evolucionaram por milhares de anos e produziram o tipo Neandertal clássico, como encontrado pela ciência, fossilizado em quantidade.

Por volta de 70 mil anos atrás, o tipo clássico podia ser encontrado em toda a Europa (exceção dos países nórdicos), em parte da Ásia e da África. Media 1,65 metro de altura. Tinha perto de 1.500 centímetros cúbicos de volume craniano, quase igual ao do homem moderno e, às vezes, de modo estranho, até um pouco maior. Era um tipo mais evolucionado que todos os seus antecessores na morfologia do corpo, na capacidade do cérebro e no comportamento, embora ainda antropófago.

Os neandertais clássicos eram fisicamente diferentes dos humanos atuais. Seus ossos, grandes e robustos. O crânio era grande, largo e com a frente inclinada. O lugar das sobrancelhas, proeminente, assemelhava-se a uma viseira. Possuía grandes mandíbulas, e o queixo apresentava-se pequeno. O tórax era largo. O abdome, curto e largo. A bacia e as pernas eram curtas. Os braços, compridos. O corpo estava revestido de pelos, porém menos espessos do que seus antecessores, e se podia observar facilmente a pele do corpo, a qual, conforme informação espiritual, tinha pigmentação acastanhada-clara (a pele branca ainda não existia). Seu aspecto havia deixado de ser assombroso; contudo, ainda era brutal. Se fosse observado hoje, aparentaria pouca inteligência, embora seu cérebro estivesse quase em tamanho completo. Ainda não poderia ser considerado um homem sapiente.

Esse homem do Paleolítico Médio acendia o fogo com as pedras e fabricava ferramentas vitais para sua subsistência, instrumentos que lhe possibilitavam fazer a segurança do clã, realizando melhor defesa contra os inimigos.

O Neandertal produziu artefatos durante o tempo em que viveu e até 30 mil anos atrás, data aproximada de sua extinção. Dentre as ferramentas confeccionadas, estavam as pedras cortantes, utilizadas como faca para matar e retalhar a caça. Fez o machado de pedra, para cortar ossos e madeiras, servindo também como martelo primitivo. Produziu raspadores, com os quais raspava ossos, trabalhava a pele e a transformava em roupa.

Seus instrumentos de pedra lascada eram utilizados para cortar tudo, modelar madeiras e afiar pontas de pedra. As pontas afiadas, quando colocadas em varas compridas, transformavam-se em lanças manuais. Durante a caçada, dificilmente podiam ser arremessadas, seu peso era alto e o poder de penetração reduzido para animais de grande porte. Com essas lanças, o sucesso nas caçadas era limitado.

O Neandertal fabricava utensílios golpeando a pedra com outra mais resistente. Assim, obtinha uma grande lasca, a qual, por sua vez, era também golpeada até se obter a ferramenta ideal.

A confecção do artefato, cuja imagem formara-se na mente do Neandertal e que ele, com seu trabalho manual, plasmara a forma imaginada, demonstra, para o homem atual, que ele possuía boa capacidade mental, pois sua técnica exigia recursos intelectuais capazes de escolher sempre a melhor alternativa. Tinha que selecionar o melhor tipo de pedra a ser usado na confecção do objeto, empregar a força certa no golpe, deduzir o ângulo da batida para obter a superfície cortante e plasmar a forma do artefato desejado. É forçoso reconhecer que, sem cérebro desenvolvido e sem cultura anterior, tais procedimentos não seriam iniciados e os objetos jamais seriam feitos.

Diferente dos tipos anteriores, os neandertais foram os primeiros a colocar ponta de pedra nas lanças e a usá-las para caçar, bem como os primeiros a usar o fogo para fazer ponta nas lanças e tornar a madeira mais eficiente na caçada.

Esse homem, num processo instintivo típico do ser humano, utilizou-se dos dentes para ser mais hábil na produção de utensílios. O desenvolvimento dessa técnica, usando a boca na fabricação de artefatos, diferenciou-o dos tipos humanos anteriores. Ele usou os próprios dentes como presilhas para segurar pele, osso e madeira na fabricação de utensílios. Prendendo a matéria prima com os dentes frontais, pôde trabalhar facilmente com as mãos para moldar artefatos e conformá-los segundo sua necessidade.

As peles passaram então a ser unidas umas às outras, por meio de fios tirados da pele e nervos de animais caçados. Foi inventada a agulha de osso, para juntá-las. As provas desses procedimentos são os artefatos achados nos sítios arqueológicos e as mandíbulas dos próprios neandertais, que mostram grande desgaste nos dentes, por uso excessivo na confecção de objetos.

Os neandertais eram caçadores e coletores de frutos. A vida que levaram era por demais rude e perigosa, tão severa que os mais velhos dificilmente chegavam aos 40 anos. Havia vários motivos para essa existência curta. Além de doenças naturais e de lutas contra inimigos da mesma espécie, tinham de arriscar a vida diariamente para conseguir alimento. Suas lanças e machados de golpe eram armas de curto alcance, fazendo com que a caça ficasse muito próxima para ser abatida, fato causador de graves ferimentos com mortes inevitáveis. Em razão da força física, conseguiam cravar profundamente a lança nos animais de grande porte, mas a proximidade causava-lhes ferimento, vindo depois infecção, doença e morte prematura. Por isso, a vida era curta.

Os neandertais caçavam os grandes mamíferos, dentre os quais estavam mamutes, elefantes, rinocerontes, bovinos, cavalos e renas. Em geral, caçavam esses animais espantando o rebanho rumo a determinado canto, onde havia um desfiladeiro, para que caíssem na vala e fossem apanhados em agonia pelos camaradas que os esperavam no fundo do vale, para ali completarem a matança. Também faziam armadilhas de fosso, plantando lanças no fundo da vala, enquanto na superfície camuflavam o buraco com pequenos ramos. A sistemática era a mesma: espantar os animais e abatê-los no fundo da vala, em agonia. Após o retalhamento, a presa era levada em pedaços aos arraiais e cavernas.

Embora fizessem armadilhas, os neandertais não se detinham a planejar bem a caçada. Seus campos de caça eram as redondezas de onde habitavam. Para caçar, vagavam de um lado a outro, num vaivém constante, procurando as presas. Preferiam os animais de pequeno porte, mais fáceis de caçar e esquartejar. Somente o escasseamento da presa, as estações frias, as mudanças climáticas severas e as guerras de domínio eram motivos para mudar de habitação. Embora os inimigos fossem afrontados com ferocidade brutal, a batalha perdida motivava a fuga para outras regiões distantes.

Pelo fato de terem construído pequenos fogões e dominado o fogo, podiam cozinhar alimentos e escolher a comida. Assim foi possível obter mais energia para o corpo e maior calor dentro das cavernas, aliviando as Idades do Gelo pelas quais passaram. Embora não soubessem conservar o ambiente quente, esquentando pedras e deixando-as no interior das cavernas para exalar calor, como fariam depois os cro-magnons, o aquecimento deles resumia-se a rodearem o fogo e ali se espremerem durante as noites frias.

Nesse clima, seus laços familiares não eram sólidos. Os homens dispunham das mulheres pela força e ao sabor da vontade, de modo que a distinção entre esposa, irmã e filha não era realizada, salvo se uma delas já pertencesse a outro homem. Em tal situação, a disputa era inevitável.

Por volta de 40 mil anos atrás os clãs neandertais eram numerosos e mais ou menos aparentados; estavam reunidos em pequenos grupos de 30 a 50 membros. Os homens se dedicavam à caça, enquanto as mulheres cuidavam dos filhos, dos acampamentos e das cavernas.

Segundo estudos recentes, há 35 mil anos se iniciou um processo de extinção do tipo Neandertal, arrastando-se por um período sugestivamente situado entre 30 mil e 24 mil anos atrás, quando ele deu o último suspiro e o Cro-magnon passou ser o dono da Terra.

O que teria acontecido para o Neandertal desaparecer da face da Terra? É a pergunta feita pelos antropólogos na tentativa de descobrir o motivo e elucidar a intrigante questão. O fato hoje conhecido é que, na medida em que surge o Cro-magnon, o Neandertal desaparece.

Inúmeras teorias têm sido formuladas na tentativa de lançar luz a esse ponto obscuro. Não há dúvida quanto ao fato de o Cro-magnon ter tido uma conformação humana quase moderna, um tipo em fase final de consolidação. A inteligência, o porte físico, as técnicas usadas na confecção de objetos, as artes elaboradas e a vida social diferenciava-o fortemente dos neandertais.

De modo geral, sugere-se que os neandertais se reproduziam menos que os cro-magnons, por algum fator genético ou condição pior de vida. Mas não é só. Acredita-se que fizeram muitas guerras para defender a propriedade. Lutavam para dominar os campos de caça, as fontes de água, os melhores lugares do arraial, e sucumbiram em razão da menor cultura e das técnicas de guerra menos eficientes.

Isso indica que o Cro-magnon tinha uma cultura mais refinada, ferramentas mais completas, já usava setas de osso, planejava as caçadas e os locais onde deveria habitar durante a época de escasseamento da comida; enquanto o Neandertal era rechaçado por ele para regiões menos favorecidas, com chance maior de sucumbir. Portanto, o Cro-magnon devia trabalhar menos para sobreviver e pensar mais no que fazer, tendo assim conseguido aprimorar seus artefatos.

Com mais facilidade para viver num mundo primitivo, o Cro-magnon conseguira prolongar seu tempo de vida, embora dificilmente chegasse aos 50 anos. Já o Neandertal, com fatores culturais em retardo e técnica guerreira deficitária, não pôde competir com ele; sua população foi diminuindo, tornou-se ínfima e desapareceu.

Não obstante tais considerações, alguns estudiosos pensam em outros termos. Observando os fósseis, acreditam que os dois tipos teriam convivido juntos, interagido socialmente, permutado artefatos e se misturado no casamento. Assim, numa certa parte isolada do continente, a mistura de ambos teria gerado aprimoramento e novos indivíduos, culminando no surgimento de certas raças. Quanto a essa teoria, os estudos da genética poderão falar por si sós.

O fato real é que o mundo científico, apesar da grande quantidade de fósseis neandertais encontrados na Europa e na Ásia, ainda não encontrou vestígios convincentes para determinar o motivo exato de sua extinção. Assim, fica no aguardo de novos achados para concluir a questão.

Todas as teorias lançadas sobre esse empolgante assunto possuem seu valor. De nossa parte, à luz dos ensinos espirituais, cumpre-nos considerar que a ciência, de modo acertado, num grande esforço de síntese, tende a raciocinar que a espécie humana teria soerguido dos *Australopitecos* de Olduvai após o desenvolvimento funcional das mãos daquela espécie, quando aquele hominídeo tornou-se hábil em lascar pedras e recebeu a denominação *Homo habilis*. Evolucionando nas Eras, surgem mais tarde os pitecantropoides, pré-homens de constituição erguida, razão pela qual foram chamados *Homo erectus*, individualizados nos hominídeos de Java, da Indonésia, no *Sinantropo* da China e no *Atlantropo* da África. Em seguida, o gênero humano evoluciona e surgem os neandertais, gênero de homem quase completo, mas ainda brutal, e, quase ao mesmo tempo, em paralelo, aparecem os cro-magnons, que deram origem ao homem moderno.

Esses tipos anteriores ao *Homo sapiens*, em certo ponto da evolução, acabam por desaparecer misteriosamente, não deixando vestígios do motivo de seu desaparecimento. São substituídos por outros que não deixam dúvida de ser mais evoluídos que seus antecessores, mas desaparecem também subitamente. Assim, o mistério da origem permanece na antropologia sem a ciência saber de onde, como e por que surgem e desaparecem os diversos tipos de homem.

O surgimento do *Homo sapiens* moderno, evolução mais recente do gênero humano, constitui assim um grande quebra-cabeça, pois a ciência aguarda ansiosamente o desenvolvimento de novas técnicas de investigação e o achado de novos fósseis para concluir suas observações quanto à origem e ao desenvolvimento do homem até as raças atuais.

Não obstante as lacunas, não existem muitas objeções sobre quando surgiram as várias raças atuais. Considera-se que elas teriam germinado de um tronco Cro-magnon, no final da longa glaciação de Würm, notadamente num período destacado entre 23 mil e 10 mil a.C. Trata-se de fato já consumado pensar que, no final do Paleolítico, por volta de 9 mil a.C., quase tudo já havia sido consumado em termos morfológicos e, a partir do surgimento do clima quente na Terra, durante o Mesolítico, as raças existentes iniciaram uma convivência social mais ampla e misturas foram realizadas entre elas.

Ainda aqui, mais uma vez, devemos recordar que as formas intermediárias, tanto humanas quanto de outras espécies, foram elaboradas no plano extrafísico pelos trabalhadores do Altíssimo, nos Centros de Organização Biológica Espiritual presentes no *campus* de Olduvai, do Pamir e do Cáucaso, conforme já visto. E cujo objetivo era proporcionar aos espíritos encarnantes, na medida em que estes evoluíam, outros corpos capazes de melhor abrigá-los na escalada de progresso. Os corpos espirituais elaborados na esfera extrafísica foram concretizados na Terra em pouquíssimas especiações, razão pela qual a ciência tem dificuldade em encontrar fósseis de elos intermediários das espécies e o tronco humano que teve de ser constantemente aperfeiçoado, pois a evolução espiritual não cessa.

Na medida em que o espírito progride, requer corpos mais aperfeiçoados para realizar novas tarefas no mundo físico, para aprender experimentando e assim avançar em conhecimento. E não está limitado aos corpos conhecidos apenas na Terra, como poderia se pensar, pois no infinito há uma quantidade inumerável de mundos habitados e, por conseguinte, de corpos mais ou menos materiais, plasmados de acordo com a composição de cada orbe celeste. Portanto, a evolução não cessa. Após o ciclo terrestre, há que se estagiar em outros mundos para o espírito seguir evoluindo.

Aqui é preciso uma pausa para focar um outro tema, que determinou grande mudança na maneira de pensar e ainda hoje é motivo para reflexão e aprendizado do homem.

No final do século XIX e na primeira metade do século XX, nos gabinetes de antropologia das grandes nações, foram travadas enormes polêmicas quanto à origem do homem. Descender do Neandertal, julgado por muitos, naquelas épocas, como bestializado, era uma verdadeira afronta à humanidade ariana preconceituosa.

Os interessados pela não descendência dessa forma humana mais primitiva trataram logo de encontrar outras explicações, de modo a destronar o homem-macaco e o bestializado Neandertal do título de pai da humanidade. Fizeram emergir os homens de Swanscombe e outros tipos mais antigos, de feições supostamente mais belas, para que fossem os novos pais da "raça humana pura". Contudo, para outros estudiosos a questão da origem ainda permanece incógnita. Somente estudos auxiliados pela moderna genética e por novos fósseis poderão trazer à luz a verdade sobre a questão estética.

Nesse mesmo compasso evolutivo surge finalmente a figura maiúscula do homem de Cro-magnon, com sua fronte alta, postura vertical impecável e seus 1,90 metro de altura; era a criatura o ser ideal aos propósitos políticos dos precursores do nazismo, homens que assombraram o povo alemão no passado recente.

Calcados num perfeccionismo de raça absurdo para os tempos modernos, não tardaram em fazer do tipo ariano, do qual eram oriundos, modelo de superioridade racial. Fizeram da raça um trampolim para conseguir seus objetivos políticos de ampliar o território e obter riqueza fácil. Denominando-se "raça pura", e tentaram exterminar as demais, sob a falsa alegação de "raça inferior", quando inferiores, na verdade, eram os seus interesses.

Para a mentalidade desregrada daquelas almas, convinha esquecer que o corpo físico somente existe com o propósito sagrado de fazer avançar o espírito, não para subjugar os que estagiam transitoriamente em corpos diferentes dos seus em beleza. Esqueceram-se de que o tipo físico humano já havia sido forjado há milênios, cabendo, agora, a supremacia da inteligência, não mais a da força bruta. A ânsia de poder turvou-lhes a visão, não lhes permitindo notar que a supremacia alicerçada na força é castelo de areia ao sabor dos ventos, e que a força deveria ser substituída pela razão e pela responsabilidade.

É fato consumado pensar que na senda evolutiva do espírito e na linha de ensino do Cristo, que o homem deva abandonar as forças opressoras, tanto físicas quanto intelectuais, e passar a ver seu semelhante como espírito desejoso de viver em regime de fraternidade com todos. A partir dessa visão fraterna, a nova humanidade terá maior impulso evolutivo: "Feliz daquele que herdar a Terra do porvir", nos ensina a espiritualidade.

De nada adiantaria, como de fato não adiantou, autodenominarem-se superiores, quando, em espírito, estavam por baixo. As forças benfeitoras se elevaram e, subjugando-os, a humanidade saiu vencedora. Para aqueles, restaram os rigores da lei espiritual de causa e efeito.

Mas, caro leitor, não nos antecipemos, pois, mais à frente, vamos nos ocupar do exame desses imensos débitos contraídos pelos protagonistas do nazismo e do destino que lhes seria dado no plano espiritual.

Prosseguindo no nosso tema, não seria justo atribuir o extermínio dos neandertais a uma fúria consciente de dominação Cro-magnon semelhante às considerações feitas sobre o nazismo, pois, àquelas épocas recuadas, o instinto de dominar pela força era próprio da espécie humana em evolução. Em última análise, os espíritos que moveram corpos neandertais também, posteriormente, reencarnaram em corpos cro-magnons. A Divina providência se encarregou de dar-lhes um veículo físico mais aprimorado para continuar a evolução na Terra.

Dentre os costumes neandertais, aquele que desperta maior curiosidade é, sem dúvida, o fato de eles terem sido os primeiros seres humanos a enterrar seus mortos. Foi essa a razão principal de existirem tantos fósseis para estudo. Quais seriam os motivos do enterramento? Por que faziam oferendas ao enterrar? Seria por acreditar na existência de uma outra vida? Talvez por acreditar na alma que não teria paz e ficaria vagando se o corpo não fosse enterrado? Já acreditavam em Deus? Antes de fazermos considerações sobre tais perguntas, é preciso dizer que o enterramento se dava por amor ao ente querido.

Esse aspecto compassivo do Neandertal, que o Cro-magnon viria aprimorar na sua chegada ao planeta, deve ser reconhecido pelo homem atual e vale a pena examiná-lo, com o propósito de melhor entender esse antepassado.

Não há dúvida de que os enterramentos neandertais, tanto na Europa quanto no Oriente Médio, têm componente de ordem espiritual. Os cadáveres eram colocados em posição dormente, semelhante ao verificado hoje no féretro, e os pés ficavam dirigidos para o nascer do Sol, ou então eram colocados em posição fetal, como se estivessem para nascer de novo num ambiente além desta vida.

Alguns cadáveres foram achados com restos de animais junto ao corpo e um pigmento de cor avermelhada, simbolizando algum tipo de ritual com pintura do corpo. Certas ossadas, encontradas juntas, davam a ideia de jazigo familiar, como se os parentes fossem enterrados próximos uns aos outros.

Na caverna Shanidar, no norte do Iraque, chamaram a atenção alguns fatos: os cadáveres estavam em posição fetal e, ao lado, restos de plantas da região. Analisado o pólen, concluiu-se que os neandertais foram enterrados com diversas variedades de flores, colocadas cuidadosamente junto ao corpo, de modo semelhante aos enterros de hoje em várias culturas. Concluiu-se que o costume de colocar flores já é praticado há pelo menos 50 mil anos. E é forçoso reconhecer a origem desse costume nos antigos neandertais. Também causou impressão o fato de algumas das plantas serem consideradas hoje medicinais, fato sugestivo de que praticavam algum tipo de medicina baseada em ervas.

Na caverna de La Ferrassie, na França, foram encontradas sete tumbas; continham um ancião de 45 anos, uma mulher de 30, dois meninos e três bebês, sendo um deles recém-nascido. Os esqueletos mostravam que os cadáveres tinham sido enterrados com inclinação à esquerda e com as pernas ligeiramente flexionadas, como se estivessem dormindo. Uma pedra servia de travesseiro e duas outras apoiavam os braços. Junto ao homem, foram achados instrumentos de pedra lascada. O esqueleto infantil, de uns 4 anos, estava sem cabeça. Vários ossos de animais foram achados por perto, mostrando que pedaços de animais eram dados em oferenda, supostamente para repasto dos mortos quando acordassem no além-vida.

O "ancião", enterrado na La-Chapelle-aux-Saints, na França, foi encontrado perto de diversos ossos de mamíferos e junto de outros restos de animais. Vários ossos se apresentavam chamuscados de fogo, mostrando que houvera ali certo ritual ou banquete de carne.

Em Teshik-Tash, no Uzbequistão, um menino de nove anos estava adornado de chifres de cabra montês, os quais, fincados no chão aos pares, circundavam o corpo da criança. Debaixo do crânio havia um pequeno bloco de pedra, onde a cabeça repousava. E a areia, perto do corpo, estava queimada, denotando a existência de um pequeno altar onde fora queimada oferenda. Nisso se vislumbra a chance de os neandertais terem tido algum tipo de crença religiosa.

Embora seja natural a contestação, principalmente de estudiosos afeitos ao materialismo, somos impelidos a dizer que quem acredita que os neandertais apenas enterravam seus mortos para se livrarem do forte odor ou dos abutres estão enganados. Eles amavam seus mortos e acreditavam na existência de vida após a morte, a qual seria desfrutada com as oferendas. Por conseguinte, é justo pensar que tinham fé num deus orquestrando a vida e a morte. Contudo, caro leitor, veremos o desdobramento desse assunto mais à frente, após a chegada dos espíritos capellinos a Terra.

Instruções espirituais nos dão conta de que o homem, nas raízes profundas de sua germinação, ainda quando se espalhavam pela Terra os pitecantropoides de transição[1], época situada por volta de 200 mil anos atrás, assemelha-se, na forma

---

1 Seres que deram origem ao homem do tipo Cro-magnon. (N.A.).

de pensar e de agir, mais a uma criança do que a um ser imbe-
cilizado, como às vezes muitos chegam a pensar.

Naquelas épocas distantes, o homem observa admirado
o nascer do Sol. O amanhecer lhe traz bem-estar, alegria, ânimo e disposição para viver e caçar, ao mesmo tempo que a luz
lhe abrasa o corpo e lhe ofusca a visão. À tarde, no poente, o
Sol, com seus últimos clarões luminosos, vem acalmar e sugerir
ao homem o descanso reparador. Quando a noite cai e os sons
noturnos se avolumam, a escuridão lhe causa medo descomunal. Espera ansioso o nascer de um novo dia. Suas atividades
cessam, e ele dorme, sonhando com a caça do dia seguinte que
lhe sensibiliza a mente. O Sol, para ele, é a "força do bem". A
Divina providência deu-lhe a natureza, e a natureza, o primeiro
deus, o Sol. É preciso agradecer-lhe, ele pensa, mas ainda não
sabe como.

Nem tudo é poesia na natureza. De repente, aparecem
as nuvens escuras, prenunciando a tempestade. Então, o dia é
envolvido por um manto escuro de trevas. Os raios ciscam nos
céus e açoitam a terra cortando árvores e incendiando florestas.
Por perto, os trovões em apavorantes estrondos bombardeiam
os bosques, os campos e as cavernas. Batem as rajadas de vento,
e o aguaceiro é furiosamente despejado. Nada na Terra escapa
ao pavor que a fúria da natureza impõe a seus habitantes. A
violência produz a morte, e o medo assoma ao gênero humano.
O medo do homem criou a primeira "força do mal". As forças
que o oprimem e matam transformam-se em deuses de pavor.
Deuses enfurecidos que bombardeiam as terras com monumentais trovões e incendeiam florestas com seus raios poderosos. É
preciso acalmá-los, ele pensa, mas ainda não sabe como.

Os milênios chegam e passam. Os Gênios da genética, no
campus do Cáucaso, lançam na Terra um ser que o homem de
hoje chamou de Neandertal. Este já está mais evoluído do que
os pitecantropoides anteriores e busca alternativas para suas in-

quietações. Trata de aliviar a si próprio, fazendo oferendas para conter a fúria dos deuses supostamente malignos. Trata também de fazer oferendas para agradecer e pedir ao deus do bem que retorne novamente radioso, iniciando um novo e magnífico dia. Para aqueles que morreram pelas forças da natureza, pelas lutas travadas ou no aconchego dos acampamentos e das cavernas, é preciso agradecer e presentear os deuses com oferendas, para recebê-los com benevolência na imensidão misteriosa do além-vida, local em que, irremediavelmente, irão aportar suas almas. O Neandertal sabe que todos morrem e sente medo da morte. Balbucia poucas palavras e chora. O sentimento de perda já se faz presente nele. O amor aos filhos e à mulher se instala em seu coração, e ele defende a família com ferocidade brutal. Mas, um dia, ele morre.

O homem pré-histórico desencarnado acorda no além-vida como criança assustada. Sabe que algo lhe aconteceu de novo, mas não consegue distinguir o que seja. Observa o ambiente que o circunda e, quando vê um espírito benfeitor procurando amparó-lo, fica apavorado e descontrola-se, envolvido no assombro dos pensamentos que ele mesmo se encarrega de fantasiar. Não aceita ajuda nem sequer aproximação. Completamente apavorado num mundo que lhe é estranho em pensamento, não é capaz de escutar senão aquilo que deseja, nem sequer consegue ver o mundo extrafísico como verdadeiramente se apresenta. Assombrado por suas próprias fantasias, aconchega-se no reduto do lar em que esteve encarnado, para ali, em meio ao ambiente quente e luxuriante das fogueiras, constranger-se sobre si mesmo, num processo de compressão físico-mental, e diminuir a forma de seu corpo espiritual até tornar-se um minúsculo feto; assim, qual parasita ovoide, agrega-se no corpo espiritual da mulher jovem que lhe comunga os sentimentais, para, no seio do útero materno, encontrar ali, após a fecundação do óvulo, condições de desenvolver-se numa próxima reencarnação, sem disso se dar conta. Por conseguinte, o espírito do homem primitivo, em múltiplas reencarnações, evolve pouco a pouco até conseguir um estádio de consciência que lhe permita escolher livremente o aprendizado que deseja realizar para prosseguir sua senda evolutiva no orbe terrestre.

19

Uma raça de selvagens de porte

O advento do homem de Cro-magnon está cercado de grandes mistérios, semelhante ao surgimento dos tipos anteriores. Em não existindo compatibilidade genealógica entre ele e o Neandertal, o mundo da ciência procurou alternativas nos fósseis anteriormente encontrados para erguer seu edifício com a fachada do homem atual. Foi encontrá-las nas figuras dos homens de Swanscombe e Fontechevade. Concluiu que esses dois tipos, e talvez algum outro, no silêncio da noite dos tempos, por assim dizer, sem os neandertais se darem conta da presença ameaçadora, evolucionaram em arraiais obscuros e deram origem ao homem avantajado do tipo Cro-magnon.

Naquele ambiente hostil em que o Neandertal imperava soberano por toda a Terra, esse raciocínio de evolução isolada do homem moderno que, em tempos posteriores, viria superar um tipo já forte e constituído como o Neandertal, encontra objeções dentro dos próprios argumentos da Teoria Evolucionista, porque o tipo mais forte elimina o mais fraco e se faz prevalecer. Não há dúvida de que, no início, os neandertais eram muito mais fortes e numerosos do que seus opositores e, mesmo assim, caíram. O mistério de como surgiu o Cro-magnon ainda permanece e o mundo da ciência clama por decifração mais coerente.

À luz da razão, não obstante esses raciocínios terem surgido do confronto de elementos para observar-se a compatibilidade ou não de raças em alicerces apenas materialistas, tudo que existe teve sua origem e a ciência há de buscar a verdade, mesmo que a decifração somente venha tanger a realidade dos fatos, como é o caso Cro-magnon.

Conforme informações espirituais, o Neandertal já havia evolucionado por milênios quando, no *campus* do Cáucaso, Centro de Organização Biológica Espiritual que havia desenvolvido o Neandertal, os Gênios da genética, usando de especiações aprimoradas do *Pitecantropo*, iniciaram um trabalho de melhoria no corpo sutil do homem, para consolidá-lo no veículo denso ao correr do tempo. Entre o Oriente Médio e a Ásia Central tiveram início as primeiras encarnações desses seres mais aprimorados.

Após uma especiação de vários milênios sob os cuidados dos ministros do Altíssimo, por volta de 40 mil anos atrás esses novos elementos já estavam disseminados pelas terras do norte da África, em boa parte da Ásia e da Europa; para, em seguida, prosseguir rumo à América, por meio da ligação desta com o ponto extremo da Ásia durante a última Era Glacial. O troglodita Cro-magnon foi pouco a pouco constituindo pelas terras onde passava uma raça de selvagens de porte, a qual daria origem, com o concurso posterior dos espíritos capellinos, ao gênero humano moderno e gracioso da atualidade. O processo em sua fase final tivera início por volta de 23 mil a.C., tendo como fato marcante o aparecimento da pele de pigmentação branca – a chamada raça adâmica –, após as modificações feitas no *campus* do Pamir, região da Terra escolhida para produzir o ascendente moderno do homem.

Com base em opiniões de notáveis estudiosos de linguística e anatomia, os antropólogos ainda discutem se o homem primitivo tinha ou não condições anatômicas para se expressar falando como o atual. A dificuldade maior está no fato de que as partes moles da laringe não podem ser reconstituídas nos fósseis para perícia do aparelho vocal.

Embora com tal dificuldade, examinando os fósseis, alguns estudiosos afirmam que, em razão das diferenças na conformação óssea bucal, os neandertais teriam dificuldades em articular a língua e emitir os sons nasais como hoje.

Contrapondo-se a tal opinião, outros afirmam que sua constituição óssea lhe permitiria falar normalmente, igual ao ser humano que o sucedeu por volta de 30 mil anos atrás, e poderia comunicar-se perfeitamente no convívio diário. Nota-se que as opiniões divergem e não há consenso.

Não obstante o desacordo, estando próxima a chegada do homem novo, não vamos nos ater aqui à conformação óssea bucal, mas sim às informações espirituais sobre o surgimento da linguagem humana. Elas dão conta de que a comunicação falada se inicia nos pitecantropoides com alguns sons articulados, avança, formando um conjunto rudimentar na forma Neandertal, evolui, em razão da anatomia e melhor cultura no Cro-magnon, e ganha maior significado com o surgimento do homem moderno. Portanto, a linguagem compreende diversas épocas e fases de desenvolvimento. Vamos examiná-las à luz dos ensinamentos espirituais.

"Ora, a Terra toda tinha uma só língua e uma só maneira de falar", escrevera Moisés no *Gênesis* 11:1, ao informar como se comunicava o homem antes de ocorrer a confusão das línguas. E prossegue: "Ali Deus confundiu a linguagem de todos e dali os espalhou sobre a face da Terra" (Gn 11:9).

Fica claro que numa época inicial, a perder de vista, todos falavam da mesma maneira (quase nada), sendo que, a partir de certo momento, decorrente de um processo cultural chamado simbolicamente por Moisés de "Babel", houve a grande diferenciação das línguas faladas.

Façamos aqui uma pausa para dizer que em épocas recentes, por volta de 3 mil a.c., registra-se a construção de uma Torre no mesmo local onde, mais tarde, por volta de 2.500 a.C., ergueu-se a Babilônia, com sua enorme Torre dedicada ao deus Marduk; contudo, nessa época, as línguas já estavam consolidadas desde há muito. É preciso esclarecer que a construção da Torre de Babel somente poderia ter acontecido em épocas mais recentes a 7 mil a.c., pois, na época a que Moisés se reporta, o homem já dominava a construção de cidades, e isso só veio ter início no período Neolítico, enquanto nós, aqui, estamos retrocedendo para tempos anteriores àquele mencionado. Falamos de uma época mais recuada, vários milênios antes da construção daquela simbólica Torre, época em que o homem se comunica por linguagem rudimentaríssima. Também estamos nos reportando a um período, dir-se-ia, próximo ao surgimento de Adão, assim denominado e entendido como símbolo do homem moderno (feições graciosas) e momento de diferenciação das raças, não como elemento mítico que o criacionismo mosaico se encarregou de produzir, com o propósito meritório de explicar a criação do homem a seus contemporâneos de pouca cultura.

Compreender o início e desenvolvimento da linguagem é vislumbrar nosso próprio passado, pois dificilmente alguém não poderá observar-se dentro dele como ser social. Vamos fazer referência à mesma mensagem dada pelo espírito Erasto, em 1862, para vermos a questão:

"O Criador deu a todos os seres da mesma espécie um modo particular e adequado para se entender entre si. Contudo, esse modo de comunicação, essa linguagem, é tanto mais restrita quanto mais rudimentar forem as espécies. É em razão dessa verdade, dessa lei, que os selvagens e os povos pouco civilizados possuem línguas tão singelas que uma variedade de termos usados nas regiões civilizadas lá não encontra vocábulos correspondentes. É em obediência a essa mesma lei que as nações em progresso criam expressões para novas descobertas e necessidades."

Contudo, "O espírito encarnado, sempre sujeito à matéria, começa a se contrapor e a quebrar os elos de sua pesada cadeia. A alma fermenta e se agita em sua prisão carnal; por esforços reiterados, reage energicamente contra as paredes do cérebro, cuja matéria sensibiliza; melhora e aperfeiçoa, por trabalho constante, o jogo de suas faculdades; assim desenvolve os órgãos físicos; enfim, o pensamento pode ser lido num olhar límpido e claro. Já estamos longe das frontes fugidias! É que a alma se sente, se reconhece, tem consciência de si mesma e começa a compreender que independe do corpo. Desde então ela luta com ardor para se desvencilhar do amplexo de sua robusta rival." [...]

"...Tende certeza de que não foi senão na época dos grandes períodos pastoris e patriarcais que a linguagem humana tomou um aspecto regular e adotou formas e sons especiais. Durante a época primitiva em que a humanidade ainda engatinhava e balbuciava na primeira infância, poucas palavras bastavam aos homens". Época em que "...ainda não haviam nascido as ciências, as necessidades eram mais restritas, e as relações sociais paravam à porta das tendas...". "Era a época em que o pai, o pastor, o ancião, o patriarca, numa palavra, dominava como senhor absoluto e com direito de vida e de morte."

"A língua primitiva foi uniforme. Mas, à medida que crescia o número de pastores, estes, deixando por sua vez a tenda paterna, iam constituir novas famílias em zonas desabitadas e, daí, novas tribos. Então a língua por eles usada se diferenciou gradativamente, de geração em geração, daquela usada na tenda paterna. Assim foram criados os vários idiomas."

"... Uma vez que os homens primitivos, ajudados pelos missionários do Eterno, emprestaram para certos sons especiais outras tantas ideias especiais, fora criada a língua falada; e as modificações por ela sofridas mais tarde o foram sempre em razão do progresso humano."[1]

A comunicação do espírito fala por si só, e o entendimento do progresso da linguagem é decorrente.

O Paleolítico é conhecido também como Idade da Pedra, e compreende um período extenso de anos. Está dividido em três intervalos que, sem muitas objeções, estão assim definidos: Paleolítico Inferior (de 600 mil a 40 mil a.c.); Paleolítico Médio (de 40 mil a 33 mil a.c.); e Paleolítico Superior (de 33 mil a 9 mil a.C.).

No final do Paleolítico Inferior surge o homem de Cromagnon, disseminando-se na Terra em contingentes notáveis e com características físicas e intelectuais muito superiores às de seu antecessor Neandertal.

O produto de sua evolução intelectual reflete-se no modo próprio de viver. Ele habita em cavernas e arraiais livres. Em épocas mais quentes, é nômade. Convive em grupos de caça e pesca. Nos abrigos rochosos em que vive e na entrada das cavernas, constrói muros de pedra e finca troncos de árvores, formando barreiras que reforçam sua segurança.

É um tipo que raciocina diferente. Percebe que a umidade do solo lhe prejudica a saúde. Por isso, adota providências para evitar o mal que lhe ceifa a vida. Recolhe dos rios areia e pedregulho, e com eles faz o piso batido em cabanas, cavernas e acampamentos ao ar livre, tornando a moradia mais aconchegante e

---

1   *Revista Espírita*, nov. 1862, pp. 351-354, obra citada. (N.A.)

saudável. Está mais precavido com a saúde e utiliza plantas medicinais como medicamento para curar os males do corpo.

O fogo continua sendo um elemento fundamental na sobrevivência e na reunião tribal. E, mais que isso, adquire um caráter mágico. São iniciadas então as práticas de cunho sobrenatural, com rituais intensos, invocando divindades do além-vida
para benefício nas caçadas, nas lutas e nas doenças.

O surgimento de um clima mais ameno no intervalo das
épocas glaciais faz a natureza se transformar, formando bosques e produzindo abundância de frutos. A coleta torna-se mais
intensa, e as mulheres se deliciam com o trabalho de apanhar
frutas no bosque, enquanto as crianças brincam nas campinas e
os homens caçam nas redondezas.

O contato social aumenta. Na entrada das cavernas e nos
acampamentos o primitivo coloca pedras naturais e nelas se
acomoda para admirar a natureza e conversar, ainda que pouco
fale, com os selvagens de sua convivência. Os animais não estão domesticados, servem apenas de alimento; e o arco e flecha
ainda não chegaram.

Os funerais estão mais completos. Os cadáveres são ainda enterrados em posição encolhida, mas a sepultura e o corpo
são ornados com substâncias coloridas, prenunciando o início
de pinturas rudimentares.

Surge a vaidade pessoal e tem início o embelezamento
do corpo. Homens e mulheres se adornam com colares de con-
chas e dentes. Nos braços e nas pernas usam braceletes. Na cabeça, colocam cocares e objetos de ossos prendendo os cabelos.
Com as peles curtidas fazem roupas, cestas, sapatos e cobrem
as cabanas.

Por volta de 30 mil anos atrás surgem as primeiras manifestações artísticas, ainda rudimentares. O homem produz
pequenas estatuetas femininas e esboça nas pedras as expressões que mais lhe sensibilizam a mente, denotando seu amor à

mulher e o prazer de caçar. Tudo que se movimenta no céu e na terra é motivo para suas pinturas rupestres.

Durante o período de tempo que antecedeu a chegada dos capellinos, ele brinca riscando nas rochas o contorno dos dedos, dos membros íntimos, de figuras irreconhecíveis na Terra e outros contornos esboçando animais pré-históricos, figuras perdidas no tempo, salvo alguns poucos achados.

Nada obstante, a evolução prossegue seu caminho.

20

RUMO ÀS TERRAS DO PAMIR

Na Ásia Central, em meados do Paleolítico Superior, uma grande tribo de selvagens pré-modernos e porte avantajado, habitantes de uma região fértil às margens do rio Murgab, ao sul do Turcomenistão (fronteira com o Afeganistão[1]), estava prestes a ser deslocada para outro lugar sob o comando dos prepostos da Divina providência.

A nossa tribo especial havia se estabelecido às margens daquele rio desde há tempos, provinda que fora, originariamente, das terras do norte do Irã, em razão de lutas constantes com tribos opositoras. O rio, os planaltos rochosos, a água fresca, a caça e a pesca fácil causaram aos elementos da nossa tribo especial um bem-estar duradouro.

Contudo, outra nação de selvagens atacou o arraial violentamente. Tratava-se da mesma que a havia feito bater em retirada das antigas terras próximas ao mar Cáspio, no norte do atual Irã. Era também formada por selvagens de porte avantajado, assim como a nossa, vindos da região dos montes Elbrus,

---

1 Devemos ressaltar que, naquelas épocas às quais nos referimos, muitas das regiões desérticas hoje existentes ainda não estavam formadas em razão das Idades do Gelo que se faziam presentes e estabeleciam na Terra outras condições climáticas. A região referida é uma delas. (Yehoshua.)

terras próximas àquelas do mar Cáspio de onde a nossa tribo debandara pela primeira vez.

Não preparados para o confronto e cansados de guerra, apesar do enfrentamento feroz e da resistência na luta, a nossa tribo, a escolhida pelos ministros do Altíssimo, tivera de recuar em debandada para não sofrer maiores perdas, não restando alternativa senão dirigir-se para o rio Amu Darya[2], para dali prosseguir rio acima.

A subida do rio Oxo iniciou-se intensa. O máximo distanciamento do inimigo era o objetivo da nossa tribo, no intuito de refazer os ânimos e preparar-se para voltar à luta, retomar as terras, os campos de caça e as fontes de beber, bens naturais perdidos no confronto.

Contudo, enquanto o povo seguia rio acima, era instruído pelos mentores espirituais a não parar, mas a prosseguir rumo ao nascer do Sol. Deixando para trás extensas regiões inóspitas e desafiadoras da vida, quase a ponto de desistir na caminhada, finalmente veio aos olhos uma região fértil e de vista deslumbrante.

Homens e mulheres ao observarem os cumes avermelhados das montanhas acesas ao Sol, quais enormes brasas escaldantes dispostas verticalmente como guardiãs da cordilheira do Pamir, não tiveram dúvida em seguir para as regiões férteis e aconchegantes avistadas ao longe, não obstante o clima frio da região.

Terra por vezes nevoenta e cercada de altas montanhas tinha agora suas elevações cobertas de neve branquíssima, enquanto nos vales desfilavam altas árvores coníferas, bosques de exuberante fartura, rios caudalosos e lagos magníficos com caça e pesca abundante. Jamais fora visto cenário natural tão belo. A

---

2   Rio Amu Darya, também conhecido pelos nomes de Oxus e Oxo. (N.A.)

majestosa visão dava ideia de verdadeiro Paraíso terrestre. Um convite silencioso e irrecusável para permanecer era feito pelas forças gloriosas do Cristo de Deus.

Os Gênios da genética haviam reservado essa região próxima ao Centro de Organização Biológica Espiritual do Pamir, para realizar ali as últimas alterações de melhoria no homem, as quais deveriam ser processadas em benefício dos espíritos evolucionados na Terra, dando a eles corpos ligeiramente melhorados, favorecendo sua evolução.

Os trabalhos no corpo espiritual do selvagem estavam prestes a ser concluídos. Um novo homem emergiria na Terra para transformá-la por completo. Labor especial enseja o corpo da mulher. Não somente para embelezá-la, como de fato aconteceu tornando Eva a mais bonita das mulheres até então conhecidas na Terra, mas também para dotá-la de novas propriedades genéticas e capacitá-la a gerar filhos de constituição melhorada. Os ascendentes étnicos consolidando as raças negra e amarela, já então existentes, e os novos elementos que dariam início à formação da raça branca foram implantados em sua constituição íntima, como havia sido determinado pelo plano maior da Criação.

Um novo impulso na cultura humana se iniciaria sem o homem da época se dar conta disso. É que uma legião de espíritos degredados do sistema de Capella, mais evoluídos em comparação com os daqui, deveria encarnar na Terra para resgate de seus fracassos no orbe natal. Tudo estava pronto; bastava somente o assentir do Cristo para que a mais recente fase, a que culminaria com o aprimoramento definitivo do Cro-magnon, fosse iniciada na Terra.

Neste ponto dos nossos relatos, caro leitor, devemos recordar as narrações do primeiro capítulo deste livro, mostrando *a outra face de Adão*. Nele, "o nosso jovem claro e esbelto de quinze anos desperta para a vida conjugal, conhecendo sua amada no bosque, apanhando frutas".

Aquela cena amorosa dos dois primeiros hóspedes da Terra, espíritos vindos do sistema de Capella para encarnar aqui, nós a retomaremos de agora em diante, com a chegada de outros hóspedes especiais vindos por meio deles, os quais foram os "homens de Adão e Eva" e formaram o povo mais evoluído na pré-história. A partir daqui, seguiremos avante com os capellinos, desenvolvendo o tema em detalhes.

No próximo capítulo vamos observar esses homens novos que surgiram na Terra e os mundos do infinito onde o espírito imortal estagia em aprendizado.

21

Os decaídos da Capella

"Donde vieram esses homens novos no meio dos homens? A Terra não lhes deu nascimento, porque eles nasceram antes de ela ser fecunda.

A humanidade não se transforma num dia, mas no decurso de séculos e séculos.

No meio dos homens antigos da Terra descubro homens novos, meninos, mulheres e varões robustos; donde vieram esses homens que nasceram antes da fecundidade da Terra?

Em cima e ao redor da Terra rodopiam os céus e os infernos com sementes de gerações e de luz.

O vento sopra para onde o impulsa a mão que criou a sua força, e o espírito vai para onde o chama o cumprimento da lei.

Os homens novos que descubro entre os homens antigos da Terra, e que nasceram antes desta ser fecundada, vêm a ela em cumprimento de uma lei e de uma sentença.

Eles vêm de cima, pois vêm envoltos em luz, e a sua luz é um farol para os que moravam nas trevas da Terra.

Se, porém, seus olhos e suas frontes desprendem luz, nos semblantes eles trazem o estigma da maldição. É a reprovação das suas consciências.

São árvores de pomposa folhagem, mas privadas de frutos, arrancadas e lançadas fora do Paraíso, onde a misericórdia as havia colocado, e de onde as desterrou por algum tempo.

A sua cabeça é de ouro, as suas mãos são de ferro, e os seus pés, de barro. Conheceram o bem, praticaram a violência e viveram para a carne.

Os que, entre eles, se aproveitaram da luz e praticaram a justiça viram o 'ferro' das mãos e o barro dos seus pés transformarem-se em ouro, como o de suas cabeças, e ficaram residindo no Paraíso até a sua elevação. Para os outros, a misericórdia foi justiça, e seus pecados os acompanharam em maldição perpétua até o renascimento.

Eles tinham a luz e desprezaram-na, e, em vez dela, surgiram o orgulho e o desejo de oprimir os bons.

Moisés viu a sua luz e disse: 'São anjos decaídos'; viu-os feitos de barro e disse: 'São homens – Adão e Eva'; e fê-los ser expulsos do Paraíso pela tentação dos anjos decaídos.

Vós perguntais: Como se pode retrogradar no caminho da felicidade e da perfeição? Poderemos de este modo ir viver um dia na morada da ventura? Somos fracos, e o temor e o desânimo se apossam de nós.

Recuperai a paz; eu, João, vo-lo digo: descansai no seio da sabedoria e da misericórdia do Pai como descansei a minha cabeça no regaço e no amor do Filho, Jesus Cristo.

Na perfeição nunca se retrocede; o espírito é sempre atraído para o centro da perfeição, que é Deus. Os homens de Adão, ao virem para a Terra, não perderam um só átomo do aperfeiçoamento adquirido."[1] [...]

Assim se expressou o espírito João, o Evangelista, numa comunicação feita em março de 1874, em Lérida, Espanha, para alguns padres participantes de sessões espíritas. Mas deixemos

---

1 *Roma e o Evangelho*, pp. 179-180, obra citada. (N.A.)

o Evangelista prosseguir em outro seguimento de sua extensa comunicação:

"Os homens novos, que vieram à Terra para cumprir uma sentença, olham para os homens antigos da Terra com orgulhoso desprezo, considerando-os indignos do seu convívio, e resolvem nos seus conselhos dominá-los e abatê-los.

No Paraíso, eles abusaram da mansuetude e da simplicidade de sentimento de seus irmãos; na Terra, abusarão da sua ignorância.

Ontem se julgaram superiores, e o seu entendimento foi confundido, e o seu orgulho, humilhado pela justiça; hoje, julgam-se de novo superiores e serão confundidos no seu entendimento e humilhados no seu orgulho.

Já o sabeis até quando.

Lavram a pedra, a madeira e o ferro, porque o seu orgulho precisa de castelos; a sua sensualidade, retiros de prazeres; e a perversidade dos seus sentimentos, instrumentos de opressão e de morte.

Vieram à Terra como peregrinos e ficarão residindo nela, porque construíram aí moradas para o seu coração e palácios para o seu orgulho.

Irão e voltarão porque, ao partir, as suas almas não abandonam as chaves das moradas que edificaram na Terra.

Vão e voltam e tecem vestidos de vaidade para os seus corpos e túnicas de corrupção para as suas almas.

Andam rastejando sobre as harmonias da criação, não para buscar nelas Deus e virtude, mas para acomodá-las aos gozos da matéria.

Eles sentem em seus corações um desejo celestial; mas o seu entendimento ofuscado desvia as suas consciências e só lhes fala aos sentidos.

O seu deus é a carne, porque não pressentem outros prazeres além dos grosseiros da carne.

Levantam na alma altares a todas as paixões que a corrompem, mas não se lembram do Deus de justiça e de misericórdia.

Uma intuição luminosa, espécie de pressentimento, lhes fala de um ser Supremo e da responsabilidade humana; porém, o seu orgulho tem tão fundas raízes que eles protestam contra a existência d'Aquele que com um sopro poderia aniquilá-los.

Eles referem tudo ao presente; pelo que, a sua atividade e os seus esforços não se encaminham senão para a satisfação dos seus instintos e das suas paixões, esperando depois da morte o silêncio, a decomposição... o nada.

Fogem de Deus; mas o peso das suas misérias e as calamidades que atraem sobre eles o furor desenfreado do seu orgulho fazem-nos sentir Deus pelo terror.

Odeiam-no, temem-no, oferecem-lhe sacrifícios de sangue para acalmar as suas iras e afastar a sua vingança, porque acreditam que a Divindade é miserável e vingativa como eles.

Se alguns falam de Deus, é sempre do Deus que se faz ouvir na voz da tempestade e no raio manifesta o seu poder.

Não temem outros castigos além das enfermidades, da inundação, do incêndio, da 'espada' e do extermínio, nem esperam outros bens que não sejam as comodidades e os gozos dos sentidos durante os longos anos da sua vida terrena.

De tempos a tempos, de geração em geração, aparecem no seio da humanidade como archotes no meio das trevas, como modelos para imitação, homens virtuosos e humildes que lamentam os erros do mundo. São meteoros que Deus envia da região da luz para despertar os que dormem no lodo.

Outros vêm armados da palavra e do espírito de Deus e apregoam o seu nome e o seu poder. Arrojam palavras de fogo, de destruição e de morte, as únicas capazes de domar as rebeldias humanas. Trazem na mão direita a promessa e, na esquerda, uma espada flamejante. São os Gênios de que precisa a humanidade no apogeu da concupiscência.

A raça dos homens novos propaga-se com assombrosa rapidez: invade a Terra e dela se assenhoreia.

Sujeita ao seu domínio as raças primitivas, depois de destruir as suas tendas pelo 'ferro' e pelo fogo.

Contudo, na servidão e nesse contato com os seus dominadores, elas aprendem os primeiros rudimentos da virtude e adquirem pela cultura do entendimento os primeiros elementos do poder.

Haverá recém-vindos que serão dos primeiros a chegar, e muitos, que vieram primeiro, cairão sete vezes no caminho e chegarão, por último, ao declinar da tarde.

A Terra sofre grandes perturbações; o mundo físico e o mundo moral caminham em paralelo no cumprimento da lei.

A invasão das paixões, no coração do homem, corresponde na Terra à invasão das águas. O homem vomita do seu seio o fogo nelas ateado pela lascívia e pela iniquidade. E a Terra arroja das suas entranhas, pelos seus formidáveis vulcões, imensos turbilhões de fumo e matérias derretidas que assolam fertilíssimos países.

Nessas comoções terrenas e morais, os homens desaparecem em legiões inumeráveis e vão a juízo; uns descem para sofrer provas a fim de se purificar; outros, para reparar faltas; depois do que todos voltam de novo.

Estes morrem debaixo das águas; aqueles sob as ruínas; outros, no fogo; e outros ainda, à 'espada'.

As calamidades caem sem interrupções sobre os povos.

Hoje, é este que sente o peso da mão do Senhor; amanhã, será aquele.

E tudo é misericórdia, nada mais que misericórdia.

Porque os homens esquecem na carne os seus propósitos, e a misericórdia concede-lhes períodos de reflexão, nos círculos espirituais, para recordá-los, renová-los e fortalecê-los."[2]

Essas expressões do espírito João, o Evangelista, falam por si sós, de modo a não deixar dúvida sobre a identidade desses "homens novos" que povoaram a Terra naqueles tempos recuados.

---

2   *Roma e o Evangelho*, pp. 187-190, obra citada. (N.A.)

22

CAPELLA DA AURIGA

Vamos observar um pouco os céus para encontrarmos o mundo de origem desses homens novos que vieram à Terra em espírito e aqui encarnaram para realizar suas expiações.

Para encontrar a constelação de Auriga no cosmos, primeiro é preciso localizar a belíssima constelação de Órion, distinguida pelo esplendor da estrela Betelgeuse, e, sob ela, o seu reluzente cinturão – as Três Marias (Alnitak, Alnilam e Mintaka). Em seguida, do lado oposto, à direita, encontra-se a constelação de Taurus, com sua composição geométrica magnífica, destacando-se a luzente Aldebaran. Prosseguindo na observação, em meio e bem acima dessas duas constelações, numa posição mais alta nos céus, quase na vertical, pode-se ver a exuberante estrela Capella[1].

A constelação de Auriga se estende sobre espaços distantes. Capella é sua estrela mais brilhante, situada na direita superior. Os três astros menores, próximos, à direita e um pouco abaixo de Capella, são os Kids, um pequeno aglomerado de sóis. Compondo uma parte da figura de Auriga nos céus, o as-

---

1 Preferimos grafar Capella com dois "éles" por três razões: a primeira, porque diferencia a estrela (Capella) de uma igreja pequena (capela); a segunda, porque as literaturas de astronomia assim o fazem; a terceira, porque Kardec assim o fez na *Revista Espírita*, março de 1867. (N.A.).

tro brilhante à esquerda de Capella e num plano mais abaixo
é a estrela El Nath, uma figura estelar sugerindo ser um dos
chifres da constelação de Taurus. Por esta razão, a estrela El
Nath tem nome duplo, ou seja, Taurus Beta e Auriga Gama.
El Nath está formalmente dentro dos limites de Taurus; entretanto, o nome Auriga Gama é usado para sua designação.
A outra estrela na figura geométrica de Auriga é Menkalinan,
a Auriga Beta; trata-se de um astro grande e brilhante à esquerda e pouco acima de Capella. Na constelação de Auriga
há muitas estrelas, as quais, vistas de longe, aparentam vários tamanhos e brilhos com cintilações laranja, azul, branca
e vermelha.

Auriga é nome vindo do latim, mas, em português, é também conhecida como constelação do Cocheiro. Trata-se de um
pentágono irregular e saliente de belas estrelas. A exuberância
de Capella faz dela uma das estrelas mais famosas do céu, a
mais brilhante da constelação, a estrela Alfa. Seu tamanho é 12
vezes o diâmetro do nosso Sol, enquanto sua companheira, um
pouco menor, é nove vezes.

Os cálculos da astronomia para definir sua distância da
Terra têm variado na medida em que são obtidas novas técnicas
de medição, mais aperfeiçoadas. Atualmente, a mais divulgada
é de 42,2 anos-luz[2].

Capella significa "cabra pequena", das épocas clássicas.
Na Antiguidade era chamada de Amalthea, conhecida na mitologia como a cabra que amamentara Zeus quando bebê. Existem muitas lendas sobre Capella. As culturas clássicas fizeram-
na a companheira brilhante de Taurus, seu vizinho próximo no
espaço sideral.

---

2   Na época de Kardec, a distância divulgada pela astronomia fora
     de 72 anos-luz, número registrado na *Revista Espírita* de março
     de 1867 e, também, no livro *Narrações do Infinito*, pág. 35, obras
     citadas. (N.A.)

Acredita-se que a constelação tenha sido vista pela primeira vez na Babilônia, há 4.500 anos. Auriga possui um desenho nos céus formando uma biga greco-romana, um carro de corridas da Antiguidade clássica conduzido por um charreteiro competidor; contudo, a figura desse cocheiro não é encontrada nos céus, mas na mente do observador imaginativo. Num dos lados das rédeas, avulta a figura sugestiva de uma cabra (Capella) e de duas figuras pequenas ao lado, a lhe acompanhar, juntamente com uma terceira, de menor expressão. Do outro lado, encontram-se as rédeas, seguras pelo condutor da biga, o qual não está presente, mas invisível nos céus.

As mitologias de várias culturas da Antiguidade fazem referência a esse cocheiro ausente, mas divergem entre elas sobre quem seria ele. Os gregos e os babilônios descrevem-no como o filho coxo de Vulcano e Minerva, Erichthonius, que diziam ter inventado a biga de quatro cavalos.

Ao sul de Capella se destaca um triângulo de estrelas mais fracas, um asterisco luzente parecendo um rebanho de esferas miúdas, chamado Kids (cabritinhos); nessa formação destaca-se a estrela Al Anz, uma das maiores conhecidas no universo, com 2700 vezes o tamanho do Sol.

Capella tem uma magnitude que combina brilhos de uma estrela primária e de outra companheira que lhe fica perto, girando em órbita. Possui também, nessa formação, "uma" terceira luz mais fraca, de tonalidade escarlate, emanada por duas anãs vermelhas (estrelas em extinção). Todas formam um conjunto harmônico de quatro estrelas próximas, onde se destaca Capella como a principal delas.

Trata-se de um sistema com propriedades totalmente diferentes do Sistema Solar, inclusive no que refere à teoria de vida, sem chances de tê-la feito eclodir nas mesmas condições da Terra, fazendo pensar em algo *sui generis*, vida eclodida no mundo das partículas e evolucionada de modo incomum, inconcebível aos padrões materiais e científicos conhecidos pelo homem.

No conjunto de quatro estrelas do sistema de Capella, as duas "companheiras" mais fortes em luminosidade são astros amarelos da classe G, com aproximadamente a mesma temperatura do nosso Sol, porém maiores e mais brilhantes do que ele; uma delas é ao menos 50 vezes mais luminosa, e a outra, Capella, 80 vezes mais brilhante. As duas estão separadas por uma distância igual a dois terços da verificada entre o Sol e a Terra; e a secundária gira numa translação de 104 dias.

Capella tem grande magnetismo e emite quantidade imensa de raios X em sua superfície, similar àquela vista na do Sol. Contudo, os astrônomos hesitam em afirmar que seja responsável por essas radiações, pois consideram outras possibilidades para essa emissão.

Em noites de inverno no hemisfério norte, Capella brilha quase diretamente na vertical e é uma das três estrelas mais brilhantes do céu; a outra é Arcturus, e a terceira, Vega da Lira. Todas estão perto do mesmo brilho: Arcturus é suave e alaranjado; Vega, quente e branca; Capella, por sua vez, é amarelada.

Na mesma escala de temperatura de Capella estão as exuberantes estrelas de Alfa Centauro, de Pólux, na constelação de Gêmeos, de Arcturus, na do Boieiro, de Aldebaran, na de Taurus, de Betelgeuse, na de Órion, e do nosso pequenino Sol, que arrasta consigo o planeta Terra.

Não obstante todos esses astros magníficos, o cortejo de esferas que o sistema de Capella arrasta pelo cosmos não pode ser visto pelo homem com sua tecnologia atual. Tais esferas contemplam um cenário magnífico, composto por quatro estrelas que irradiam coloridos flamejantes de várias gradações e valsam no celeste azul do espaço tendo em Capella seu centro de forças.

A esfera a que nos referimos está muito afastada daquele centro de radiação, mas não poderia ter outro nome senão o da estrela a que está subordinada por regime orbital, ainda que distante, portanto: Capella – o astro que pode ser observado da Terra e tem nome científico conhecido.

O orbe adâmico, ao qual nos referimos, conforme informação do mentor possui em seu solo (menos material que o da Terra) elevações comparáveis à vibração colorida da rocha calcária e oceanos de um azul quase marinho. Todavia, não é o único a ter vida inteligente produzida ali com as emanações de um ambiente físico-químico incomum[3], mas outros existem naquele sistema. Seus habitantes são seres portadores de corpos semelhantes aos da Terra, mas não iguais, pois a matéria que constitui cada orbe tem suas características e reflexos na constituição corpórea das formas de vida; em outras palavras: o envoltório não é grosseiro como na Terra, mas quase tão sutil quanto o perispírito.

Todos os povos dali, sem exceção, estão num estágio evolutivo superior ao da Terra. Conhecem mutuamente as existências que lhes são vizinhas e se comunicam entre si à distância, em regime fraternal. O domínio de uma civilização por outra, como, por exemplo, pela guerra, de há muito fora extinto naquelas paragens. Ao contrário do que possa o homem imaginar, uma civilização não subjuga a outra por ter maior conhecimento, mas a ajuda em regime fraternal.

Trata-se de considerar que são civilizações planetárias um pouco mais antigas do que a terrestre. E cuja partida na

---

3   Em *Narrações do Infinito*, pp. 17-21, obra citada, C. Flammarion chama tais seres de *ultraterrestres* (p. 20), pois a "matéria" que dá corpo ao espírito numa "encarnação" menos material é sutil comparada à terrestre. Trata-se de uma densidade corpórea desconhecida, espécie de energia. O termo *ultraterrestre* vem do latim *ultra*, "para além de"; portanto, "corpo numa vibração além dos limites da matéria terrestre". Embora encarnados, seriam para nós como os espíritos, invisíveis aos olhos da carne. (N.A.)

evolução do espírito irradiado na "matéria" se deu antes que na Terra. Por conseguinte, avançaram mais nas ciências, na filosofia e na religião. Apuraram mais o amor ao próximo, a ética e a moral, exprimindo essas qualidades em plano destacado de suas vivências, fato que, no decorrer do tempo, lhes tem proporcionado elevação na escala espiritual dos mundos, cujas gradações evolutivas são muitas no universo.

Aquele orbe adâmico da Capella, num tempo distanciado de vinte e cinco mil anos atrás, encontrava-se num estágio evolutivo semelhante ao da Terra atual, tendo em sua população um contingente de espíritos belicosos, infratores das leis e dos bons costumes. E, com todas as oportunidades encarnatórias que lhes foram dadas, não lograram êxito na melhoria por deliberação própria, constituindo obstáculo na escalada espiritual do povo, que já havia obtido méritos para viver em paz e harmonia num novo degrau de avanço.

Não restando melhor alternativa senão aprender em terras onde o estágio evolutivo estivesse mais condizente com a própria índole, cada qual foi conduzido pelas mãos misericordiosas do Cristo de Deus a encarnar na Terra, para aprendizado e reparação das faltas. Compelidos a deixar o orbe de origem e as almas que ali amaram, verteram lágrimas copiosas na partida e foram consolados pela bondade Divina, que lhes prometera auxiliar no recomeço e recompensá-los nos esforços com o retorno ao lar no mais breve tempo.

Para o espírito imortal, um milênio é um átimo de tempo na eternidade. Aquelas almas degredadas tiveram de permanecer na Terra por muitos milênios para ressarcir suas pesadas dívidas. Muitas retornaram após séculos e séculos de expiação, e poucas ainda permanecem no orbe terrestre em tarefa retificadora. Em razão do grande contingente de espíritos decaídos aqui aportados, são poucos hoje aqueles que, daqui tendo partido, retornam em peregrinação, porque o primitivismo da escola terrestre os capacitou a missões enobrecedoras de porte ainda maior.

Os capellinos se tornaram os colonizadores da Terra préhistórica. Renasceram no cenário terrestre e entraram no palco de lutas numa época em que o ser humano estava em vias finais de consolidação física e recebia os derradeiros retoques nos laboratórios espirituais da Terra.

A raça adâmica nascera no orbe terrestre com a vinda dos Espíritos capellinos e, passados depois mais de vinte mil anos, fora imortalizada por Moisés nos papiros do *Gênesis* bíblico, com as figuras lendárias de Adão e Eva, um símbolo do princípio da humanidade.

Perderam o Paraíso por haver tomado da árvore da vida aquela que somente poderia ter como fruto a vida em forma de corpo físico. Portanto, um fruto proibido de ser tirado. Um fruto proibido de ser subtraído, mesmo às escondidas. Um fruto que não lhes pertencia, por isso deveria ser respeitado e mantido onde estivera. Tal fruto era um símbolo; uma vida e várias outras que não poderiam ser ceifadas pela ambição pessoal e pelo crime indébito, como ocorrera na Capella distante.

O bom entendedor sabe que a semeadura é livre, mas a colheita é obrigatória. A ação nociva aplicada pelos maus, no sentido de atingir os bons, tivera reação contrária aos propósitos malignos, por assim dizer, conforme as leis do Altíssimo. Agora, na Terra, eram tempos de reparar o mal anteriormente praticado. Época de fazer o bem, conduzindo uma humanidade primitiva a um degrau acima na escalada de progresso e pelo saber já adquirido no orbe distante.

O mesmo tipo de dominação tentada por eles na Capella distante somente veio a ser praticada na íntegra aqui, e de maneira inesperada, porque de lá não pensavam ser compelidos a partir e tampouco na Terra imaginavam viver. A semeadura livre ensejava colheita obrigatória: a pena fora autoimposta. Agora, cumprir a sentença era imperioso. E assim se fez...

No livro *A Gênese*, Kardec e os Espíritos superiores estabeleceram a Doutrina dos Anjos Decaídos e o Paraíso Perdido[4]. Nessa obra, fez a humanidade refletir não apenas quanto ao exílio vivido pelos Espíritos capellinos, mas, sobretudo, no tocante à transição espiritual pela qual a Terra passa na atualidade. Hoje, ela se identifica com as mesmas condições vividas em Capella de vinte cinco mil anos atrás, cujo resultado fora o desterro de sete milhões de almas para outra morada do universo.

Na Terra, o terceiro milênio iniciou-se com aquele processo semelhante de separação do joio e do trigo vivido em Capella, onde o espírito humano começou a superar um estágio evolutivo, dirigindo-se a outro mais elevado.

Embora a transição já tenha sido iniciada em meados do século XX e hoje esteja caminhando progressivamente, instruções espirituais nos dão conta de que a passagem da Terra, como hoje, de mundo de "expiação e provas" para, no futuro, mundo "regenerador", cujos efeitos benéficos se farão sentir no século XXI, dar-se-á no curso do novo milênio, podendo, inclusive, ultrapassá-lo. Portanto, a passagem não será brusca, pois o homem caminha na evolução a seu passo.

Vamos deixar que Kardec elucide a questão doutrinária, pois ela fundamenta esta obra, dá embasamento, a norteia e vem coroar de êxito a narrativa minuciosa do evolucionismo espiritual:

"Os mundos progridem fisicamente pela elaboração da matéria e moralmente pela purificação dos Espíritos que os habitam. A felicidade que se goza neles está na razão do predomínio do bem sobre o mal, e o predomínio do bem é o resultado

---

4   *A Gênese,* cap. XI, obra citada. (N.A.)

do adiantamento moral dos Espíritos. O progresso intelectual não basta, porque com a inteligência podem eles fazer o mal.

Portanto, quando qualquer planeta é chegado a um desses períodos de transformação que o deve elevar na hierarquia, operam-se mutações em sua população encarnada e desencarnada; é então que têm lugar as grandes emigrações e imigrações. Aqueles que, apesar da sua inteligência e do seu saber, perseveram no mal, em revolta contra Deus e Suas leis, constituindo-se um obstáculo ao progresso moral ulterior, causa permanente de perturbação ao repouso e felicidade dos bons, serão excluídos e mandados para mundos menos evoluídos; lá, eles aplicarão a inteligência e a intuição dos seus conhecimentos adquiridos ao progresso daqueles entre os quais são chamados a viver, ao mesmo tempo que expiarão, em uma série de existências penosas e por um duro trabalho, as suas faltas passadas e o seu endurecimento voluntário.

O que serão eles no meio desses povos, novos para eles, ainda na infância da barbárie, senão anjos ou Espíritos decaídos enviados em expiação? A terra donde foram expulsos não lhes será o Paraíso perdido? Não lhes era um lugar de delícias, em comparação do meio ingrato em que se vão achar desterrados durante milhares de séculos, até o dia em que merecerem a sua libertação? A vaga lembrança intuitiva que conservam do mundo que deixaram é-lhes uma como miragem longínqua, que lhes lembra o que perderam por sua falta.

Mas, ao mesmo tempo que os maus são obrigados a deixar o mundo que habitavam, têm a substituí-los Espíritos melhores, vindos quer da erraticidade desse mesmo mundo, quer de outro menos adiantado que eles mereceram deixar e para os quais a nova habitação é uma recompensa. A população espiritual, sendo assim renovada e liberta de seus piores elementos, no fim de algum tempo trará ao estado moral do mundo melhores condições.

Essas mutações são algumas vezes parciais, isto é, limitadas a um povo ou a uma raça; outras vezes são gerais, quando é chegado o período de renovação do globo.

A raça adâmica tem todos os caracteres de uma raça proscrita; os Espíritos que a compõem foram exilados na Terra, já então povoada, mas por homens primitivos e ainda mergulhados na ignorância, e tiveram por missão fazê-los progredir com as luzes de uma inteligência desenvolvida. Não é esse, de fato, o papel que essa raça tem representado até hoje? A sua superioridade intelectual prova que o mundo donde partiram era mais adiantado que a Terra; mas devendo esse mundo entrar numa nova fase de progresso, e não merecendo esses Espíritos, em virtude de sua obstinação, continuar nesse mundo, estariam estes deslocados e seriam obstáculo à marcha providencial das coisas. Foram por isso excluídos, enquanto outros mereceram substituí-los.

Desterrando essa raça para esta Terra de trabalho e sofrimento, Deus teve razão em dizer-lhe: 'Tirarás dela a tua nutrição, com o suor do teu rosto'.

Em sua bondade, prometeu enviar um Salvador, isto é, aquele que devia esclarecer o caminho a seguir para deixar esse lugar de miséria, esse inferno, e chegar à felicidade dos escolhidos. Esse Salvador foi por ele enviado na pessoa do Cristo, que ensinou a lei de amor e caridade desconhecida por eles, e que devia ser a verdadeira âncora da salvação.

É igualmente com o fim de fazer avançar a humanidade em sentido determinado que os Espíritos superiores, sem ter as qualidades do Cristo, se encarnam de tempos a tempos na Terra para desempenhar missões especiais, que aproveitam ao mesmo tempo para o seu adiantamento pessoal, quando as realizam segundo as vistas do Criador."[5]

---

5   *A Gênese*, cap. XI, obra citada, p.972. (N.A.)

23

Os mundos habitados do infinito

Quando, em abril de 1864, na cidade de Paris, Allan Kardec publicou *O Evangelho Segundo o Espiritismo*, livro em que as máximas evangélicas são explicadas à luz do conhecimento espírita, o tema "Muitas moradas na casa do Pai", que implica na existência de vida em outros mundos, tornou-se mais claro e racional que as explicações dadas pelos religiosos da época.

Não obstante a oportunidade dos novos ensinamentos, estes não foram aceitos sem profunda reflexão de conteúdo. De fato, o tema seria deveras polêmico e iniciaria um novo ciclo de entendimento humano, como fora prenunciado pelo Espírito de Verdade que presidira os trabalhos da codificação espírita. No Prefácio de *O Evangelho* ficou registrado:

"Eu vos digo, em verdade, que são chegados os tempos em que todas as coisas hão de ser restabelecidas no seu verdadeiro sentido...".

À medida que os tempos avançam, essa máxima converge cada vez mais em direção às reais possibilidades da ciência e não deixa dúvida quanto à sua exatidão. O avanço científico proporciona ao homem incisiva abertura para examinar todas as possibilidades de vida no universo e, também, dentro em pouco, em outras dimensões do espaço-tempo, como o caso da vida espiritual e de outras vidas menos materiais no cosmos.

Aqui temos de exaltar o grau de perfeição das explicações dadas pelos Espíritos superiores na obra de Kardec. Por essa razão, vamos deixar a palavra com o próprio codificador, que em *O Evangelho* nos dá suporte doutrinário para prosseguirmos os relatos:

'Não se turbe o vosso coração; crede em Deus, crede também em mim – na casa de meu Pai há muitas moradas. Se assim não fora, eu vo-lo teria dito, pois vou preparar-vos o lugar. E quando eu for, e vos preparar o lugar, voltarei e vos receberei para mim mesmo, para que onde estou estejais vós também.' (João, 14:1-3.)

"A casa do Pai é o universo" – foi dito a Kardec pelo Consolador prometido –, "e as diversas moradas são os mundos que circulam no espaço infinito e oferecem aos Espíritos estâncias adequadas ao seu adiantamento [...].

DIVERSAS CATEGORIAS DE MUNDOS HABITADOS

Do ensino dado pelos Espíritos, resulta que muito diferentes umas das outras são as condições dos mundos quanto ao grau de adiantamento ou de inferioridade dos seus habitantes, dentre os quais se encontram os que são inferiores aos da Terra, física e moralmente; outros, da mesma categoria; e outros, que lhes são mais ou menos superiores a todos os respeitos. Nos mundos inferiores, a existência é toda material; as paixões são desencadeadas; e é quase nula a vida moral. À medida que esta se desenvolve, diminui a influência da matéria de tal maneira que, nos mundos mais adiantados, a vida é, por assim dizer, toda espiritual.

Nos mundos intermediários, misturam-se o bem e o mal, predominando um sobre o outro, conforme o grau de evolução. Ainda é possível, considerando seu estado, destinação e matizes mais destacados, dividi-los, de modo geral, em mundos primitivos, reservados às primeiras encarnações do Espírito humano; mundos de expiação e provas, onde predomina o mal; mundos regeneradores, onde as almas que nada têm a expiar adquirem nova força, descansando das fadigas da luta; mundos felizes, onde o bem sobrepuja o mal; e mundos celestes ou divinos, morada dos Espíritos purificados, onde o bem reina sem nenhuma mistura. A Terra pertence à categoria dos mundos de expiação e provas, razão por que o homem nela está sujeito a tantas misérias.

Os Espíritos que encarnam em um mundo não se acham a ele presos indefinidamente, nem nele atravessam todas as fases do progresso que lhes cumpre realizar para atingir a perfeição. Quando, em um mundo, alcançam o grau de adiantamento que esse mundo comporta, passam para outro mais adiantado e assim por diante, até que cheguem ao estado de puros Espíritos. São outras tantas estações, em cada uma das quais encontram elementos de progresso proporcionais ao adiantamento. Para eles é uma recompensa a passagem para um mundo de ordem mais elevada, como é um castigo o prolongamento de sua permanência num mundo infeliz ou rebaixamento a mundo ainda mais infeliz que aquele que se veem obrigados a deixar quando perseveram no mal. [...].

MUNDOS SUPERIORES E INFERIORES

Não é absoluta a qualificação de mundos inferiores e mundos superiores; pelo contrário, é até muito relativa. Tal mundo é inferior ou superior com referência aos que lhe estão acima ou abaixo na escala progressiva.

Tomada a Terra por termo de comparação, pode-se fazer ideia do estado de um mundo inferior, supondo os seus habitantes na condição das raças selvagens ou das nações bárbaras que ainda se encontram entre nós e são restos do estado primitivo do nosso mundo. Nos mais atrasados, são de certo modo rudimentares os seres que os habitam. Revestem a forma humana, mas sem nenhuma beleza. Seus instintos não são amenizados por nenhum sentimento de delicadeza ou de benevolência nem pelas noções de justiça e injustiça. A força bruta é, entre eles, a única lei. Desprovidos de indústrias e de invenções, passam a vida na conquista de alimentos. Deus, entretanto, a nenhuma de suas criaturas abandona; no fundo das trevas da inteligência, jaz latente a vaga intuição, mais ou menos desenvolvida, de um ente Supremo. Esse instinto basta para torná-los superiores uns aos outros e para lhes preparar a ascensão a uma vida mais completa; porquanto eles não são seres degradados, mas crianças em crescimento.

Entre esses graus inferiores e os mais elevados, há inúmeros degraus, e entre os Espíritos puros, desmaterializados e resplandecentes de glória, com dificuldades reconheceríamos aqueles que animaram esses seres primitivos, do mesmo modo que no homem adulto é difícil reconhecer o embrião.

Nos mundos que chegaram a um grau superior, as condições da vida moral e material são muitíssimo diversas das da vida na Terra. Como por toda parte, a forma corpórea aí é sempre a humana, mas embelezada, aperfeiçoada e, sobretudo, purificada. O corpo nada tem da materialidade terrestre e não está, consequentemente, sujeito às necessidades nem às doenças ou deteriorações que a predominância da matéria provoca. Os sentidos mais apurados têm percepções que aqui embaixo são embotadas pela grosseria dos órgãos; o peso específico dos corpos torna a locomoção rápida e fácil; em vez de se arrastar penosamente no solo, deslizam, por assim dizer, pela superfície ou se alçam na atmosfera, sem outro esforço além do da vontade, à maneira por que se apresentam os anos e como os antigos figuravam os manes nos Campos Elíseos. Os homens conservam à vontade os traços de suas existências passadas e aparecem aos amigos em suas formas conhecidas, mas iluminadas por uma luz Divina, transfigurada pelas impressões interiores sempre elevadas. Em vez de rostos pálidos, arruinados pelos sofrimentos e as paixões, a inteligência e a vida esplendem, como esse brilho que os pintores traduziram pela auréola dos santos.

A pouca resistência que a matéria oferece aos Espíritos já bastante adiantados facilita o desenvolvimento dos corpos e abrevia ou quase anula o período de infância. A vida, isenta de cuidados e de angústias, é proporcionalmente muito mais longa que a da Terra. Em princípio, a longevidade é proporcional ao grau de adiantamento dos mundos. A morte não tem nenhum dos horrores da decomposição e, longe de ser motivo de pavor, é considerada uma transformação feliz, pois não existem dúvidas quanto ao futuro. Durante a vida, a alma não estando encerrada em matéria compacta irradia e goza de uma lucidez que a põe em estado de quase permanente emancipação e permite a livre transmissão do pensamento.

Nos mundos felizes as relações entre os povos são amistosas e jamais perturbadas pela ambição de escravizar os vizinhos nem pelas guerras dela consequentes. Ali não há senhores nem escravos ou privilegiados pelo nascimento; a superioridade moral e intelectual é que estabelece as diferenças de condições e de supremacia. A autoridade sempre é respeitada, porque só é dada ao mérito, e é sempre exercida com justiça. O homem não procura elevar-se sobre o homem, mas sobre si mesmo, aperfeiçoando-se. Seu objetivo é atingir a classe dos Espíritos puros, e esse desejo incessante não constitui um tormento, mas uma nobre ambição que o faz estudar com ardor para igualá-los. Todos os sentimentos ternos e elevados da natureza humana apresentam-se engrandecidos e purificados. Os ódios, as mesquinharias do ciúme, as baixas cobiças da inveja são ali desconhecidas. Um sentimento de amor e fraternidade une todos os homens, e os mais fortes ajudam os mais fracos. Têm mais ou menos posses, segundo as adquiriram com a inteligência, mas ninguém sofre a falta do necessário, porque nenhum ser ali está em expiação. Em suma, o mal não existe.

Na Terra temos necessidade do mal para sentir o bem, da noite para admirar a luz, da enfermidade para apreciar a saúde. Lá, esses contrastes são desnecessários. A eterna luz, a beleza eterna, a perene calmaria da alma fomentam uma alegria eterna jamais perturbada, nem pelas angústias da vida material nem pelo contato dos maus que lá não têm ingresso. É isso que o Espírito humano encontra maior dificuldade para compreender. Ele foi bastante engenhoso para pintar os tormentos do Inferno, mas nunca pôde imaginar as alegrias do Céu. Por quê? Porque, sendo inferior, só experimenta dores e misérias; jamais entrevê as claridades celestes; não pode, pois, falar do que não conhece. À medida, porém, que se eleva e depura, o horizonte se lhe amplia, e ele compreende o bem que está diante de si como compreendeu o mal que lhe está atrás.

Não obstante, os mundos felizes não são globos privilegiados, visto que Deus não é parcial para qualquer de Seus filhos; a todos dá os mesmos direitos e as mesmas facilidades para se elevar. Faz que todos partam do mesmo ponto e a nenhum dota melhor do que aos outros; todos são acessíveis às mais altas categorias: apenas lhes cumpre conquistá-las pelo seu trabalho, alcançá-las mais depressa ou permanecer inativos por séculos no lodaçal da humanidade. (Resumo do ensino dos Espíritos superiores.)

Mundos de expiações e provas

Que vos posso eu dizer dos mundos de expiação que já o não saibais, pois, para tanto, basta que considereis a Terra onde residis. A superioridade de inteligência em grande número dos seus habitantes demonstra que não é um planeta primitivo, destinado à encarnação de Espíritos recentemente criados. As qualidades inatas que trazem são prova de que já viveram e realizaram certo progresso, mas também os numerosos vícios a que são inclinados denotam grande imperfeição moral. Por isso, Deus os colocou em uma Terra ingrata, para nela expiarem as suas faltas por meio de penoso trabalho e pelas tribulações da vida, até que venham a merecer um mundo mais feliz.

Entretanto, nem todos os Espíritos encarnados na Terra se acham em expiação. As raças que chamais selvagens compõem-se de seres saídos há pouco da infância e que aí se encontram, por assim dizer, em educação, desenvolvendo-se ao contato de Espíritos mais avançados. Em seguida vêm as raças semicivilizadas, constituídas desses mesmos Espíritos em progresso. São essas as raças indígenas da Terra que cresceram pouco a pouco após longos períodos seculares e dentre as quais algumas lograram atingir o aperfeiçoamento intelectual dos povos mais esclarecidos.

Os Espíritos que aí se acham em expiação são exóticos, se assim nos podemos exprimir. Já viveram em outros mundos donde foram excluídos pela sua obstinação no mal e por haverem sido causa de perturbação no meio dos bons. Foram relegados, por certo tempo, entre os Espíritos mais atrasados, que têm por missão fazê-los avançar, para o que levaram a inteligência desenvolvida e o germe dos conhecimentos adquiridos. Por isso, os Espíritos puníveis se acham no meio das raças mais inteligentes. Para estas, as angústias da vida têm mais azedume, por serem elas mais sensíveis e mais causticadas do que as raças primitivas, cujo senso moral é mais obtuso.

A Terra apresenta um dos tipos de mundo expiatório, onde as variantes são infinitas e têm por caráter geral servir de ponto de exílio aos Espíritos rebeldes à lei de Deus. Esses seres têm de lutar a um tempo contra a perseverança dos homens e a inclemência da natureza, duplo e penoso trabalho que desenvolve simultaneamente as qualidades do coração e da inteligência. Assim é que Deus, em sua bondade, faz reverter o castigo em proveito do progresso do próprio Espírito. (Santo Agostinho, Paris, 1862.)

MUNDOS REGENERADORES

Entre as estrelas que cintilam na abóbada azulada, quantos mundos existem como o vosso, designados pelo Senhor para expiação e prova. Mas há os também mais miserandos ou melhores, como os há transitórios, chamados regeneradores. Cada turbilhão planetário, gravitando no espaço em torno de um foco comum, arrasta consigo mundos primitivos, outros de exílio, de prova, de regeneração e de felicidade. Já vos falaram desses mundos onde a alma nascente é colocada, então ignorante ainda do bem e do mal, assim podendo caminhar para Deus, senhora de si mesma, na posse do livre-arbítrio. Já vos disseram de quantas faculdades a alma foi dotada para fazer o bem; entretanto, muitas são as que sucumbem. Deus, porém, não as querendo destruir, permite-lhes a ida para esses mundos, onde, de encarnação em encarnação, se depuram, se regeneram e volverão a se tornar dignas da glória que lhes está reservada.

Os mundos regeneradores servem de transição entre os de expiação e os de felicidade. A alma que lá se arrepende sente a calma e a tranquilidade, acabando de se depurar. Sem dúvida que nesses planetas o homem está sujeito ainda às leis que regem a matéria. A sua humanidade experimenta as vossas sensações e desejos, mas vive liberta das paixões desordenadas de que sois cativos. Lá, o orgulho não emudece o coração, a inveja não o tortura, nem o ódio o atrofia. A palavra amor está insculpida em todas as frontes. As relações sociais são reguladas por uma perfeita equidade. Todos conhecem a Deus e buscam Dele aproximar-se, segundo as Suas leis.

No entanto, não existe lá a felicidade perfeita, mas apenas a sua aurora. O homem ainda é de carne, e por isso mesmo sujeito às vicissitudes das quais são isentos apenas os seres desmaterializados. Têm ainda provas a sofrer, conquanto menos ásperas do que as angústias da expiação. Comparados à Terra, tais mundos são muito felizes, e quantos de vós não ficaríeis satisfeitos por ali descansar, pois isso vos seria a quietude após a borrasca, a convalescença depois de cruel enfermidade. Mas lá o homem, quando menos absorvido pelas coisas materiais, entrevê melhor o seu futuro, como não o fazeis vós. Compreende que existem outras alegrias que o Senhor promete àqueles que disso se tornarem dignos, quando a morte lhes houver de novo destruído o corpo para entrar na vida verdadeira. É então que a alma liberta há de pairar por todos os horizontes, emancipada dos sentidos materiais e grosseiros e levando consigo um perispírito puro e celeste, aspirando os eflúvios de Deus através do perfume de amor e de caridade que se lhe emana do seio.

Todavia, nesses mundos, o homem ainda é falível, porquanto aí o espírito do mal não perdeu de todo o seu predomínio. Não avançar é recuar, e, se ele não estiver firme no caminho do bem, pode resvalar em mundos de expiação, onde o esperam novas e mais tremendas provações.

Contemplai a abóbada azulada à hora noturna do repouso e da prece, e dentre essas inúmeras esferas que flamejam sobre as vossas cabeças indagai quais as que conduzem a Deus e pedi-lhe que seja um mundo regenerador a vos abrir o seio após a vossa expiação na Terra. (Santo Agostinho, Paris, 1862.)

Progressão dos mundos

O progresso é lei da natureza a que todos os seres da criação, animados e inanimados, foram submetidos pela vontade de Deus, que deseja tudo se engrandeça e prospere. A própria destruição, que aos homens parece o termo final de todas as coisas, é apenas um meio de chegar-se, pela transformação, a um estado mais perfeito, pois tudo morre para renascer e nada volta para o nada.

Ao mesmo tempo que os seres vivos progridem moralmente, os mundos que eles habitam progridem materialmente. Quem pudesse seguir um mundo em suas diversas fases, desde o instante em que se aglomeraram os primeiros átomos da sua constituição, o veria percorrer uma escala incessantemente progressiva, mas em graus insensíveis para cada geração, e oferecer aos seus habitantes uma morada mais agradável, à medida que eles também avançam na senda do progresso. Assim marcha paralelamente o progresso do homem, o dos animais, seus auxiliares, o dos vegetais e o das formas de habitação, porque nada fica estacionário na natureza. Como é grande e digna essa ideia da majestade do Criador! Ao contrário, como pequena e indigna de seu poder é aquela que concentra sua solicitude e providência no imperceptível grão de areia, que é a Terra, e reduz a humanidade a alguns homens que a habitam!

A Terra, segundo essa lei, esteve material e moralmente num estado inferior ao de hoje e atingirá, sob ambos esses aspectos, um grau mais avançado. Ela chegou a um de seus períodos de transição e vai passar de mundo expiatório a mundo regenerador. Então os homens encontrarão nela a felicidade, porque será regida pela Lei de Deus. (Santo Agostinho, Paris, 1862.)"[1]

---

1   *O Evangelho Segundo o Espiritismo*, cap. III, obra citada. (N.A.)

24

A RAÇA ADÂMICA

A chegada dos capellinos provocou uma nova onda de vida no oceano da evolução humana da Terra. O Cro-magnon, embora fosse um selvagem de constituição melhorada e um tipo mais desenvolvido de intelecto que seu antecessor Neandertal, ainda assim era um veículo humano requerendo certa melhoria e alívio das formas físicas ásperas.

Conforme informações espirituais, em sua origem o Cro-magnon era uma criatura de pele pardo-avermelhada, ao que se poderia chamar de "pele-vermelha", sem pintura no rosto. Esse selvagem migrou para vários locais da Terra realizando misturas. Em particular, pela Ásia, passou de uma ilha a outra e chegou à Austrália, onde se estabeleceu e deu origem aos nativos ainda hoje vistos na região e cujas feições são as mais semelhantes ao tipo Cro-magnon daquelas épocas primitivas, embora os indivíduos atuais estejam com a fisionomia um tanto quanto alterada e a pele escurecida.

Esse selvagem, naqueles tempos, era um elemento grosseiro, de porte alto e bruto, ossos grandes e vigorosos; tinha o olhar feroz, denotando caráter agressivo, nariz grande, queixo largo, cabelos escuros e outras marcas rudes distintas das do tipo atual: não tinha a beleza, a graciosidade e a delicadeza de traços da mulher e do homem atuais.

O recém-chegado da Capella trouxe consigo notável contribuição aos propósitos dos trabalhadores do Cristo, no sentido de que fosse produzido um melhoramento físico definitivo no homem, conformando-o na silhueta graciosa atual. Observa-se o surgimento de um novo tipo de homem. O verdadeiro Adão possui a estatura elevada. É forte, magro e ligeiro. Tem a testa alta, cabeça bem formada, cabelos finos, rosto formoso, nariz fino e gracioso, olhos de conformação ocidental e pele branca. Eva é a mais linda das mulheres. Possui formas graciosas e é elegante no andar. Tem o rosto embelezado, o busto alto, a cintura fina, as cadeiras largas, a pele suave e macia, e os cabelos finos tratados com cuidado. Seu espelho são as águas e os olhares do sexo oposto. A matriz está dotada de caracteres genéticos capazes de gerar filhos de corpos modernos e aperfeiçoados.

Aquela raça de selvagens com porte avantajado, que havia sido conduzida ao Pamir pelos servidores do Cristo, espalhou-se pelas terras baixas e férteis, numa extensa região englobando os rios Amu Darya e Syr Darya. Seus filhos e demais ascendentes formaram tribos numerosas no decorrer dos milênios. Ali, numa posição isolada do resto do mundo, evoluíram em estádio oculto, por assim dizer, distante da percepção antropológica atual, mas receberam o trabalho ativo dos Geneticistas do Pamir, que tudo fizeram no sentido de implantar no corpo espiritual da criatura os ascendentes do homem atual.

Por volta de 23 mil a.C., apenas concluído o trabalho espiritual realizado, encarnaram pelos vários quadrantes da Terra os colonizadores capellinos, fazendo reproduzir nos corpos densos os ascendentes genéticos do homem atual que tinham sido cuidadosamente preparados no plano extrafísico.

Assim, receberam enxertos e novas propriedades genéticas todos os componentes das raças negra, amarela e as variantes já existentes no ambiente terrestre, ao mesmo tempo que no Pamir os capellinos fizeram emergir a primeira raça de cor branca na Terra.

Após as migrações do Pamir, quando a raça adâmica estabeleceu-se na Mesopotâmia, na extensa região entre os rios Tigre e Eufrates, o chefe de uma das falanges capellinas descendentes de Seth fixou-se naquelas terras e ali renasceu por muitas vezes. Milênios depois, aquele mesmo espírito retorna na figura do patriarca Abraão para comandar o primeiro êxodo de seu povo ao sair da cidade de Ur em busca de uma nova vida em terras distantes. Bem mais tarde, o grande profeta hebreu – Moisés – encarregou-se de registrar nas Sagradas Escrituras as tradições orais que vinham de épocas remotíssimas, narrando no *Gênesis* as reminiscências mais antigas de seu povo.

Os espíritos evolucionados na Terra, que desde os primórdios vinham encarnando em corpos rudimentares e naqueles tempos ainda estavam praticamente adormecidos na indolência moral e nos rudimentos da cultura, acordaram rejuvenescidos num corpo melhorado. O homem subira, assim, mais um degrau na sua escalada de progresso. E a alma inquieta, recém-chegada da Capella, com grandes responsabilidades a desempenhar no novo campo de provas e expiações, iria sensibilizar, a partir daí, cada vez mais, o cérebro da nova máquina corpórea para ativar-lhe, aos poucos, a arquitetura nervosa com melhores recursos culturais, expandindo conhecimento na recente criatura elaborada pelos geneticistas do Cristo.

25

As migrações do Pamir

A raça branca emerge triunfante nas regiões do Pamir. E a marcha contínua de séculos e séculos de especiação, realizada em confinamento naqueles recantos naturais, a perpassar silenciosa no arcabouço mental das almas exiladas, é motivo de persistente inquietação interior, em que a insatisfação coletiva desponta como convite irrecusável de alastramento nômade na procura de outros campos de realização, onde a esperança de uma vida alvissareira e realizadora possa ser concretizada, visando saldar os compromissos assumidos com a vinda à Terra, para que o retorno ao paraíso perdido, à Capella distante, se dê no mais curto tempo.

As Potências criadoras prepararam o orbe para as modificações climáticas que viriam nos milênios seguintes, visando amenizar suas condições de temperatura e produzir um clima mais quente para provocar maior expansão da vida.

Corria a glaciação de Würm em 21 mil a.C., depois de o clima frio já ter imperado por alguns milênios. Eis então que as emanações vulcânicas do organismo terrestre, em considerável ebulição interna, modificam a composição das camadas atmosféricas em que o orbe estivera envolvido, denunciando alterações e fazendo sobrevir uma estação mais quente que as anteriores.

O degelo, nas regiões elevadas da cordilheira do Pamir se processa de modo intenso. As águas, aos poucos, tomam conta dos campos de caça e projetam-se inundando terras extensas. Ao inundar as regiões baixas e férteis, onde os clãs estavam alojados, não deram outras possibilidades de escolha aos habitantes senão subir o planalto em direção às terras altas, onde o frio era mais forte, ou debandar em descida e derivar para outras regiões à procura de novas terras onde o clima seria mais quente.

A essa altura, as recordações de um passado distante, gravado milênios atrás na mente espiritual daquelas criaturas, reminiscências adormecidas no psiquismo desde há muito, afloravam decisivamente ao consciente e estavam prestes a decidir o destino a ser escolhido, apontando para outras regiões distantes.

Os fenômenos da natureza, previamente programados pelos prepostos da criação, deram a uma das tribos, àquela que abrigava as mesmas almas batidas em retirada na procura de novo lar dois milênios antes, o retorno em marcha triunfal rumo ao ocidente, façanha tão almejada no curso de vidas passadas. A inundação prenunciava novos tempos.

Sob o comando de forças invisíveis, reúnem-se, em localidades distintas, os chefes dos clãs fixados na região e formam, separadamente, sem se dar conta uns dos outros, sete grandes aglomerados tribais. Desconhecendo o destino traçado pelos servidores do Altíssimo para realização de trabalho edificante e reparador, os povos, com receio das inundações e de acordo com os compromissos assumidos no passado, decidem partir em busca de terras promissoras.

As duas tribos situadas ao norte do rio Syr Darya dão início à retirada, deixando o local. A primeira dirige-se para o noroeste do Cazaquistão. A segunda margeia a pouca distância o Syr Darya e desce em direção ao Mar de Aral.

Por sua vez, as tribos próximas ao rio Amu Darya encontram mais dificuldade no deslocamento por causa da extensa inundação de terras firmes. A terceira tribo se projeta em direção ao Vale do Indo, domina a região inteira do Paquistão até o Mar da Arábia e deriva um ramo para o sul da Índia. A quarta faz difíceis e demoradas manobras nas passagens ao noroeste da Índia, mas prossegue pelo norte, nas regiões do Ganges, rumo à Baía de Bengala. A quinta e a sexta descem para o ocidente, seguindo pelo norte do Irã; uma delas segue para o Mar Cáspio, enquanto a outra deriva para o sul, em direção ao Planalto do Irã. A sétima tribo, ao contrário das outras, decide esperar e sobe o Planalto do Pamir, submetendo-se a viver em clima mais frio e seco.

Todas estavam preparadas para enfrentar extensas caminhadas, climas adversos, animais ferozes e povos opositores fazendo ameaça ao longo da grande jornada. A cada uma delas, e às suas gerações futuras, os trabalhadores do Altíssimo haviam reservado missões edificantes que viriam remodelar a face da Terra nos milênios seguintes.

Os espíritos encarnados constituem a humanidade terrestre. Esse conjunto avança no seu processo de novas aquisições e desenvolvimentos como os grandes vagalhões marítimos formados em meio ao oceano. Na verdade, não se sabe precisar de onde eles vêm, mas o fato é que aparecem em grandes formações. Eles se propagam, irremediavelmente, arrastando consigo enorme volume de água que enrola, cada vez mais, formando um extenso rolamento. A onda se alastra em meio ao oceano, alteia resoluta, encrista-se, encurva-se e, de forma cristalina, precipita-se, desatando um rumor espraiado, vindo a quebrar, em meio ao oceano, num derradeiro chué. Nesse ponto o vagalhão se desfaz num cenário maior que o absorve por completo, morre rapidamente por entre as águas, sem deixar o mínimo vestígio de sua passageira existência; contudo, logo em seguida, nasce outro, que rapidamente se levanta e prossegue seu desenvolvimento numa evolução incessante, que sempre recomeça e nunca termina.

De modo semelhante funciona a grande lei evolutiva. Assim, surge a Terra em nuvem que se desgarra, varrida pelo Sol sem deixar vestígios, e agrupa novos elementos. As águas tomam o lugar daquilo que era fogo e material incandescente numa onda anterior. A vida aflora, eliminando o inerte que lhe antecedeu há pouco. A ave sucede o réptil. Os hominídeos surgem e suplantam os antropoides. O *Homo erectus* suplanta o *Homo habilis*. O Cro-magnon elimina o Neandertal e desaparece depois, dando lugar ao homem moderno. Uma massa humana substitui outra. Uma cultura suplanta outra. O gênero humano destrona as demais espécies, e no grande salto da razão observa a si mesmo, e concede, com orgulho, o título de "rei dos animais" ao leão, consciente de que o rei é ele próprio. Contudo, sabe que em seu mundo ainda atrasado uma civilização mais adiantada suplanta outra e ele próprio está sujeito a submeter-se diante de um intelecto que lhe seja mais avançado. Tudo caminha sempre rumo a uma evolução maior que supera outra. E nesse movimento progressivo, o espírito imerso na matéria com ela evoluciona, pois progredir é a grande lei. E quando o adiciona nesse trânsito os sensos de responsabilidade, de moral e de amor fraterno, tem como resultado, em benefício próprio, a aceleração de seu processo evolutivo, caminhando mais veloz rumo à perfeição.

Tudo sempre vem e vai num crescente assustador, que mesmo detendo-se a visão no foco do fenômeno percebe-se que não é o início, mas parte integrante de um processo muito maior que lhe antecede. Nessa imensa onda de evolução, tudo passa e tudo sempre se sucede: espécie sucedendo espécie, raça superando raça, homem suplantando homem, razão aprimorando razão, moral substituindo moral, amor apurando amor. Um movimento constante que nasce, cresce, espalha-se, desloca-se, opera, ama, progride, evoluciona, aprimora-se, suplanta, sucede, elimina, morre e revive de novo, num eterno vir a ser. Em suma, é a Lei da Evolução.

– Qual a causa disso tudo? – pergunta-se.

– Ora, nada se faz do nada, e tudo se transforma, tendo como ponto de partida uma situação preexistente. Assim, fazendo um raciocínio inverso e voltando sempre rumo ao preexistente, chega-se à causa do fenômeno. Nesse raciocínio, o complexo retorna forçosamente ao foco do qual fora originado, sendo completamente absorvido por ele. Assim, retrocedendo, sucessivamente, chega-se à causa primeira. Trata-se de uma única causa que, por si só, engloba todas as outras e lhes dá existência. E por dar a vida inteligente, ela própria deve ser inteligente, pois somente um intelecto é capaz de gerar outro. Dir-se-ia ser uma única inteligência que age e concretiza suas ideias com a existência de todas as coisas. Trata-se de um todo Soberano, junto em somente um – o Uno. Portanto, chega-se ao Criador: Deus, a causa primeira de todas as coisas.

– Qual a razão disso tudo? – ainda se pergunta.

– Evoluir o espírito, por meio do conhecimento, da responsabilidade, da moral e do amor.

– Para quê? – indaga-se em última análise.

– Para satisfazer a vontade de Deus. Porque o Criador cria e ama Sua obra. O homem tem a percepção disso quando por sua vontade e por seu amor cria e faz evoluir o próprio filho.

As migrações do Pamir prosseguiram derivando em ondas de expansão sucessivas durante várias gerações. Foi no decorrer dos milênios que operaram por toda a Terra, realizando especiações e mestiçagens que possibilitaram o surgimento e a consolidação de todas as raças. Quando o clima estabilizou-se no orbe terrestre e o Neolítico já caminhava, as raças já estavam formadas.

Os rumos tomados na Terra foram, inicialmente, os escolhidos na saída do Pamir. Contudo, à medida que avançaram e novas gerações surgiram, formando outras tribos, algumas se estabeleceram no próprio local, enquanto outras tomaram novas rotas secundárias, configurando um movimento de infiltração constante, propagando-se nos mais variados quadrantes da Terra.

As sete tribos primitivas, dotadas de novos caracteres,
seguiram em verdadeiros vagalhões, promovendo mudanças
físicas e culturais por onde passavam, em ondas de vida que
surgiam e se movimentavam pelas terras alterando uma situação existente e fazendo emergir novas gerações que davam
continuidade irresistível à melhoria física e cultural.

Dessa forma, a primeira tribo, a que rumara para noroeste do Cazaquistão descendo o Syr Darya, atravessou o rio Ural,
daí prosseguiu para o norte, nas imediações dos Montes Urais,
emaranhando-se pelas regiões ao leste do Volga.

A segunda tribo, a que descera rumo ao Mar Aral, prosseguiu em direção ao Mar Cáspio, contornando-o pela costa
norte até encontrar o rio Volga, abrindo-se daí em dois ramos.
Um deles subiu margeando o rio e atravessou-o em direção
ao planalto central russo. O outro ramo prosseguiu rumo ao
Mar Negro, costeando-o ao norte até encontrar o rio Dnieper,
o qual margeou na subida e ocupou as regiões da Ucrânia,
tendo prosseguido, depois, em direção ao Mar Báltico, pelo
rio Vístula.

A terceira tribo, a que descera rumo ao Vale do Indo, povoou o Paquistão até o Mar da Arábia; após alcançar este último, ramificou-se e prosseguiu rumo ao sul da Índia, onde se
espalhou. Entretanto, o seu tronco principal especiou-se a oeste
da Índia, subindo depois o litoral em direção ao Golfo Pérsico,
atingindo o lago Niriz, onde se estabeleceu para, posteriormente, seguir em direção ao Elam, antiga região persa, atravessar a
Anatólia e atingir o continente europeu. Ali formou os primeiros povos indo-europeus no sul do continente, muito antes das
primeiras migrações registradas no início do período histórico,

onde os denominados povos "arianos", procedentes da região ao noroeste do Vale do Indo, seriam identificados.

A quarta tribo, a que rumara para a Baía de Bengala fazendo várias e demoradas manobras, estabeleceu-se no ponto leste do Ganges e, depois, atravessou os países do sul asiático pela zona litorânea e espalhou-se nas regiões da Indonésia, tendo atingido as regiões vulcânicas e os leitos oceânicos desnudos, próximos à Austrália, locais hoje chamados por alguns de Lemúria.

Por outro lado, as duas tribos mais numerosas migradas para o ocidente tinham também tarefas importantes a realizar.

A quinta tribo, a mais numerosa, aquela que rumara ao ocidente e ocupara o sul do Mar Cáspio, as regiões nas cercanias dos montes Elbrus e, praticamente, a região inteira do Cáucaso, derivou dela dois grandes ramos. Um deles contornou o Mar Negro pelo sul, através da Turquia, atravessou o Mar Egeu pelo estreito, constituiu os povos do mar, ocupou toda a Grécia e os Países Mediterrâneos. O outro ramo tomou direção norte, beirando o Mar Cáspio, estacionou por alguns milênios nas regiões próximas ao rio Araxes, na confluência do Azerbaijão com a Armênia e a Geórgia, e, aí, produziu extensa especiação, tendo gerado os ascendentes do tipo caucasoide, indivíduos de olhos claros e cabelos loiros. Uma parte pequena deste ramo emaranhou-se pelas terras dos árabes, do Irã e do Mar Mediterrâneo, produzindo mestiçagens. Entretanto, a parte mais substancial do ramo caucasoide original, estacionada nas regiões próximas ao rio Araxes por volta de 12 mil a.C., prosseguiu num só rumo, contornou o Mar Negro até atingir o rio Danúbio e avançou rumo norte, povoando as terras de percurso até alcançar a Alemanha, os Países Bálticos, a Escandinávia e a Grã-Bretanha.

A sexta tribo, que rumara para o sul e ocupara o Planalto do Irã, nele permaneceu e ali apurou a espécie por muito tempo. Posteriormente, ramos dessa tribo desceram a região e ocuparam a Mesopotâmia, entre os rios Tigre e Eufrates. Prosseguiram em ondas de expansão contínua, infiltrando-se em regiões quentes. Outros ramos desceram ainda mais e adentraram à África, ocupando o Egito e toda a parte norte continental. Seguiram até o extremo ocidental, tendo atingido regiões vulcânicas e leitos oceânicos descobertos, próximos às ilhas Canárias, que formaram parte da chamada Atlântida, no dizer dos povos da Antiguidade. Em seguida, utilizando-se de jangadas, esse ramo tribal atravessou o estreito de Gibraltar e atingiu o sul da Espanha.

Por sua vez, a sétima tribo, a que havia ficado no Pamir, ali permaneceu por milênios (ainda na atualidade é possível observar-se na região alguns de seus descendentes: tipo de estatura média, magro, pele branca, cabelos escuros e lisos, olhos com formatação ocidentalizada, mas resquícios orientais). Contudo, essa tribo, assim como as outras anteriores, também saiu dali em sucessivas ondas de migração. Durante o Mesolítico, ocupou o Paquistão e o norte da Índia, adentrando a região pelas passagens ao noroeste das montanhas; infiltrou-se nos vales do Indo e do Ganges e constituiu ali as primeiras civilizações identificadas pelos historiadores da região.

Mas aqueles pamires da sétima tribo não se restringiram a essas rotas orientais. Em outras ondas de migração, ocuparam os arredores do Hindu Kuch e derivaram para o ocidente em direção ao sul do Mar Cáspio, em movimentos nômades constantes, até ocuparem as regiões extensas do Cáucaso.

Nessa região, permaneceram por milênios ampliando o patrimônio genético e, mais para frente, com a marcha das épocas, ao final do período Neolítico, as reminiscências restantes na alma dessa tribo fizeram-na retornar ao Vale do Indo, para lá constituir, no decorrer dos séculos, a "tribo dos Árias", cujos elementos autodenominaram-se "arianos".

Os Árias, além de possuir pele branca e olhos claros, tipo humano diferente dos nativos da região que tinham pele escura, também traziam na alma degredada reminiscências de um profundo pensamento religioso, que seria largamente ensinado na região. Em épocas posteriores, a história se encarregaria de registrar a passagem dessa onda evolutiva com o nome de Vedas, cuja filosofia e religiosidade dariam origem ao atual hinduísmo.

As Américas, e muitas outras regiões não alcançadas pelas migrações do Pamir, mas já atingidas por outros povos em migrações anteriores, foram alvos de várias incursões encarnatórias dos capellinos, cujos corpos espirituais já estavam aprimorados e muito ajudaram não somente na fixação dos caracteres do homem moderno, mas também no processo de desenvolvimento cultural dos povos.

Sobre o continente americano é preciso fazer aqui um esclarecimento. Milhares de anos após a época em questão, aparecem espalhados em várias partes da Terra edifícios muito semelhantes entre si, sem se saber como seus construtores puderam ter ideias e técnicas tão parecidas para executá-los.

Os casos mais interessantes são as pirâmides, os hieróglifos e os monumentos de pedra surgidos tanto na África quanto na América. Como essas obras monumentais e fantasticamente semelhantes poderiam ser produzidas, em continentes separados por extenso oceano, por culturas tão distantes entre si e sem chance nenhuma de comunicação, é, de fato, enigma a ser decifrado.

Alguns estudiosos ventilam a possibilidade de ter existido a Atlântida, continente que teria afundado em meio ao oceano Atlântico, e alguns de seus sobreviventes, dotados de cultura avantajada, teriam chegado à América Central, à África e à Europa. Contudo, segundo instruções espirituais, o elo cultural entre os dois continentes está muito além da Atlântida, no espí-rito humano que em ondas sucessivas de encarnação levara seu íntimo saber a todas as partes da Terra. Transformara seu co-nhecimento em obras materiais, mais ou menos comuns em con-tinentes distintos, locais onde, ainda hoje, podem ser notadas.

Devemos ressaltar que neste livro não tratamos da pré-história do continente americano. Ela ainda deverá ser devida-mente estudada pelos cientistas modernos. A quebra do mito das supercivilizações perdidas e, principalmente, a descober-ta de fósseis do homem pré-histórico americano, datando de modo preciso sua chegada ao continente, são realizações em curso para elucidação científica comprovada, sem outras inter-ferências. Nessa questão, a espiritualidade não se antecipa. É o homem que deve estudar o assunto, para desvendar o mistério das semelhanças físicas e culturais da América pré-histórica com os feitos de outros continentes.

26

A FORMAÇÃO DAS RAÇAS

A partir da encarnação dos espíritos capellinos na Terra, tem início uma colonização em moldes novos, pois os corpos espirituais mais aprimorados daqueles começam a propagar criaturas biológicas mais avantajadas; em pouco exemplares, culmina por eclodir o homem moderno.

A capacidade de ambientação do homem novo foi tão grande que ele conseguiu espalhar-se por toda a Terra, superando as raças preexistentes e fazendo valer seus caracteres genéticos em todos os cruzamentos realizados com os tipos anteriores. As reproduções cruzadas vieram apenas aumentar seu arcabouço hereditário, o qual a matriz espiritual encarregou-se de arranjar na consolidação das raças. A ampliação da base genética física, ao interagir com as potencialidades do corpo espiritual, ofereceu às gerações futuras um banco genético com múltiplas possibilidades fisionômicas, dando origem a todas as raças existentes.

Esse progresso genético, conduzido com sabedoria pelas forças do Altíssimo, de modo algum deve constituir dificuldade ao entendimento. Situação mais difícil é aquela de entender a eclosão da vida a partir da massa inerte, o surgimento do animal a partir de mutações roladas ao acaso, dando origem a um novo ser mais perfeito e procriador, ou, ainda, pensar como do réptil teria prosperado a ave que voa majestosa nos céus. Por certo, a sabedoria Divina tem seu *modus operandi* para gerar vida, evolucioná-la, torná-la inteligente e realizadora. O nosso propósito aqui é mostrar a evolução espiritual.

Os diversos territórios ocupados pelo homem sob clima variado, desde o muito quente até o extremo frio, a incidência das radiações solares com propriedades distintas, a natureza ofertando alimento brotado na própria região e o molde espiritual preparado pelos Gênios da genética foram mutuamente se ajustando, pouco a pouco, entre si, e, num crescente, produziram diferenças físicas formando todas as raças.

Os grandes troncos raciais foram emergindo com o passar dos milênios e ramificaram-se em vertentes menores, desde o seu surgimento, num dado ponto do Paleolítico, seguindo daí, gradativamente, na formação racial até sua conclusão no início do Neolítico. Ao longo desse tempo, raças maiores se estabeleceram em pontos distantes umas das outras e, em meio delas, surgiram elementos intermediários, mais ou menos aparentados.

No alvorecer da civilização, as raças deixaram de alterar-se substancialmente; os principais cruzamentos já tinham sido feitos nas mais distantes regiões da Terra; portanto, não havia mais campo na genética implantada pelos prepostos do Altíssimo para haver grandes alterações raciais.

De modo científico, a origem dos diversos grupos raciais é explicada pela antropologia por meio de duas teorias: a Policêntrica e a Monocêntrica.

Segundo a Teoria Policêntrica, os agrupamentos humanos teriam surgido por descendência dos mais primitivos ancestrais do homem. Esses teriam evoluído de modo independente uns dos outros, em territórios distantes entre si, onde cada grupo humano teria evoluído para raças diferentes até chegar às atuais; sendo que, no princípio, um grupo nada teria herdado do outro. Não obstante essa teoria ter encontrado adeptos no passado, hoje está descartada por completo, em razão do resultado de exames genéticos contrários a ela.

A Teoria Monocêntrica, ao contrário, examinando as evidências por meio de provas, considera que o homem moderno surgiu num território único, situado entre a Ásia central, a Ásia meridional e o nordeste da África. Nessa delimitação geográfica teriam ocorrido cruzamentos entre os vários hominídeos, de modo a ter possibilitado a ampliação do patrimônio genético e, mais tarde, com o advento das várias populações, teria sido responsável pela formação dos diversos grupos raciais conhecidos, na medida em que tais agrupamentos se distanciavam entre si regionalmente e apuravam suas características.

Com o auxílio da genética e do exame de DNA mitocondrial, foi possível afirmar cientificamente que dessas duas teorias a única que pode ser aceita é a Monocêntrica. Assim, a ciência concluiu, sem muitas objeções, que todos os grupos humanos derivaram de uma população-base, com características semelhantes às do *Homo erectus*, e nessa população-base havia três tipos de DNA mitocondrial, os quais foram se modificando devido à substituição progressiva de alguns nucleótidos e formaram os vários tipos de homem conhecidos na população mundial.

À luz dos ensinos espirituais, cabe-nos esclarecer que as forças biológicas, emanadas do corpo espiritual, germinaram corpos físicos de grande plasticidade. No decurso de poucas gerações, foram plasmados organismos que, ao estímulo do meio ambiente, adquiriram feições diferenciadas, formando raças de arquitetura escultural, tornando o homem o mais variável animal do planeta.

É necessário aduzir que, conforme os agrupamentos humanos eram formados nas diferentes regiões da Terra e apuravam, cada vez mais, seus caracteres hereditários dominantes, ocorria a consolidação de caracteres genéticos específicos daquele povo. Assim, cada grupo isolado apurou suas características e constituiu um tipo singular de raça.

Surgem, então, as características físicas e psicológicas de ordem geral da raça. Contudo, cada uma dessas duas características é moldada no particular pelo espírito encarnante, o qual trata de formar sua máquina corpórea conforme o modelo psicológico que lhe é peculiar, íntimo de sua constituição sutil. Assim, as criaturas de uma mesma raça, embora semelhantes na aparência corpórea, guardam na intimidade diferenças substâncias que as diferenciam umas das outras, fazendo-as, em algo, diferentes entre si. Embora todas pertençam à mesma raça e sejam semelhantes em fisionomia e costume, ainda assim cada criatura é uma individualidade única, diferente na maneira de pensar e agir.

Vale ressaltar que a cor da pele, sinal exterior que difere algumas raças de outras, é composição variável no corpo sutil e físico da criatura, vincula o espírito encarnante à prova que deve passar na carne, de modo a dar-lhe melhor aprendizado no campo escolhido de prova; não se trata de constituição espiritual íntima, pois espírito não tem cor.

Na verdade, a importância que o ser humano, de maneira geral, ainda na atualidade, dá à cor da pele é deveras preocupante, pois forma barreira cerceando a atuação do indivíduo nos mais variados campos. Um homem pode alterar seus conhecimentos, mudar de religião e de outras coisas mais, mas não pode mudar de cor. Os que se utilizam da cor da pele para, de alguma maneira, menosprezar seu semelhante e criar-lhe impedimento na vida, a lei Divina de causa e efeito reserva-lhes um saldo negativo em conta, pois, ao realizar tal ação, maculam o próprio corpo espiritual, o qual terá de ser restaurado ao sabor de severas expiações em vidas futuras para o espírito prosseguir na escalada evolutiva.

Raciocinando em termos científicos, vamos observar que a causa da existência de diferentes cores de pele é atribuída a uma substância do corpo chamada melanina. Essa substância é encontrada em várias partes, tais como nos olhos, nos cabelos e nas camadas profundas da epiderme. A quantidade e a disposição da melanina no corpo definem a coloração da pele. Não se trata de melhor qualidade individual, mas de constituição da carne.

Deve ser observado que cada cor de pele tem as suas propriedades íntimas e varia, principalmente, de acordo com as condições climáticas. O clima influi de modo marcante na produção de melanina e, por consequência, na formação da pele. Por essa razão, os povos que vivem próximos aos trópicos, onde o clima é mais quente, como na África, sul da Ásia e Oceania, apresentam peles mais escuras. Na medida em que se vai distanciando dos Trópicos em direção aos Polos, a pele vai clareando até culminar com a dos povos nórdicos, cuja pigmentação é extremamente clara. Não se trata de coincidência alguma, mas de fatores climáticos bem definidos, os quais, no decorrer dos milênios, interferiram, favorecendo a eclosão de uma ou de outra coloração de pele, embora a mestiçagem ocorra e forme tipos intermediários, providos também de grande beleza.

Há de se notar que o problema da discriminação não está exclusivamente na cor da pele nem tampouco na raça; mas no ordenamento mental do indivíduo. Para o afetado no mal, se não fosse a cor da pele, o fator discriminante seria outro, como o porte físico, o local de nascimento, a língua falada, o nível de estudo, os bens econômicos, a religião, o sexo, a preferência e assim por diante. Tudo o que não esteja segundo seus padrões é motivo de repulsa.

Na verdade, o problema é de ordem mental, em que um indivíduo seleciona outro por meio de diferenças, acreditando-se, de algum modo, superior àquele. A chave capaz de eliminar a discriminação está no próprio homem. A evolução espiritual elimina todas essas situações de desigualdade humana com base na segregação ou na astúcia da criatura que procura levar vantagem sobre outra para dela se beneficiar.

Quando o homem se reconhecer como espírito e compreender que só é possível obter a evolução espiritual a partir de aquisições fundamentadas no amor fraterno e na elevação moral, não haverá como permanecer no estado segregacionista. Embora essa afirmação possa parecer um sonho difícil de realizar-se na Terra, na eternidade o amor e a moral imperam, fazendo a diferença no estágio evolutivo do espírito. Para o homem descobrir essa verdade, precisará primeiro descobrir a si mesmo como ser humano bom, realizador e dotado de espírito imortal, cujos valores são outros bem diferentes do egoísmo.

27

O ARTISTA DAS CAVERNAS

Quando o homem primitivo deu início à arte da pintura, deixando sua marca no interior das cavernas pré-históricas e esculpindo as primeiras e singelas estatuetas, por certo não poderia imaginar que muitas daquelas obras de arte seriam encontradas milhares de anos depois e dariam motivo a estudo aprofundado para conhecer melhor sua cultura.

O cenário ao redor das cavernas habitadas pelo homem era fabuloso. Dordogne, na França, perto das cavernas de Combarelles e Lascaux, locais onde foram encontradas obras-primas da pintura pré-histórica, tinha vales verdejantes cercados por belíssimos penhascos de rocha calcária e banhados por rios de águas límpidas, oferecendo água fresca aos animais que ali iam beber. Era um verdadeiro paraíso de caça em que vivia o homem das cavernas.

Tendo a natureza como palco soberbo de suas aventuras, o homem primitivo, no interior das cavernas, tornou-se um artista da pintura. Protagonizou sua obra utilizando-se da rocha calcária como tela, da pluma de aves como pincel e de misturas coloridas como tinta a óleo. Produziu tintas de várias cores: a branca, com a cal das rochas, o marrom e o vermelho, com o óxido de ferro das encostas, a preta, com a terra de manganês, o amarelo, com o ocre do chão e ainda outras cores com materiais das encostas. Diluiu tais substâncias em gordura animal, clara de ovos e água, fazendo o líquido corante.

Essas tintas, cuidadosamente preparadas, ao contato com o ar, fizeram com que aqueles belíssimos desenhos na parede branca da caverna chegassem até os tempos atuais magnificamente conservados.

Não estamos exagerando quanto à beleza daquelas pinturas fossilizadas. O homem atual deve ter em mente que as observa com um retardo de milhares de anos. Para a época, aquelas pinturas eram verdadeiras genialidades.

Como explicar que o rude homem das cavernas, ser pré-histórico, caçador por excelência, não tendo cultura alguma, poderia desenhar e pintar tão magnificamente bem, utilizando-se apenas de rochas e de materiais singelos, apropriados para conservação durante milênios, é o que os estudiosos perguntam tentando conhecer melhor o primitivo e, ao mesmo tempo, fascinante homem das cavernas.

Não obstante isso, aquela consciência de arte criativa, em si mesma, no campo das ideias, pode ser considerada como semelhante à atual. Isso porque o homem, seja pré-histórico ou moderno, ao praticar a arte, busca sua íntima realização através da beleza. E, à medida que evolui, purifica e eleva seu conhecimento de espírito, aproximando-se, cada vez mais, da perfeição absoluta.

Deus é essa perfeição absoluta, a qual o artista busca, em todos os sentidos, seja ela uma perfeição de beleza, em termos físicos concretos, ou em forma abstrata, como o é um sentimento de amor ou uma definição fugaz da imagem de Cristo. A maior e melhor de todas as belezas é o paradigma do artista. Ele quer a perfeição absoluta.

Mesmo que o homem primitivo não pudesse assim definir sua obra, aquele ser das cavernas pretendia no íntimo aproximar-se dessa beleza pura. E dedicou-se de corpo e alma nessa pretensão, para satisfazer a autoestima e para ser admirado por seus contemporâneos com a sua arte.

É certo que, na Antiguidade, suas pinturas causaram admiração aos de sua convivência. Contudo, mais admiração teria o estudioso atual ao descobrir tais pinturas. Porque não imaginava que naquelas épocas recuadas o homem primitivo fosse capaz de realizar arte tão bela, obras que mesmo hoje muitos não conseguem realizar. A que se deve tal capacidade artística e como a teria desenvolvido são indagações naturais do pesquisador moderno.

Caro leitor, não se engane. A simples admiração das habilidades daquele artista não é suficiente para entendê-lo. É preciso muito mais. É necessário nos determos num estudo que vai além de uma pintura estanque. Somente um exame das faculdades da alma, feito através das artes, nos possibilitaria entender não somente o desenvolvimento antropológico do homem, mas a concepção de si mesmo como ser dotado de sentimentos e de responsabilidades, conhecedor de sua origem Divina e criatura de aprendizado progressivo através das vidas sucessivas.

É preciso ter em mente que no transcurso da evolução o espírito passa por sucessivas encarnações de aprendizado. E que em algumas dessas existências pode desenvolver de modo mais intenso o trabalho artístico. Uma perseverança constante, no sentido de obter a perfeição na arte, resulta, para o espírito, num acúmulo de conhecimento arquivado em sua íntima constituição, tornando-o, potencialmente, capaz de voltar a executar a mesma arte arquivada no espírito quando se lhe afigure situação favorável.

Após sobrevir o degredo dos capellinos para outros confins do universo, os que aportaram na Terra sentiram no coração saudade inexprimível, emoção que somente poderia ser expressa pelo transbordar da alma. Como decorrência, surge a arte, logo de início, por inspiração própria, como a denotar um dom inato na criatura (somente naquela em que tal qualidade

havia sido desenvolvida em encarnações passadas). Presa em
Terra estranha, ao rigor de um mundo rudimentar em todos os
sentidos, germinara na alma recolhida uma flor, denominada
"arte", colhida da amnésia espiritual profunda. Então, poten-
cializada na esfera extrafísica por espíritos superiores, que irradiam no decaído as energias sutis da criatividade, a flor haveria
de prosperar e transformar-se em fruto. E assim aconteceu.

Sensibilizado por influxos de natureza elevada, o coloni-
zador capellino tratou de encontrar local e materiais adequados
para concretizar suas idealizações. Usou o carvão das fogueiras, misturou cores, adaptou-se às novas condições de trabalho
e, aos poucos, plasmou nas cavernas pré-históricas aquilo que
lhe sensibilizara os sentidos.

Com a chegada dos capellinos grande impulso fora dado
às artes. Falamos impulso porque, na verdade, algumas formas
rudimentares já existiam na Terra, mas ainda sem primor nenhum de técnica, iniciadas pelo primitivo Cro-magnon no interior das grutas, há cerca de 30 mil anos.

As cavernas são formações de épocas remotíssimas.
Primeiro habitaram nelas os animais selvagens, dentre eles
o urso, que nelas hibernava e também morria; por isso, seus
ossos são encontrados ali fossilizados. Em seguida, veio o homem, que nelas habitou por milhares de anos, desde a época
do *Homo habilis*.

Muitas gerações e tipos humanos, em épocas diferentes, se
sucederam na habitação das cavernas; por esse motivo, a datação
é difícil de ser efetuada com precisão, pois os painéis podem não
ter sido feitos por aqueles fossilizados em seu interior. A caverna
Chauvet, na França, descoberta em 1994, é exemplo dessa dificuldade. Os protagonistas de suas pinturas ocuparam a caverna em
épocas espaçadas de milênios uns dos outros. Contudo, no final
do Paleolítico, ali também esteve o homem de intelecto mais avantajado, assim como em várias outras cavernas pré-históricas.

É forçoso considerarmos que tamanha genialidade artística tivera seu início envolto em névoa. O primor de uma técnica não é explicável, de modo convincente, em termos científicos, sem relativa experiência anterior. Um aprendizado magnífico como o do homem primitivo, capaz de produzir obras memoráveis em épocas tão recuadas e de parcos recursos, não seria possível sem a ajuda de intelecto mestre que já dominasse as técnicas e as ensinasse aos protagonistas de onde elas foram feitas. Quem foram esses mestres de intelecto avantajado é um verdadeiro enigma.

Caro leitor, mesmo hoje, se for observada a cultura de povos indígenas conhecidos e não influenciados pela cultura contemporânea, será reconhecido que não são capazes de realizar aquelas pinturas magníficas da pré-história, nem podem esculpir em pedra calcária, pedra-sabão e trabalhar o marfim, como o fizeram os artistas das cavernas em várias partes do mundo. Essa floração de intelectualidade deu-se, conforme ensinado pelos espíritos superiores, com a chegada dos capellinos à Terra.

Numa fase de suas realizações, o artista capellino deixa de lado a preocupação de pintar no interior das cavernas – local de difícil acesso, mas que lhe agrada a alma solitária, como a recordar outro mundo de ideias –, e passa, então, a executar sua arte em lugares de fácil acesso ao observador. Passa a pintar nas rochas, onde as figuras podem ser vistas à luz do dia, embora estivessem resguardadas de algum modo das intempéries.

O artista se expressa de modo a querer mostrar ao mundo, ao seu redor, suas qualidades, façanhas, crenças, costumes e tudo o que de fato ama. Diante da beleza de sua obra, a mentalidade troglodita reverencia. Suas habilidades de modo nenhum são tidas como normais por seus contemporâneos, mas como realizações de uma criatura privilegiada que agrada os deuses.

O homem das cavernas imagina que o artista é capaz de chegar aos deuses com sua pintura. Para ele, são os deuses que conferem ao artista as benesses de uma vida fácil, com mais caça e menos morte, em benefício de todo o clã.

Assim, o artista é o mágico, o líder intelectual da tribo. É uma espécie de feiticeiro do bem, aquele que tem algo de concreto a mostrar aos seus, e cujo sentido da obra vai de encontro às aspirações de cada um para obter bons feitos. Resta segui-lo em suas ordens, pois seus desenhos mostram aos deuses o que a tribo de fato quer: fartura e bem-estar. É ele que com suas figuras expressivas chega aos deuses e recebe deles a dádiva dos céus.

O artista capellino viveu e desfrutou a vida à sua maneira. Marcou presença nas épocas pré-históricas mostrando com arte sua existência. Pintou, sobretudo, a natureza viva e ligeira, as grandes manadas nos campos de caça e os animais caçados que eram a sua alegria. Pintou seus sonhos de caçador e seus desejos. Tudo o que vivesse e se movimentasse na terra ou nos céus o excitava, a ponto de ele não poder mais se conter e verter à rocha calcária suas comoções. Em uma frase: pintou a vida!

Após sua chegada à Ásia Central e de ter encarnado depois nas terras da Europa e do norte da África, o artista capellino pintou nas cavernas por alguns milhares de anos, com mais constância nas épocas geladas impeditivas da caça, e em séculos longamente espaçados pela reencarnação. Pintou, sobretudo, entre 25 mil e 10 mil anos atrás.

Após esse período, o clima da Terra modificou-se, tornando-se mais quente. O homem passou a viver mais nos acampamentos ao ar livre e tratou de fazer artefatos para facilitar sua vida diária. Assim, avançou a cultura humana.

Nesse mote, passou a Idade da Pedra Lascada, veio a Idade da Pedra Polida e, em seguida, sobreveio a Idade dos

Metais, em que surgiu a escrita, por volta de 3.200 a.C., pelos Sumérios, na antiga Mesopotâmia.

Mas não nos vamos adiantar nisso, caro leitor, pois das épocas civilizadas falaremos mais à frente, a seu tempo.

28

EM MEIO ÀS IDADES DA PEDRA

O Mesolítico pode ser situado entre 9 mil e 7 mil a.c. Trata-se de um período de tempo definido como de transição entre a Idade da Pedra Lascada, também conhecida como Paleolítico, e a Idade da Pedra Polida, denominada Neolítico. Está caracterizado pelo término da Era Glacial, com o surgimento do clima quente a partir de 8 mil a.c., época em que os costumes da humanidade começam a modificar-se. O homem passa a viver ao ar livre, deixando pouco a pouco as cavernas. Trata-se de uma época de transição, prenunciando o surgimento de uma nova cultura.

Ao influxo do clima quente, afloram na Terra os grandes bosques e, na medida em que o clima se modifica, verifica-se grande migração de animais de clima frio para regiões mais quentes. O mamute e o rinoceronte de pelos longos simplesmente desaparecem do clima frio, mas ainda se conservam a cabra montês, a pomba selvagem, o cervo, o javali, o ganso, o faisão e muitos outros animais que se adaptaram ao clima quente.

Ao aflorar os grandes pomares naturais, cresce a coleta de frutos. A pesca se desenvolve com mais constância. O homem descobre novos alimentos, que se apresentam a ele com grande fartura. Precisa caçar menos, tem o dia mais disponível para pensar o que fazer e, por consequência, deixa as cavernas para realizar atividades ao ar livre. Modifica seus hábitos e aprimora sua condição física.

De fato, observando-se os fósseis achados em diversas localidades, o especialista conclui que as características robustas do Cro-magnon já haviam sido suavizadas, e em muitos casos até desaparecido. O perfil da testa, em relação ao rosto, apresenta-se reto; a face está na vertical em relação ao perfil da boca, e a boca se mostra mais delicada, não mais ligeiramente pronunciada para frente como antes; o queixo se apresenta estreito e elegante. O homem está como o de hoje, totalmente moderno, mas sem cultura.

Não obstante os progressos, a caça ainda é a principal atividade. O melhor caçador é o mais respeitado dos homens e exemplo a ser seguido pelos demais. Raciocinando para obter mais eficiência nas caçadas, o homem inventa o arco e a flecha, e suas armas se tornam mais potentes. Quando sai para caçar, carrega na mão direita o arco e as flechas, e na esquerda segura somente uma flecha, com a qual arma rapidamente o arco para dispará-lo na hora certa, e o faz com grande habilidade, de qualquer posição, seja em pé, de joelhos, apoiado em algo ou correndo. Como consequência do arco e flecha, as guerras de domínio se tornam mais frequentes e são motivo de várias pinturas rupestres que o artista das cavernas se encarrega de representar nas rochas, mostrando em painéis as grandes batalhas.

Naquelas épocas do Mesolítico, o homem dificilmente vive a mais de mil metros de altitude; por conseguinte, suas cavernas estão situadas em locais mais baixos, próximas dos campos de caça e das fontes de beber. Essas covas eram disputadas em luta acirrada quando um clã, que se julgava mais forte, aventurava-se a expulsar o outro.

Movidos pela necessidade de segurança e favorecidos pela melhoria do clima, aqueles homens primitivos, reunidos em clãs mais ou menos aparentados entre si, juntaram-se, constituindo tribos de grandes contingentes. A vida em sociedade iniciou-se para segurança dos grupos familiares. Assim, surgiram as famílias unidas em grandes tribos.

Os acampamentos tribais, geralmente levantados nas cercanias da água, tinham suas cabanas estruturadas com madeira e ossos cravados no solo, fechadas ao redor com pele animal, cobertas com folhas impermeáveis e um piso revestido de areia e pedregulhos da beira do rio.

Cada clã tinha uma espécie de feiticeiro. Na formação da tribo, quando da juntada dos clãs, o pajé disputou com os demais mágicos o privilégio de ser o melhor. Cada feiticeiro criou seu próprio ritual, até então desconhecido. Nessas práticas, as oferendas e os sacrifícios de animais sobressaíam-se e impressionavam a mente primitiva, ao mesmo tempo que o feiticeiro sentia-se enlevado pelo poder exercido sobre outros. Na vida diária, distinguia-se dos demais da tribo por usar adorno nos braços, nos joelhos e nos tornozelos. Também praticava danças rituais, onde invocava os deuses da natureza e rogava por melhor caça, por chuva, fertilidade, cura das doenças e pela vitória nas guerras.

Naquelas épocas, o homem quase não se vestia, apenas o frio o obrigava a isso. Usava uma tanga ou simplesmente não tinha roupa nenhuma, caminhava nu para onde quer que fosse. Em ocasiões especiais, portava pluma na cabeça, bracelete nos braços e tornozelos.

Algumas mulheres tinham vestido rodado, em forma de sino até os joelhos, preso com corda na cintura, e estranhas blusas que deixavam os seios expostos. A figura feminina era alta, esbelta, delgada, cintura fina, cadeiras largas, pernas robustas e seios caídos de maneira exagerada, por motivo de amamentação constante. Usava penteado estreito, aglomerado no alto da cabeça, e cabelos caídos para ambos os lados até à altura dos ombros.

Dentre as alterações deste período, algumas delas viriam a modificar radicalmente os hábitos alimentares e as futuras práticas comerciais, tendo sido motivo de grande avanço cultural.

O caçador de regiões frias encontrou mais dificuldade em razão de os animais terem migrado para locais quentes, salvo os de pequeno porte, com pele espessa, e dos grandes mamíferos revestidos de pelos lanosos. Sendo difícil achar a caça, o homem foi compelido a praticar a pesca, e o fez com fisga de mão, na qual espetava o peixe com lances curtos.

Por aquelas épocas, à beira do Mar Cáspio, em razão da grande salinidade, era comum a natureza juntar sal nas pequenas bacias, em decorrência da evaporação da água no verão. No curso da pesca rudimentar, os peixes, depositados nessas bacias naturais, já sem água e cheias de sal, ao final da prática eram recolhidos e levados ao acampamento. Então o homem percebeu que aquele pó esbranquiçado, de gosto estranho, mas refinado, no qual o peixe havia se debatido, quando colocado na comida dava-lhe um sabor aprazível. Praticando a pesca à beira-mar, descobrira o sal, por acaso, que viria a modificar o preparo da comida e a forma de sua conservação. Mais tarde, o sal seria importante fator de comércio, servindo como moeda de troca entre os povos.

Na vertente oposta ao frio, os habitantes de regiões quentes viam prosperar enxames de abelha, formando favos suculentos de mel. No correr do Mesolítico, esses habitantes desenvolveram maneiras de coletar favos de mel em cima das grandes árvores. A mulher, erguida através de corda puxada pelos homens, os quais usavam como alavanca de subida os galhos da mesma árvore, apanhava os favos. Ela, acomodada numa madeira que lhe servia de banco e portando tochas fumegantes, nas alturas recolhia os favos em pequenas cestas. O mel fora a primeira forma de açúcar descoberto pelo homem, mas somente durante o Neolítico conseguiu controlar os enxames e manteve regular o seu consumo.

Nessa época, o homem prossegue caçando e altera seus métodos de caça. Passa a capturar animais pequenos com sacos de couro e laços que arremessa com grande habilidade. Esse novo método modifica-lhe o modo de vida, pois produz substancial excesso de animais. Sem precisar abatê-los de imediato para deles se alimentar, passa a criá-los em regime fechado, em cercados de madeira, para depois fazer o abate.

Com a nova prática, inicia espontaneamente a criação de animais nascidos em estábulos e percebe que vale a pena aumentar o rebanho, pois lhe proporciona menor desgaste nas caçadas e maior bem-estar de vida. Os rebanhos rapidamente prosperam, e os estábulos se fazem pequenos para os grandes confinamentos. Assim, por evolução, tem início os rudimentos do pastoreio e a utilização do leite de cabra como alimento.

Uma grande transição havia sido operada. O homem, caçador de animais e coletor de frutos no final do Paleolítico, tornara-se pastor no início do Mesolítico e, no decorrer desse período, tornar-se-ia agricultor iniciante. Então, emergem na Terra os princípios culturais, modificando por completo os costumes até então existentes.

A glaciação de Würm vinha alternando na Terra clima frio e temperado desde longos milênios. Contudo, em 8 mil a.C., o período glacial já havia terminado e o clima tornara-se quente; o desgelo prosperara, alagando as terras baixas. Várias regiões tropicais e terras setentrionais foram cobertas pelas águas vindas de montanhas e mares. As marcas disso são encontradas facilmente nas camadas geológicas que registraram esses períodos. Surgem, nessa época, o mito de Adão e Eva e o do Dilúvio universal.

Quem observa a Bíblia e acompanha os interesses do homem, vê em épocas diferentes sua procura por vestígios do Dilúvio universal, o qual, por 40 dias e 40 noites, teria inundado a Terra e coberto as mais altas montanhas, numa suposta manifestação de fúria Divina, cujo propósito seria de arrasar a humanidade inteira, dada a desregramentos.

Naquelas épocas recuadas, ao aproximar-se o referido caos, é dito que o Criador haveria de preservar alguns seres, para continuidade das espécies. O escolhido fora Noé, neto bom e pacífico de Metuselah (Gn 5,21-29) – homem primitivo que vivera 969 anos e fora descendente de Seth, o terceiro filho de Adão.

Acompanhando Noé em sua jornada, a complacência Divina designara sua esposa, seus três filhos – Sem, Cam e Jafé –, as respectivas esposas e os animais escolhidos, um casal de cada espécie, para entrarem na Arca. Em meio ao caos, todo o restante de vida que caminhava sobre a Terra teria perecido, e uma nova humanidade teria surgido depois, somente com os recolhidos dentro da Arca.

A Arca teria de ser incomensurável para abrigar todas as espécies. De fato, a história dá conta de que teria mais de cem metros de comprimento e três andares de altura. Embora seja simbólica a narração do *Gênesis*, no decorrer dos séculos ela encontrou adeptos que a levaram ao pé da letra.

Em tempos mais recentes, muitos chegaram a procurar a famosa Arca de Noé. E alguns dizem tê-la visto ao longe; outros, encontrado vestígios por sobre o monte Ararat, formação vulcânica da antiga Anatólia, hoje região da Armênia. Uns dizem que os restos de madeira da Arca foram datados cientificamente, apresentando uma anterioridade de 5 mil anos; outros chegaram a calcular que o Dilúvio teria se iniciado em novembro de 2.370 a.C.; outros discordam, dizendo que o mês seria abril, e assim sucede uma série de discórdias, semelhantes à confusão de línguas da Torre de Babel, outro símbolo mencionado na Bíblia, após o Dilúvio.

As provas concretas desse Dilúvio, na data pleiteada, muito depois do degelo, não são encontradas nas camadas geológicas da Terra. Não é possível sustentar a existência de uma inundação daquela magnitude em períodos mais recentes a 8 mil a.c., nem tampouco o homem atual, no uso lúcido da razão, pode admitir os acontecimentos nos moldes narrados no *Gênesis*.

Por aquelas épocas, o homem dificilmente chegava vivo aos 50 anos, o equivalente hoje aos 90 anos de idade, observando-se as condições de vida então existentes. Também não possuía técnica para obra tão magnífica de engenharia naval, equivalente a um transatlântico moderno. E, quanto à fúria Divina de extermínio da humanidade, esta, então, é inconcebível, pois um Deus bom e justo não poderia ter uma ira tão implacável. De fato, a idade dos personagens superando cem anos, o grande feito de uma suposta engenharia naval e a figura enigmática de um deus irascível, tão bárbaro quanto o homem da época, teriam de ter outras explicações. Pelo encaminhamento dado, ressaltando pontos destoantes, o leitor percebe o exagero das Escrituras.

Para concluir a questão, resta-nos aqui acrescentar pouco. Os alagamentos, provocados pelo desgelo no término do último período glacial, ocasionaram morte e sofrimento por toda parte, mesmo tendo sido diminuídos com a construção de barcos maiores e capazes de abrigar uma família inteira e um par de animais de estimação para travessia dos alagados. Todo insulamento de gente e construção de barcos teve objetivo de alcançar regiões altas para sobreviver. Nada parecido com uma Arca monumental, construída pelo imaginário humano, para alcançar a salvação de uns poucos escolhidos; nada semelhante a uma fúria Divina implacável, com o intuito de aniquilar a humanidade inteira. O homem colocou em Deus os seus próprios olhos e realizou por Ele um julgamento de estreita visão. De resto, ficaram as histórias passadas de geração a geração, por meio de comentários verbais que resistiram ao tempo até Moisés imortalizá-los no *Gênesis* bíblico, numa interpretação humana destoante das intenções Divinas, mas bem ao gosto dos intelectos humildes que gostavam das histórias.

Antes de prosseguirmos, é necessário esclarecer que a nossa posição não é, de modo algum, antagônica aos preceitos bíblicos no seu âmago. O motivo de fazermos observações sobre as narrações da Bíblia deve-se ao fato de que tais foram realizadas no passado distante, de forma correta naqueles tempos, considerando o nível de conhecimento dos povos primitivos, os quais não poderiam entender os ensinamentos senão da maneira como foram narrados. Nos tempos atuais, com os avanços científicos do homem e, certamente, com os novos que ainda hão de vir, necessário se faz explicar aqueles ensinos usando *notas de rodapé*, de modo a explicá-los em conformidade com o saber da época atual; caso contrário, a permanecer a forma antiga, há risco de comprometer a obra inteira, passando a ser ela, em vez de um livro norteador de rumos, mera história que numa época passada tivera o seu valor, mas que, agora, na modernidade, ficou obsoleta. Esse pensamento é válido para todas as obras que resistiram ao tempo, sem exceção, inclusive a Bíblia.

Deve ficar claro que não estamos sugerindo, com essas palavras, que se deva mexer no texto original, como alguns fazem e que a seguir mostraremos, pois o texto original bíblico deve ser intocável; tal intervenção seria inconcebível por desnortear o pensamento primeiro. O ensino original deve ser preservado de tudo e de todos. Os esclarecimentos de rodapé ajudam no entendimento do assunto e podem ou não ser aceitos pelo leitor, sem prejuízo algum de seu conteúdo. Mas, em vez disso, temos observado a ocorrência de mais distorção ainda.

Exemplo típico do que não poderia ser feito é o encontrado na tradução inadequada do diálogo havido entre Jesus e Nicodemos. Vejamos o texto correto:

"Havia, entre os fariseus, um homem, chamado Nicodemos, um dos principais dos judeus. Este, de noite, foi ter com Jesus e disse: Rabi, sabemos que és mestre, vindo da parte de Deus, porque ninguém pode fazer estes sinais que tu fazes se Deus não estiver com ele. A isso, respondeu Jesus:

'Em verdade, em verdade te digo que, se alguém *não nascer de novo*, não pode ver o reino de Deus'.

Perguntou-lhe Nicodemos: Como pode um homem nascer, sendo velho? Pode, porventura, voltar ao ventre materno e nascer segunda vez? Respondeu Jesus:

'Em verdade, em verdade te digo: quem não renascer da água e do Espírito, não pode entrar no reino de Deus. O que é nascido da carne, é carne; e o que é nascido do Espírito, é Espírito. Não te admires de eu te dizer: Importa-vos nascer de novo. *O Espírito sopra onde quer, ouves a sua voz, mas não sabes donde vem*, nem para onde vai; assim é tudo o que é nascido do Espírito'.

Então lhe perguntou Nicodemos: Como pode suceder isso? Acudiu Jesus:

'Tu és mestre em Israel, e não compreendes essas coisas? Em verdade, em verdade te digo que nós dizemos o que sabemos e testificamos o que temos visto; contudo, não aceitas o nosso testemunho. Se tratando de coisas terrenas não me credes, como crereis, se vos falar das celestiais?'" (João, III: 1-12).

Nesse diálogo, algumas traduções modificaram o texto primitivo, mudando seu significado. A expressão *"nascer de novo"* fora alterada para *"nascer* [do alto]*"*, sob alegação de que é melhor (sic) do que a expressão *"nascer de novo"*. Ora, não se trata de ser melhor ou pior na opinião de quem traduziu; deve-se ter em conta que a alteração mudou completamente o significado e falseou a ideia original que estabelece ser preciso *"nascer de novo"* [renascer] para entrar no reino de Deus.

Outra expressão trocada no diálogo entre Jesus e Nicodemos é a que explica: *"O Espírito sopra onde quer, ouves a sua voz, mas não sabes donde vem"*; essa frase fora alterada para: *"O* [vento] *sopra onde quer e ouves* [o seu ruído], *mas não sabes donde vem"*. Essa alteração fora realizada sob a alegação de que tanto em grego quanto em hebraico a mesma palavra tem duplo significado, podendo designar "vento" e *"Espírito"* ao mesmo tempo, como se o "vento", na expressão, fosse alguém inteligente que pudesse ter um "querer" próprio seu.

É preciso destacar que a inteligência é o *Espírito*; é ele que tem o querer; é ele que nasce de novo (volta à vida na carne), ele tem a voz, não o vento. Substituir a voz do *Espírito* pela do vento, como fora traduzido no texto, é falsear o registro do evangelista João, ocultando o renascimento e a voz do *Espírito*, o qual não é notado na matéria física, porque a carne o encobre. Portanto, *"O Espírito sopra onde quer, ouves a sua voz, mas não sabes donde vem"*, essa é a expressão verdadeira a ser estudada.

No diálogo de Jesus com Nicodemos, fica clara a dificuldade de entender-se o que seja o *Espírito* e o que ele faz, pois as coisas espirituais são do mundo extrafísico, de entendimento difícil por parte dos homens, e disso decorrem as diferentes interpretações.

Ainda poderíamos prosseguir nos exemplos, pois os casos alterados são inúmeros, principalmente quando os teólogos querem subtrair das Escrituras a figura do *Espírito* toda vez que fique clara a chance de ele se comunicar com o homem ou haja necessidade de reencarnar na Terra (*nascer de novo*), para evoluir até a condição de *Espírito puro*.

O conhecimento da verdade é o que importa. É a verdade que liberta o ser humano do jugo da ignorância. É a verdade que faz progredir. Sem a verdade não haveria o conhecimento libertando a mente para renová-la. O homem não poderá dar os passos em direção às alturas celestiais sem conhecer, cada vez mais, a verdade sobre si mesmo.

Estamos numa época em que os milênios se passaram e já houve a vinda do Consolador prometido. Ele veio em espírito, denominando-se Espírito Verdade, e codificou a Doutrina Espírita pelas mãos de Allan Kardec. Falou das coisas celestiais, as quais não poderiam ser entendidas na época de Cristo, mas, agora, já podem ser raciocinadas e compreendidas pelo homem de sabedoria. Acreditar nas verdades espirituais depende apenas de cada um.

29

O MARASMO E A PEDRA POLIDA

A partir de 8 mil a.c., a mudança climática ocorrida nessa época pós-glacial, em que o frio dera lugar ao temperado, fez surgir grandes rebanhos que desceram do norte e espalharam-se em várias direções. Os pomares também se tornaram abundantes. O alimento vegetal tornou-se mais farto e fácil, provocando menor atividade de caça naquelas épocas distantes. Diante das facilidades, a cultura humana decaiu, ainda que por tempo limitado, pois o homem estacionou sua iniciativa por um milênio nas cavernas que havia ensaiado deixar há pouco, para somente depois, ao influxo de novas aspirações dadas por entidades benfeitoras, retomar sua evolução com energia.

Não obstante as facilidades ofertadas pelo clima mais ameno e pela reflexão com o exercício maior do cérebro, o evolver do homem é vagaroso, razão pela qual esse período é chamado de "marasmo", com poucos vestígios evolutivos achados pela arqueologia, a qual lhe delimita o intervalo entre o final do Mesolítico e o início do Neolítico.

A religião, nesse período, faz o homem recolher-se para dentro de si mesmo, com mais sentimento amoroso para com os familiares. Ele olha para a terra e vê o ente querido morto, fita o céu com os olhos marejados e pergunta: por quê? Como consolo à sua íntima dor, somente lhe resta pedir ao sobrenatural pelo morto e fazer um ritual funerário mais ornamentado.

Conforme instruções espirituais, o "marasmo" daqueles tempos funcionou como preparação para o último período pré-histórico que viria em seguida. Em silêncio, sem ser percebido, dentro das cavernas e ao redor das cabanas, o homem aperfeiçoa seus artefatos de sílex e prepara o intelecto para transformar a "pedra lascada" em "pedra polida". Sua prole avulta soberbamente, como nunca houvera antes prosperado, e a população da Terra aproxima-se de 70 milhões de almas.

Nos círculos extrafísicos, as entidades benfeitoras fazem os últimos preparativos, instruindo os capellinos sobre a importante missão a desempenhar nessa fase da evolução. Ao aportar na Terra em renascimento, fincarão suas raízes culturais no terreno remoto da Antiguidade para, logo em seguida, fazer germinar uma onda de evolução cultural irresistível.

Uma onda de melhoria nasce sem que a ciência possa saber onde. Num repente é possível observá-la em amplo e soberbo desenrolar, pois parece vir de toda parte e quebrar, ao mesmo tempo, em muitas praias da civilização remota, arrastando consigo todo um período pré-histórico anterior, para ultrapassá-lo, subitamente, como se houvesse recebido uma ordem silenciosa de avanço, vinda de um comando coletivo maior, para inaugurar na Terra o período Neolítico.

A Era da Pedra Polida se encarregaria de arrancar o homem das furnas da pré-história, acendendo-lhe uma nova e florescente luz no caminho do progresso.

A voz de comando que em silêncio guiava os povos da Antiguidade era a do Cristo de Deus. Das alturas do infinito, fazia ressoar no íntimo de cada alma na Terra um cântico de esperança no porvir. E tinha como líderes, conduzindo os povos do passado para concretizar seus nobres propósitos, os espíritos que formavam aqui a grande colônia de degredados da Capella.

A Idade da Pedra Polida ou período Neolítico compreende um intervalo de tempo diferente para cada civilização e identifica o estágio evolutivo do homem em determinado território. De modo geral, nas regiões mais adiantadas, podemos situá-lo entre 7 mil e 4 mil a.C.

Sem dúvida, é a Idade mais importante de todas do passado remoto, nela se contempla o nascimento da civilização. É nela que o homem branco marca sua presença no Oriente Médio, em parte da Ásia e na Europa inteira; o tipo amarelo consolida-se na Ásia; o negro domina a África; e as variantes intermediárias repontam nas áreas e florestas afastadas das civilizações emergentes.

O poder de raciocínio do homem se intensifica. A reflexão aprimorada é o seu mais novo atributo de qualidade e lhe confere maior poder de acelerar o desenvolvimento. As qualidades de caçador errante e coletor de frutos, próprias da época Paleolítica, durante o Mesolítico, aos poucos, são diminuídas. Logo darão lugar a outras, como as de criador organizado e cultivador de terras.

Nasce, então, no Neolítico, um novo homem. Agora tem como qualidades, ainda que iniciantes, o pastoreio, a agricultura, a domesticação de animais e a fabricação de artefatos de pedra polida.

Preludiando novos tempos, nascem no homem qualidades técnicas mais aprimoradas, tais como: a cerâmica, que desencadeará no futuro os rudimentos da indústria; a tecelagem, na confecção de roupas, que proporcionará melhor aparência ao ser humano e o livrará do pudor no convívio social; os princípios da metalurgia, sobretudo na fabricação de armas, que determinará a supremacia militar; a construção de casas, que fará emergir as futuras grandes cidades; o comércio de mercadorias, que movimentará a economia das grandes civilizações; e, finalmente, a pintura artística mais aprimorada, que embelezará os ornamentos expressivos e suscitará no homem o desejo contínuo de registrar por escrito sua comunicação verbal.

Que outras diferenças físicas e culturais existiam nessa época para que pudéssemos visualizá-las e compreendê-las melhor? – Esta é a pergunta que nos assoma o intelecto.

É natural que, de uma zona a outra da Terra, existissem muitas diferenças e fossem bem perceptíveis nessa época. Porém, resulta impossível dar outra qualificação mais adequada aos homens que povoavam as extensas regiões senão dizer genericamente que se tratava do tipo *Homo sapiens* moderno. Embora possamos ver que em várias partes da Terra, dentre as famílias que nelas habitavam, pudessem existir ligeiras características físicas do Cro-magnon, ainda assim não seria o caso de fazermos mais reflexões sobre isso nem, tampouco, estabelecer diferenças étnicas regionais que redundaram no desenvolvimento em separado de grupos distintos. Também não é o caso de examinar os ambientes geográficos, as diversas climatologias, os diferentes hábitos alimentares e os mais variados costumes locais, os quais, decisivamente, existiram e marcaram cada agrupamento. Nessa época, eles também se emaranharam entre si e fizeram mestiçagens ou, então, apenas consolidaram especiações desde há muito iniciadas, formando os vários povos da Terra. A raça branca, mais recente floração humana, também já estava consolidada e se expandia vertiginosamente.

A cultura do homem na última fase do Neolítico desenvolve-se com o cultivo de grãos e intensifica-se com a troca de mercadorias. Nasce o interesse comercial que vai colocar em contato os povos do passado, proporcionando-lhes maior correspondência entre si e ampliação de conhecimento, o qual se estende para terras distantes.

O espalhamento das tribos e a difusão das técnicas de cada grupo, que aprendem de perto uns com os outros, vão estendendo a cultura Neolítica desde o seu foco originário até o resto do mundo. Do contato entre os povos e do seu evoluir conjunto surge acentuado primor de técnica, que pode ser observado na construção das primeiras cidades e no invento dos primeiros cilindros manuais de moer grãos encontrados pela arqueologia recente.

A ciência pode seguir o Neolítico com relativa exatidão nas terras do Oriente Médio, onde o Cristo deixaria suas pegadas alguns milênios depois, pois lá emergem as primeiras culturas agrícolas no sudeste da Anatólia. Nessas terras, percebe-se o plantio de cereais, a domesticação animal, o surgimento de povoados com cabanas circulares, quase subterrâneas para abrigo do frio, dotadas de um só cômodo, com muro e piso revestidos de barro.

Essas inovações de construção difundiram-se com extrema rapidez. Por volta de 7 mil a.C., a arqueologia já constata a existência de uma grande cidade: Jericó. Com superfície de quatro hectares, era protegida com extensa muralha de pedras e grande fosso escavado, de uns oito metros de largura por três de profundidade, e possuía, ainda, uma alta torre circular, de uns nove metros de altura, a qual servia para vigiar a cidade, dando a ela maior segurança naqueles tempos em que a dominação pela força imperava. Embora tais proteções tivessem sido construídas muito depois de sua fundação, ainda assim Jericó fora uma verdadeira fortaleza na época.

É também no "marasmo", período da barbárie, quase no alvorecer da história, que se difunde o uso das peças de cerâmica. O homem procura decorá-las com pinturas, relevos e asas variadas. A cerâmica de 4 mil a.C. possui incisões de diversos tipos, feitas com os dedos, com punções ou espátulas de osso ou pedra polida, e é fabricada com argila já previamente moldada antes de ir ao cozimento. Recebe o nome de Cardeal, por ser produzida com o auxílio de um tipo de concha chamada *Cardium Edule*, da qual deriva o sugestivo nome que Roma se encarregaria de consagrar.

30

EVOLUÇÃO DAS CRENÇAS PRIMITIVAS

Quando tratamos do homem do período Paleolítico, tivemos a oportunidade de focar a visão no surgimento de suas crenças. Observamos como surgiram as divindades da natureza e como elas influenciaram sua vida diária. Em seguida, vimos o homem daquelas épocas recuadas fazer os primeiros enterros e o cuidado que teve com a jazida, querendo ofertar ao morto tudo de melhor. Observamos também a crença no sobrenatural que lhe povoava a mente e o clima da sua vida diária. Vamos agora prosseguir findando o período Paleolítico. Em seguida, iremos ao Neolítico e seguir um pouco mais, rumo às grandes civilizações antigas, examinando ali o florescer das crenças primitivas.

Desde tempos remotos o sobrenatural veio seguindo o homem em sua escalada. Mas as divindades que ele adorou em seu despontar no Paleolítico ficaram fatalmente com ele, sem deixar nenhum vestígio, em razão de sua absoluta falta de cultura para poder expressá-las com inconfundíveis marcas de terem existido. Milhares de milênios se passaram até ele dominar os rudimentos da arte e com ela conseguir registrar suas crenças.

Como resultado de suas abstrações sobrenaturais surgem os primeiros ídolos de barro, modelados com o ato de esfregar as mãos suavemente na sua feitura. No desenrolar do progresso cultural, o homem talhou seus ídolos em madeira e ossos da caça. Mas essas expressões eram ainda insuficientes, pois os totens para ele deveriam ser mais fortes, belos e duradouros. Com o passar dos milênios, os totens foram esculpidos em pedra, simbolizando melhor a grandeza e a imortalidade das figuras sobrenaturais que lhe povoavam a mente.

Aos poucos, o pensamento religioso floresceu. É possível notar que os feiticeiros fizeram representar seus ídolos no interior das cavernas para os cultos mágicos. E, à medida que na Terra o clima foi se normalizando até tornar-se quente, aqueles magos fizeram erigir grandes totens de pedra nos arraiais ao ar livre. Suas abstrações divinas prosperaram, ganhando significado cada vez maior na vida pré-histórica, mas não sem os efeitos físicos espirituais para estimulá-los, como vistos ainda hoje pela parapsicologia em certas tribos.

Num processo iniciado pouco antes da construção dos totens, mas quase em paralelo a ele, de modo a confundir-se com o início da adoração dos ídolos primitivos, surge a crença numa vida fora da matéria: a da alma, que sobrevive ao corpo após a morte.

Se o período anterior ao Neolítico, como já descrito, pode ser considerado pelos céticos como muito distante, carente de provas e sedimentado em sugestões prováveis em que pode prosperar a imaginação fértil em vez da verdade, ainda assim é forçoso observar o evolver do homem e os achados de épocas mais recentes. Mesmo com a descrença do cético, a evolução do espírito não se altera e o homem chega ao Neolítico num patamar espiritual, físico e psíquico sem precedentes em épocas anteriores.

Na Idade da Pedra Polida, a certeza da existência de profundas crenças religiosas já tange o alvorecer da história e é comprovada com importantes achados fósseis. Em seguida, com a melhoria das artes e o surgimento da escrita, a religiosidade dos povos primitivos foi mostrada em detalhes. Calcados então em terreno firme, os achados arqueológicos vieram comprovar que a crença no espiritual acompanha o homem desde o início dos tempos.

Montado o quebra-cabeça da escalada do homem, é forçoso reconhecer que, quanto mais o pesquisador retorna ao passado e examina os objetos do homem primitivo e seus costumes que ficaram cravados no interior das cavernas, nos acampamentos ao ar livre e nos monumentos de pedra, mais evidente fica que os primeiros seres humanos acreditavam na sobrevivência do espírito após a morte.

Na medida em que regredimos, observando o homem primitivo, verificamos que a morte para ele se constituía numa passagem desta curta vida terrena para outra muito maior, diferente da vivida na Terra e enigmática ao extremo. Vida desenrolada numa outra dimensão do espaço-tempo que ele podia imaginar como seria, mas não tinha certeza de como efetivamente era. Vida em que o espírito do morto continuava a viver de forma semelhante, mas guardando no túmulo o próprio corpo que houvera tido em vida e desfrutando das oferendas postas no jazigo. Para além da decomposição da carne, o homem primitivo acreditava numa outra forma de vida, a do espírito imortal.

Com todas as suas forças, ele acreditou e deixou evidências de que o espírito do morto continuava na Terra perto daqueles com quem convivera no dia a dia, e compartilhando alegrias e aflições. A caverna e os arraiais em que habitava, além de moradia, foram também o campo-santo familiar, a eterna morada de seus entes queridos. Com o passar do tempo, em razão do pavor que lhe custava a visão dos mortos, ele construiu os primeiros monumentos de pedra, onde abrigou seus defuntos, pensando, assim, encerrar ali as almas, para delas se livrar e não ter mais a visão dos mortos que voltavam do além em assombração.

De modo equivocado, chegou a tratar o corpo morto com produtos especiais e a envolver o cadáver com panos cuidadosamente enrolados, acreditando, assim, que preservando a carne da putrefação pudesse beneficiar a alma, para evitar que ficasse vagando desnorteada pela Terra. Para facilitar a vida do morto no além, fez rituais de todas as maneiras. Depositou ao lado do esquife as armas do próprio guerreiro, que havia utilizado em vida e poderia continuar usando nos campos de caça do além-vida. Juntou ali as vestimentas do morto, seus adornos, vasos, animais, bebidas e alimentos. E de maneira bárbara, chegou a encerrar também mulheres de tribos inimigas, aprisionadas durante a guerra, oferecendo-as a seus chefes mortos nos campos de batalha, para delas desfrutar no além-túmulo.

Confirmando isso, embora em época posterior a essa que nos reportamos, registra Eurípedes, historiador antigo, que após a tomada de Troia os gregos voltaram para casa levando cada qual uma bela cativa, mas deixaram para Aquiles, já morto e consumido, em razão de seus "reclamos", a bela Polixena, imolada nos funerais para acompanhar o morto no além-vida. Não obstante a barbárie repugnante, o homem primitivo acreditava numa outra vida além da morte e deixou isso claro em seus atos.

Ele acreditou que a alma de um corpo morto, sem sepultura, permaneceria errante na eternidade, vagando em sofrimento de um lado para outro, em forma de fantasma a atormentar os vivos; levaria doenças, destruiria plantações, influiria nas guerras e produziria má sorte a quem se encostasse. Sem saber o que na verdade acontecia, o homem primitivo observou nas ocorrências negativas da vida a interferência de uma entidade do além, a qual queria, antes de tudo, um túmulo para repousar.

A crença e o pavor que as almas do outro mundo causavam no alvorecer da civilização tomaram proporções brutais e desmedidas. Com o decorrer dos tempos, apenas sepultar o morto já não era mais suficiente, seria preciso providenciar grandes rituais funerários. Na época da Roma Imperial, no Palatino, o fantasma de Calígula era visto errante no palácio, assombrando guardas e patrícios, fato atribuído pelos sacerdotes à falta de ritual fúnebre.

O homem das civilizações iniciantes, tendo adotado a ideia de que um corpo sem túmulo gera uma alma errante, sofredora e infeliz, passou a punir os culpados de grandes delitos com a morte sem sepultura, condenando a vítima não só à morte na Terra, mas ao sofrimento por toda a eternidade. Não conformados com isso, os parentes do morto passaram a invocar sua alma na tentativa de retirá-la do sofrimento eterno. E as invocações se tornavam mais ativas à medida que a prática desse tipo de condenação se alastrou, chegando ao ponto de invocá-las para toda causa de vingança.

Como a quantidade de mortos aumentava na mesma proporção do aumento populacional, o homem antigo passou a conceber uma região subterrânea de proporções enormes, onde todas as almas viveriam para sempre subordinadas a uma hierarquia de poder, em que a entidade maior lhes governaria as ações. Nesse local, ficariam confinadas todas as almas dos mortos. Entretanto, ainda assim, haveria de se distinguir os bons dos maus defuntos. Por consequência, nos tempos históricos aparece o afamado Tártaro, que mais tarde a Igreja chamou "inferno", e os Campos Elíseos, que viraram "céu". Os bons e os maus espíritos passaram a ter um destino definido e diferente segundo cada merecimento, conforme a concepção antiga, a qual, a bem da verdade, era consoante aos ensinos atuais.

Aos poucos, a crença na continuidade da vida no alémtúmulo tornou-se um princípio orientador de vida na Terra. A fé no sobrenatural foi tomando corpo e consolidando-se cada vez mais na vida de cada um. E as forças criadas no interior da alma tanto poderiam conduzir o homem a uma finalidade positiva quanto a uma negativa. O ponto negativo é que as consequências de atos praticados em nome da fé levavam muitas vezes a resultados funestos. O horror das matanças e os sacrifícios de seres humanos chegaram a ser práticas normais da religiosidade fanática. Na concepção bárbara, matar o semelhante passou a ser capaz de satisfazer a ânsia de deuses vorazes e vingativos, que tinham assim sua fúria contida com a oferenda de vítima humana, segundo a mentalidade atrasada do homem primitivo.

Cabe ressaltar hoje que aquelas violências do passado ficaram gravadas de modo tão marcante na memória espiritual que dificilmente podem ser esquecidas. Foram responsáveis por expiações duríssimas, com muitas vivências angustiosas do espírito na carne e, ainda nos tempos atuais, é motivo de trauma oculto, encerrado nas profundezas da alma, fazendo o ser humano sofrer, sentir-se culpado ou ameaçado por situação obscura, sem saber o motivo.

O homem antigo também ofertava a seus mortos iguarias que julgava agradáveis. Os manjares compostos de arroz, leite, mel e vinho eram colocados à beira dos túmulos. Mas a carne do animal morto constituía a melhor de todas as oferendas. Parte dela era oferecida às divindades do céu, e a sobra, comida pelos vivos; contudo, se a oferenda fosse para os mortos, a sobra era queimada, pois o repasto no além deveria ser completo, com aroma fumegante aos mortos, para dele sorverem as supostas delícias.

Com o passar dos séculos, alguns costumes primitivos se tornaram obrigatórios, e seu desrespeito provocava sérias sanções, com acirramento da pena de morte e prática compulsória de suicídio. Sobre esta última, muitos dos suicidas acreditavam que teriam melhor sorte no além-vida, pois lá seriam acolhidos por uma divindade reconhecedora do ato praticado em louvor a ela. Mal sabiam eles de seu grave destino.

Caro leitor, façamos aqui uma pausa, para destacarmos que aquelas ações do homem antigo nos dão hoje uma pequena ideia do quanto uma crença ou religião endurecida em valores humanitários, quando incorporada pelo homem, pode governar erroneamente suas ações e produzir nele doses de fanatismo e irracionalidade inconcebíveis. Muitos dos fatos nocivos que ainda hoje estão em vigor no mundo, produzindo crimes contra a humanidade e exigindo de vez sua erradicação, decorrem de crenças erradas. Não é demais salientar a proximidade da época em que a providência Divina fará na Terra um novo expurgo espiritual, alijando dela as almas renitentes no mal, propagadoras do fanatismo religioso, do vício contumaz em drogas alucinógenas e do crime contra a própria espécie. Os procedimentos nocivos induzem a humanidade de bem a reagir com "tempestades de fogo" em defesa da justiça e preservação da liberdade entre os homens. Enquanto tais males ainda eclodem em várias partes do mundo, roguemos ao Pai celestial para abreviar esses tempos em benefício da humanidade inteira.

Os ancestrais mortos chegaram a ser considerados seres divinos pelos antigos. Os gregos os denominavam "deuses subterrâneos", "demônios" ou "heróis", enquanto os romanos os chamavam de "manes", "gênios" ou "lares". No interior de cada casa da Antiguidade vamos encontrar os deuses-lares em seus altares, sendo orados e venerados por todos da família, constituindo uma verdadeira "religião dos mortos". Com o passar do tempo, tornaram-se deuses tutelares, protegendo todos os servidores da casa; os dependentes de famílias abastadas passaram a adorá-los, dedicando-lhes fervor na devoção. Pouco a pouco, no mundo antigo, surgiram e consolidaram-se todas as figuras mitológicas. Os mitos foram adorados pelos povos pagãos antes e durante o surgimento do cristianismo. Contudo, após o advento do catolicismo, os deuses mitológicos foram proibidos de culto pelos bispos da Igreja, ao mesmo tempo que foram criadas as figuras santas, personificadas em estatuetas – os Santos, que vieram substituir as antigas figuras da mitologia pagã.

No transcorrer das crenças espirituais da Antiguidade e no surgimento da mitologia pagã, época em que se acentuaram as crenças mitológicas e os conceitos sobre a vida extrafísica, os espíritos capellinos tiveram participação decisiva. Influenciaram os povos do passado, encarnando como sacerdotes e ministrando conhecimentos religiosos milenares, trazidos no interior da alma, os quais afloravam muitas vezes de modo irregular, mas contribuíam no avanço da espiritualidade, preparando os povos primitivos para o surgimento das grandes religiões hoje existentes.

A fé, acima de tudo, é um ato raciocinado. Por essa razão o animal irracional não tem fé alguma, nem sequer com isso se preocupa, pois sua vivência está calcada no instinto da vida momentânea. Diverso do homem, ele não tem cérebro suficiente nem interesse algum em saber de onde veio e para onde vai.

O animal homem é um tipo também de carne e osso, mas de mente evolucionada. Em raciocínio, está acima do ser irracional. O homem a tudo observa, raciocina e pondera. Procura, no esplendor da natureza, a causa de sua existência. Diante de tamanha complexidade de constituição, não só de si próprio, mas de tudo quanto existe na Terra e no cosmos, o homem não encontra outra explicação que lhe satisfaça melhor o intelecto senão aquela de ter sido gerado pelo ato criador de uma Potência intelectual indescritível. Prospera, assim, a crença num ser infinitamente superior: Deus. E vêm daí todas as concepções religiosas.

A crença em Deus, no avançar da ciência, passou a ser questionada pelo intelecto humano. Aparece, então, a Teoria

Evolucionista. Ela teve o mérito de descobrir a origem do homem físico, mas se sentiu na obrigação de tirar Deus como causa primária da vida, por ter de colocar-se fora da crença para estudar a origem de tudo que existe.

A Teoria explicou o surgimento do homem de modo diferente do religioso, e o fez com méritos. Não obstante exista nessa teoria seu lado verdadeiro, sua explicação do aflorar da vida e de suas metamorfoses está ainda incompleta em seu conjunto. Permanece envolta numa penumbra que não permite a observação além de curto horizonte, pois quando se trata de explicar como da massa inerte surge o organismo e, daí, a inteligência progressiva, a penumbra transforma-se em trevas, tudo se perde num buraco negro de dimensões inexprimíveis.

O raciocínio exige explicação plausível. Os mistérios do surgimento da vida e da evolução das espécies exigem investigações científicas sérias e profundas em todos os campos do conhecimento. Contudo, quando o homem de ciência depara-se com o fenômeno do elemento intelectual, expresso nas manifestações do espírito, ele, de maneira geral, passa por cima do fator inteligente sem realizar o detido estudo.

Seria razoável considerar que o uso do raciocínio, a observação e a experiência são passos fundamentais para desvendar o fenômeno do elemento intelectual irradiado na matéria. Temos observado no decorrer dos anos que a parapsicologia, independente de concepção religiosa, carece ainda de meios científicos para investigar o outro plano da matéria, o extrafísico, visando descobrir ali, positivamente, o intelecto espiritual. Diante dessa impotência técnica, os estudiosos apenas fecham os olhos e observam sua escuridão interior, pois seu estádio científico não lhes permite investigar a origem de sua própria intelectualidade. Assim, surgem explicações polêmicas e desencontradas negando o fenômeno espiritual, para satisfação dos materialistas.

De fato, o problema da ciência é a falta de capacidade técnica para investigar o mundo extrafísico. Quando o espírito desencarnado se comunica, utilizando-se da mente e do corpo de uma pessoa, a ciência não tem meios para investigar o fenômeno psíquico; por isso, é natural que negue a manifestação, considerando apenas uma locução mental do próprio indivíduo, não observando ser ele dotado de mediunidade, por meio da qual o espírito se manifesta.

Mas as evidências da vida do espírito estão aí para ser estudadas e, ressalta-se, sua comprovação será mais simples do que procurar por Deus, pois este apenas poderá ser deduzido, enquanto o espírito pode ser efetivamente encontrado. Os fenômenos psíquicos de origem extracerebral ainda estão carentes de estudo.

Por mais dificuldade que a ciência tenha para desvendar o enigma espiritual, isso não deve diminuir o entusiasmo daqueles que se propõem a realizar essa tarefa envolvente e fascinante. Essa fantástica aventura oferecida aos homens sérios, desprovidos de preconceito, dispostos a construir o futuro com novas ideias, tendo confiança e coragem para quebrar os limites impostos pelos padrões atuais, possui um ponto de chegada inimaginável pela mentalidade comum. A descoberta do espírito fará o homem pisar num novo ponto de partida da evolução, para recomeçar tudo em cima de degrau mais elevado, onde os valores atuais terão de ser radicalmente modificados, e a visão do bem, ampliada para horizontes que hoje constituem apenas um sonho. Para alguns, a fase inicial desse processo será uma ameaça, mas ilusória; enquanto para outros, para os desejosos de ver o humanismo na Terra prosperar, será a oportunidade que tanto almejavam para concretizar seus sonhos de ver a elevação espiritual da humanidade inteira.

Desde a remota Antiguidade observa-se um permanente intercâmbio entre os dois planos. Naquelas épocas recuadas o homem observa amedrontado o fantasma do morto, o qual, por sua vez, sem saber que morrera, procura interagir com o vivo como se não houvesse morrido. O homem nota a presença de espíritos mais evoluídos interagindo com ele e protegendo seus passos, como a uma criança que começa andar e é guiada pelo adulto no caminho seguro. Fatos assim se tornaram comuns no tempo das cavernas.

As primeiras manifestações da mediunidade deram-se por meio da vidência e da clariaudiência. Os homens pré-históricos percebiam a presença dos espíritos juntos de si, os quais se comunicavam com eles de forma mais ou menos intensa. É possível encontrar registros disso nas primeiras manifestações escritas do homem.

Por evolução de seu processo cultural, com o passar do tempo, o homem acaba dominando a escritura. Nesse ponto a história se inicia. Nela, vamos encontrar no começo somente aquilo que já viera ocorrendo com o homem há longos milênios. O fato sobrenatural sensibilizou tanto o homem antigo que ele tratou de relatar, nas suas primeiras escrituras, somente os fatos religiosos e sobrenaturais que lhes sensibilizavam a mente, não outros.

Quando abrimos a Bíblia e outras escrituras do período inicial da história, encontramos inúmeras menções àquelas ocorrências de mediunidade. Vemos referências a fatos cujos agentes foram denominados Senhor, Anjo ou Espírito, mas na verdade eram entidades superiores comunicando-se de modo *sui generis* com o homem primitivo; notamos, também, manifestações de espíritos atrasados, chamados de serpente, demônio, espírito imundo e outras denominações, todos se fazendo presentes ao homem da barbárie.

Nos registros do *Gênesis* 2,16, vamos encontrar a figura do Senhor ordenando a Adão, símbolo do primeiro homem, para não comer da árvore do conhecimento do bem e do mal, pois no dia em que dela comesse, morreria.

Ora, o estudioso sabe que na escalada do homem houve uma época inicial, próxima ao *Homo erectus*, em que tivera somente instinto, não a consciência exata de si como ser pensante. A partir do surgimento da razão, ele passou a conhecer-se e, por conseguinte, conheceu o bem, o mal e o mundo da morte assaltando-lhe a cada dia, exigindo dele maior atenção nos atos.

Portanto, a árvore do bem e do mal era a da própria vida. Colher e ceifar o fruto da árvore da vida implicava em conhecer a morte. É que uma árvore de vida somente pode gerar vida, e o fato de ela ser colhida, ceifada e ingerida (canibalismo) com consciência do ato praticado somente poderia fazê-lo conhecer o mal, com reação Divina no outro plano da existência, no mundo da morte.

O homem primitivo ultrapassou uma fase de sua evolução e passou a perceber-se mortal. A partir daí, percebeu também o sobrenatural, pois aquele Senhor, Anjo, Espírito ou ser extraterreno que lhe falava do outro lado vivia numa condição corpórea diferente da sua, talvez a mesma que ele passaria a vivenciar após a morte.

A essa sensibilidade de ver, escutar e sentir o espírito dá-se o nome de mediunidade. Ela está presente no homem desde os tempos do Paleolítico, época em que aflorou nele a razão. O sensório aguçado do mundo espiritual provém do intelecto, cuja sensibilidade aumenta na mesma proporção em que a mente evoluciona. Não é devaneio.

O homem moderno está distanciado em capacidade extrassensorial do ser primitivo, mas ainda se situa no alvorecer dessa faculdade, considerando que seu poder intelectual de hoje não constitui senão uma mínima parte do potencial contido em seu cérebro.

Nas Escrituras Sagradas é possível encontrar um número tão grande de manifestações mediúnicas que para mencionar todas seria preciso um livro. O nosso propósito neste trabalho é outro, por isso não vamos nos alongar mais, para não desviarmos do rumo. No próximo capítulo vamos observar a Idade da Pedra distanciar-se do homem.

31

O DECLÍNIO DA IDADE DA PEDRA

Após chegar ao orbe terrestre, a encarnação dos sete milhões de espíritos capellinos deu-se progressivamente. Na fase inicial, todos encarnaram povoando os muitos paraísos da Terra. Nos milênios que se seguiram, e até o final do Neolítico, essa sistemática deu-se na proporção de uma parte do contingente vivendo na vida física para duas outras na erraticidade.

Por volta de 4 mil a.c., novos trabalhos teriam de ser realizados no mundo físico, decorrentes do avanço da cultura humana e do aumento populacional no globo. Atendendo a vontade daqueles espíritos exilados para retornar no mais breve tempo à sua pátria natal, fora deliberado pelo governo terrestre do Cristo que o processo reencarnatório tivesse aceleração no ciclo. Assim, nas épocas mais importantes da escalada do homem novo, houve a mesma quantidade de capellinos encarnados e desencarnados estagiando cada qual em seu plano de matéria. Equivale a dizer que o período de tempo em que viviam na carne era quase igual ao passado na erraticidade.

Na época citada, iniciando o alvorecer da civilização egípcia, antes dos ensaios para fazer emergir a primeira dinastia de Faraós, a população da Terra chegara a 100 milhões de almas, conforme estimativas científicas.

Segundo os registros espirituais, por volta de 1.200 a.C., quando estava por encerrar-se a época áurea do Império

Egípcio, metade dos degredados da Capella já havia retornado ao seu orbe de origem, após haver cumprido sua missão na Terra. Outro grande contingente deveria seguir depois, após as preparações teológicas que haveriam de ser realizadas para os povos antigos entenderem o significado da futura vinda de Cristo ao planeta. Mais à frente, já durante a Era Cristã, poucos foram os que ainda ficaram neste orbe para término das tarefas em curso. Agora, operada a passagem do segundo para o terceiro milênio, dir-se-ia que todos já houveram retornado não fossem os poucos espíritos que ainda ficaram aqui em missão edificante, favorecendo a humanidade de hoje para a transição a ser operada nos séculos desse início de milênio.

Mas não vamos nos antecipar aqui; mais à frente ainda falaremos das grandes civilizações do passado e da influência dos colonizadores capellinos nas tarefas enobrecedoras a realizar antes do retorno almejado ao orbe de origem. Por ora, é preciso abordar o declínio da Idade da Pedra e os grandes marcos que fizeram emergir as grandes civilizações do passado.

No decorrer dos milênios, o homem aprendeu sobre os benefícios das plantas à vida, curando doenças e ofertando alimento. Percebeu também que de uma minúscula semente haveria de nascer um mesmo cereal, e que essa planta tinha dentro de si um ciclo bem definido de reprodução, repetindo-se em certas épocas mais facilmente. Em suma, notou que no interior de uma semente de trigo escondia-se um intelecto organizado e dormente, capaz de despertar e gerar um imenso trigal para seu sustento.

Por volta de 8 mil a.C., o homem descobre que poderia plantar certos vegetais para consumi-los com regularidade, segundo sua deliberação, em vez de ter de procurar ao acaso nos bosques, com o risco de não encontrá-los e ficar sem o alimento e o remédio de uso imediato.

Então, aos poucos, surgem pequenas plantações à beira dos rios e dos lagos com o simples manejo da semente fincada na terra. As plantações crescem na medida em que o homem descobre as épocas mais propícias à semeadura. Produzem mais, conforme ele seleciona as sementes e descobre os solos mais adequados ao plantio. E ainda aumentam, na medida em que aprimora a irrigação e inventa utensílios para arar e semear a terra.

Aos poucos, a lavoura desponta nos campos férteis à beira dos grandes rios, formando sítios de plantações variadas. E na medida em que são gerados excedentes na agricultura, estes favorecem o surgimento dos primeiros povoados próximos às plantações, com casas montadas apenas para troca de mercadoria. Tem início o comércio, modificando por completo a vida do homem e favorecendo o despontar das primeiras vilas para fins mercantis.

Além dos frutos e das folhas plantadas, surgem também as primeiras culturas de cereais, observando-se agora pequenos campos de trigo, de milho, de arroz e de cevada nas antigas regiões do Oriente Médio. São inventados os primeiros pilões de pedra para esmagar as sementes por meio de golpes dados com bordões e socadores de madeira. Aprimoram-se os fogões e os fornos para cozer alimentos. Surge o pão, primeiro alimento de cereal feito pelo homem.

Nesse movimento de avanço, as terras cultivadas aumentam, e a rotação das plantações fertiliza o solo. O rendimento das colheitas sobe. A terra é queimada, limpa, arada e irrigada. A produção de cereais torna-se abundante. A fartura impera, e o ser humano obtém mais bem-estar de vida. O homem, que já era hábil em lidar com animais, passa agora a usar o gado no arroteamento do solo. Os sítios aumentam de tamanho, e surge a primeira fazenda agrícola da Antiguidade. Tudo está pronto para fazer emergir as primeiras grandes cidades do Neolítico.

A amizade estabelecida entre o cão e o homem remonta ao tempo da chegada dos capellinos ao Oriente Médio, logo após as migrações do Pamir. A partir do momento em que o homem deixou de caçá-lo, o cão isolado da matilha e carente de alimento aproximou-se dele devagar, interessado em obter comida. Na medida em que a obteve, tornou-se seu amigo e confiou nele para sobreviver. Passou a segui-lo nas caminhadas, submeteu-se ao seu comando e fez do grupo humano a sua "matilha", defendendo-a em todas as situações de perigo.

A domesticação de outros animais iniciou-se nos milênios seguintes, com a chegada do Mesolítico. Houve uma época em que os territórios de caça passaram a ser disputados por grandes tribos que não permitiam incursões a seus domínios. A boa caça tornou-se rara para muitos, e a caçada, mais difícil.

Por esses tempos, o homem percebe que poderia cercar os animais dóceis em estábulo e fazê-los reproduzir. Assim, nos planaltos dos atuais Irã e Iraque, a cabra é domesticada, e surge o pastoreio. Quanto teve início o Neolítico, todos os animais dóceis já estavam domesticados.

A domesticação de animais foi possível porque o "intelecto geral" de certas espécies (espírito grupo que identifica e norteia a conduta de seus elementos) caminhou na evolução psíquica até o ponto de torná-las relativamente pacíficas.

Os animais, em vez de se utilizar da força bruta instintiva em qualquer situação, passaram a usar o intelecto para observar a reação do homem à sua frente. Percebendo nele uma passividade diferente da dos outros animais, e também uma amizade induzida pela oferta continuada de alimentos que lhes possibilitava sobreviver, foram capazes de associar o bem-estar próprio à convivência junto ao homem.

Assim, animais de intelecto pacífico, como o cavalo, o boi, o porco, o cão, o gato, a cabra e outros submeteram-se ao convívio e ao domínio do ser humano. Enquanto os animais retardatários na escala evolutiva, portadores de forte instinto selvagem, como o lobo, o tigre, o leão e as demais feras agressivas, assim tiveram de permanecer, ficando longe do domínio humano e vendo como inimiga mortal toda espécie diferente da sua.

A domesticação de animais deu ao homem fontes seguras e regulares de alimento, matéria-prima para roupas e calçados, força motriz para o trabalho no campo e meios de locomoção mais rápidos e eficazes, além de possibilitar melhores condições de defesa e ataque.

Nas estepes da Ásia e no Oriente Médio, o cavalo foi domesticado e produziu soberbas alterações na conquista de terras e na expansão do homem para outras localidades. Os guerreiros dessas regiões tinham montarias velozes e se deslocavam a terras longínquas, invadindo e dominando facilmente outros povos que jamais tinham visto um cavalo montado.

A dominação humana, desde o início dos tempos, deu-se através da força. O homem do começo da civilização não fez diferente e valeu-se da força para se impor. Nos tempos novos, o mais forte da tribo primitiva se fez senhor das terras, dos rebanhos, dos povoados e governador da cidade. Os mais fortes se tornaram reis e imperaram no topo da hierarquia. Formaram exércitos, nomearam sacerdotes, chefes, funcionários e auxiliares. Tiveram o poder, em primeiro lugar, para favorecimento próprio e, depois, para seu grupo de influência, ficando por último o povo, sob seu domínio.

Ao comando do mais forte formam-se os povoados, dando início aos rudimentos da civilização. Próximos às lavouras surgem os grupos de indivíduos com casas permanentes. Os sítios aumentam o plantio, ao mesmo tempo que a população cresce e com ela surge a necessidade de mais comida e mais trabalho, pois o homem sem terra precisa de emprego e comida para viver.

Os senhores de terra congregam em suas propriedades pequenas massas humanas para fazer o serviço em troca de alimento e morada, quando não as submete ao regime de servidão, por motivo de guerra de domínio.

Assim, com a agricultura surge um fato novo: os vencidos na guerra não são mais mortos como antes, mas arrebanhados para trabalho forçado nas lavouras, nas casas senhoris, nas construções e nas minas de metais. Tem início, então, o fantasma da escravatura. O sentido humanitário desaparece aos olhos do senhorio e da sociedade em que o escravo está subordinado, saltando à vista do dominador apenas a criatura geradora de lucro e de força de trabalho com valor de troca. Então, o ser humano passa a valer como mercadoria, tem um preço e não mais liberdade.

O dominador julga que o escravo deve agradecer a ele por sua vida ter sido poupada na guerra, por isso deve trabalhar em sua propriedade enquanto viver. O flagelo da escravidão, embora no correr do tempo tivesse aliviado seus métodos brutais tornando-se mais humanitário, por assim dizer, ainda haveria de imperar na Terra por longos milênios e somente se extinguiria no final do século XIX, marcando um novo passo evolutivo na caminhada do homem civilizado.

O homem forte agora é o senhor de terras. Ele trata de promover a segurança de sua propriedade e de fazer justiça em seus domínios. Realiza a primeira organização para comando do povoado. Faz pequenas benfeitorias para produção e armazenagem de alimentos. Constrói poços e cisternas para abastecer de água o povoado. Para defendê-lo, ergue altos muros e coloca guarda permanente. Faz erigir templos religiosos para uso comum e esboça todos os contornos da futura cidade, fazendo do povo seu trabalhador diário.

Além do pastoreio e da agricultura, o homem, aos poucos, especializa-se nos trabalhos da cidade nascente. Surgem então os oleiros, produzindo tijolos e utensílios de barro; os carpinteiros, extraindo madeira e transformando-a em móveis e utensílios; os tecelões, fiando lã e fabricando tecidos; os pescadores profissionais e os criadores de víveres; os vendeiros de mercadorias de pequenas propriedades. Assim, o comércio se intensifica e são montados os pequenos postos comerciais. A cidade ganha corpo.

A especialização do trabalho, além de gerar abundância de bens para viver, deu ao homem mais tempo para se dedicar a outras atividades. Com o tempo menos ocupado, as famílias podem dedicar-se mais aos cultos religiosos, os quais passam a ser realizados em locais coletivos, organizados por sacerdotes oficiais, não mais por antigos feiticeiros. As pessoas se dedicam à vida comunitária, às artes, à música, à dança e aos jogos de competição. Aos poucos, o bem-estar de vida prospera, e a cultura migra de uma cidade à outra, alastrando-se por toda parte.

As cidades prosperam a partir do Neolítico, e com elas surgem as novas atividades e os problemas decorrentes da vida em sociedade: a segurança do local e das pessoas, as práticas religiosas, as doenças, a cultura geral, as regras de conduta, a solução das disputas, o direito de propriedade, as normas de comércio, o trabalho e a remuneração, os bens públicos, a instituição de tributos e outras coisas mais. Tudo deve ser tratado pelo governante de cada cidade pequena, pois tudo reverte a ele. E a insipiente organização pública avança para melhor, preparando-se para fazer eclodir as grandes civilizações do passado.

A vida comunitária tem aumentado com o passar das épocas. Os agrupamentos Paleolíticos, tendo uns trinta indivíduos, vão dar lugar a povoados de umas duzentas pessoas no período Mesolítico, conforme pode ser notado pela arqueologia nas escavações feitas no Oriente Médio. No início do Neolítico, a cidade de Jericó, a mais antiga já descoberta, tivera uma população de duas mil pessoas. No período histórico, por volta de 2 mil a.c., a cidade de Ur, antes do nascimento de Abraão, patriarca do povo hebreu, tivera uma população de 100 mil habitantes, ao mesmo tempo que sua vizinha, a famosa Babilônia, já possuía mais de 1 milhão de almas. A civilização faz o homem viver cada vez mais em sociedade.

A história humana tem mostrado que as grandes civilizações são erguidas em tempos e lugares diferentes, no curso de pouquíssimo tempo, motivadas por inovação técnica ou por algum fato inovador; mostra também que elas desmoronam vertiginosas, após ter atingido um período de auge. Assim aconteceu com todas as civilizações do passado.

No período de 9 mil a 4 mil a.C., os pequenos núcleos cresceram e formaram pequenas cidades que, por sua vez, se constituíram em berços de grandes civilizações. De repente, após 4 mil a.C., com o desenvolver da agricultura e o domínio dos metais, o homem civilizado constrói, às margens dos grandes rios (Amarelo, Indo, Nilo, Tigre e Eufrates), as grandes civilizações da China, da Índia, do Egito e da Mesopotâmia.

São sociedades antigas maravilhosas erguidas em suas épocas, mas, após atingir o auge, vão dar lugar a outras, mais modernas, que as substituem com vantagem. Assim prossegue a onda evolutiva e emergem os persas, os hebreus, os árabes, os gregos e os romanos. O mundo antigo germina, cresce, floresce, dá frutos e desaba por terra, dando lugar a novos povos sempre mais evoluídos em todos os sentidos, seja do ponto de vista material, seja do espiritual. Em suma: o progresso não cessa, pois progredir é a grande lei.

No início do Neolítico, por volta de 7 mil a.C., na região entre os países atuais da Turquia e da Síria, a arqueologia nota o uso de algumas ferramentas de cobre muito frágeis, obtidas por meio de martelamento a frio.

De há muito, o habitante de regiões vulcânicas havia percebido que o material incandescente, arremessado com violência da boca fumegante do vulcão, após esfriar formava um composto metálico mais duro que a pedra, e, também, verificara que esse material poderia ser aproveitado por ele como ferramenta e arma de guerra.

Nos milênios do Neolítico, o homem poliu a pedra, inventou a cerâmica e amadureceu a ideia de trabalhar os metais, materiais resistentes e disponíveis na natureza, à sua espera. Quando o homem aprimorou o fogão de cozinha, fazendo dele uma fornalha para derreter metais, e descobriu vegetal fossilizado para gerar mais calor na forjaria, conseguiu fundir minérios cada vez mais duros.

Por volta de 4 mil a.C., época em que teve início a metalurgia com o derretimento do cobre, a Idade da Pedra Polida começou a esvair-se, embora o cobre fosse um metal mole e incapaz de substituir totalmente o uso da pedra. Mas, um milênio depois, por volta de 3 mil a.C., ele obteve o bronze por meio de uma liga de cobre com estanho, metal mais sólido e cortante que o cobre. Em seguida, no final do segundo milênio antes de Cristo, conseguiu fazer uso regular do ferro, metal mais duro que os anteriores, e pôde substituir de vez todos os artefatos de pedra. Assim, a última Idade da Pedra havia desaparecido.

Com os metais foi possível construir ferramentas para todas as ocupações, utensílios profissionais e domésticos, objetos de arte, joias, materiais para construção e armas de guerra jamais vistas. O domínio dos metais aumentou o poder das forças militares e fez prosperar os povos.

As práticas religiosas e o trabalho do homem na civilização emergente incentivaram-no a registrar por escrito seus lances reflexivos sobre a vida na eternidade e suas realizações diárias no trabalho, para de ambas fazer uso regular.

Nessa tarefa edificante, os colonizadores da Capella tiveram participação decisiva. Refletindo profundamente e colocando em prática a sabedoria que traziam na alma, os capellinos foram capazes de desenvolver vários sistemas de escrita, os quais levariam a humanidade a adquirir os mais nobres conhecimentos intelectuais.

Na antiga Mesopotâmia, antes da Idade do Bronze, por volta de 3.200 a.C., o homem inventa a escrita. A mais antiga, até hoje descoberta, foi um quadro pictográfico: uma escrita ideológica que consiste em desenhar objetos que representam palavras. Assim, o desenho de um objeto é uma palavra, e vários objetos, uma sentença inteira, expressando um pensamento completo.

A ideia da escrita estava assim concebida; faltava a prática de registrá-la. O ser humano, então já dominando o ofício de oleiro, tratou de fazer tabletes de barro para neles escrever. A rudimentar plaqueta de argila, utilizada para desenhar objetos, foi o "papel" mais antigo já conhecido pelo homem. Para escrever nelas, o artista utilizou um estilete. Com esse artefato de cobre, ele imprimiu no tablete de barro linhas de baixo relevo, em forma de cunha, chamadas "escrita cuneiforme". Elas formavam desenhos, significando palavras. Os artistas da pictografia gravaram grande número de plaquetas e as endureceram em fornos de olaria, estendendo sua durabilidade. Em época recente, quando encontradas, foi possível conhecer e decifrar as escrituras.

Quase ao mesmo tempo, datado pela ciência por volta de 3.100 a.C., não obstante as nossas informações espirituais indicarem tal ocorrência alguns séculos antes dessa data, surge no Egito os hieróglifos (escrituras sagradas), outro tipo de pictografia obedecendo princípio semelhante ao anterior, mas com mais abrangência de significado e arte de execução.

Durante o seu desenvolvimento, verificado no curso de aproximadamente quatro milênios, até ser abandonado por volta do ano 400 da Era Cristã, os hieróglifos associaram sinais pictográficos que designavam objetos concretos, sinais abstratos e sílabas que poderiam ser combinadas para formação de palavras. Chegou a associar desenhos, sílabas e rudimentos de alfabeto correspondentes a sons da voz humana. Essas escrituras, além de registrar o cotidiano, também ornamentaram os objetos de arte, as esculturas e os templos do antigo Egito.

No passar dos séculos a escrita egípcia foi aos poucos sendo esquecida. E a leitura dos achados arqueológicos, vindos depois, constituiu-se um problema; somente pôde ser solucionado em 1822, com a encarnação do espírito Maneton, o qual fora sacerdote egípcio e vivera no período Ptolomaico, tendo escrito a história do Egito e de seus Faraós. Os escritos de Maneton se perderam na Antiguidade, época em que o mundo somente tinha olhos para a grandeza de Roma, mas suas obras foram citadas por escritores clássicos e algumas menções delas chegaram até os dias atuais, facilitando a egiptologia.

Nos círculos espirituais, Maneton fora chamado a ajudar o mundo científico terrestre para decifrar as escrituras egípcias. Sem hesitar, aceitou a missão e encarnou na figura do francês Jean François Champollion. Trouxera consigo, inserido dentro da alma, os conhecimentos da escrita antiga e as habilidades pessoais para dominar, com certa facilidade, a língua egípcia, o árabe, o hebraico e o grego.

Embora se soubesse há tempos que os egípcios escreviam o nome de seus reis dentro de uma moldura oval feita nas pedras, Champollion estudou por anos a "Pedra Roseta", inscrição egípcia encontrada próxima ao Mar Mediterrâneo, em 1799, pelos soldados de Napoleão, perto da localidade de Rashid (que virou Roseta), no Egito, e notou nela a mesma inscrição, repetida por três vezes: em hieróglifo antigo, em caracteres demóticos (escritura egípcia mais recente) e em grego. Então constatou que o texto antigo já havia sido traduzido. Observou atentamente dentro da moldura, refletiu sobre seu significado e decifrou o nome do Faraó Ptolomeu V: tinha encontrado a chave para decifração.

Pelo mesmo método decifrou os nomes de Cleópatra, de Berenice e de Alexandre; em seguida, os nomes de Thutmés e de Ramsés. Dispondo de grande número de sinais, montou o quebra-cabeça da decifração e começou a ler as palavras e todos os textos. Espírito evoluído, encarnado com esse propósito principal, Champollion prosseguiu em seu trabalho de escritor e legou ao mundo uma gramática egípcia completa, com a qual quase todos os registros do antigo Egito puderam ser decifrados.

Por aquelas épocas da civilização antiga era preciso maior capacidade de expressão escrita, pois o vocabulário humano estava se expandindo. A invenção do alfabeto de símbolos, materializando os sons produzidos pela boca e não mais os misturando com objetos simbólicos, deu ao escriba poder para expressar em detalhes os fatos da vida diária.

Na antiga Índia, surge o sânscrito, forma escrita rudimentar que os colonizadores capellinos traziam em suas reminiscências e disseminaram no Oriente, constituindo a base para outras formas de escritura.

Em tempos primitivos, a cidade Fenícia de Ugarit (hoje Ras Shamra – imediações de Latakia, na Síria), próxima ao Mar Mediterrâneo, era um importante centro comercial da Antiguidade localizada entre a Mesopotâmia, Canaã, Anatólia e outros pontos comerciais da Fenícia que levavam as caravanas ao Egito e à Grécia antiga. Nela, por volta de 1.500 a.C., quando já haviam sido inseridos em seu meio elementos culturais vindos da Índia e do Egito, foi registrada a existência do primeiro alfabeto, denominado "manuscrito ugarítico", antigo idioma semítico que daria surgimento às antigas escrituras fenícia, aramaica, grega, latina e russa, com 32 letras, e seria precursor dos demais alfabetos hoje conhecidos no ocidente.

Com a escrita, inicia-se a Era Histórica. Ela é decorrente das grandes civilizações do passado, as quais deixaram marcas inequívocas de sua cultura, registrando seus sentimentos e realizações, seja nas primitivas plaquetas de barro ou nos nobres papiros da Antiguidade. Aquelas escrituras legaram aos povos de hoje informações valiosas para a compreensão de suas crenças, de seus feitos e de seu modo de vida.

Caro leitor, de agora em diante, cumpre-nos analisar mais detidamente as realizações de ordem religiosa daqueles hóspedes da Terra que aqui estiveram em missão especial, os quais, no início das civilizações, reuniram-se por afinidades em quatro grandes grupos[1]: na Índia, no Egito, no Oriente Médio e na Europa. Muitos deles, no alvorecer da história, já estavam prestes a retornar ao seu orbe natal, época em que o homem haveria de dar os primeiros passos firmes na estrada da vida civilizada no planeta.

---

1   Outros enfoques sobre o desenrolar de tais acontecimentos podem ser encontrados em *A Caminho da Luz*, obra citada. (N.A.)

32

NO VALE DO INDO

Procedente das elevações do Pamir, a primeira colônia de degredados que atingiu o Vale do Indo nele se estabeleceu. Nessa região, ao noroeste do Indo, erguem-se as fantásticas formações rochosas do Hindu Kush (dentro do Afeganistão), cuja faixa sutil fora ocupada pelos capellinos quando de sua chegada à Terra, local em que formaram grande colônia espiritual; ao norte, eleva-se a monumental cordilheira do Himalaia, que fecha a região hindu qual imensa muralha branca de montanhas majestosas e desfila extensa cumeada a pontear os céus por dentro das nuvens; ao leste, estendem-se florestas e bosques cortados pelo Ganges, o rio sagrado dos hindus, que desce caudaloso rumo ao golfo de Bengala; ao sul, esparrama-se o Mar da Arábia, aonde as águas do Indo vão finalmente despejar.

No Vale do Indo, atual Paquistão, esses primeiros invasores de pele branca, tipo semelhante aos pamires atuais, por volta de 20 mil a.C., embora de índole pacífica, dali expulsaram os nativos de pele escura, habitantes milenares do local. As montanhas, os rios e as florestas dessa região fizeram das tribos pequenos grupos familiares, fechados entre si, mas dominados por um povo invasor de porte físico avantajado e poder intelectual superior, que lhes podia superar facilmente nos embates de guerra, embora não os atacassem. Imperou ali um clima de submissão ao mais forte.

Durante séculos verificou-se a ampliação do patrimônio genético dos primeiros invasores com os nativos da região, produzindo, inicialmente, mestiçagens, e, mais tarde, com o passar dos milênios, constituiu-se um padrão humano de média estatura, magro, pele moreno-clara (semelhante a forte bronzeado), com cabelos pretos e lisos. Por milênios ficaram na região esses homens bronzeados até a chegada dos primeiros arianos vindos do Cáucaso, tidos como nobres.

Conforme nossas instruções espirituais, observamos que um dos ramos de migração do Pamir, ali estabelecido, no correr da normalização climática do globo, por volta de 9 mil a.C., foi o primeiro grupo humano a tornar a terra próspera em todo o orbe. Adquiriu consciência de subsistir pacificamente com outras famílias, exercendo atividades de domesticação animal, para obter o leite, e de cultivo à terra, para consumo regular do alimento vegetal.

Desde essa época da Antiguidade, o homem pré-hindu fez da fêmea bovina sua ama de leite, animal que alimentara seus filhos e ajudante principal no trabalho de arrotear a terra. Por isso, elevou sua consideração para com ela, a ponto de conservá-la por toda a vida. Reconhecendo nela grande valor, cultivou sua pureza de sentimento e imaginou que ela fizera o mesmo para com ele, numa recíproca verdadeira. Agradecido, louvou a vaca nos tempos difíceis, pois dela precisava para viver. Adorou-a! E passou a considerá-la sagrada, crendo que a última encarnação do espírito no reino animal seria na vaca. E estendeu sua consideração a todos os outros animais, a ponto de considerá-los dignos de viver uma vida completa, sem interrupção por morte prematura.

Como fruto de suas conjecturas, acreditou que cada animal abrigaria em si uma alma, a qual poderia ser a do próprio homem[1] quando decaído de sua esfera espiritual por haver levado vida impura numa existência passada. Por isso, deveria encarnar num corpo de animal irracional (processo hoje chamado de metempsicose), para saldar seus débitos. Na verdade, essa queda fora um engano de interpretação, decorrente de ilações próprias quando da queda verificada no orbe distante da Capella.

Apesar desse engano, a sensibilidade para preservar a vida animal fez o pré-hindu considerar o vegetarianismo como obrigatório para se manter puro e melhorar sua performance espiritual, quebrando assim o ciclo sucessivo das reencarnações a que todo espírito está sujeito até emancipar-se na vida espiritual por sublimação.

Quando o engenheiro John Brunton, em 1856, construía uma estrada de ferro na região oeste da Índia, hoje Paquistão, próximo ao rio Chenab, afluente maior do Indo, notou que grande quantidade de pedras e tijolos antigos estava sendo usada para fundamentar os dormentes da estrada por onde passariam os trilhos. Talvez ele mesmo, naquele instante, não imaginasse a extensão de seu achado. Observando detidamente o entulho, concluiu ter encontrado um sítio arqueológico de proporções consideráveis, mas tudo ficou ali parado. Nos decênios seguintes, as autoridades britânicas e indianas ocuparam-se vagamente dos estudos. Embora o achado científico fosse valioso, somente por volta de 1920, quando os trabalhos foram intensificados, concluiu-se que a construção da linha férrea estava despojando a cidade préhistórica de Harappa, há muito esquecida em razão das constantes inundações do local.

---

1 A Doutrina Espírita considerou a metempsicose um equívoco de interpretação, pois o espírito humano não retrograda à espécie animal para reencarnar. (N.A.)

O sítio arqueológico era remanescente de uma cidade construída por um povo estabelecido ali desde há muito [época abordada por nós no lance anterior]. Aquela gente pré-histórica somente houvera chegado ao primor técnico de construção por volta de 2.700 a.C. E o auge da civilização apenas seria atingido depois, em 2.200 a.C., conforme mostram os achados arqueológicos de sinetes, esculturas em pedra calcária, trabalhos em cerâmica e extensa parte da cidade ali escavada.

Harappa fora uma verdadeira metrópole planejada. Tinha ruas bem definidas e canais de irrigação. Os achados mostram um povo possuidor de técnica apurada, já tendo dominado a escrita para manter seus registros, embora, até hoje, suas escrituras não tenham sido decifradas.

Em várias partes da Índia, às margens do Ganges, e no Paquistão, às margens do Indo, há indícios de que povos de civilização relativamente avançada habitaram na Antiguidade. Planejavam cidades, usavam a roda nos meios de transporte, eram excelentes escultores, ótimos ceramistas e lapidários. Criavam animais, irrigavam a terra e faziam agricultura. Em drenagem, eram os mais adiantados do mundo, como mostra a engenharia de canais encontrada. Sabiam escrever e tinham filosofia religiosa mais profunda do que outros povos a eles contemporâneos. Seus avançados conhecimentos e crenças religiosas somente depois de séculos e séculos foram notados pelo mundo ocidental, passando para a História.

Embora essa região fosse habitada por seres precursores da espécie humana há mais de dois milhões de anos, conforme atestam os fósseis lá encontrados, os primeiros humanos de raça branca que ali chegaram são de épocas recentíssimas.

As migrações do Pamir somente chegaram ao Cáucaso por volta de 21 mil a.C. Encontraram ali nativos de pele pardo-avermelhada e constituição óssea robusta, com os quais ampliaram a base genética. Dando seguimento à vida, apuraram a espécie por vários milênios naquela região, sob o comando dos geneticistas Divinos, os quais, empregando recursos espirituais para elaborar o tipo caucasiano, conforme as condições naturais escolhidas previamente, produziram o tipo ariano característico.

A marcha dos milênios já havia transcorrido. E o tipo humano mais recente erguera-se triunfante para predominar nos tempos que viriam.

Numa época que antecedeu a construção das grandes pirâmides do Egito, uma tribo de arianos do sul do Mar Cáspio infiltrou-se pelo norte do atual Irã, em direção ao oriente, e formou seu arraial nas regiões baixas próximas ao Pamir, às margens do rio Murgab. Após permanecer longo tempo nesse local, a partir de 2.500 a.C., parte dessa tribo adentrou o Vale do Indo e o território ocidental do Ganges, estabelecendo-se em ampla região.

Os Árias, após conquistar e subjugar os nativos, ao contatar civilizações mais antigas da região confraternizaram com elas em espírito, pois também estas eram compostas de espíritos degradados da Capella. Por afinidade, os Árias absorveram dos povos conquistados parte da cultura e mesclaram a sabedoria Divina, chamada Vedas, para formar em comum uma plêiade de seres cósmicos, algo extraordinário, curiosas divindades propensas ao bem e ao mal.

Mas foi somente após um milênio dessa invasão, por volta de 1.500 a.C., que os arianos védicos, dotados de saber religioso avançado, registraram em sânscrito arcaico, língua falada por eles e resquício de expressão capellina vulgar, parte daquela sabedoria vinda de remotas épocas, a qual, nos séculos seguintes, seria vertida pelos brâmanes, sacerdotes da época, para o sânscrito corrente, chegando até hoje.

Façamos aqui uma pausa, caro leitor, para explicar que assim nasceram os Vedas (conhecimentos), registros antigos revelados por espíritos de sabedoria aos Rishis, médiuns da remota Antiguidade, cujas quatro principais obras são:

O *Rig Veda* ou Veda dos hinos e louvores ao Brahma. É o mais antigo de todos os escritos védicos e descreve o seu panteão (conjunto de divindades), mostrando que os deuses estão divididos em classes, cada um controlando uma dimensão do universo, tais como: a atmosfera, o céu, a terra e outros.

O *Yajur Veda* ou Veda das fórmulas de oferendas.

O *Sama Veda* ou Veda das melodias.

O *Atharva Veda* ou Veda das receitas mágicas.

Como derivação dessas quatro obras iniciais, surgiram depois várias outras. Umas são formas épicas, mostrando as conquistas realizadas, enquanto outras são aprimoramentos de conceitos filosóficos e religiosos. As principais são:

Os *Brahmanas*. Executados por volta de 1.000 a.C. Trazem interpretações sobre o Brahman; são textos de conteúdo litúrgico que explicam os rituais e as fórmulas, além de conter tradições mitológicas. Os *Aranyakas,* ou tratados da floresta, são seus textos complementares para recitação em lugares isolados.

Os *Upanishads*. Executados por volta de 500 a.C. São tratados profundos, secretos e filosóficos. Apenas 12 deles têm origem védica, embora em teoria considere-se 108 (número tido como sagrado), mas sua redação até hoje continua.

O *Ramayana*. Escrito por volta de 400 a.C., por Valmiki. É um poema com 40 mil versos celebrando a conquista do sul da Índia. Conta as experiências de Rama e sua mulher Sita durante 14 anos de exílio, antes de retomar o trono que por direito lhe pertencia e fora tomado pelo rei Ravana.

O *Mahabharata*. Escrito por volta de 400 a.C., por Viasa. É o mais longo poema do mundo, com 200 mil versos, contando as lutas entre as tribos que povoavam as antigas regiões do rio Ganges.

O *Manusmristi* ou Leis de Manu. Elaborado por volta de 300 a.C. Trata inicialmente da criação do mundo e da espécie humana, cujo pai original é Manu; depois, a obra fala dos brâmanes, governos, leis, castas, expiação e provas, reencarnação e, finalmente, o remir completo do espírito humano.

O *Bhagavad Gita* ou Canto do Sublime. Escrito por volta de 200 a.C., representa o coração da religiosidade e ensina a justa conduta do ser humano para remir o espírito. É o livro sagrado do hinduísmo atual.

A lenda surgida no início da Era Védica conta-nos que entre os deuses guerreiros existia uma figura dominante chamada Indra, que chefiava os invasores arianos em suas marchas de conquista, promovendo a coesão das forças guerreiras e conservando as vitórias auferidas. Muito depois dessa época inicial, Indra fora transformado em Vishnu (Krishna atual, Deus maior), uma das figuras da trindade hindu (algo diferente da trindade cristã).

Nas épocas iniciais, dentre os aliados de Indra nas campanhas guerreiras, encontravam-se os Maruts, jovens que pelos céus cavalgavam as nuvens, alterando o tempo e produzindo chuvas e tempestades quando preciso fosse. Eram também chamados "filhos de Rudra". Rudra, por sua vez, era o pai desses guerreiros alados; tratava-se de uma divindade ambígua, de aspecto terrível, mas adorada como benfazeja pelos invasores arianos, pois os ajudava a destruir os inimigos. Rudra, posteriormente, seria chamado de Shiva, tendo se tornado um dos principais deuses e membro da trindade maior hindu, sendo superior aos homens e inferior a Deus.

Além dos deuses principais e de outros menores, os Árias acreditavam também na existência de verdadeiras legiões de demônios, os Asuras, os quais formavam um assombroso exército do mal. Eram criaturas decaídas de um dos planos da criação, por rebelião ali verificada[2].

Os Árias, além de possuir deuses tribais, também veneravam deuses cósmicos, como Dyaus Pitar (deus do céu), consorte da "mãe-terra" e deus supremo, doador da chuva e da fertilidade; dizia-se, inclusive, ser o pai dos deuses e dos homens, embora não fosse o Criador.

Os Árias acreditavam num poder criador denominado Prajapati (senhor das criaturas), figura descrita nos Vedas, e que mais tarde seria transformado em Brahma (o absoluto), um dos deuses da tríade hindu. Embora Brahma tenha se tornado o deus mais poderoso, ele é, assim como todos os outros, apenas a manifestação de uma alma universal mais ampla, de essência não-criada de nome Brahman. Brahma seria o primeiro ser vivo criado e o responsável por todas as criações físicas do cosmos.

As grandes pirâmides do Egito já estavam quase concluídas e Abraão, o patriarca do povo hebreu, somente haveria de nascer vários séculos depois, quando as primeiras ondas de civilização indo-europeia chegaram ao Vale do Indo com seus cavalos velozes e carros de combate. Subjugaram Mohenjo Daro (colina dos mortos) ao sul, atravessaram os grandes rios e ao norte dominaram Harappa, para em seguida rumar ao Ganges, onde dominaram todas as cidades encontradas. Em todo local invadido, havia sempre uma civilização pré-hindu perfeitamente organizada desde há muito. Quanto ao tipo físico, essa onda invasora distinguia-se dos tipos da região por ser consti-

---

2   Trazida à maneira ocidental, dir-se-ia que tal situação está parcialmente representada na obra do inglês John Milton, o *Paraíso Perdido*. (N.A.)

tuída de homens altos, de pele branca e cabelos claros. Falavam língua semelhante, mas de traços peculiares: o sânscrito. Eram fortes, rudes e orgulhosos.

Na medida em que ocuparam o Vale do Ganges, assimilaram a cultura dos antigos dominadores (de pele bronzeada), mas expulsaram para o sul os povos nativos (de pele escura), os quais, mais para frente, seriam seus servos. Aos poucos, nas cidades dominadas, formou-se uma civilização livre, mas estratificada em classes ou castas, nas quais todos eram identificados pela cor da pele e atividades exercidas na vida diária.

Os arianos védicos reservaram para eles próprios duas classes (castas): a dos sacerdotes (brâmanes) e a dos guerreiros (chatryas), embora, nessas duas, os sábios e os fortes da civilização dominada também fossem chamados a pertencer. Mas, para a maioria do povo livre, como artesãos, agricultores e comerciantes, os arianos destinaram a terceira casta (vaixás); e a quarta casta era dada aos empregados serviçais (sudras). A classe nenhuma pertencia a ralé do povo (párias).

Advogando em causa própria, os Árias ensinaram ao povo que a criatura humana, uma vez nascida numa casta, dela não mais sairia, salvo em outra encarnação, a qual poderia dar-se caso na vida presente o indivíduo fizesse por merecer, por ter vivido de modo pacífico e puro.

O orgulho e o personalismo daquelas almas capellinas fê-las esquecer do compromisso distante assumido, ou seja, promover a evolução terrena em todos os sentidos: físico, moral e religioso. O carma contraído pelo ensino consciente e errado ao povo fê-las retornar à crosta terrestre por diversas vezes, encarnando nas mesmas condições daqueles a quem houveram subjugado, para expiarem, em posição inferior, as penas impostas por eles no passado.

Assim, o Rajá, espécie de chefe da tribo, e ainda outros de casta elevada retornaram como pária; ou seja, como figura mais baixa, rejeitada por todos, não pertencente a casta alguma e condenado a viver na miséria por toda a vida. Nessa condição inferior, o espírito devedor aprende na carne os amargos dissabores que ele mesmo causara a outros no passado. Na reencarnação, a lei de causa e efeito entra em vigor, fazendo a alma degredada reparar sua falência aqui mesmo, na Terra, campo de suas faltas mais recentes.

A multiplicação de castas ocorreu de maneira espantosa, atingindo na Índia, no início do século XX, algo em torno de três mil castas. O descuido no uso da razão, em assuntos religiosos, fez emergir um ponto cego de raciocínio no seio do povo hindu, sem precedentes em outras ondas evolutivas de parte alguma do globo senão naquela. A verdade estava aprisionada, esperando libertar-se do cativeiro pelo avançar da cultura e o cultivo da razão.

Nem mesmo a reforma constitucional de 1947, após a independência da Índia, e os esforços de Gandhi e de outros abnegados, foram suficientes para eliminar o antigo engano em que o povo hindu se debate desde a sua formação.

As autoridades fizeram leis abolindo o regime de castas na Índia. Mas apenas fazer leis não basta para alterar costumes e crenças de há muito incorporadas na cultura. Antes, é preciso que a consciência do povo esteja de acordo com as novas leis, para se fazer a prática. A lei não pegou.

Mahatma Gandhi, líder espiritual do povo hindu, muito trabalhou para divulgar essa consciência na Índia. Além de exigir o final das castas que mantinham o povo na estagnação, foi favorável também à ruptura do Paquistão, formando um Estado independente, a fim de evitar sangue entre irmãos hindus e muçulmanos. Com tal postura, atraiu para si o ódio de fanáticos rebeldes e nacionalistas hindus, e foi um desses que planejaria sua morte.

Quando, em 1948, no fatídico 29 de janeiro, Gandhi se dirigia a um pequeno templo, ao Solar de Diria, em Delhi, para fazer suas orações a um pequeno grupo, foi morto por um fanático nacionalista, alvejado por três projéteis.

Enquanto viveu sempre foi hinduísta, mas também grande admirador de Jesus Cristo e dos *Evangelhos*. Suas páginas preferidas eram as *Bem-aventuranças*. Costumava chamar os párias de "povo de Deus", por isso foi também considerado grande reformador religioso.

Espírito evoluído, ao ser alvejado de bala, antes de desencarnar fez ao agressor o gesto hindu característico de perdão, ao tocar a testa com a mão direita; em seguida, retornou à pátria espiritual, para dali continuar sua tarefa de libertar o povo hindu do regime de castas e promover a paz entre as nações, principalmente no sul da Ásia.

Caro leitor, vale recordar, contudo, que a morte não cessa a vida e também Gandhi estava sujeito à lei de causa e efeito que marca a criatura em todas as suas vivências, desde a mais recente até a mais distante num passado milenar, e condiciona o espírito a resgatar sua falência nos campos de prova, para assim avançar na escalada evolutiva.

33

No tempo dos Faraós

O espírito humano evolui sem cessar em sua escalada. E nesse caminhar constante emerge todo tipo de experiência para se transformar depois em conhecimento vivido. Uma condição nova supera outra e torna-se melhor.

Assim como a ciência e a filosofia, a religião também evoluciona no íntimo do homem, pois a compreensão de sua própria existência assim o exige. Cabe-nos observar aqui esse avanço religioso mais detidamente, porque é a estrada mais curta para o homem entender a evolução de sua própria alma irradiada na matéria. É o atalho que tomamos para estudo do evolucionismo espiritual humano.

Após termos abordado o caminhar da humanidade nos períodos da Pedra Lascada, da Pedra Polida e de termos ido à Índia antiga para vermos o início de sua civilização, vamos agora examinar o período Egípcio.

De modo conhecido, o homem procede do coração da África, das regiões englobando os grandes lagos Vitória e Rodolfo (conhecido como lago Turkana), incluindo também o desfiladeiro de Olduvai, locais em que se assenta extensa rede fluvial para seguir em frente e depois desaguar nas cabeceiras do Nilo. Nesse ponto do nordeste africano, zona equatorial da Terra, o primata *hominis* evolucionou por milhões de anos, constituindo a espécie; em seguida, veio subindo e ocupou a parte oriental do continente até seu extremo norte, para daí, numa forma agora aprimorada, disseminar-se para todas as outras regiões da Terra.

Na época em que nos encontramos, no alvorecer da civilização egípcia, o homem já havia se espalhado desde há muito pela Terra inteira. Também já havia formado ondas contrárias de migração, inclusive as procedentes do Pamir. Penetrando a região egípcia pelo delta do Nilo, subira seu curso até as imediações da Núbia, o atual Sudão. Seu patrimônio genético estava ampliado. Na região do Egito, constituiu-se um tipo de homem diferenciado de outras regiões da África, tipo não muito alto, mas esbelto, de pele acastanhada, olhos grandes, cabelos pretos e quase lisos.

Quando o clima da Terra se estabilizou, por volta de 8 mil a.C., a região norte da África deixou de receber chuvas regulares e iniciou um processo de desertificação acelerado, tendo secado rios e lagos. Formaram-se as terras vermelhas, dando origem ao Saara, e, à beira do Nilo, assentaram-se as terras pretas férteis. No correr dos milênios, empurradas pelo clima adverso, as tribos se aglomeraram no Vale do Nilo, perto da água, constituindo, ao longo de todo seu curso, pontos distintos de povoamento.

Uma grande concentração de espíritos capellinos com afinidades semelhantes ali se estabeleceu. Suas virtudes já tinham sido aprimoradas com expiações difíceis, suportadas desde o início da chegada à Terra. Assim, aquelas entidades entenderam a vida como forma de aprendizado contínuo, que não cessa numa curta existência, mas prossegue no plano extrafísico com outras aquisições. Ficaram conscientes de que após algumas dezenas de anos na erraticidade deveriam retornar novamente ao plano físico, para nele continuar a tarefa de aprender as muitas lições ofertadas pela vida, até atingir, numa sucessão de experiências na carne, um estágio de elevação moral e de amor fraterno mais aprimorado que o vivido em Capella.

Propuseram-se reencarnar em sucessivas ondas naquela região da África, para organizar uma civilização não apenas dedicada aos engenhos físicos, mas voltada, principalmente, aos valores espirituais da alma. O potencial daqueles espíritos degredados germinaria no Egito com o decorrer dos milênios, repassando à civilização antiga conhecimentos que chegariam até os dias atuais, quando foram classificados como maravilhas da humanidade. As artes desenvolvidas por eles no Egito e a suntuosidade de suas construções atestam seus conhecimentos trazidos de um passado distante.

O sentido oculto de sua religiosidade ainda hoje é motivo de profundo estudo para compreensão do elemento espiritual cultuado. Os egípcios demonstraram ter possuído um poder de raciocínio avançado de milênios em relação à sua época. E pode-se constatar isso confrontando suas realizações com as obras de épocas mais recentes, feitas pelo homem de intelecto comum. Quando se observa os muitos feitos da civilização egípcia, é forçoso reconhecer nela uma vantagem de intelecto em relação a outras de seu tempo.

As tribos maiores, no início do Neolítico, estabelecidas ao longo do Nilo, transformaram-se em pequenos reinos do antigo Egito, conforme nossas informações espirituais. Mas isso não pode ser confirmado de modo concreto em razão de, naqueles tempos iniciais, não haver ainda as construções sólidas que viriam mais tarde deixar seus vestígios.

Com o passar dos séculos, os pequenos reinos se expandiram e juntaram-se uns aos outros, por interesse de segurança. Os primeiros vestígios arqueológicos nos dão conta de que, por volta de 3.500 a.C., coexistiram dois reinos no Egito: um no alto e outro no baixo Nilo. Ambos organizados por leis baseadas em costumes. Eram povos religiosos e conhecedores de várias ciências.

Embora vivessem em relativa paz, por volta de 3.200 a.C., o monarca da cidade de Nekhen, próxima da futura e afamada

Lúxor, no alto Egito, rei a quem a tradição histórica chamou de Menés, unificou os reinos e tornou-se o primeiro Faraó de uma longa dinastia. Embora tendo iniciado seu reinado em Tânis, no alto Egito, fundou a primeira grande cidade na região baixa: Mênfis. A história registra que Menés findou seu reinado às margens do Nilo, ao ser morto por um hipopótamo que ferozmente o atacou.

Durante cinco séculos, no período de 3.200 a 2.700 a.C., os descendentes de Menés lutaram contra tribos núbias descidas do alto do Nilo e, também, contra os beduínos do Saara, para manter a unificação do Egito. Nesse período, dominaram a técnica de construir os grandes barcos e a navegação no mar, a qual se iniciou no Nilo e prosseguiu depois pelo Mar Mediterrâneo, com viagens aportando à Fenícia, em busca de cedros e outras madeiras para uso na edificação e nas artes.

O culto aos mortos e a crença no além-vida desde o tempo Paleolítico faziam parte do cotidiano do povo e firmaram-se na época arcaica por influência dos espíritos capellinos, os quais trataram de ensinar que, além do corpo físico, há um corpo espiritual, um molde chamado Ka, do qual a forma corpórea é reflexo. Ensinaram que em todo corpo vivo há um espírito, o imortal Ba, representado nos afrescos egípcios por um pássaro com cabeça de homem, ser alado que lhe sobrevive nas alturas após a morte.

Antecedendo a construção das primeiras pirâmides, os egípcios observaram que os mortos sepultados nas terras vermelhas do deserto conservavam os ossos, a pele e os cabelos por muitos anos. Isso se dava em razão do clima seco e quente do deserto. Observaram também que os fortes ventos soprados naqueles cemitérios carregavam consigo os areais, descobrindo os corpos e fazendo-os secar ao calor do Sol. A exposição do corpo, por ação dos ventos, fê-los envolver os cadáveres em tiras de pano, enrolando cada membro cuidadosamente, para inteira proteção.

Após inúmeras experiências, desenvolveu-se a técnica de desidratar e mumificar cadáveres, retirando os órgãos internos e pondo uma substância à base de sódio, chamada natrão, cuja fórmula se perdeu com a saída dos espíritos capellinos do Egito, mas pôde ser facilmente obtida pela química atual. Então construíram urnas funerárias simples, para acomodar o corpo, e, mais tarde, fizeram os sarcófagos trabalhados com arte.

Nas épocas iniciais, a ação dos ventos soprando as areias para longe e desnudando os cadáveres fez os egípcios construírem tumbas de pedra para depositar os mortos e guarnecê-los das intempéries. Acreditavam que os familiares iriam entrar ao mundo dos mortos e ali ficar em paz.

Surgem então as primeiras mastabas, grandes túmulos retangulares em forma de caixa, com pisos de pedra e telhados de cedro. Eram ricamente decoradas com esculturas e afrescos que davam ao local grande suntuosidade de vida, não a terrena, é evidente, mas a eterna, local em que os bons espíritos viveriam em estado de felicidade e se lembrariam daqueles a quem haviam deixado na Terra. Acreditavam que nas mastabas os mortos viveriam recordando ali dos parentes e amigos, almas generosas com quem viveram na Terra, as quais lhes haviam ofertado, além do túmulo suntuoso, um grande banquete de despedida, com os objetos preferidos em vida e as iguarias mais apreciadas.

Mas ao Faraó seria preciso algo mais suntuoso. De fato, no delta do Nilo, região do baixo Egito, na cidade de Mênfis, fundada pelo faraó Menés, não tardaria o início das fantásticas construções religiosas. Seriam as pirâmides, na concepção dos capellinos, em sua parte interna, um abrigo destinado aos mortos ilustres e, em seu exterior, um monumento de culto ao deus soberano.

Utilizando-se das pirâmides, os sacerdotes poderiam revelar conhecimentos de ocultismo e medicina aos jovens iniciados, os arquitetos mostrariam a ciência da construção, a matemática e a astronomia, enquanto os artistas poderiam imortalizar suas pinturas, esculturas e a arte de escrever.

Aquela colônia de espíritos degredados da Capella faria das pirâmides um arcabouço de seus dotes intelectuais e religiosos. Legaria à posteridade informações que poderiam ser decifradas no decorrer dos milênios.

De fato, conforme o plano idealizado, nas duas centenas de anos que se seguiram após a dinastia de Menés, no período entre 2.700 e 2.500 a.C., foram erguidas as primeiras grandes pirâmides do Egito antigo.

O faraó Djoser, capellino de grande sensibilidade, cujo reinado iniciara-se em 2.680 a.C., manda chamar Imhotep, seu vizir e principal arquiteto, e comunica a ele suas ideias de construir um grande templo religioso.

Imhotep, espírito de grande sabedoria, conhecedor de medicina, matemática e astronomia, diz a Djoser que seus pensamentos são coincidentes. Ele mesmo já havia pensado em transformar o antigo cemitério local num grande templo religioso. Então sugere que a mastaba, construída para abrigar os mortos em Sacará, cidade próxima de Mênfis, seja refeita com nova concepção arquitetônica.

Com a ordem do Faraó, Imhotep projeta a pirâmide de Degraus, e a constrói utilizando técnicas jamais vistas na Antiguidade. O primeiro monumento de pedra é construído de forma sobre-humana. Os conhecimentos engenhosos de Imhotep estavam tão avançados para sua época que ele, após sua morte, seria endeusado pelo povo, semelhante hoje aos santos da Igreja. Seria adorado por séculos e séculos, em razão do grande médico que fora na Terra, o ser superior que com sua medicina salvara da morte inúmeras criaturas; adorado também por ter sido o protetor daqueles que haviam partido para o além e na pirâmide mortuária, por ele construída, teriam encontrado o repouso necessário, para, na ponta daquele monumento colossal, alçar o voo definitivo rumo à grande morada de luz, personificada pelo Sol, símbolo do primeiro deus egípcio.

Embora a pirâmide de Degraus tenha sido a primeira, nenhuma das muitas construídas depois teve a grandeza das pirâmides de Gizé. Os membros de uma mesma família de Faraós, que viriam posteriormente numa sucessão de pai, filho e neto, fariam construir, num período de 150 anos, as famosas pirâmides que tiveram os seus próprios nomes: Quéops, Quéfren e Miquerinos.

Embora a pirâmide de Quéops tenha sido a maior, o faraó Quéfren fez erguer a sua de forma magnífica e mandou esculpir em frente a ela, numa grande rocha, uma esfinge com o seu rosto, sobreposta num corpo de leão, símbolo de ter sido ele, naqueles tempos, o maior de todos os reis na Terra. Contudo, atrás de si, independente da vaidade que a muitos espíritos acomete quando encerrados no círculo carnal, elevam-se as pirâmides religiosas, cujo poder oculto procede de outra natureza, diferente do poder faraônico.

Na construção dessas maravilhas do mundo, milhares de homens, há cerca de 4.500 anos, passaram a vida trabalhando. Boa parte desses construtores não era de escravo em trabalho forçado – assim o atestam as escrituras encontradas pela arqueologia –, mas sim de homens livres trabalhando por acreditar na existência de um deus bom e generoso, que lhes haveria de recompensar o trabalho numa vida futura, superior à vivida na Terra.

Acreditavam que se praticassem atos bons, com o coração bondoso, suas almas passariam à plena felicidade no País da Luz, local de pleno regozijo espiritual, após atravessar a fronteira da morte. Nos círculos espirituais, haveria um julgamento. E aqueles que passassem incólumes pela balança de avaliação dos pecados e fossem aprovados pelas entidades protetoras, sendo registrados no grande livro dos mortos como bons de coração, pacíficos e virtuosos, obteriam o direito de adentrar às moradas de luz, preparadas pelo deus Sol, e iriam desfrutar as delícias nos campos bem-aventurados. No *Livro Egípcio dos Mortos* ficara registrada boa parte de seus enigmas. E por volta de 2.500 a.C., as pirâmides de Gizé estavam construídas.

Dois milênios após, vindos de fora do Egito, os filósofos gregos diriam que o homem egípcio fora "o mais religioso dos homens". Com efeito, era verdade. A religião desempenhou papel de suma importância para o povo e deixou sua marca em todos os aspectos da vida. Fora ele o primeiro dos povos a ter uma religião nacional fundamentada na doutrina da imortalidade da alma.

Como todas as religiões iniciadas no período pré-histórico, a egípcia, num dado momento da Antiguidade, avançara por diversos estágios e atingira seu ponto de apogeu com os princípios adotados por Akhenaton. Depois, declinou aos poucos, após o retorno dos capellinos ao orbe de origem, e por fim veio a desabar de vez, sendo substituída por outra, mais de acordo com o entendimento da massa de espíritos ali encarnada.

Conforme nossas instruções espirituais, o deus maior na pré-história egípcia fora o Sol, denominado Rá, desde tempos imemoriais, e no início do período Neolítico vivera nas proximidades do Nilo uma entidade espiritual, por assim dizer, de grande sabedoria, a qual se ocupou de ensinar as virtudes daquele deus, o altruísmo necessário ao homem e a arte de cultivar a terra.

Esse espírito de sabedoria, além de mostrar o valor da semente na plantação, ensinou também como tornar prósperas as terras da região. Bastava abrir pequenos canais nas zonas alagadas do Nilo, conduzindo as águas ao interior, para torná-las férteis e produtivas. Houve então abundância de alimentos. A esse mensageiro do Cristo fora dado o nome de Osíris, espírito vindo da constelação de Órion (ao lado de Auriga nos céus do norte) para colaborar na Terra.

No decorrer de sua vida, esse homem especial tornara-se rei. Casara-se com Ísis, uma linda mulher que, além de esposa, fora também sua irmã na Terra, e lhe dera um filho, Hórus. Osíris tivera também um irmão, de nome Set, cruel e invejoso. Certo dia, seu irmão, cheio de ira, matou-o de forma perversa. A imaginação popular se encarregaria de dizer que Set retalhou o corpo de Osíris, espalhando as suas partes pelas águas do Nilo. Fizera-se então a lenda.

A história registra que Ísis, esposa amorosa e dedicada de Osíris, mais tarde se tornaria uma deusa, consagrada pela voz do povo. Inconformada com a retaliação do corpo do marido, procurou e juntou todas as partes. Após a reunião dos pedaços, segundo a lenda, Osíris teria voltado a viver, por algum tempo, e recuperado seu trono; mas, em seguida, sua alma descera às profundezas da Terra para julgar os mortos e dar sentença final, cada qual segundo suas obras.

A lenda prossegue e, por sua vez, Hórus, filho de Osíris, que na época do crime ainda não houvera nascido, ao alcançar a juventude faria vingar a morte do pai matando Set e fazendo prevalecer a vitória do bem sobre o mal, conforme a concepção antiga.

Com sabedoria, Osíris arrancara das entranhas da Terra todas as forças produtivas que podiam prosperar. O povo, encantado com a fartura no cultivo de cereais, encarregou-se de personificá-lo como deus do Nilo, capaz de dominar amplamente a natureza. A história registra que Osíris não fora somente o guia benévolo do povo nos mistérios da agricultura, mas também o juiz dos mortos, dando destino a cada alma segundo seus merecimentos.

A fidelidade de Ísis e a virtude de seu filho Hórus fize-ram-nos também deuses, os quais seriam cultuados no antigo Egito assim como as figuras religiosas maiores de hoje. A virtu-osidade de Osíris e sua morte seguida de ressurreição passaram a ser o referencial do povo.

A imortalidade da alma estava caracterizada na sobrevi-vência de Osíris triunfando sobre a morte. Seu filho Hórus, por ter vingado o pai, foi símbolo da vitória do bem sobre o mal. E o povo dizia, embora com engano, ter sido Hórus o próprio pai reencarnado. Ísis, por ser mãe e esposa amorosa, tornara-se símbolo sublime, representada, por ocasião do solstício de inverno (hoje Natal cristão), pela estatueta dela com Hórus no colo, mostrando ao povo o menino como evocação de pureza e fruto de seu amor.

O culto a Osíris, Ísis e Hórus se tornou o mais popular do antigo Egito, superando o de Rá, deus Sol, popularmente cha-mado de Ámon, que no mundo cristão virou "ámen", "assim seja", significando plena concordância ao ato de fé.

Os cultos religiosos do antigo Egito foram se transfor-mando com o tempo, aperfeiçoaram-se e muitos de seus concei-tos doutrinários ainda hoje vigoram, e podem ser observados em várias religiões, cuja concepção teológica é idêntica.

Set fora símbolo de espíritos inferiores e vingativos. E estes se aproveitaram de situações irregulares no antigo Egito para fazer prosperar ideias contrárias à moral e à virtude. Em benefício pessoal, sacerdotes da época faraônica ameaçavam o povo com pragas que diziam vir dos deuses. Passaram a ven-der fórmulas mágicas capazes de tudo: curar doentes, salvar da morte, liquidar débitos no além-túmulo, entrar em triunfo nos campos bem-aventurados etc. Fizeram da magia forma para agredir e matar o semelhante, desprezando todos os ensi-namentos superiores do bem. Tornaram-se corruptos e mercenários. Exerceram influência sobre o povo simples, espalhando superstições que conduziam a seus propósitos mesquinhos.

A religião perdera o senso ético e ficara entregue à cobiça da classe sacerdotal e à conta dos muitos deuses inventados por eles. Inventaram uma divindade especializada para cada propósito material. E o povo, manobrado pelos sacerdotes, passara a reclamar para si benefícios divinos.

Num relâmpago da mente, recordamos que, milênios depois, essas pseudodivindades influenciariam os gregos na formação da mitologia, exigindo, por consequência, mais à frente, dos Apóstolos do Cristo, empenho redobrado no ensino da Boa-Nova para corrigir antigas distorções tornadas costumeiras. Então vieram ao mundo os verdadeiros atos de amor e espiritualidade, mudando o destino da humanidade inteira.

Em meio à intensa degradação religiosa, o espírito do capellino Djoser é chamado pelas forças do Cristo para reorganizar a mentalidade dominante nas terras egípcias. Nessa época em que a força bruta imperava, sua tarefa seria a de reverter o quadro de religiosidade aviltante que oprimia o povo, sem, contudo, utilizar da guerra, mas buscando restaurar a concepção inicial de um Deus único, Criador eterno, Pai celestial que a tudo sustenta em benefício do espírito humano em evolução no planeta.

Com a missão de promover o avanço espiritual, Djoser reencarna na Terra por volta de 1.400 a.C., na figura do faraó Amenófis IV (Ámon repousa), mas que mudaria seu próprio nome para Akhenaton (Áton está satisfeito), e seria responsável por intentar a maior reforma religiosa de que o mundo atual tem notícia na Antiguidade.

Encarnou como primogênito da rainha Taia, primeira esposa do faraó Amenófis III, responsável pela construção do maior número de templos de um extremo a outro no Egito, dentre os quais se destacam Lúxor e Karnak. Desde cedo, o pai incentivara sua alma para se dedicar às coisas espirituais.

Os deuses egípcios naqueles tempos eram muitos e, mais do que adorados, temidos pelo povo, que deles sentia profundo medo por influência dos sacerdotes corruptos. Era preciso reverter o aviltamento religioso.

Após a desencarnação de seu pai, em Tebas, e do sepultamento no Vale dos Reis, o jovem Faraó se casa com Nefertite, sua alma afim desde o início dos tempos, mulher de espírito nobre que retrata na face sua beleza interior. Com ela, teria seis filhas e viveria até o término de seus dias. Logo no início do reinado, Akhenaton repudiou o tradicional culto aos deuses (politeísmo) e substituiu todos por apenas um (monoteísmo): Áton.

Para se desligar do passado e formar uma nova ideia religiosa, transferiu toda sua corte e grande número de sacerdotes da cidade de Tebas para a localidade de Tel el Amarna, onde fez edificar em dois anos a cidade de Aketaton (horizonte de Áton). Dali governou pacificamente o Egito, fazendo reformas para implantar o monoteísmo, que chamou de "ensino da Verdade".

Antes de tudo, ensinou ao povo que Áton era o único deus existente não somente no Egito, mas em todo o universo. Dizia que a presença de Deus estava em toda parte, iluminando todos os homens, por isso o personificou na figura do Sol, a melhor das representações divinas para ele.

Restaurou os princípios éticos no meio religioso, insistindo em ser Áton o único a recompensar o ser humano pela vivência na Terra com senso de moral e bondade de coração. Para ele, Áton era o Criador eterno de tudo o que existe na Terra e nos céus, o Pai celestial único que ampara o homem na vida e na morte. Deus uno, justo e bom, que não inspira medo a ninguém. Ensinava que todos devem procurar nele o amparo para sustentação na vida.

Os preceitos religiosos ensinados por Akhenaton somente seriam repetidos alguns séculos mais tarde, na época em que outros capellinos encarnariam com missões proféticas em meio ao povo hebreu, para dar início aos preparativos da vinda do Messias à Terra. Mas, caro leitor, sobre isso ainda falaremos mais à frente, não vamos nos antecipar aqui.

No *Hino ao Sol*, composto por Akhenaton e encontrado nas escrituras egípcias, sua mensagem é um poema religioso em que o Criador se manifesta como sendo o astro solar, o qual, embora na imensidão cósmica, se faz presente por toda a parte com sua luz. Assim Akhenaton via Deus:

"Resplendendo no céu, ó Áton, disseminas a vida.

Sobes, e na tua beleza governas o mundo. Brilhas excelso, acima do país, e abraças tudo que criaste. Enquanto teus raios tocam a Terra, tu te conservas distante. Quando nos deixa, no poente, o mundo mergulha em trevas como se fosse o fim. Os homens desfalecem tristes em seus aposentos.

Mas, quando regressas, as trevas desaparecem e os mundos brilham aos teus raios. Todos se levantam do leito, porque são atraídos por ti. Então se lavam, vestem-se e oram erguendo para ti os braços, ó Radioso!

O povo se entrega à tarefa diária, o gado saboreia o pasto, os campos e as ervas reverdecem, os cordeiros saltitam, os pássaros voam dos ninhos e te louvam com o ruflar das asas. Todos os caminhos são abertos, porque tu brilhas. As embarcações navegam o Nilo nos dois sentidos, os peixes saltam na correnteza e os teus raios penetram no mar.

Amadureces o fruto no ventre da mãe, e o aquietas nas entranhas dela, para que não chore. Depois lhe dás fôlego ao nascer, quando lhe abres a boca e o supres de vitalidade. Dás ao pintainho o ar dentro da casca e a força de quebrar o ovo; e, ao fazer-se a luz, ei-lo alegre, correndo e debicando.

A tua criação é imensa: a Terra, com os homens e os animais, grandes e pequenos, todos os seres que nela pisam e tudo quanto voa sob o firmamento. Fizeste o céu distante, para subires às alturas e contemplares o que criaste.

Todos os olhares convergem para ti, ó Sol do dia! Vives no meu coração. Ninguém te conhece como teu filho Akhenaton. Tu me iniciaste nos teus planos divinos. Tu, vida nossa, em que todos nós vivemos."

Divulgando pensamentos dessa ordem, Akhenaton, o nosso primeiro hóspede especial da Capella, passou sua última encarnação na Terra. Não procurou fazer guerra a outros povos e não se preocupou em manter territórios que não pertencessem desde o início ao povo egípcio. Sua vida foi marcada por um altruísmo incomum e por um senso de espiritualidade muito acima da época em que viveu.

Mas o povo antigo não o compreendeu. Os sacerdotes corruptos e interesseiros rejeitaram seus ensinamentos de existir um só Deus, criador de tudo e da humanidade inteira. Rejeitaram o amor ao próximo e a pureza de coração. Foram contrários à paz e ao amor fraterno para ficarem com a guerra, o ódio e a escravidão.

Aos 30 anos e após dez de reinado, Akhenaton seria vítima de morte violenta, arquitetada por Ay, seu vizir, que ambicionava o trono do Egito, assim como o seria também sua esposa, a rainha Nefertite, algum tempo depois.

Com a morte de ambos, Akhenaton seria injustamente rotulado como o maior dos hereges que o Egito tivera, mas seus ensinamentos resistiram por séculos na mente de espíritos evoluídos que encarnaram posteriormente no Egito.

Em 1907, seu corpo foi encontrado embalsamado no Vale dos Reis. Perto dele, no túmulo de sua mãe, a rainha Taia, foi encontrada uma placa de ouro, cujo autor não poderia ser outro senão Akhenaton enquanto viveu, na qual continha uma prece:

"Aspiro o leve sopro que do teu Espírito promana. E a cada dia contemplo a tua beleza. Quero ouvir a suave voz do teu Espírito, assim como o vento do norte vindo revigorar-me o corpo com o teu amor. Imponha-me as tuas mãos, por elas o teu Espírito flui, para que eu me revigore e através dele possa viver. E clama por mim ao Eterno, que nunca deixará de atender-te".

Com a morte do grande reformador e após certo tempo de indecisão com acirradas disputas internas pelo poder, as hierarquias de comando fizeram tomar acento ao trono o menino Tutancâmon, filho de Akhenaton com uma de suas esposas de menor expressão na hierarquia faraônica. Para reinar, prepararam o menino para desposar uma de suas irmãs por parte de pai, a menina Ankhesenemon, uma das seis filhas de Akhenaton com Nefertite.

O jovem Faraó seria um joguete nas mãos do vizir Ay, dos sacerdotes e dos militares que dele dispuseram até o limite maior dos interesses mesquinhos. Tutancâmon foi então obrigado a retomar o culto a Ámon, o deus rejeitado, agora considerado maior pela classe sacerdotal, e a deixar em aberto a escolha do deus que melhor aprouvesse a cada um do povo. Reinou por oito anos e foi morto aos 19 de idade, vítima de ardil preparado pelo general Haremhab, que lhe desfechou um golpe na parte posterior da cabeça durante uma caçada, por ordem do vizir Ay, chefe temporário do Egito.

Com o trono vago, pois o jovem Tutancâmon não tinha filhos, Ay tratou logo de assumi-lo, definitivamente. Mandou liquidar o filho de um rei Hitita, prometido em casamento à jovem rainha viúva, quando aquele se encontrava em viajem para contrair núpcias no Egito. Em seguida, tratou de liquidar a própria rainha, Ankhesenemon. Com os ardis que empregou e sem outros impedimentos, Ay tomou o trono e voltou à antiga postura de guerra para dominação dos povos, atitude típica de todos os reis que imperavam naquelas épocas recuadas em que a força falava mais alto. Contudo, dois anos depois, também ele teria o mesmo fim, vítima de brutal assassinato.

A rejeição de uma postura espiritual elevada e de uma ética mais humana por parte do povo egípcio, o qual em vez das nobres qualidades preferiu ficar com o politeísmo enganoso, a falta de moral e a lei do mais forte, fariam o povo mergulhar, pouco a pouco, com o passar dos séculos, no mais profundo abismo de sua existência. O povo egípcio seria dominado no seu cotidiano pelo enorme pavor de viver perdendo a vida, ameaçado a todo instante pelos próprios governantes ou por outros povos do passado que lhes ameaçavam invadir o território. Em vez da alegria e da felicidade de viver, a mentalidade antiga sucumbiu na areia para nunca mais se erguer.

Alguns séculos depois, caberia aos gregos conquistar terras egípcias e edificar em seu litoral a bela cidade de Alexandria, legando à humanidade os princípios da ética, da política e da liberdade. Enquanto aos hebreus, nos séculos seguintes, estaria destinada a implantação do monoteísmo religioso, vindo por Moisés, traspassando a época de Ramsés II, o último faraó capellino a encarnar nas terras do Egito.

Foram os capellinos do Egito os primeiros a retornar ao orbe de origem, por ter cumprido na Terra a missão a eles destinada pelas forças do Altíssimo. Metade daquele contingente de espíritos exilados pôde daqui retornar à Capella, com o coração pulsando de alegria, para lá rever os entes queridos deixados há milênios e prosseguir evoluindo num mundo mais adiantado que a Terra.

A libertação do povo hebreu nas terras egípcias, sob o comando de Moisés, o protegido de Termutis, filha de Ramsés II, acompanhado de seu irmão Aarão[1] e do jovem Josué, ocorreu quase ao mesmo tempo do retorno à Capella daquele primeiro contingente de espíritos exilados.

Nos séculos seguintes, no Egito, enquanto o relógio da história marcava suas horas em curso natural, quase nada mais fora acrescentado em termos de avanço rumo ao porvir, de modo que se pudesse vislumbrar qualquer movimento intelectual semelhante ao presenciado quando da estada capellina naquela região. Tudo ali se tornara comum. O oceano de transformações intelectuais do espírito humano faria emergir novas ondas evolutivas em outras regiões da Terra, locais onde o centro nervoso da humanidade deveria migrar para fazer avançar o intelecto humano com outras realizações. A época áurea do Egito estava se esvaindo. Mais alguns séculos e tudo haveria passado.

---

1   Anrão tomou por mulher a Joquebede, sua tia, que lhe deu Aarão e Moisés (Êx 6:20). (Yehoshua)

34

No berço da civilização

Os estudos científicos realizados, salvo eventual dificuldade motivada por algum novo fóssil, não deixam dúvida de que a espécie humana tenha sido originada na África Oriental, onde os fósseis mais antigos do gênero *Homo* foram achados no desfiladeiro de Olduvai, na Tanzânia, e a 800 quilômetros depois, nas proximidades do lago Rodolfo, em Koobi Fora, no Quênia.

Por volta de 4,5 milhões de anos atrás, habitando regiões quentes da África, o homem diferenciou-se dos demais primatas que lhes são parentes próximos. Há 2,5 milhões de anos, tornou-se hábil em fabricar utensílios de pedra, razão pela qual foi chamado de *Homo habilis*. Dessa época em diante, o tempo passa até que, por volta de 1,8 milhão de anos, na forma ainda de um homem-macaco denominado *Pitecantropo*, vamos vê-lo caminhando ereto, tendo agora o nome de *Homo erectus,* e deslocando-se por grandes distâncias.

Enquanto *Homo habilis*, sua sobrevivência estava restrita às regiões tropicais da Terra, locais quentes em que não era preciso roupa, abrigo do frio ou fogo para aquecer o corpo. Sua evolução para *Homo erectus*, vinda em seguida – uma figura que podia deslocar-se rapidamente para percorrer grandes distâncias – o fez cada vez mais se deslocar para regiões mais distantes da linha do Equador. Assim atingiu as terras do Oriente Médio

e, daí, dirigiu-se à Ásia. Ocupou terras cada vez mais setentrionais, onde o clima frio exigiu dele maior uso de raciocínio e,
por conseguinte, dominou o fogo, habitou cavernas naturais e
utilizou-se de pele animal para seu vestuário. Contudo, habitar
a Europa somente o faria milhares de anos depois, numa outra
condição física e intelectual mais avantajada.

Por muitos milênios o homem europeu teve uma forma
arcaica de constituição, para daí desenvolver-se no tipo Neandertal mais aprimorado que habitou a Europa de maneira comprovada no período de 150 mil a 30 mil anos atrás. Em seguida,
mas durante milênios de evolução paralela ao Neandertal, por
volta de 40 mil anos a forma humana de aparência semelhante à
atual já dá sinais inequívocos na figura do homem de Cro-magnon, cuja constituição ainda requeria alguns aprimoramentos.

Finalmente, entre 23 mil e 10 mil a.C., a constituição física do Cro-magnon aprimora-se – adquire as formas belas e
graciosas do homem sapiente moderno. No início desse período emerge, conforme registro espiritual, a raça branca na Terra,
e, até o final desse período, de modo geral, considera-se que se
consolidam todas as raças existentes.

Mas o foco da nossa visão agora está centrado no Oriente Médio, onde se concentrou grande contingente capellino.
Ao sair do continente africano beirando a descida do Nilo,
o *Homo erectus* entrou no Oriente Médio e viveu nas regiões
férteis da Mesopotâmia, onde estão situados os rios Tigre e
Eufrates, berço verdadeiro daquilo que se pode chamar de
civilização.

Foi no Oriente Médio, de modo comprovado, que o homem fez a primeira casa, iniciou a domesticação de animais,
cultivou a terra, formou o primeiro povoado e construiu a primeira cidade – Jericó. Daí em diante, o progresso da civilização
seguiu a passos largos.

As montanhas do Cáucaso fecham por completo as terras entre o Mar Cáspio – a leste – e o Mar Negro – a oeste. Suas monumentais elevações formam extensa muralha natural que divide a região em duas partes distintas: ao norte, as regiões baixas dos mares Cáspio e Negro, onde vão desaguar os rios Volga e Don e se prolongam as estepes caucasianas; ao sul dessas montanhas ficam as terras altas da Geórgia, do Azerbaijão e da Armênia. Nessas terras de difícil acesso e transposição, o homem esteve presente, formando a espécie.

Quase colado ao Cáucaso, em sua parte Sul, vamos encontrar o sítio arqueológico de Dmanisi, na Geórgia, um dos locais mais antigos do Oriente Médio e palco de vida do *Homo erectus* desde, ao menos, há 1,7 milhão de anos.

Do outro lado do Cáucaso, em sua parte norte, quase na mesma direção do local anterior, está o sítio arqueológico de Dzhruchula, onde o tipo Neandertal viveria por milhares de anos depois de seu vizinho da parte sul, o *Homo erectus* que daria origem ao homem moderno.

Esses achados comprovam que no Cáucaso viveram e constituíram espécie dois tipos de homem antecedendo em milhares de anos a chegada do Cro-magnon. Tanto um tipo quanto outro viveu ali e teve de superar as barreiras naturais caucasianas em sentido norte, para adentrar à região europeia pelas terras da Rússia atual e daí se espalhar em direção ao norte da Europa.

Vale recordar ao leitor que, por volta de 23 mil a.C., os Gênios da genética haviam deslocado o homem nativo dessa região caucasiana (tipo de constituição moderna rude, ossos grandes e pele de tonalidade pardo-avermelhada) para as regiões do Pamir. Nas elevações do Pamir processou-se a ampliação da base genética, com inclusão de enxertos espirituais para melhorar o físico humano. Durante dois mil anos nessa região o novo tipo fora especiado até as novas propriedades ficarem gravadas em sua composição física, formando a raça branca. Somente após concluir esse arranjo, o novo tipo de lá saiu para tomar vários rumos, inclusive voltando às terras do Cáucaso que anteriormente deixara.

Durante a dispersão, nas outras regiões alcançadas, ainda outras qualidades seriam incorporadas ao homem. A raça branca, possuidora de cabelos loiros e olhos azuis, haveria de emergir no Cáucaso a partir de 21 mil a.c. Dessa região, o tipo caucasoide faria trampolim para a Europa, partindo das encostas baixas e seguindo rotas derivadas ao redor do Mar Negro. Após contornar as elevações, fez uma bifurcação: ao norte, foi em direção à Rússia; ao sul, seguiu para a Europa. No correr dos milênios, por volta de 10 mil a.c., a Europa já estava povoada por grande contingente caucasoide de pele e olhos claros.

Diferente dos caucasoides, os chamados Árias foram povos de raça branca originária no Pamir, a qual habitou por milênios a região nordeste do Irã, nas proximidades do rio Murgab. A seu turno, o povo de cabelos e olhos claros, características já descritas, em vez de "arianos", como foram denominados, melhor seria chamá-los de "caucasianos", pois procedem do Cáucaso. Esse povo seria especiado no norte da Europa e haveria de constituir os ascendentes dos povos alemão, lituano, sueco e vários outros de caracteres físicos semelhantes, fazendo parte da mesma família indo-europeia.

Em 20 mil a.C., as migrações do Pamir já tinham atingido a Índia, o Oriente Médio e as regiões orientais da Europa. Uma dessas vagas estabeleceu-se nos Planaltos do Irã, na região dos Montes Zagros. Tendo encontrado ali condições favoráveis, permaneceu no curso dos milênios, produzindo extensa especiação e derivando suas tribos para a região sul, em direção ao delta dos rios Tigre e Eufrates.

A grande colônia de espíritos capellinos, encarnada nessa região por volta de 9 mil a.c., faria emergir nos territórios do Oriente Médio – compreendendo a Pérsia, a Arábia, a Mesopotâmia, a Cananeia, a Fenícia, a Síria, a Anatólia e as terras da Ásia Menor – os primeiros vilarejos primitivos que deram início à civilização humana.

Assim, observamos as vilas primitivas de Ganj Dareh, no Irã; de Zawi Chemi Shanidar, próxima ao lago Van, na Anatólia; de Jericó, próxima ao rio Jordão e ao mar salgado de Arabá, que mais tarde virou Mar Morto; de Çatal Hüyük, na atual Turquia, próxima ao lago e ao Monte Taurus, e muitas outras vilas primitivas. A expansão desses povoados deu origem às primeiras cidades do Oriente Médio.

Ao sul da Mesopotâmia, assim chamada essa região por estar em meio aos rios Tigre e Eufrates, surge a civilização Suméria, por volta de 5 mil a.C., formada por povos de pequenas cidades. Em seguida vieram outras civilizações, as quais se estenderam desde o Golfo Pérsico, subiram em direção ao Mar Negro e Cáspio, e derivaram para o ocidente até atingirem a barreira do Mar Mediterrâneo.

Próxima ao Planalto do Irã emerge a cidade de Susa, hoje Azerbaijão. Nas terras da baixa Mesopotâmia floresce a Suméria, com as cidades de Lagash, Eridu, Uruk e Ur; esta última, mais tarde, seria a terra de nascimento de Abraão.

Ao mesmo tempo, vizinha a elas nasce Babilônia, às margens do Eufrates, a qual permaneceria sem muita importância por alguns milênios; mas, por volta de 2.600 a.C., já se destacaria por imponentes prédios públicos e soberbo palácio real. Seus altos zigurates foram templos de culto religioso e palcos de observação astronômica.

Meio milênio de evolução prossegue até que, por volta de 2 mil a.C., Babilônia se transforma num poderoso império, capaz de competir com o reino dos Faraós. Fora a primeira civilização a estudar detidamente os céus. Os babilônios identificaram estrelas e constelações, encontraram planetas e cometas, mapearam os céus e acharam a constelação de Auriga, onde se encontra Capella.

Os reis caldeus desenvolveram a tal ponto o estudo da astronomia que, na Antiguidade, Babilônia repontaria como a mais culta das nações no estudo dos céus, aquela que fizera literatura e formara extensa biblioteca. Seria considerada inigualável em conhecimento astronômico por todos os povos anteriores à Era Cristã.

A civilização babilônica construiu o mais controvertido zigurate, cuja fama chegaria aos dias atuais com o nome lendário de Torre de Babel. Foi a primeira nação a fazer leis, fazendo vigorar um código com 282 artigos fixados por Hamurabi em seu período de governo, entre 1.792 a 1.750 a.C. O código ditava normas de vida em sociedade, regulava o casamento, a cobrança de juros, os crimes e as penalidades, além de outras normas de convivência social.

Na época do nascimento de Abraão, acerca de meio milênio antes de Moisés trazer o decálogo ao povo hebreu, os babilônios tinham o código de Hamurabi como de origem Divina. E registraram sua crença sobre a divindade do código nas escrituras legadas à história. Reproduziram-na em peças esculpidas e em outras obras de arte, as quais se acham hoje espalhadas em grandes museus.

Ao norte da Suméria vamos encontrar a Acádia, país formado por tribos das planícies e povos semitas da região oeste, onde estão hoje o Iraque, a Síria e a Jordânia. Acima da Acádia, na Mesopotâmia, estava a Assíria, tendo na cidade de Nínive seu quartel-general.

Nessa época recuada, as civilizações apenas emergiam e as monarquias eram conseguidas pela guerra. O mais forte vencia e imperava. Assim emerge a Assíria, nação guerreira que quanto mais conquistava mais queria conquistar e expandir seu território.

Cheia de cobiça, a Assíria viria ter a máquina de guerra mais bárbara do início da civilização. Tinha carros de combate, grande contingente montado a cavalo e fortemente armado de arco e flecha, lanças compridas, espadas de ferro, escudos protetores, calçados de couro e vestes especiais com blindagem, além de uma fúria militar jamais vista.

Com receio de perder território e querendo aumentar a dominação, praticava extremo barbarismo. Matar apenas não bastava. Os assírios exploravam o sofrimento humano para inibir a revolta. Seus prisioneiros de guerra – inclusive os não-combatentes, como velhos e jovens – eram esfolados vivos. As vítimas tinham a pele arrancada e os membros mutilados. Amputavam o nariz, o órgão sexual e as orelhas. Nessa condição, a vítima era colocada em gaiola e circulava a cavalo pela cidade, como amostra aos revoltosos.

Os assírios deixaram escrituras e desenhos de seu barbarismo. Mas, como todo povo do passado, a Assíria também atingiu seu limite e caiu ao peso do ódio dos povos massacrados, que conspiraram contra ela até a derrota total.

Assim, caro leitor, as civilizações brotam. Elas florescem, dão frutos, murcham e caem por terra ao sopro de outras civilizações melhores. São absorvidas ou, simplesmente, liquidadas; mas, de modo compulsório, elas reaparecem, em forma de alma coletiva, mais tarde, brotando aprimoradas em outros campos da história, sem o homem se dar conta da onda evolucionária rolada por ele próprio.

Nesse mote, desaparecem os antigos babilônios, os caldeus, os assírios, os arameus, os fenícios, os partos, os arianos e tantos outros povos da Antiguidade, dando lugar a outros, melhores. Uma onda civilizadora sempre suplanta outra e promove novo surto evolutivo. Assim ocorreu a marcha dos povos desde o início, e ainda prosseguiu depois, pois a evolução não cessa.

Entre os espíritos, há leis que regem as afinidades pessoais e coletivas, as quais imperam em todo o cosmo e na Terra desde os primórdios da humanidade. Os espíritos capellinos estavam reunidos sob a vigência dessas leis.

Aqueles que se juntaram para encarnar no Egito, na Índia, na Mesopotâmia e em outras partes da Terra com menor concentração fizeram-no por afinidade de ordem pessoal e religiosa. Mas os reunidos inicialmente no Cáucaso, na Anatólia e no norte da Europa formaram milênios depois os povos chamados bárbaros, os quais se agruparam por interesse exclusivamente pessoal, pois religiosidade para união não tinham nenhuma. Na posteridade, tais povos formaram hostes materialistas, contrárias à religião.

As grandes edificações e as obras artísticas do início da civilização tiveram motivo religioso. Somente a religião podia sensibilizar o intelecto humano para fazê-las. As obras de povos avessos a ela inexistiram. É que, naquelas épocas, a falta de técnica demandava ao homem enorme emprego de força na edificação. O obstáculo penoso somente poderia ser superado com ideologia forte o bastante para transformar ideias em monumentos. Os povos bárbaros não eram religiosos. E como somente a religiosidade era capaz de produzir obras resistentes ao tempo por milhares de anos, elas simplesmente não foram feitas. Os bárbaros não podiam ser impelidos por uma crença que não tinham.

Conforme informações espirituais, os capellinos encarnados no Egito retornaram à pátria originária por volta de 1.200 a.C. Outros espíritos degredados, cujo senso moral estava em fase de melhoria, somente puderam retornar à Capella séculos após a encarnação de Jesus, depois de absorver religiosidade e apurar a moral, tendo, alguns deles, encarnado figuras históricas exemplares.

Seguir a Boa-nova do Cristo tratava-se de evolução da própria consciência e de livre escolha pessoal, não imposta a ninguém, mas inerente ao espírito encarnado. Se a humanidade até hoje não evoluiu o quanto poderia, tal fato é por opção dela mesma, de sua imaturidade espiritual, não por falta de ensino e de bons exemplos.

Após a partida de Jesus ao plano espiritual, retardatários capellinos ainda ficaram na Terra para novas tarefas. E, por meio de esforços edificantes desde o cristianismo nascente até a queda do Império Romano no Oriente, em 476, quando Rômulo Augustulus (filho de Orestes, o Bárbaro – general servidor de Átila, o Huno) caiu do trono, dando fim à Idade Antiga, a maioria dos degredados pôde redimir-se das barbáries e voltar para Capella vertendo lágrimas de alegria.

Não obstante as dificuldades, os prepostos do Cristo tinham por missão formar as nações do futuro desde épocas remotas. Cada nação teria de reunir em si espíritos com afinidades semelhantes, interesses comuns, de modo a formar uma alma coletiva homogênea.

A formação de uma consciência coletiva única, por assim dizer, fora condição imperiosa para manter reunido um agrupamento de espíritos afins. Tivera como objetivo diminuir a barbárie no trato comum, decorrente do egoísmo, do orgulho e da ânsia de poder que sempre estiveram presentes na mente humana, mas que, nos tempos primitivos, redundavam em morte certa do mais fraco. O individual, para melhor sobreviver, tornara-se coletivo.

Assim como a reencarnação faz o espírito voltar ao mundo para harmonizar vivências pretéritas mal-acabadas, também a alma de um povo, composta de um conjunto de indivíduos com ideias afins, faz retorno cíclico e emerge na Terra de forma coletiva em certos intervalos de tempo, congregando na carne colônias espirituais de aspirações análogas, com os semelhantes atraindo-se mutuamente[1].

Pela lei de afinidade coletiva, vamos observar a fúria militar Assíria, depois de enfraquecida na Mesopotâmia, soerguer novamente na Grécia, encarnando a força bélica de Esparta e vencendo Atenas e a Pérsia. Contudo, ela também sucumbe. Mas vai erguer-se novamente na velha Europa, numa outra onda que se levanta, alçada agora sob a égide funesta do pangermanismo. Nesta, a dominação alteia no nazismo, desenvolve-se e arrebenta num mar de sangue, fazendo as massas humanas versáteis da Prússia e da Alemanha, nos séculos XIX e XX, verem-se roladas para mais uma derrota na história espiritual dos povos bélicos.

Mas, caro leitor, sobre isso ainda falaremos mais à frente, não vamos nos antecipar aqui. Num relance, apenas devemos destacar que das ondas belicosas do nazismo os capellinos não participaram. A lição imposta a eles já fora forte o suficiente para buscarem outros caminhos evolutivos, diferentes dos tortuosos com débito em conta, motivos de exclusão imposta no passado pelas forças do Altíssimo.

Não obstante os capellinos terem legado aos espíritos mais novos exemplos de inferioridade até hoje em uso, ainda assim cabe ao homem dotado de livre-arbítrio escolher o caminho certo e livrar-se das influências antigas, para não ter destino semelhante. A vida oferece experiência em todos os campos; quem abraça uma causa, faz a sua escolha e colhe os seus frutos; a responsabilidade individual é intransferível.

Viajando na onda de afinidade coletiva, da mesma maneira vamos encontrar na Grécia Antiga, na cidade de Atenas,

---

1   Diverso da lei física em que polos elétricos diferentes se atraem (negativo atrai positivo) e os iguais se repelem, ou, então, diverso do conceito de que sexos diferentes se atraem, pois o texto não trata de polaridade elétrica nem de sexo, mas de aspirações, pensamentos, caráter e índole; situação em que os afins nessas propriedades se atraem, mas não o contrário. (N.A.)

o florescimento da alma babilônica. Nos círculos atenienses, aquela mesma alma coletiva seria aprimorada em suas perquirições sobre astronomia, filosofia e literatura.

Mais tarde, a alma coletiva de Atenas, tendo ali obtido um estágio de evolução maior, seria transportada, após as invasões bárbaras determinantes da queda de Roma no Oriente, em 476, para as margens do rio Sequana, na Gália. Estabeleceu-se então na antiga cidade de Lutetia, erguida desde tempos anteriores ao imperador Augusto, para nessa urbanidade dar origem à majestosa Paris, reencarnação de uma alma coletiva evolucionada antes nas antigas cidades de Babilônia e Atenas.

Agora, a alma parisiense, em vez das margens barrentas do antigo Eufrates, faz erguer as encostas do rio Sena, trabalhadas com engenho; em vez da primitiva e lendária Torre de Babel, agora ergue as armaduras da Torre Eiffel; em vez do reluzente Palácio Imperial de Babilônia, com seus jardins artificialmente suspensos, agora faz construir o imenso Palácio de Versalhes, com seus vastos e esplendorosos jardins. Ali, o deus grego Apollo, que fora expulso do Olimpo e condenado a viver exilado na Terra, emerge das águas da fonte, em frente ao majestoso jardim de Versalhes, conduzindo sua biga greco-romana de quatro cavalos, para simbolizar agora o Rei Sol – Luís XIV de França – que se levanta revigorado no Palácio de Versalhes e resplandece na Cidade Luz. Assim, a alma babilônica da Antiguidade clássica encarna na sociedade parisiense da Idade Moderna, evoluindo de modo coletivo.

Não de outra maneira vamos observar os fenícios de antes da Era Cristã, povo construtor de navios e perito navegador dos mares, descendo agora o Mar Mediterrâneo para fazer comércio com os egípcios e, depois, singrar o Mar Egeu, para mercancia com os "povos do mar", os chamados filisteus, que habitavam as inúmeras ilhas da região.

Não obstante o tempo decorrido, vamos notar aquela mesma alma coletiva da Fenícia aportando agora em praias de Portugal e Espanha do século XV, chamados pela espiritualidade superior para longas viagens marítimas, missão naval preferida daquela alma pioneira, e aportar em novas terras em outro continente. A ela estava reservado formar novas nações, cuja tarefa de modificar o mapa do mundo havia sido escolhida pelo próprio Cristo de Deus, que lhe recomendara a bondade de corações em vez da força.

Os séculos chegam e passam. Até que vamos observar essa mesma alma coletiva retornando à África de suas antigas recordações mercantis, para dela retirar o povo nativo, sob o ditame da força, e conduzi-lo ao Novo Mundo. Não obstante o fantasma da escravidão mostrando sua face horripilante àquele povo de pouca cultura e coração bondoso, a alma Fenícia, incorporada agora nos portugueses, muito faria para as indicações do Cristo serem alcançadas. Contudo, seus débitos do passado avultam hoje nas terras do Brasil.

Os cultos trazidos pelo povo africano passaram por forte sincretismo desde o início. Nas terras brasileiras, o cristianismo missionário, ministrado pelos portugueses, tratou de dar-lhes novo rumo, ofertando os ensinos de Jesus como forma de a alma chegar a Deus. Com o passar dos séculos, tendo incorporado os conceitos cristãos, os negros, ao contato dos aborígines, os quais também tinham rituais e danças nativas semelhantes aos africanos, transformaram a religião original da África fazendo emergir no Brasil o culto de umbanda. Nessa prática, o preto velho confraterniza com o índio e o caboclo, fruto da mistura de raças, formando as primeiras ondas espirituais mescladas por almas de três continentes (Europa, África e América), gente com cultura variada, mas dispostas a evoluírem juntas nas terras do Novo Mundo.

Embora tenha contra si o peso da escravidão a formar débito, a alma fenícia ajudou a jovem africana a sair do insulamento em que estivera imersa desde o início da humanidade, para prosseguir a passo firme na caminhada evolutiva, mesclando-se com outras culturas mais adiantadas.

Mais tarde, no alvorecer do século XX, a umbanda conhece o Espiritismo, doutrina de alma parisiense que encontrara campo fértil para prosperar no Brasil desde o século XIX, e extrai dele conhecimento de causa. Os fenômenos extrafísicos que a ela se apresentavam desde o seu início são agora melhor entendidos.

Então, dotada de nova cultura, mas ainda jovem para adotá-la em sua plenitude, pois dela havia assimilado apenas alguns fundamentos, preferiu continuar com suas práticas originais. Alguns de seus adeptos, mais impregnados de saber espírita, adotaram o nome de "espiritismo de umbanda", quando, na verdade, Espiritismo existe apenas um, o codificado por Allan Kardec. Mas a Doutrina Espírita continuou de portas abertas, convidando-a a prosseguir os estudos, concluí-los e direcionar-se livremente.

O processo evolutivo faz parte de um planejamento maior realizado pelo Cristo de Deus, no sentido de ter nas terras brasileiras o coração do mundo espiritual para promover a grande reforma fraternal que se dará no transcurso do terceiro milênio, independente da religiosidade escolhida.

Uma nova onda de entendimento do espírito humano se levanta nas terras brasileiras para rolar no mundo civilizado. Ao Espiritismo e ao povo brasileiro está reservada essa nobre tarefa, mas o sucesso dessa iniciativa dependerá da alma coletiva brasileira, que remonta a experiências milenares.

Voltemos ainda outra vez a nossa face para vermos a alma coletiva erguida na Roma Antiga, elaborando leis, regulando a sociedade e exercendo imperialismo nas regiões mais distantes da Europa, em parte da Ásia e da África.

Adiantemos ainda mais a nossa visão e vamos observar aquela mesma alma coletiva de Roma imperando depois na

Inglaterra de séculos passados, com a mesma edilidade, o mesmo imperialismo e a mesma organização.

Avancemos o nosso olhar e vamos notar aquele mesmo espírito coletivo inglês nos Estados Unidos de hoje, cujas características do povo não deixam dúvida quanto às suas duas últimas passagens na Terra. Naquelas, houve também forte domínio do estado com leis bem definidas, grandes debates senatoriais, intenso aparato militar e econômico, monumentais construções e um cérebro de comando afinado com a iniciativa privada e a liberdade individual.

Enfim, na marcha dos séculos do terceiro milênio estará destinado à América o comando cerebral do mundo. Cabe a ela exercer a liderança mundial com ética, sem o peso da opressão, mas com a força da justiça, a preservação da natureza e a promoção da paz entre os povos.

Se por um lado vemos que a América contará, até certo ponto, com a ajuda das forças benfeitoras em sua trajetória de liderança, por outro notamos que o sucesso do intento dependerá mais do desempenho de sua alma coletiva do que da ajuda espiritual em suas realizações, pois em tudo há limites de atuação. Para limites violados, a história aponta a queda da arquitetura inteira, erguendo-se, depois, em outro recanto da Terra, uma outra civilização mais evoluída, de acordo com as aspirações da massa espiritual encarnada.

Na Suméria e na Acádia, duas das mais antigas culturas de que o mundo civilizado tem conhecimento, conforme registros chegados até a época atual, houve várias divindades que os sacerdotes encarregaram-se de divulgar ao povo. Dentre elas, encontramos Enlil, o deus da terra, também senhor das chuvas e dos ventos, entidade viva de suposta origem extraterrena; Anum, o deus do reino dos céus; Shamash, o deus-Sol, que iluminava o mundo, embora, como castigo aos homens, também disparasse seus raios abrasadores para secar as plantas antes da colheita; Ea, a deusa do reino dos mares e das águas subterrâneas.

Além dessas divindades, havia outras. Tammuz e Ishtar eram deuses que favoreciam a agricultura. A cada ano eram realizadas celebrações religiosas em feriados comemorativos. Tammuz era reverenciado por sua morte no outono e ressurreição na primavera, simbolizando o fim da colheita e o reflorescimento da vegetação. Ishtar, que além de irmã fora também sua esposa, nas festas era representada em lágrimas, à procura do esposo na terra dos mortos, lutando contra figuras sombrias do mundo subterrâneo para sair vencedora com a ressurreição de Tammuz, que reaparecia majestoso sobre a Terra. Eram festividades marcando o fim e o início dos trabalhos de cultivo nos campos. Realização marcada por grande pompa, com os sacerdotes fazendo oferendas e sacrifícios aos deuses.

Na medida em que Babilônia começou a destacar-se e a influenciar outras cidades, por volta de 2.800 a.C., a situação modificou-se. O maior de todos os deuses passou a ser Bel (senhor) Marduk. Babilônia celebrava em sua honra, anualmente, no início da primavera, quando o frio estava de partida, o Ano Novo de trabalho. Reverenciava-se Marduk por sua chegada ao trono divino, pela criação do mundo, do homem e pela fundação da celeste Babilônia. Em tempos vindouros, o povo recitava como hino o Poema da Criação (*Quando no alto...*). Na "sala dos destinos", os sacerdotes previam o futuro e o rei se inspirava para os feitos políticos. A celebração terminava com alusões à morte e à ressurreição nos moldes de Tammuz e Ishtar, que curiosamente lembram hoje a morte e ressurreição de Cristo.

Nas épocas primitivas, durante todo o ano, quando o povo passava por dificuldades, o mito da Criação assumia grande importância. Os sacerdotes contavam que Marduk teria feito o mundo a partir dos despojos de um deus rival, enfrentado por ele em contenda da qual saíra vencedor. Satisfazendo a voracidade de deuses maléficos, Marduk teria feito o primeiro homem com o barro da terra e o sangue de um dragão, para dar de comer aos deuses e evitar novos confrontos. Essa crença grosseira, na mentalidade atrasada daquelas épocas, fora responsável por grande barbarismo. Vitimou incontáveis criaturas, sacrificadas à conta de deuses maléficos que satisfaziam a própria ira repastando a carne e bebendo o sangue das vítimas humanas, algo horripilante.

Mas Babilônia não se limitava a isso. A crença em espíritos era comum. Havia bons e maus espíritos, e entidades estranhas regendo os fenômenos da natureza, afastando doenças, evitando a morte, ajudando o homem no trabalho e em outros afazeres da vida diária.

Os babilônios acreditavam em deuses domésticos protetores do lar e em espíritos de mortos, que erravam na terra e pediam oferendas e sacrifícios para satisfação pessoal. Praticavam inúmeros rituais. Na majestosa cidade, havia templos especializados em doutrinar os maus espíritos, convertendo-os em entidades benfazejas e subordinando-os à vontade dos deuses Enlil, Anum, Shamash e Ea.

Os rituais de magia maléfica, inicialmente realizados com cerimônia solene e participação popular, nos tempos seguintes foram repelidos, punindo-se o infrator com pena de morte instituída por lei. Os sacerdotes foram impedidos de invocar Nergal, deus da peste e figura terrível, demônio abatedor de vítimas humanas e chefe das hordas de espíritos que se escondiam nas sombras e cruzavam os ares de modo oculto, espalhando terror e destruição.

Dentre as literaturas babilônicas destaca-se a *Epopeia de Gilgamesh*, tido como provável rei da antiga cidade de Uruk. A escritura versa sobre o Dilúvio, crença causadora de muita sensibilidade entre povos de várias partes do mundo.

Na Epopeia, conta-se que os deuses, irritados com os homens, mandaram um Dilúvio. Todas as criaturas teriam morrido, exceto Utnapishtim e sua família, protegidos pela deusa Ea. A deusa os prevenira quanto aos males que haveriam de vir, orientando-os na construção de um grande barco para abrigar a todos da família e alguns animais, única forma de salvação para a calamidade das águas.

A narrativa é feita de modo magnífico, e a semelhança é tão grande com o Dilúvio universal e a Arca de Noé registrados milênios depois no *Antigo Testamento* que não deixa dúvida quanto a terem servido de base às narrativas hebraicas. Abraão, o patriarca hebreu, somente haveria de nascer séculos depois dessas escrituras, e Moisés, o primeiro legislador de Israel, viria profetizar ainda mais tarde, em meados do século XIII a.C., quando, então, ambos, cada qual a seu tempo, tomaram ciência da narrativa babilônica.

Alguns historiadores céticos não creem que o *Gênesis* fora escrito por Moisés e dão conta de que durante o período de cativeiro na Babilônia, entre 586 a 539 a.C., o povo de Israel tomara conhecimento dessa lenda, colocando-a depois em sua concepção religiosa. Para aqueles, a narração do *Gênesis* teria tal origem. Mas essa interpretação não seria capaz de invalidar as Escrituras Sagradas, as quais teriam sido feitas ao menos setecentos anos antes da época citada.

O saber dos povos antigos alterava-se seguidamente, dando a cada geração novos conhecimentos. Em Babilônia, quando o estudo cósmico esteve mais em voga, foram descobertos planetas, constelações e astros enigmáticos. Os astrônomos se encarregaram de fazer um panteão composto por deuses com nomes de figuras celestes.

Foi assim que Shamash se tornou o deus-Sol; a deusa Sin, da cidade de Ur, a Lua; Marduk foi tido como Júpiter; Ishtar, considerada Vênus, e assim por diante outros deuses. Consagrou-se um deus para cada dia da semana: segunda-feira denominou-se Lua; os outros dias da semana foram Marte, Mercúrio, Júpiter, Vênus, Saturno (sábado) e Sol (domingo). Esse modo de denominar os deuses persistiria por toda a Antiguidade anterior à Era Cristã.

Depois de Babilônia, veio a Grécia Antiga. Nesta, a quantidade de deuses e cultos chegou ao ponto culminante, sendo transportada a Roma e, depois, para o mundo inteiro.

Na cidade de Atenas, os deuses foram considerados figuras universais, podiam ser vistos em estatuetas populares, estudados e cultuados em qualquer parte do mundo antigo. As imagens e o costume de cultuá-las se tornaram universais. E essa universalidade fez surgir na Grécia a mais sofisticada de todas as mitologias.

O universo e seus infinitos deuses foram explorados segundo a concepção imaginosa de cada um. Não obstante a mitologia grega ter sido derivada de fantasias da mente, a qual elaborara lendas magníficas levando o homem ao mundo dos sonhos, ela não produziu efeito suficiente para alterar o rumo distorcido tomado pela religião e pela moral no mundo antigo. Era preciso movimentar novas forças espirituais para acertar de vez os caminhos do homem.

Em face dos quadros negativos assoberbando a mente humana, conforme registro espiritual se desencadearam na esfera extrafísica preparativos para encarnação do Cristo. Alguns séculos à frente, seu espírito sublime se faria carne e habitaria entre nós para ministrar a Boa-nova.

Por volta de 1.500 a.C., uma enorme vaga de arianos proveniente das regiões do Cáucaso desceu pelo sul do Mar Cáspio e ocupou os Planaltos da Pérsia, que mais tarde vieram a chamar-se Irã (terra de arianos). Os arianos formavam ali dois reinos: o dos Medos, ao sul do Cáspio; e o das Partas, ao leste da região.

A cultura religiosa dos arianos tivera forte influência de outras já existentes na Mesopotâmia. E por volta de 600 a.C., o profeta Zaratustra (Zoroastro dos gregos), por via mediúnica recebera revelações tidas como divinas. Uma parte fora registrada nos escritos sagrados do Avesta; a outra obtida oralmente, com o deus Mazda falando a Zaratustra, e este a seus discípulos para registro e abraço de adeptos.

A religião de Zoroastro fora das mais ensinadas na Pérsia. Após a morte do profeta, decaiu. Uma das divindades subordinadas a Mazda era Mitra, deidade vinda do Rig Veda e nome do qual surgiu o mitraismo, culto celebrado em Roma no primeiro século antes de Cristo e durante os três primeiros do cristianismo.

Mitra encontrou grande acolhida no coração do povo persa, sendo merecedor de profunda devoção. Acreditava-se que houvera nascido perto de um rochedo, na presença de pequeno número de pastores, os quais lhe teriam trazido presentes em sinal de profunda reverência em face da missão que o avatar deveria desempenhar na Terra. No decorrer de seu ministério favorecera o povo, pedindo ao Sol para dar luz e calor à Terra. Assim vieram a semeadura e a colheita farta.

Quando Ahriman, a entidade do mal, provocou seca, Mitra cravou sua lança num rochedo e fez verter água abundante. Mas a entidade do mal não parou aí, mandou vir um Dilúvio. Então Mitra escolheu certo homem e sugeriu a ele construir uma Arca, capaz de abrigar nela sua família e alguns animais, para obter a salvação e dar continuidade à vida. Terminada sua missão na Terra, subiu aos céus para um festim nas regiões do Sol e somente deveria voltar no devido tempo, para dar ao homem a imortalidade.

O mitraismo tinha muitos rituais; dentre eles estavam: cerimônia de iniciação ao crente; prova de renúncia aos bens materiais; transitoriedade da vida na carne; concessão de sacramentos; batismo e refeição cerimonial composta de pão e água (não há menção a vinho); purificação através de água santificada; queima de incenso; cânticos de elevação; procissões; guarda dos dias santos; e outros rituais. Dentre os dias santos, destacou-se em Roma o 25 de dezembro.

No calendário criado em 45 a.C., por Júlio César, o primeiro dia de inverno caia 25 de dezembro. Em homenagem a Mitra, que segundo a tradição teria nascido no solstício de inverno, o imperador Aureliano, no ano de 270 d.C., instituiu esse dia como o de nascimento de Mitra, para competir com as comemorações das quais era adversário.

O dia de Natal Cristão seria oficializado em 336 d.C., quando o imperador Constantino deu preferência à religião cristã e aproveitou a data para aniquilar de vez o culto a Mitra e a outros deuses pagãos. Em razão desses fatos, parte dos protestantes hoje não comemora esse dia. Na astronomia caldeia, a data fora de solenidade ao "nascimento do Sol" – renovação de forças –, a qual, mais tarde, por interesse dos bispos da Igreja, passou a ser o dia de Natal Cristão.

A religião de Zoroastro pregava a vinda de um Messias e, ao mesmo tempo, preparava o caminho de sua vinda. Por volta de um século antes da Era Cristã, o culto de Mitra fora introduzido em Roma e ali se estabeleceu. Inicialmente, tivera pouca importância e fora praticado pelas camadas mais simples do povo, principalmente por escravos, soldados e estrangeiros. Com o passar dos anos, tornou-se a religião mais popular de Roma, superando o paganismo inclusive em algumas camadas sociais elevadas. Quando o cristianismo surgiu, o culto a Mitra declinou. E a partir de 275 d.C., decaiu até desaparecer de vez.

Quando o povo romano já havia sido sensibilizado pela filosofia e pela cultura religiosa do mitraismo, o qual funcionara como preparativo à Boa-nova, chegam a Roma os apóstolos Pedro e Paulo, instrumentos das forças do Cristo. Com a ajuda de falanges espirituais elevadas, os Apóstolos puderam iniciar ali o cristianismo, religião mais aprimorada que a anterior. E no passar dos séculos, o ensino cristão se encarregaria de estender o culto para o mundo ocidental, carente de valores espirituais desde o início.

Os Pais da Igreja, após os Apóstolos, sentiram forte influência do mitraismo e das práticas pagãs; por essa razão, eles foram impelidos a adaptar certos cultos e rituais, como forma de o povo romano, em todas as suas camadas sociais, sentir-se mais atraído à nova religião e nela se iniciar.

Não é outra a razão de haver no cristianismo fatores externos não mencionados nos *Evangelhos*, mas nele incorporados por razões históricas. Assim como não é outra a razão de Martinho Lutero ter feito a Reforma Protestante, tendo se subtraído da Igreja por não concordar com práticas tidas como contrárias aos fundamentos.

Contudo, os confrontos ideológicos não foram capazes de modificar a conduta religiosa referente aos atos mágicos. Hoje, de modo semelhante ao antigo, todas as religiões continuam a praticá-los, porque os atos mágicos ou de outra natureza desconhecida são inerentes ao oculto religioso.

Os três Reis Magos, vindos do oriente presentear o menino Jesus, eram na verdade sacerdotes, magos da religião de Zoroastro. O termo mago não deve ser mal interpretado nem tampouco causar espanto. Não tratamos aqui de ilusionismo. Mago, sacerdote, padre, pastor, médium ou qualquer outro nome dado a quem realiza culto de natureza religiosa, é termo que define um praticante de atos mágicos, oriundos de outra natureza, uma cultura imponderável, mas efetiva em realizações.

Os atos mágicos podem também ser provenientes de pessoas que mexem no íntimo do indivíduo. É o pastor mexendo no íntimo de seu rebanho por meio de cerimônias feitas com grande pompa ou, então, apenas com palavras evangélicas, uma bênção ou uma louvação – esses são atos mágicos. Quando o pastor realiza um casamento, está "juntando" dois seres humanos pelo resto de suas vidas por meio de ato mágico. Quando faz batismo, está "purificando" um ser humano por meio de ato mágico. Quando transforma a substância do vinho e a farinha da hóstia em corpo e sangue de Jesus Cristo, está praticando ato mágico, acompanhado de rezas, cantos e da aprovação de todos os devotos. Dizer "amém", "assim seja", "graças a Deus" significa: concordo!

Portanto, para quem quiser ver e ouvir: um ato mágico é essencialmente um ato religioso. Ocorre no interior do indivíduo e se exterioriza. É uma ciência psíquica que requer estudo e desenvolvimento de faculdade. Os atos mágicos tornam todas as religiões místicas, colocando-as à mercê da seleção conforme os argumentos que apresente em suas práticas e na justificativa de seus fenômenos.

Por trás desses e de outros atos de fé, assim como se verifica a interferência espiritual e seu manifesto, há também a atuação intuitiva da criatura humana, espírito encarnado sujeito a erros e acertos. A chance de equívoco é constante, assim como a verdade parcial às vezes deve ser aceita como forma de realizar-se o possível naquele momento, para, mais tarde, obter-se a cultura ideal.

A evolução não dá saltos, mas caminha a seu passo. Por isso, nos tempos do cristianismo nascente, a forma de ministrar as verdades espirituais foram aquelas, mesmo com algum sincretismo de forma exterior dado pela imperfeição do homem, mas ainda assim a religião do Cristo seguiu e sua pureza pode ser encontrada na prática.

Quase dois milênios depois, o cristianismo na visão espírita conduziu o homem a uma verdade mais completa, mas ainda relativa à cultura humana neste planeta. Essa visão ampliada não poderia ser dada na Antiguidade, por isso Jesus falara disso e prometera mandar um Consolador. Mas, caro leitor, sobre essa evolução religiosa, falaremos nos lances do capítulo seguinte.

35

Ondas de Evolução Religiosa

Embora naquelas épocas da Antiguidade a escrita já fosse dominada por pessoas instruídas que estavam mais distantes do vulgo e constituíam rara minoria em meio à massa da civilização, ainda assim nos encontramos num tempo em que a prova dos fatos é difícil de ser obtida.

As melhores provas da história estão calcadas nos achados arqueológicos, os quais devem ser confrontados com as escrituras para saber se estão de acordo. Escritas antigas e objetos deixados se complementam, mostrando os feitos de um povo. Assim o fato histórico pode ser confirmado.

Na ausência de provas, é comum um tema antigo tornar-se controverso. Investigando as civilizações próximas, no mais das vezes se conclui que algo importante escrito por um povo ocorrera também com outro, próximo a ele. Outra civilização mais antiga já havia tido de alguma maneira experiência semelhante. Na evolução do pensamento e da cultura humana nada parte de um zero absoluto. Tudo vem sempre por evolução. A experiência de um povo provoca influência em outro. E, no correr do tempo, burilada pela razão, a vivência é aprimorada e passa a fazer parte da cultura, alastrando-se depois. Assim o mundo evolui.

A história tem mostrado que, como produto da evolução do pensamento, as escrituras religiosas sobrevivem e são aos poucos melhoradas, pois o homem está distante de conhecer a verdade absoluta das coisas para não mais alterá-las. Os registros religiosos que no passar do tempo resistiram ao progresso por período considerável estão revestidos por algo novo; uma lúcida camada protetora os envolve, guardando-os. Sobressaem-se neles os pontos fortes de visão ampliada, ao mesmo tempo que os fracos e secretos desaparecem num trabalho contínuo de selecionar o fato religioso de acordo com o crivo racional da época. O melhor sempre sobrevive e segue seu caminho de progresso. Assim tem sido na escalada religiosa.

Examinando a religião hebraica e fazendo confronto com outras anteriores, observam-se numerosos elementos de origem egípcia ou mesopotâmica nela impregnados. Assim também vamos observar o cristianismo, em seu aspecto íntimo, fundamentado no judaísmo e influenciado, em seu aspecto exterior, por outros cultos e religiões do passado, a cujos elementos já nos referimos em capítulos anteriores.

Não obstante o rigor dos patriarcas judaicos para manter íntegras as Sagradas Escrituras, o povo judeu estava em meio a duas grandes potências culturais da Antiguidade – Egito e Babilônia –, as quais ditavam as regras no norte da África e no Oriente Médio, além de o judeu estar circundado por assírios, hititas, fenícios, cananeus e filisteus.

A influência religiosa desses povos fora marcante. Muitas de suas ideias foram incorporadas pelo povo judeu; outras, criticadas e refutadas por completo; as que por ventura ainda permaneçam e são duvidosas, por certo haverão de ser modificadas ou apenas esquecidas. Vamos observar alguns casos.

No que concerne aos cultos, na Fenícia (Líbano atual) havia um à deusa Astarté (mais tarde a Afrodite dos gregos), que vale a pena observar. Nos templos, as sacerdotisas com roupas transparentes e danças rituais excitavam os crentes; não obstante a intenção religiosa, as formas femininas eram admiradas pelo público masculino, desvirtuando os melhores propósitos do trabalho.

Os judeus faziam um paralelo desse culto com os de Babilônia, a ponto de dizer-se que as sacerdotisas tinham prostituído o culto religioso. Isso ficou registrado. De fato, no *Antigo Testamento*, as passagens referentes à prostituição são inúmeras. E mesmo no *Novo,* elas aparecem fartamente. No livro do *Apocalipse*, João trata Babilônia como "A mãe da prostituição e das abominações da Terra" (Ap 17:5).

Na Antiguidade, o sexo feminino se fez presente com sacerdotisas e videntes nos templos de cidades famosas, como Babilônia, Atenas e Roma. Por motivo supostamente moral, o povo judeu tirou a mulher de seus rituais. E o exemplo foi seguido depois pelo cristianismo. Em ambos, a mulher não podia ministrar culto religioso nenhum. E essa condição perdura até hoje. A mulher judia e a cristã estão impedidas de exercer o sacerdócio, tido como prática masculina espelhada em Moisés e no messianismo de Jesus.

Se na Antiguidade tal prática poderia ser considerada imoral, hoje o conceito de moralidade é outro. A mulher, por igualdade de direito e pelo próprio caráter de bondade maternal, está mais habilitada ao sacerdócio que o homem. A discriminação de sexo imposta a ela por essas religiões está desconexa dos tempos atuais e não poderá ser suportada *ad eternum*, sob pena de esvaziamento ou apostasia. Hoje, a mulher está em igualdade de direitos. Não é o sexo que faz a pessoa ser mais ou menos pura de sentimento e moral, mas sim seu pensamento e seus atos.

Outro culto praticado na Antiguidade merece de nossa parte destaque especial. A veneração Cananeia aos deuses Baal e Moloc estava dotada de grande barbárie. Ambos os deuses, na mentalidade atrasada do povo, eram entidades que exigiam sacrifício de criança em seus rituais.

A influência desse culto era enorme. Até Abraão, o patriarca hebreu acostumado a ver e a censurar o culto, fora dominado certo momento pelas "forças do mal" a ponto de conduzir seu filho Isaac ao Monte Moriah, após uma visão espiritual cujo fim seria testar sua obediência a Deus, para ali matá-lo com um golpe de faca e queimar o corpo no altar de sacrifícios. Nisso, observa-se claramente uma obsessão perniciosa, pois não há raciocínio lógico capaz de ter como certo matar o ser humano para provar algo a Deus. O fato não se consumou por interferência do bem, que fez Abraão notar um animal na baixada do Monte e tomá-lo de "cordeiro expiatório" no holocausto, salvando Isaac.

O sacrifício fora parte integrante das religiões do passado. O judaísmo não fugia à regra do pensamento antigo. Tinha-se como correto oferecer sacrifício para benefício próprio e para demonstrar lealdade a Deus. Os rituais de holocausto no judaísmo antigo eram complicados e minuciosos, com milhares de animais imolados em favorecimento apenas dos judeus, não de outros povos, pois Yahweh era tido como um deus particular.

Sob domínio romano, o judeu não participava dos augures e dos sacrifícios pagãos. Se assim o fizesse, estaria reconhecendo um caráter divino ao Imperador de Roma, e isso contrariava o caráter monoteísta de sua religião, mas não o ritual de sacrifício também praticado por ele.

O cristianismo, ao contrário, embora oriundo do judaísmo fora aperfeiçoado nesse ponto. Na prática da Boa-nova, os sacrifícios foram abolidos, pois eram estimulados pelo domínio de espíritos inferiores que com eles se compraziam. Isso fora compreendido pelo apóstolo Paulo, embora redigido na *Primeira Carta aos Coríntios* 10:20-21 sob a ótica da época antiga.

No cristianismo, obter uma graça tornara-se mais simples e racional. Nesse particular, a entrada da nova fé na sociedade pagã fora deveras facilitada, pois a cultura do povo romano começava a repelir práticas sacrificiais. A nova filosofia tornara a conversão mais fácil.

Em seu início, a história do povo judeu está envolvida por espesso véu, não permitindo ao estudioso vislumbrar com clareza sua verdadeira origem. Contudo, é certo que seu início remonta a épocas muito recuadas. O povo judeu não é uma raça à parte, mas produto de uma concepção religiosa inovadora em seu tempo, uma maneira mais avançada de ver a vida do que a de outros povos da época.

Num breve resumo sobre as Escrituras Sagradas, vemos num relance que os mitos da Criação e do Dilúvio universal foram trazidos oralmente da Mesopotâmia pelo povo hebreu. Alguns dos pormenores desses mitos ficaram na memória e foram inseridos nas Escrituras após anuência dos sacerdotes mais antigos.

Posterior ao mito da Criação, mas contemporâneo ao do Dilúvio universal, um dos filhos de Noé, Sem, foi admitido como o iniciador da raça semita, a qual ocupara as terras de Canaã desde épocas remotíssimas.

Em tempo agora histórico, por volta de dois milênios antes de Cristo, vindos do noroeste da Mesopotâmia (Síria atual), outros povos semitas também ocuparam Canaã, faixa de terra que hoje iria do norte da Síria até as proximidades do Egito, limitada pela pelo mar Mediterrâneo, mar Morto e os rios Jordão e Orontes, bem como suas imediações a leste.

Por volta de 1.800 a.C., o patriarca Abraão nasce na cidade de Ur, baixa Mesopotâmia. E, por ter vivido no "outro lado do rio", em sua parte ocidental, fora chamado de "hebreu". Portanto, o povo hebreu nascera com Abraão, na antiga Suméria, no outro lado da margem do Eufrates, por isso fora chamado "hebreu".

Impregnado de motivos, Abraão reuniu o povo que lhe era mais ou menos aparentado e se deslocou rio acima. Chegando ao norte, rumou para o Jordão e montou o arraial às margens desse rio. Em pouco tempo, tomara posse da terra e fizera de seu acampamento o centro de Canaã.

Abraão tivera várias mulheres, dentre elas Sara, mãe de Isaac, o qual formaria o povo de Israel, e a egípcia Hagar, a estrangeira mãe de Ismael, o qual formaria o povo Árabe.

De Isaac viria Jacó, depois denominado Israel, que casaria primeiro com Lia e, sete anos depois, com Raquel, filhas de seu tio Labão. Jacó fora pai de 12 homens: seis com Lia, dois com Zelfa – serva de Lia –; dois com Raquel e dois com Bela – serva de Raquel. Cada um de seus filhos daria origem a um clã, formando as doze tribos de Israel.

Desde a Antiguidade, os problemas de Canaã sempre foram decorrentes do exíguo território, com pouca fertilidade, falta de água e embate entre tribos rivais. Por isso, os filhos de Jacó desceram para o Egito em busca de vida mais harmoniosa e de melhores pastagens para seus rebanhos. Mas, por inveja daquele que detinha o favoritismo na casa paterna, eles decidiram vender José como escravo, prática comum naquelas épocas. Não sabiam que o enjeitado tinha sensibilidade mediúnica e podia desvendar o significado dos sonhos. Com o tempo, José acabou muito considerado pelo Faraó e conseguiu cargo de prestígio na corte egípcia, tornando-se pessoa influente e benfeitora dos hebreus.

O tempo seguiu. Quando a política egípcia mudou, outro Faraó subiu ao trono, e os hebreus tornaram-se escravos da nova dinastia. Numa época em que a escravidão imperava, nasceram os filhos de Anrão: Moisés e Aarão. Moisés se tornaria o grande legislador hebreu. Por ele, viriam os Dez Mandamentos dados por Yahweh no alto do Monte Sinai. Por sua vez, seu irmão, Aarão, da tribo de Levi, seria designado primeiro sacerdote do povo, tendo a honra e o dever de guardar a Arca da Aliança, contendo as Tábuas da Lei.

Antes dos acontecimentos no deserto, durante o século XIII a.c., ocorre o Êxodo do grupo de Moisés, libertando o povo hebreu do Egito. Foram então em busca da Terra Prometida. Em meio ao deserto, contemporâneo aos dois líderes do movimento, mas bem mais novo em idade, emerge a figura de Josué, filho de Nun, conhecido como "soldado do Senhor", o sucessor de Moisés.

Sua missão fora consolidar a primeira religião monoteísta na Terra. Para concretizar o ideal do povo, Josué teria de tomar a cidade de Jericó, as demais cidades próximas e os reinos circunvizinhos, ao centro dos quais estava a Terra Prometida, na qual Abraão havia acampado, e sonhado ali permanecer.

Após as conquistas, Josué teria de distribuir as terras para as doze tribos de Israel. Em meados do século XIII a.c., iniciou o desempenho de tais incumbências e legou ao povo de Israel, pela primeira vez em sua história, o território tão sonhado para formar sua nação.

Por volta de 1.200 a.c., nos tempos de Ramsés III, os chamados "povos do mar" pelos egípcios, filhos de Caftor da ilha de Creta, denominados depois filisteus, dominaram extensa faixa litorânea (hoje Gaza) ao sul da Fenícia, constituindo o território denominado Palestina, povo cujas diferenças com Israel perduram, requerendo solução definitiva para a paz tão sonhada por ambos os povos.

Vamos fazer uma pausa nos relatos de conquistas e guerras de preservação territorial, para destacar ao leitor, à luz do mentor espiritual, que os povos do passado, uma vez em guerra, liquidavam por completo seus oponentes. Assim, povos importantes desapareceram num abrir e fechar de olhos.

O povo de Israel, não obstante o exagero literário de algumas escrituras, assim não procedeu. A prova disso são os povos ainda hoje existentes. A vitória sobre o antagonista sempre gerou uma postura de conforto, um bem-estar imediato e uma esperança de paz duradoura. Os chefes militares de Israel sempre buscaram a vitória, mas, uma vez alcançada, continham-se nas posições. Não exterminaram o povo antagônico, mesmo estando em condições favoráveis, contrariando assim relatos exagerados do deuteronomista. Os filisteus estão presentes hoje por determinação das forças do Altíssimo, assim como os demais povos da região mais ou menos aparentados com Israel.

Quem observa a história verifica que a paz fora sempre passageira naquela região. Além das diferenças religiosas, sempre faltou, a um e a outro povo, o território próprio, capaz de satisfazer as necessidades vitais de ambos.

A discórdia maior esteve sempre centrada na questão do espaço vital. Quando um se sente ameaçado, sobrevém a guerra. Mas a esperança de convívio pacífico sempre grassou em ambos os povos. Essa situação já se arrasta há milênios e clama por solução definitiva. Um acordo territorial amplo, envolvendo os povos da região, é imperioso. As posições rígidas devem tornar-se flexíveis, para o território "comum" satisfazer as exigências mais importantes de ambos.

Necessário reconhecer que Canaã tornou-se um patrimônio da humanidade. Um celeiro religioso comum a vários povos. Assim precisa ser considerado para haver paz. Em razão de sua aridez climática, não há dúvida de que Canaã se tornou pequena para abrigar tanta gente. Os povos da região devem ser estimulados e submeter-se ao grande Fórum Internacional das Nações para encontrar as melhores alternativas de convívio pacífico.

A sabedoria de Abraão, seu patriarca comum, não deve ser esquecida. Aquele, para dar um lugar definitivo à esposa, em vez de guerra e disputas violentas comprou as terras do hitita Efrom, onde se localizava a caverna de Machpelá, atual Hebron, para garantir à esposa morta e a seus descendentes o território e a paz tão sonhada. A hora conclama sabedoria. Garantir a vida pacífica é imposição das forças benfeitoras de Deus e missão de todos nesse terceiro milênio.

Após o governo dos Juízes, em que a autoridade religiosa comandara as ações, emerge Saul, da tribo de Benjamim, por volta de 1.025 a.C., como o primeiro monarca de Israel.

Em seguida, entra em cena o rei Davi. Encorajado nas batalhas por Samuel, formou um Estado forte e iniciou a construção de Jerusalém, que foi terminada por seu filho Salomão, o mais sábio dos governantes de Israel e construtor do grande Templo de Jerusalém. Foi uma época considerada de ouro para o povo de Israel.

Mais tarde, com a polarização das tribos israelitas em dois grandes aglomerados – o de Judá (reino do sul) e o de Israel (reino da Samaria) – o governo tornou-se fraco e dividido. Quando o grupo da Samaria foi vencido pelos assírios de Sargão II, em 722 a.C., o povo de Israel foi deportado e dispersou-se amplamente pelo Oriente Médio e pela Europa. O grupo de Judá ainda resistiu por mais de um século, até 586 a.C., sacramentando o nome de Judeia dado à região, até ser liquidado por Nabucodonosor, rei caldeu que invadiu Jerusalém, pilhou e incendiou a cidade.

De 586 a 538 a.C., o povo judeu foi feito escravo de Babilônia. Nesse último ano, quando os persas de Ciro tomaram a cidade, o judeu foi autorizado a voltar para seu território e a reunificar a nação. Teve início, então, o período religioso mais fértil do judaísmo, contribuindo decisivamente para a vinda do Messias e de sua Boa-nova.

De modo geral, para efeito de estudo evolutivo da religião hebraica, até o ponto em que o *Antigo Testamento* fora totalmente concluído e consolidado, cinco ondas distintas de evolução podem ser claramente vislumbradas pelos estudiosos, as quais denotam alterações importantes no pensamento religioso da Antiguidade. Vamos observá-las.

A primeira onda evolutiva é a Pré-mosaica. Está compreendida desde as mais primitivas origens do povo hebreu até a conquista de Canaã, por Josué. Nesse extenso período, o povo possui um animismo primitivo. Adora os espíritos que habitam as árvores, as montanhas, os rios e as fontes sagradas. Adora certos animais e constrói ídolos, os quais personificam várias divindades cultuadas, às vezes, com fervor, e em outras, em meio à orgia. Faz, nessa época, magia de diversas formas. Constrói altares e faz imolações. As tribos se encontram dispersas e cada uma delas cultua seu próprio deus. Yahweh ainda não está incorporado no seio do povo, e muitos nem sequer conhecem sua existência, até que os Patriarcas e, em seguida, o grupo de Moisés, iniciam os ensinamentos para implantar o monoteísmo revelado por entidades benfeitoras. O Decálogo é dado ao povo e este conquista a Terra Prometida, passando a ter um território para formar sua nação.

A segunda onda evolutiva é a do Monoteísmo Nacional. Está compreendida entre 1.200 e 800 a.C., desde a morte de Josué até a vinda dos grandes Profetas. Nesse período, consolida-se o conceito da existência de um deus único para o povo de Israel. Entretanto, Yahweh é apenas uma unidade nacional, o Deus de Israel, não de outros povos. É o Deus que se define a Moisés como: "Eu Sou o que Sou", conforme registra o *Êxodo* 3:14. É o Supremo legislador, aquele que no alto do Monte Sinai gravara em pedra os Dez Mandamentos para seu povo. É um Deus propagado como figura poderosa e arbitrária, que pune com rigor e mata sem piedade quando necessário. É caprichoso às vezes, mas irascível em outras. Contudo, é bom. É o único salvador de Israel, aquele que orienta e vinga a nação inteira, que protege as viúvas e ampara os órfãos.

Deve-se notar que nesse período os sacerdotes não negam a existência de outros deuses para os demais povos. Os interesses pessoais são intensos, no sentido de a religião ser praticada principalmente para proporcionar recompensas materiais nessa vida; a vida no além era pouco considerada. Seguindo os mandamentos de Deus, o homem poderia obter as benesses materiais de que precisava para viver na Terra.

Embora os avanços dessa onda sejam notórios em confronto com a anterior, as práticas primitivas de magia, sacrifício e adoração de ídolos eram ainda intensas e haveriam de continuar no curso de outros períodos, diminuindo sua intensidade muito lentamente.

A terceira onda evolutiva é a Profética. Está compreendida entre 800 e 586 a.C., desde o surgimento dos grandes Profetas até a queda de Jerusalém, que redundou no cativeiro do povo judeu em Babilônia.

Nesse período, conforme nossas instruções espirituais, muitos hóspedes capellinos são chamados a encarnar nas regiões da antiga Canaã, para contribuir no sentido de ensinar que a religião deveria estar dotada de nova filosofia, mais abrangente do que a praticada até então. A sabedoria dos Profetas e o trabalho dos novos sacerdotes seriam fatores decisivos para fazer o pensamento religioso progredir no orbe terrestre.

Os novos ensinamentos dizem ao povo que Yahweh não é somente o Deus de Israel, mas o único Senhor do universo. Portanto, é o Deus de todas as nações, mesmo que estas não se apercebam disso em razão da imaturidade espiritual vivida. Ensinam que Deus é justo e bondoso para com todos, sem exceção. E, se existe na Terra o mal, este é produto do próprio homem, não de Deus. Ensinam que os ritos e sacrifícios não possuem valor nenhum. O que Deus espera dos homens é que sejam justos, misericordiosos, humildes e cumpram o Decálogo.

Com tais ensinos, remodelando por completo os conceitos anteriores da religião, todos os comportamentos passariam por profundas transformações. A corrupção e o suborno na corte e no templo teriam de ser abalados. As forças da opressão e do barbarismo teriam de diminuir. A índole espiritual do povo e sua fé em Deus teriam de ser aprimoradas. A passageira vida na Terra e a imorredoura vida espiritual teriam de ser repensadas. A ética, a justiça e a harmonia de convivência seriam preceitos fundamentais para Deus conferir a salvação individual e conceder ao homem o Paraíso na outra vida. Nesse ponto, a figura de Satã como antagonista é sobressaltada e combatida com vigor, para fazer valer os interesses do bem.

Na medida em que o homem incorpora em si, no governo e na sociedade, qualidades mais humanas de conduta, ele passa a ficar mais vulnerável perante seus oponentes de índole guerreira. Na época à qual nos reportamos, imperava a barbárie e o domínio pela força em todos os povos. Por isso, ser pioneiro, em termos humanos, num mundo atrasado e perigoso como aquele teria de ter um preço. Israel pagou esse preço. Quanto mais humano e bondoso, mais frágil e vulnerável ficava. Agindo assim, o povo de Israel ficaria completamente desguarnecido. Dir-se-ia que passou a ser o "cordeiro" de Deus antes da vinda de Cristo. Não levou nem tampouco poderia levar sua missão, como povo, às últimas consequências, como o faria depois Jesus em primeira pessoa, mas atingiu um estágio de compreensão religiosa cuja fragilidade bélica por ele mesmo deliberada redundaria em grandes perdas. Amargou a perda total de seu território, a destruição do Templo de Jerusalém, de cidades e de casas individuais, a deportação de seu povo para outros locais, a fuga desesperada que causou a dispersão do povo para vários países do mundo e, finalmente, o cativeiro, amargando o exílio em Babilônia por meio século.

Os hóspedes capellinos e o povo de Israel levaram até o fim uma missão religiosa sem precedentes na história da humanidade. E muito contribuíram para o avanço do pensamento moral e religioso na sociedade humana.

A quarta onda evolutiva é a do Cativeiro em Babilônia. Está compreendida entre 586 e 538 a.c., desde a destruição de Jerusalém e partida do povo judeu para o cativeiro até seu retorno à pátria, após autorização do rei da Pérsia, quando este conquistou aquela civilização.

Nesse período, o cativeiro marcara o povo judeu com os estigmas do pessimismo (quanto ao futuro) e da fatalidade (quanto ao seu destino). A desesperança abatera o povo cativo. O sentimento de não mais poder retornar à pátria encampou o coração do povo. Ele passou a considerar Yahweh como um ser inalcançável, impossível de sensibilizar sem o homem atingir a sublimação. Por essa inferioridade, seria dever do povo submeter-se à Sua vontade, pois o modo de pensar e agir de Yahweh não era humano, mas estava muito acima dos mortais.

Mesmo com o quadro pessimista ganhando força a cada dia na mente do povo, os sacerdotes mantinham esperança íntima de retorno à Pátria. Sem saber quanto tempo o cativeiro persistiria, decidiram manter o povo coeso na sua identidade de nação, inclusive repassando sua doutrina religiosa às novas gerações, as quais nasceriam no cativeiro.

Assim, de forma planejada, nos costumes adotados o povo judeu diferenciou-se de outros para ser distinguido claramente e manter sua identidade de nação. Retomou antigas práticas religiosas e instituiu outras novas. O culto na sinagoga, a instituição do sábado de descanso e sua fiel observância, a circuncisão, a distinção de alimentos entre puros e impuros, os rituais, as oferendas, os sacrifícios, as orações e outras práticas tornaram-se obrigatórias para manter a identidade judaica na Babilônia.

Os esforços não seriam em vão. O povo judeu retornou a Canaã para reconstruir sua pátria depois de a Pérsia subjugar Babilônia. Contudo, não obstante os esforços da classe sacerdotal, boa parte dos jovens judeus não aderiu ao intento, preferindo permanecer livre na grande cidade a ter de deslocar-se para uma terra que jamais houvera conhecido.

A quinta onda evolutiva é a do Pós-cativeiro. Está compreendida entre 538 e 250 a.C., desde a libertação do cativeiro em Babilônia até a conclusão da *Septuaginta* judaica, a tradução para o grego dos livros do *Antigo Testamento*.

Esse período inicia-se com Zorobabel, líder judeu nascido em Babilônia, comandando o retorno do povo à cidade de Jerusalém, para fazer o recomeço da pátria. O período está caracterizado pela influência persa na cultura religiosa judaica, fazendo a doutrina de Zoroastro deixar marcas patentes.

Embora a discussão sobre a influência de Zoroastro no judaísmo seja controvertida quanto à sua real incidência, ao seu conteúdo e à sua datação, ainda assim é preciso afirmar que, em certa época e de alguma maneira, a religião de Zoroastro chegou ao conhecimento dos judeus. Sua força fora notória e, mais tarde, seria capaz também de resistir ao cristianismo, em Roma, até o terceiro século. Os judeus incorporaram parte daquela cultura, e, com o concurso das forças divinas, moldaram-na à sua concepção.

Nessa onda evolutiva, embora o povo conservasse como couraça protetora o retrocesso nos costumes que fora impelido a fazer durante o cativeiro em Babilônia para manter sua identidade de nação, ainda assim uma onda de ideias ganhou soberba projeção na comunidade judaica. Os mitos da Criação, do Dilúvio universal e da crença em Satã (o anjo decaído que atrapalha a vida do homem desde a sua criação) passam a ser definitivamente incorporados.

A nova onda profética divulga a vinda de um Messias universal. Mas as grandes dificuldades vividas pelo povo ju-

deu no decorrer de séculos fizeram a classe sacerdotal transformar a figura de um "Messias universal" em um "Salvador
exclusivo de Israel", semelhante à época Pré-mosaica em que
Yahweh era um deus apenas hebreu. Após a glória, viria a morte do Salvador, sua descida ao mundo dos mortos, o advento da
ressurreição e o juízo final. Os sacerdotes transformaram uma
figura universal bondosa num salvador exclusivo, que haveria
de punir no juízo final.

Tais profecias, à medida que os anos passam e a dominação externa assoberba, ganham força irresistível no seio do
povo judeu. A salvação do homem, para desfrutar de uma vida
melhor no mundo extrafísico, é agora o mais nobre propósito
do espírito humano. E as revelações prosperam, com Profetas
iluminados e homens lúcidos preparando a vinda do Messias.

Após essa última onda evolutiva, nos dois séculos e meio
seguintes até a vinda de Cristo, os judeus, como um todo, incluindo os da dispersão fora da Judeia, e ainda outros povos
que aceitaram as profecias muito rezaram com fervor, aguar-
dando com ansiedade o advento messiânico.

Os sacerdotes e o povo culto da Judeia, acostumados a
ver em seus livros históricos figuras lendárias e soldados vi-
toriosos, membros de um passado glorioso, tais como Moisés,
Josué, Davi e muitos outros, esperavam como Salvador um homem de força, um líder conquistador que de alguma maneira
não bem entendida os libertaria do domínio romano e da cobiça
de povos antagonistas.

Por outro lado, várias influências religiosas grassadas
na cultura judaica até então provinham de povos vizinhos, os
quais tinham realizado um crivo de censura em suas escrituras, antes de consagrá-las. Tudo era arbitrário na religião e na
sociedade antiga. As inovações, antes de ser incorporadas na
cultura judaica, passavam pelo crivo da classe sacerdotal, a

qual preparava cuidadosamente os novos textos. No ano de 285 a.c., as escrituras relativas aos livros do *Antigo Testamento* começaram a ser revisadas, retocadas e traduzidas para o grego, numa operação denominada *Septuaginta* judaica, realizada em Alexandria para a biblioteca daquela cidade, onde trabalharam 72 sábios judeus por período de 39 anos até terminar o volumoso trabalho, selando de vez o seu conteúdo.

O Messias havia chegado. A figura de Jesus de Nazaré fora para os sacerdotes e para a corte judaica um grande enigma desde o início. Percebendo no ministério de Jesus uma figura pacífica, diferente dos conquistadores do passado que imaginavam ter de novo no comando de suas forças, não tiveram dúvida em refutá-lo.

Jesus ensinava, antes de tudo, não obstante ter dito não vir contrariar a Lei, mas complementá-la, uma Boa-nova que exigia comparação com os livros do *Antigo Testamento*, os quais já corriam o mundo após a *Septuaginta*. Para implantar a Boa-nova, seria preciso revisar antigos conceitos e costumes judaicos, executar ampla obra literária complementar, a qual eles não estavam dispostos a fazer, mesmo porque não acompanhavam as pregações de Jesus no seu dia a dia para fazê-la. Por melhor conteúdo que tivesse a Boa-nova, arranhar de alguma maneira as Escrituras era para eles algo impensável. Então, quase por impulso, refutaram a doutrina de Jesus e contribuíram para levá-lo à morte, com os ardis políticos engendrados.

Hoje, por mais que os judeus não admitam o engano cometido e façam de tudo para justificar as suas posições contrárias, a história fala por si só, demonstra claramente com quem estava a verdade. A adesão ao cristianismo por bilhões de adeptos não deixa dúvida. Um pensamento melhor prospera de modo irresistível no seio dos povos, de modo bom, pacífico e menos interpretativo.

A vitória do cristianismo fora completa. A nova ideia religiosa ganhara a sociedade antiga. Todas as modificações políticas e sociais da Antiguidade estavam subordinadas às alterações religiosas. Por isso, a transformação fora completa. O cristianismo determinara o fim da sociedade antiga e o início de uma nova era de entendimento.

Vamos observar essa onda evolutiva mais de perto no que tange à sua filosofia nos primeiros séculos, já que sua interpretação religiosa está magnificamente abordada em *O Evangelho Segundo o Espiritismo*, ao qual nada temos a acrescentar.

Na época em que os judeus foram libertos de Babilônia, o laço juntando em um só nó a religião, o direito e a política começava a afrouxar-se nos países mais adiantados do mundo. O trabalho dos filósofos gregos e, pouco mais tarde, o dos romanos, fizera a evolução do pensamento humano, nos três campos mencionados, prosperar rumo a desatar o nó único, transformando-o em elos individuais de uma corrente. Além do caráter espiritual, o cristianismo veio orientar aspirações humanas preexistentes no campo do direito e da política.

Na época clássica, a religião comandava em muito as ações do Estado junto ao povo. A crença falava mais alto no indivíduo e em suas ações. Se o Estado já não se sentia mais à vontade para comandar a política, regulamentar as leis e estabelecer os códigos morais era porque as crenças religiosas tinham envelhecido. A religião não acompanhava mais a modernidade. A sociedade romana, ditando as regras para o resto do mundo, chegara a esse ponto.

O cristianismo veio rejuvenescer a religião e libertou o Estado das amarras antigas. Tal fato não fora observado em seu início, mas após algum tempo. Aos governantes de cidades avançadas, como Roma e Atenas, o importante era governar estabelecendo leis e recebendo tributos. A máxima "dai a César o que é de César e a Deus o que é de Deus" propagada pelo cristianismo veio criar condições para o poder político do Estado se libertar das amarras do religioso instituído pela classe sacerdotal obtusa.

O pensamento da pessoa humana, em termos religiosos, por sua vez, tornou-se menos material, e os propósitos humanos se tornariam cada vez mais espirituais. O Divino fora colocado no seu devido lugar, distante dos interesses mesquinhos. O amor a Deus e ao próximo passou a ser o mais nobre propósito da alma humana encarnada.

As coisas de Deus passaram a ser diferentes das de César. Cada homem ou cidade não precisaria mais ter seu deus particular de favorecimento. Os deuses antagônicos de casas e cidades não se digladiariam mais entre si nem tampouco incitariam seus fiéis à luta armada. Deus, agora, era um só, uma figura única com os mesmos propósitos espirituais em qualquer parte da Terra ou dos céus. Cada governante poderia fazer as leis mais convenientes à sua nação, como também estabelecer os tributos necessários a ela, sem tais fatos terem que ver com as coisas espirituais de Deus. Portanto, era uma postura religiosa diferente, moderna e que ia ao encontro dos interesses do Estado.

Essa nova onda evolutiva, alçada pelo cristianismo, envolveu as demais crenças e religiões, provocando nelas substanciais alterações de melhoria, quando não as liquidou por completo. O cristianismo mudou o mundo. A religião deixou de ser matéria, passou a ser espírito. Não mais sacrifícios de seres humanos e de animais. Não mais comida e bebida para os deuses. Não mais o deus doméstico particular, mas sim o Deus único universal. Não mais os cultos secretos, mas sim a divulgação aberta e clara. Não mais o temor, mas sim o amor a Deus. Não mais o ódio entre os povos, mas sim o amor e a paz entre eles. Não mais o privilégio de um povo escolhido por um deus particular, mas sim a proteção comum a todos, onde o Pai celestial não perde uma só ovelha de seu rebanho. Esses eram alguns dos novos ensinamentos propagados pela Boa-nova, cujas luzes encantariam o mundo, abolindo as trevas e a obtusidade em que estava imersa a civilização antiga.

A ideia de que todo homem é livre, e sua alma somente a Deus pertence, faria emergir um princípio de liberdade que contagiaria o mundo nos séculos futuros, em todos os seus quadrantes, fazendo senhores e governantes repensar a ordem social injusta estabelecida na Terra, condição em que o fantasma da escravidão massacrava a vida e cerceava o avanço espiritual.

Dois mil anos são passados. Hoje, o conceito de que a alma não tem pátria ganha outra dimensão no mundo moderno. Deixa de ser fruto de uma abstração humana para ser observado concretamente. O processo de globalização envolvendo todos os países, a mais recente onda evolutiva de transações comerciais do homem, faz com que ele se aperceba da verdade do pensamento cristão. Antes, a espiritualidade vinha até ele, para suas ações serem mais humanas. Hoje, em movimento inverso, é o senso humano incorporado por ele que o conduz à espiritualidade. A razão se ilumina cada vez mais. A globalização elimina barreiras e torna a humanidade uma só alma, com um só pastor: Deus.

As ondas de evolução religiosa sempre foram as grandes alavancas impulsionadoras da sociedade em direção ao progresso e ao conhecimento. Modificam-se as crenças e a sociedade é revolucionada. Uma situação mexe com a outra de modo profundo. E a descoberta do espírito humano movimentando um corpo de carne é feita progressivamente pela razão humana, pois a grande lei é progredir sempre.

Os povos do passado, habitantes do Oriente Médio, muito contribuíram para o aperfeiçoamento da cultura religiosa da

Antiguidade. Em particular, o povo judeu conseguiu formar um corpo doutrinário homogêneo, coerente com a visão religiosa dos Profetas receptores da Primeira Revelação.

A visão religiosa judaica constituiu o fundamento de onde emergiria em seguida o cristianismo, denominado Segunda Revelação. Esta deu continuidade à revelação anterior e a superou, ofertando ao homem uma visão mais aprimorada da vida, tanto da presente quanto da futura no mais além, consagrando-se como a maior religião do mundo ocidental.

Conforme mencionado em lances anteriores, várias passagens da Bíblia foram aproveitadas de outras culturas mais antigas, aspectos religiosos incorporados ao *Antigo* e ao *Novo Testamento* por iniciativa de religiosos judeus e cristãos, cada qual em sua época.

É preciso destacar que ao fazermos a ressalva de haver nas Escrituras Sagradas e nos cultos judaico-cristãos inserções religiosas provenientes de outras culturas, não atribuímos nenhum demérito àquelas Escrituras ou à religião praticada. O nosso propósito é mostrar com evidências que a humanidade caminha num processo de melhoria constante. A seleção do melhor sempre houve e continuará existindo, mas em termos cada vez mais humanitários.

O homem avança sustentado no uso da razão, a ponto de, a cada passo evolutivo, compreender seu passado milenar, sua dotação espiritual e seu destino no porvir. Por isso, não podemos nos omitir aqui quanto ao advento de uma nova onda evolutiva religiosa grassada na humanidade em meados do século XIX, na França, e propagada depois, no Brasil, de forma irresistível.

A Terceira Revelação e os aprimoramentos religiosos que viriam na marcha dos séculos foram profetizados pelo Cristo de Deus, há dois mil anos, enquanto encarnado entre nós. Não podemos nos esquecer de suas palavras que, além de instruir o povo da época, profetizavam o futuro. Ele assim expressou-se, textualmente:

"Então eu pedirei ao Pai, e ele vos dará outro Consolador, para que permaneça convosco para sempre: o Espírito da Verdade, a quem o mundo não pode acolher, porque não o vê nem o conhece. Vós, porém, o conheceis, porque ele permanece junto de vós, ele está em vós" (Jo 14:16-17).

"O Consolador, o Espírito Santo que o Pai enviará em meu nome, ele vos ensinará tudo, e vos fará lembrar tudo o que vos tenho dito" (Jo 14:26).

"Quando vier o Consolador, que vos enviarei de junto do Pai, o Espírito da Verdade, aquele que procede do Pai, ele dará testemunho de mim" (Jo 15:26).

"Eu, porém, vos digo a verdade: É conveniente para vós que eu vá, porque, se eu não for, o Consolador não virá para vós; mas se eu for, vo-lo mandarei" (Jo 16:7).

"Eu teria ainda muita coisa para vos dizer, mas agora não sois capazes de suportá-las. Quando, porém, vier aquele, o Espírito da Verdade, ele vos conduzirá à verdade completa. Não falará por conta própria, mas dirá tudo o que tiver ouvido, e vos anunciará as coisas do futuro" (Jo 16:12-13).

Hoje, com o advento do Espiritismo, essas profecias são de claro entendimento. O nosso tempo é outro. Não estamos mais há dois mil anos. Ora, o Consolador prometido, aquele que o mundo não vê nem conhece, mas está no homem; o Espírito da Verdade que viria ensinar e faria lembrar as coisas ensinadas por Jesus Cristo; aquele cuja missão procede de Deus; aquele que somente seria mandado após a morte de Cristo; o Espírito que conduziria o homem à verdade completa, a verdade que o homem daqueles tempos primitivos ainda não era capaz de suportar; aquele que anunciaria as coisas do futuro, não falando por conta própria, mas sim do que tem ouvido no reino de Deus; esse Consolador prometido, esse Espírito da Verdade já veio! – É o Espiritismo, a Terceira Revelação expressa nas obras da Doutrina Espírita.

O Espiritismo, em verdade, veio esclarecer o mito da Criação, demonstrando que o homem é produto de evolução contínua. Veio, em verdade, comunicar que Satã e os anjos são também figuras estimulantes da imaginação, espíritos em estágios diferentes na escalada evolutiva e que isso os faz bons ou maus. Veio, em verdade, comunicar que a morte não cessa a vida, pois o espírito é imortal; somente o corpo físico usado por ele é que morre e apodrece. Veio ensinar a verdade completa, comunicando que a ressurreição da carne morta não existe, é o espírito que forma essa carne e a ela sobrevive, podendo materializar-se depois, ficando tangível. Veio, em verdade, comunicar que milagres não existem, são apenas fenômenos que escapam ao conhecimento do homem, ocorrências manipuladas em outro estado da matéria em que o espírito age e interfere. Veio, em verdade, comunicar que não são os olhos humanos que veem o espírito, mas os da alma, sentido inato que amadurece e pode ser aprimorado pelo homem. Veio, em verdade, comunicar que o espírito irradia-se na matéria comandando as ações do corpo, o qual lhe obedece por meio dos sistemas de sua constituição íntima. Veio, em verdade, comunicar que a evolução é contínua, não cessa numa única existência física, mas é preciso renascer de novo muitas vezes para progredir e alcançar a perfeição dos espíritos puros, próximos a Deus. Veio, em verdade, comunicar que todo ato praticado pelo homem tem a sua consequência, pois ação gera reação; todo efeito tem a sua causa, a qual gera dor ou felicidade, e isso faz o homem selecionar os melhores atos e ascender na escalada evolutiva. O Espírito da Verdade veio recordar as leis de amor ensinadas por Jesus Cristo.

O criacionismo atual, bandeira de alma coletiva bárbara convertida ao cristianismo, interpretando a evolução de modo estanque e conservador, refuta toda concepção de vida sucessiva, divulgando que a alma encarna uma só vez para evoluir. Sem perceber o seu engano, define seu próprio destino: o desaparecimento.

A reencarnação vem desde o princípio da vida, e no judaísmo é fato profético que se consuma por si só. Em *Malaquias* 4:5,6 fora profetizado:

"Eu vos enviarei o profeta Elias, antes que venha o dia grande e terrível do Senhor. Ele converterá o coração dos pais aos filhos, e dos filhos aos pais".

Séculos mais tarde, no cristianismo, a reencarnação dita na profecia aparece consumada no relato de *Mateus* 11:14:

"E, se quiserdes dar crédito, ele é o Elias que havia de vir", diz Jesus, referindo-se a João Batista.

Ora, Elias somente poderia voltar à Terra reencarnando num novo corpo de carne, não de outra maneira física. Assim como o aparecimento de Adão teve de ter outro entendimento teológico, a evolução segue o mesmo curso e enseja uma revisão de conceitos para entendimento das Escrituras. Mesmo porque, muito antes de Moisés e de Jesus, o homem já existia e evoluíra por milhões de anos na Terra pré-histórica. Os antigos não poderiam ter sua alma perdida pela vinda "fora de época", por assim dizer, desses emissários recentes do Altíssimo. Não seria justo se assim fosse, e assim não foi, pois a reencarnação se encarregaria dos ajustes.

As religiões criacionistas e estanques tendem ao franco desuso, por refutar a reencarnação e interpretar de modo equivocado as Escrituras. Assim como os seres vivos, as almas também evolucionam e o fazem encarnando e desencarnando muitas vezes. Deixam o orbe e retornam depois em outros corpos. O regime de ensino ofertado pelo Criador é o das vidas sucessivas. Assim se faz o aprendizado até a angelitude. É preciso perceber que entre a teoria evolutiva e concepção teológica há pontos convergentes capazes de se completarem, embora, ainda hoje, ambas sejam apenas teoria em busca da prova definitiva.

A razão humana, voltada para uma ciência sempre em franco desenvolvimento, tende a derrubar esse criacionismo estanque e mal-interpretado apenas numa questão de tempo. Somente o evolucionismo espiritual com seu rejuvenescer constante de ideias em novas vidas corpóreas tem força suficiente para fazer valer os seus conceitos e sobrepor-se ao materialismo com argumentos teológicos irrefutáveis.

36

REVIRANDO O INTELECTO - APOSTASIA

Vamos procurar subir a uma esfera mais elevada de observação para, das alturas, com o panorama ampliado, debruçarnos sobre aquele plano elevado e dirigirmos o foco de visão para baixo, em direção à Terra, para verificarmos o desenrolar dos grandes vagalhões de desenvolvimento do espírito humano. Assim será possível compreendermos, em linhas gerais, como o homem avançou no pensamento religioso e depois dele se desviou, em suas tentativas de descobrir a origem de si mesmo e de todos os mistérios. Hoje, não são poucos os que têm o materialismo e a evolução natural como as únicas verdades capazes de colocar o homem no concerto da vida, afastando, em princípio, e depois negando a figura de Deus como inteligência criadora.

O êxito obtido pelo progresso cultural do homem, provocado por ondas sucessivas que se espalharam por todas as partes da Terra desde tempos remotíssimos e distantes da consciência pré-histórica, fez o homem, num certo ponto desse avanço e sem mesmo se dar conta do sucedido, de repente se deparar observando a si mesmo. Então descobriu sua própria existência como ser inteligente imerso no seio da natureza e interferindo com o mundo à sua volta.

Em épocas recuadas, momentos em que a visão não pode alcançar, os ascendentes dos primeiros seres humanos surgem sem que se saiba como. Mas o fato é que eles surgem e se desenvolvem. O homem caminha devagar, vem vindo a passo lento, sem fazer nenhum ruído. De repente, quando se percebe, está formado. Observa, maravilhado, a natureza. Contempla o mundo à sua volta e percebe a existência das coisas ao seu redor. Descobre e experimenta tudo ao seu alcance, mas ainda não pergunta a si mesmo quem é e o que faz ali. Ainda não tem cérebro para isso.

Assim, milhares de milênios transcorrem e, num dado momento, no início da época histórica, quando a reflexão revira-lhe as entranhas do intelecto buscando a razão de sua existência, ele percebe que não poderia estar imerso na Terra sem saber como. Naqueles tempos, ainda recuados, seus anseios seriam satisfeitos, pois a hora da revelação houvera chegado, e ele recebe os primeiros ensinamentos espirituais. Eis que surgem as revelações exaradas no *Gênesis*, com imagens majestosas da criação do mundo e de símbolos personificando a geração da humanidade. Do barro, emerge Adão, e da costela dele, surge Eva, sua companheira e mãe do gênero humano. O intelecto rudimentar fica maravilhado e aceita a revelação, deslumbra-se com sua magnitude, a qual lhe satisfaz por completo os anseios de conhecimento, está na conformidade de sua compreensão.

Na medida em que a cultura antiga prospera e desenvolve as civilizações do passado, fazendo-as avançar rumo às modernas aquisições, próprias das épocas atuais, o homem novamente põe-se a refletir, agora postado num edifício cultural mais avantajado. Procura explicações de sua origem, plausíveis para sua consciência, pois ele não é mais o espectador que assiste ao filme de sua própria vida sem questionar, como no princípio, mas o ator principal em cena, responsável pelas ações que marcam seu avanço evolutivo e pelo resultado decorrente de seus atos.

Nesse estágio evolutivo de substancial avanço cultural, o homem envolve a si mesmo com o manto sombrio do materialismo, o qual o faz imaginar a existência de um universo autônomo, em sua íntima expressão, funcionando de acordo com leis naturais desenvolvidas pelo próprio universo. Considera esse cosmos como formado, desde o começo, por matéria desconhecida, inerte, destituída de qualquer inteligência. Contudo, no curso de bilhões de anos, ao jogo das tentativas infinitas roladas em simples lances do acaso, o próprio universo tudo criara por si só, até formar uma ordem perfeita e conseguir funcionar com exuberante inteligência, a qual fora prosperada do nada, mas tornara-se perfeita, capaz de causar a si mesma e de formar todas as demais coisas universais.

A partir desse momento em que o universo, naqueles lances do acaso, teria conseguido produzir tudo por si só numa ordem inteligente, então ali teriam surgido os ascendentes da vida no planeta Terra e também, quiçá, com grandes possibilidades, em muitas outras esferas siderais pulverizadas na imensidão do cosmos.

Esse universo gerador de tudo, como concebido pelo homem materialista, teria feito prosperar a vida a partir da matéria inerte. Esse universo sem vida, elemento destituído de inteligência, gerara outro provido de total saber numa verdadeira inversão de valores em que a lógica se apresenta distante do nosso raciocínio.

Neste ponto, estamos diante de um universo criador, Pai maior de toda a natureza. Não é um Deus, como outros assim o queriam, mas um processo, por assim dizer. Contudo, um processo diferente, pois nele há ordem, mas não há inteligência. Há vida inteligente, mas ele mesmo não é inteligente. Um universo criador de vida, mas ele próprio não tem vida. Um universo que tem somente duração num estágio passageiro de ser e, depois, transformar-se-ia numa outra coisa que o homem não sabe bem o que possa ser, mas pode imaginar por meio de cálculos e números. Mesmo não sabendo, imagina que se a matéria não morrer de frio em sua dispersão no grande vazio, haveria uma concentração dela formando algo deveras sólido. Pondera que esse ponto de concentração ficaria saturado de energia e, por si só, haveria de provocar uma nova explosão, fazendo recomeçar tudo de novo ao formar estrelas, planetas, vida rudimentar e, depois, seres inteligentes. O materialista não é capaz de reproduzir o feito em laboratório, mas o universo está ali se mostrando a ele. Então, articula os seus números e confirma extasiado que o universo ignorante e sem vida fora capaz de gerar todos os orbes, o mundo inteiro das partículas e, num momento raro, culminara por eclodir a vida que a evolução natural, pela sobrevivência dos mais capazes, encarregara-se de tornar inteligente. Estamos diante de um Universo Todo-poderoso, mas ignorante, capaz de permanente mutação e melhoria de si próprio.

Se o leitor é capaz de conceber como verdadeiro esse "Universo Todo-poderoso, mas ignorante", que consegue tudo ao caso, expresso nos últimos parágrafos, e é capaz de identificar-se com as ideias que subtraem Deus do contexto e divulgam a existência de tudo como provindo de um nada preexistente e desconhecido, então, por certo, sua tendência é materialista.

Caso contrário, se, como nós, o leitor considera Deus o princípio de tudo e pondera como corretos alguns dos raciocínios expressos cuja lógica de comando inteligente tem origem espiritual, então é possível afirmarmos juntos que com o cerne daquelas ideias não concordamos e, portanto, os nossos ideais são espiritualistas, embora os porquês do complexo Criador não nos sejam conhecidos.

O homem materialista acredita com todas as suas forças que, pelo fato de ter concluído racionalmente a lógica da origem do universo e, por consequência, abandonado a ideia de uma inteligência Suprema criando o cosmos, a qual nós chamamos Deus, solucionara assim o problema da sua própria ignorância e passara a ser o conhecedor do mistério maior das origens.

Na sua autossuficiência enganosa, acredita que pelo fato de ter aportado e visto mais de perto outros orbes do infinito, formações estas muito menores e oriundas do mesmo fenômeno inicial criador do universo; acredita que pelo fato de ter descoberto e estudado vários fósseis milenares da sua própria espécie e de ter concluído a questão evolucionista de modo diferente do propagado pelo criacionismo estanque da Bíblia; acredita que por ter conseguido manipular os rudimentos da genética, sabendo agora alguns detalhes íntimos da constituição da vida; e por ainda outros avanços científicos importantes que conseguiu – com tudo isso tendo feito, o homem cético pensa que pode considerar-se o conhecedor das verdades absolutas do cosmos e ser o perito de júbilo máximo por ter desvendado alguns rudimentos que apenas tateiam os mistérios da vida e da Criação. Vive extasiado, em sua imagem cerebral ilusória, o engano de ter descoberto aquilo que, na verdade, não conseguiu, pois desconhece os mistérios de sua própria existência e a causa de toda intelectualidade: o Espírito.

Assim, engana-se e prossegue satisfeito em seu engano, o qual lhe satisfaz a mente ainda em estágio de evolução elementar. Em seu ponto de extremo engano, o pseudointelectual chegou ao cúmulo de querer separar as raças humanas em melhores e piores e de querer extingui-las por achá-las inferiores à sua própria, ou rechaçá-las em razão da cor da pele, ou, ainda, de querer melhorá-la por achar a sua superior às outras. Esse é o tipo de homem materialista, radical e inescrupuloso, que se esconde às vezes sob pomposo título de notoriedade, mas cujos débitos acumulados no presente terão de ser saldados no futuro, ao rigor da lei de causa e efeito a que todo espírito está sujeito.

Revirando o intelecto, muito distante do cético mecanicista está o espiritualista iniciante. Qual criança que já deu os primeiros passos, mas ainda vacila, ele permanece buscando maior confiança interior, conhecimento e equilíbrio, para seguir a caminhada em direção a um entendimento espiritual mais amplo e profundo.

O homem espiritualista, no mundo ocidental, em sua maioria possui ideal religioso consagrado principalmente nas religiões católica e protestante – esta última em todas as suas vertentes.

Tais religiões diferem entre si em pequenos detalhes de interpretação das Escrituras. De modo geral, divergem notoriamente na crença dos milagres, na adoração de ídolos ou santos, na realização dos cultos e outras formas exteriores, por assim dizer. Contudo, no cerne da questão espiritual, na interpretação do *Antigo* e do *Novo Testamento*, diferem pouco entre si. Não raro, seus crentes, insatisfeitos de alguma maneira, migram de uma a outra religião, sempre na esperança de ter as aspirações da alma satisfeitas.

Essas religiões ficam horrorizadas quando alguém lhes fala do espírito, o qual, para elas, é quase sempre sinônimo de demônio. Acreditam que a figura diabólica criada por elas viveria perpetuamente nas trevas e de lá faria incursões constantes para atormentar e desarranjar a vida do homem. Numa visão reduzida, aceitam a existência de um espírito maligno junto ao homem para lhe fazer mal, e observam outros em comunicação falando línguas e fazendo toda sorte de coisas. Porém, não aceitam a existência de um espírito evoluído, de boa índole, vivendo feliz no além-vida, fazendo apenas o bem e anunciando-se ao homem. Aceitam o fato de o maligno interferir negativamente na vida dos outros, mas não o homem interagir de modo pacífico com os espíritos, sejam eles perfeitos ou imperfeitos. Embora imaginem os espíritos como seres criados por Deus, não admitem que possam evoluir e alcançar diferentes estágios de progresso, tornando-se diferenciados uns dos outros. Pensam que o anjo bom já fora criado pronto nos céus, assim como o homem colocado pronto na Terra, sem necessidade de a alma evolucionar por milhões de anos em vários estágios de vida até alcançar o estado evolutivo humano e ainda prosseguir.

Não admitem e nem sequer cogitam que os espíritos imperfeitos, por pertencerem a uma onda evolutiva em ligeiro retardo na escalada ascensional, ainda não tenham adquirido hábitos benévolos por consequência desse retardo natural e passageiro a que todo espírito está sujeito. Não aceitam a manifestação de entidades por linguagem frívola, grosseira, trivial e, às vezes, por presunção, arrogância e falsa sabedoria, embora o mesmo ocorra com o homem na vida diária e as comunicações verificadas sejam de falecidos precisando de esclarecimento e doutrinação. Não admitem entidades sombrias interagindo com os encarnados e praticando, às vezes, ações próximas da irracionalidade, prejudiciais ao ser humano, mas observam o homem fazer o mesmo em sua vida diária, sem considerar que seja ele, quando falecido, o protagonista daquelas ações maléficas e precisando modificar-se. Por motivos assim, deram a tais espíritos o nome de "demônio". Contudo, não observam, no mundo à sua volta, figuras semelhantes, no mais das vezes encarnadas no seio da própria família, imersas no vício, na imoralidade e no crime.

Segundo os espíritos superiores, a lei estabelecida pela entidade maior, o Pai celestial, define que nenhuma de suas ovelhas se perderá. Portanto, dia chegará em que todos os espíritos inferiores também serão bons, pois o evolucionismo espiritual é compulsório: progredir é a grande lei.

O espiritualista iniciante ainda está imerso no retardo da onda evolutiva criacionista. Considera a existência de Deus, mas não a si próprio como princípio espiritual que evoluiu até se tornar espírito humano. Não considera seu progresso de espírito, encarnando novamente muitas vezes, até obter as qualidades que possui hoje e ainda outras, melhores, que obterá amanhã, seja na Terra ou nos céus, em outros mundos do cosmos.

Ele simplesmente acredita ter nascido de Deus, do sopro da vida que transformou o barro da terra nessa forma humana de corpo. Imagina que sua espécie privilegiada tem a mesma forma física desde o início dos tempos. Acredita que, vivendo decente e corretamente sua curta existência, após a morte será recompensado com a vida eterna em razão de a bondade Divina ter reconhecido nele um homem temente a Deus, que procura corrigir-se e ser bom no curso de alguns anos (às vezes, apenas segundos de vida) na Terra. Imagina que o seu irrisório tempo na carne e o pequeno saber adquirido numa única existência sejam suficientes para recompensá-lo com a felicidade eterna no Paraíso. Não aceita que para ser recompensado é preciso avançar com méritos próprios em todos os campos do saber, e que para isso é preciso viver muitas vidas, sob o regime contínuo do nascer de novo.

O espírito pode ser entendido pelo homem como um ser imaterial, entidade criada por Deus, inteligência portadora de vida, mas invisível a olhos terrestres. Para evoluir, precisa viver muitas vidas nas várias formas orgânicas, desde a mais simples até a mais complexa, assim aprende e adquire sabedoria, exerce responsabilidade, incorpora a moral, apura o amor e, aos poucos, evolui até atingir a perfeição. Então, nesse estádio, cheio de glória e sabedoria, trabalha nas escalas da criação e desfruta da felicidade eterna.

Quando falamos ao espiritualista iniciante dessas condições, às quais o espírito tem de submeter-se para progredir, ele tem dificuldade para compreendê-las e aceitá-las como necessárias à sua própria evolução, ainda precisa avançar mais para compreender as verdades de si mesmo. Não obstante, sem perceber, tal estágio também é passageiro para ele, pois progredir é a grande lei.

Desde o início da existência do homem observa-se um progresso cultural constante, acelerando-se cada vez mais de maneira vertiginosa. No princípio vimos o hominídeo gastar milhões de anos para aprimorar a pedra lascada sem sair dela. Depois vimos o *Homo erectus* levar centenas de milhares de anos para construir um fogareiro no interior das cavernas. Em seguida, vimos o Cro-magnon passar milhares de anos até obter o arco e flecha. No início da civilização vimos o homem gastar centenas de anos para sair de um metal e obter outro, melhor. Hoje, contudo, em apenas alguns anos vimos o computador substituir as máquinas de escrever, de calcular, os fac-símiles e outros aparelhos. No passado, o homem somente percebia as alterações culturais no decurso de várias gerações. Hoje, ao contrário, ele é arrastado por essas imensas ondas de modernidade que se alçam e quebram por toda a parte. A aceleração do progresso é tão grande que tende a abraçar rapidamente a humanidade inteira. Essas explosões de conhecimento darão ao homem outra visão de si mesmo e novas possibilidades de vida. Durante os séculos vindouros, elas farão prevalecer as ideias validadas pela ciência, formando fortes alavancas de progresso material.

A seu turno, de encontro aos anseios da humanidade do porvir, o evolucionismo espiritual, com sua abordagem científico-filosófica, virá descortinar ao mundo novas linhas teológicas. Virá trazer um sistema de raciocínio aberto, com postura religiosa renovável, capaz de elucidar plenamente o homem e demonstrar a ele o motivo de sua existência na Terra, de onde veio e para aonde vai. Virá propor um novo enquadramento religioso sem os dogmas que tornam as religiões misteriosas, fanáticas e detentoras de verdades ilusórias. Virá descortinar uma nova visão de Deus, com lógica de raciocínio e uso da razão para nortear sua caminhada evolutiva. Virá acender uma nova luz na Terra, mostrando que para chegar a Deus não é preciso fazer ritual algum, nem mesmo no nascimento, no casamento ou na morte. Virá confirmar a fraternidade entre os homens, a conduta moral reta e o senso ético apurado como fatores para obter maior avanço no mundo espiritual após deixar a Terra. Virá manter a mesma proposta de ligação com Deus pela prece, pela bondade fraternal e pelo amor sincero. O evolucionismo espiritual virá estimular novos postulados religiosos, os quais poderão ser revistos na medida do progresso da alma, pois toda espécie de vida evolui e a alma é uma delas; o evolucionismo espiritual funciona como a ciência, remove de si o véu da ignorância, avança com novas descobertas e beneficia a humanidade inteira.

Caro leitor, devemos agradecer a Deus, pois o futuro se iluminará pela ascensão de uma centelha espiritual já alçada em terras brasileiras. O mundo tem hoje à sua disposição uma nova Teologia capaz de reformular conceitos e estruturar ideias, renovando-as na mesma proporção das novas ocorrências científicas: é a Doutrina Espírita.

Conforme expresso por Kardec, em *A Gênese* I:14:

"O Espiritismo é uma ciência de observação, e não o produto da imaginação".

No Brasil, há hoje faculdades, hospitais, associações médicas e institutos ligados ao Espiritismo realizando, além dos trabalhos convencionais, sérios estudos nas áreas de biologia, psiquiatria, neurologia, psicologia, parapsicologia, pedagogia etc. São entidades com importante contribuição no campo do evolucionismo espiritual. São inúmeros os congressos, as palestras e as publicações especializadas enriquecendo cada vez mais o tema e divulgando resultados positivamente obtidos. No dizer de Kardec:

"O Espiritismo, marchando com o progresso, nunca será ultrapassado, porque, se novas descobertas lhe demonstrarem que está em erro num certo ponto, ele se modificará nesse ponto; se uma nova verdade se revelar, ele a aceitará" (*A Gênese* I:55).

Portanto, o Espiritismo está em perene evolução e não contraria a ciência, mas a completa em sentido teológico.

Caro leitor, o vagalhão enorme da evolução espiritual, do qual falávamos no início, tudo arrasta no seu rolar envolvente, carregando consigo tanto o cético inconformado quanto o espiritualista iniciante. Todos serão, mais cedo ou mais tarde, seja nessa encarnação ou noutra do porvir, arrastados por aquela imensa onda evolutiva. Um vagalhão enorme alteia e quebra em todas as praias da humanidade, fazendo ressurgir nelas os espíritos em novos corpos. Então, numa nova praia de vida, o vagalhão prossegue ainda de novo e arrasta consigo os espíritos para outra onda de sabedoria. Uma onda sempre absorve a anterior e a transforma, dando novo avanço. Assim, sucessivamente, num mar evolutivo de rolamento constante, as ondas alteiam até as alturas da imensidade para levar o espírito à perfeição, obedecendo a grande lei determinada pelo Altíssimo: evoluir sempre!

37

Os deserdados da Terra

Embora possa parecer estranho ao leitor acostumado a obras religiosas que neste livro de cunho espírita possamos tratar de temas ligados à ideologia nazista, a qual desorganizou a Terra num passado recente, ainda assim o fazemos, mas não sem um propósito bem definido, vale ressaltar, pois tais assuntos dizem respeito ao evolucionismo espiritual. Além disso, estamos seguros de onde pretendemos chegar e o faremos, gradativamente, com interpretação prudente, para a conclusão ser feita por analogia aos colonizadores da Capella exilados aqui após um passado algo semelhante ao que vamos narrar.

No decorrer dessa exposição, eventuais nuvens que talvez tenham encoberto os motivos do exílio daqueles espíritos rebeldes e desajustados em seu orbe desaparecerão naturalmente, em meio aos acontecimentos funestos a serem observados. Ao mesmo tempo, por conclusão comparada, vamos deduzir a necessidade de certas humanidades do infinito, em alguns períodos de sua marcha evolutiva, reorganizarem-se em outras escolas planetárias, para ajustamento compulsório e seguir mais rápido sua escalada do progresso.

O sociólogo e diplomata francês Conde de Gobineau, aristocrata conservador e astuto que em 1853 escrevera seus *Ensaios sobre a desigualdade das raças humanas*, foi o primeiro teórico racista importante que despertara o interesse nazista na Alemanha. Em sua obra, havia tomado posição contra a democracia e o sentido comunitário nas sociedades. Também deixara claro que a raça branca seria a exclusiva força criadora da espécie humana. Para ele, a cultura das demais raças teria duração relativa quando em contato com ela.

O inglês naturalizado alemão, Houston Stewart Chamberlain, chegara a Viena em 1889, ano do nascimento de Adolf Hitler. Casara-se com Eva Wagner, filha do grande compositor Richard Wagner, e em 1899 escrevera *Os fundamentos do século XIX*. A influência de seu livro na burguesia alemã fora marcante. Antissemita declarado, em sua obra reforçou as posições de Gobineau e definiu a linha-mestra de uma teoria racista da história. Reunindo vasta documentação, argumentou que a queda dos grandes impérios devera-se à mistura de raças, as quais formavam "estranhos aglomerados" sem pátria definida (nítida posição antissemítica), sem sentimento nacional, estabilidade e força para resistir a qualquer ação contrária "devido à sua falta de caráter".

Quando Darwin, em 1859, após Gobineau, publicou sua *A origem das espécies por meio da seleção natural*, por certo não imaginava que após a Teoria Evolucionista ter sido encampada no terreno intelectual da velha Europa surgiria, pouco depois, como desdobramento desse trabalho, um outro criado por seu compatriota Hebert Spencer, baseado na evolução das espécies, mas aplicado agora ao campo social. O chamado "darwinismo social" emplacaria de vez na burguesia alemã. Vamos examiná-lo melhor.

A teoria de Spencer considera que as civilizações evoluem do imperfeito para o perfeito. A desordem e a violência no início da sociedade antiga caminharam, por evolução, rumo ao direito e à organização do Estado. Assim, desenvolveram-se as artes, as ciências e a filosofia. Num avançar constante todas as civilizações, embora em estágios diferentes, estariam rumando para o mesmo grau de progresso, comum a todas no futuro. Conforme essa teoria, a sociedade é um organismo em constante evolução, e a seleção a realizar-se seria através da luta de classes, em que a mais forte domina a mais fraca e faz valer os seus motivos.

Esse evolucionismo social reflete bem o caminho seguido pelas civilizações durante certo tempo. Contudo, no aspecto particular de uma sociedade e numa visão radical, o problema todo se concentrava em interpretar como se realizaria essa "seleção baseada no conflito", com uma civilização dominando outra. Considerou-se, num período de cem anos entre os séculos XIX e XX, que a luta de classes era travada dentro de uma mesma raça, ou seja, no meio de um mesmo povo. Mas, para uma raça predominar sobre outra, uma delas haveria de sobrepujar a antagonista.

No particular relativo à dominação de um povo sobre outro, os interesses de tomada de território falaram mais alto. As raças de cultura mais avançada da antiga Europa sentiram-se fortalecidas para dominar os espaços geográficos cobiçados desde há muito por elas. Pensando assim, era de prever-se que as guerras haveriam de proliferar, e os embates deixariam no futuro, caso mantido o mesmo pensamento (como de fato o fora), uma quantidade enorme de mortos nos campos de batalha.

O interesse político pelo evolucionismo social foi tão grande que os cientistas dos gabinetes de antropologia das universidades adiantadas, principalmente as da Alemanha, trataram logo de encontrar, baseados na teoria de Darwin, um fóssil de tipo humano achado em seu país e portador de dotes físicos esculturais. Aos ideólogos racistas, o tipo fóssil ideal teria evolucionado e constituído um ser humano de porte alto, pele branca, cabelos louros, olhos azuis e outros caracteres físicos de sua própria raça, para, assim, justificar sua autodenominação de raça superior desde o princípio dos tempos e colocar isso a serviço político de seus governos.

A questão racial não estava calcada somente num país. De maneira geral, as civilizações mais avançadas da Europa, por interesses rasteiros, tinham propensão ao darwinismo social. Embora disso não fizessem alarde, tal fato poderia ser observado nas dominações fora de seu território. Como o confronto militar trazia grandes vantagens materiais à raça vencedora, o vencedor poderia dar certa liberdade individual dentro do território conquistado, mas, em contrapartida, aprisionava a nação inteira com o governo desenvolvido para usurpar riquezas.

Com esse propósito ilegítimo, a maioria das nações ricas praticava o darwinismo social. A diferença entre elas estava apenas nos métodos. Enquanto umas agiam com mais diplomacia e fachada suave na argumentação de seus motivos para pelejar, outras eram radicais e contundentes ao justificar sua ideologia e suas incursões bélicas.

Aquilo que de início fora grave afronta religiosa e motivo de revolta contra Darwin, por ter ele demonstrado que Adão não passara de mero simbolismo, agora, juntando-se a "evolução das espécies" com o "darwinismo social", proposto por Spencer, mas dentro da concepção belicosa das nações interessadas, constituía-se oportunidade de ouro para as nações desenvolvidas dominarem outras.

A nova teoria era um estímulo aos poderes autoritários para efetiva seleção baseada na força, mesmo contrariando os preceitos iniciais do evolucionismo social, pois a seleção que estava por vir seria baseada na violência e no desrespeito aos direitos humanos, verdadeiro retorno aos tempos da civilização primitiva. Contudo, na maneira de pensar dos políticos e militares interessados em conquistas, os fins poderiam justificar os meios.

Ao mesmo tempo, a Revolução Industrial na Europa havia precipitado grandes problemas sociais, exigindo soluções. Os capitalistas tinham conseguido grandes fortunas, mas as massas estavam em péssimas condições. Sobreviviam à fome em condições miseráveis de vida nos bairros pobres e sujos. A tensão social nas cidades aumentava pouco a pouco, pois o povo buscava alternativas para melhorar de vida em coisas que não estavam em suas mãos, usurpando uns aos outros.

A nova teoria, pregando a dominação para obter riqueza fácil, passou a ser válvula de escape dos intelectuais e políticos para solução dos problemas do povo. Na medida em que as técnicas de comunicação se desenvolviam, essa alternativa chegava ao povo, manipulado pela propaganda, como caminho ideal a ser seguido.

Consolidam-se os grandes impérios no além-mar. E, na Europa, em pouco tempo, a declaração de guerra contra um país próximo passou a significar prenúncio de mudanças sociais alvissareiras. A guerra passou a ser desejada pelos povos, os quais viam nela possibilidade de mudança para melhor. E como um povo mal conhecia o real poderio militar de outro, julgava ser ele próprio o mais bem preparado para intentar a guerra e vencê-la. Para isso, restavam apenas alguns preparativos militares e medir forças no campo de batalha. Vieram então as guerras de 1870, de 1914 e de 1939.

Embora a teoria evolutiva tenha tratado apenas da origem das espécies, grande parte dos intelectuais procurava nela o suporte necessário para consagrar suas próprias teorias e fazer valer seus pensamentos para solução dos problemas sociais aflitivos do povo. Tristemente o nome de Darwin fora usado por pseudossábios, buscando consagrar suas ideias medíocres como geniais. Assim, naquele período histórico, o racismo incorporou na Europa, tornando-se nocivo e feroz.

Nessa batida de ideias, vários ideólogos surgidos na Europa concluem a questão evolucionista de forma incorreta e desumana. Acreditam que assim como a natureza animal tivera lutas constantes para aperfeiçoar a espécie, em que somente o elemento mais forte sobrevivera até culminar a espécie humana, assim também, da mesma maneira, os humanos teriam de lutar entre si para haver hegemonia das raças e das nações.

Na concepção daqueles pseudossábios, seria esse o caminho natural a ser percorrido pelas nações adiantadas, para sobressair daí a melhor sociedade. Com eles, todas as dificuldades seriam sanadas, haveria prosperidade e as raças fracas sucumbiriam para sempre, deixando aos vencedores seus bens e territórios. Por certo, era um pensamento desqualificado, sem nenhuma consideração humana.

Essa ideologia considerava que a sociedade mundial somente poderia melhorar se os ricos – donos da melhor cultura, e por isso mesmo do melhor patrimônio genético, fato que lhes teria possibilitado o predomínio intelectual e material vigente – se reproduzissem mais do que os pobres. Dessa maneira, uma raça abastada em bens materiais e de cultura mais desenvolvida haveria de obter tal supremacia em razão de sua genética superior, e por isso deveria sobrepor-se às outras. Estendendo essa utopia em direção ao futuro, somente a raça superior haveria de permanecer na Terra com seu tipo genético mais forte, o qual daria origem a outros tipos humanos mais aperfeiçoados. Por conseguinte, as raças fracas haveriam de desaparecer.

O radicalismo desumano, surgido com o nazismo, fez pensar às massas volúveis que esse tal processo enganoso de substituição das raças deveria ser acelerado. Seria preciso exterminá-las, não importando ter elas cor amarela, negra, branca ou mestiça. Deveriam desaparecer porque eram geneticamente inferiores. Esse pensamento nocivo e degenerado foi conduzido habilmente pelo nazismo, que dele fez pleno uso nos poucos anos de sua duração. Com essa teoria infeliz, a raça que se dizia superior passou a considerar que a maneira de preservar sua pretensa superioridade seria eliminando as inferiores. Efetivamente, era um pensamento indigno de ser tomado como humano na acepção da palavra.

Repontam, então, como decorrência de todos esses fatores e de outros importantes que não examinaremos aqui, os governos centrais fortes, as dominações imperialistas e as grandes máquinas de guerra. Atingido o clímax, estouram as guerras. Todas sempre com muita dor e sofrimento, mas ainda insuficientes para conter a ânsia de domínio das nações beligerantes. Após sua funesta passagem, tudo novamente é preparado para uma outra contenda.

Em meio ao turbilhão de ocorrências que não cabe aqui analisar, almejando o poder absoluto e no embalo do clima dado pelo evolucionismo social, emergem os líderes do nazismo com a ilusão de dominar o mundo empregando força bestializada. Eram homens que para satisfazer seus ideais estavam dispostos a praticar quaisquer atos, mesmo os mais perversos crimes, os quais, de fato, representaram, num certo período, os anseios de uma classe dominante e as aspirações de massas versáteis, habilmente manipuladas pela propaganda.

Para soerguer a própria raça em decadência e fazê-la predominar na Terra, os nazistas estavam dispostos a sacrificar todas as outras, exterminando-as. Conduzidos pelo próprio pensamento a exigir-lhes no exercício do poder a realização da vontade, mataram milhões de seres humanos. Foram atos tão brutais que a humanidade jamais tivera caso semelhante em seu passado histórico. Dentre as vítimas, estavam principalmente judeus, ciganos, homossexuais, deficientes físicos e mentais, além de pessoas de outras raças vizinhas condenadas por eles ao extermínio.

Os nazistas acreditavam fervorosamente que seriam os senhores do mundo e dele fariam tudo segundo sua vontade, por um período preestabelecido de mil anos. Para eles, a "solução final" estava no extermínio de todas as raças julgadas inferiores, e no domínio pleno da sua própria. Com eles, o terceiro milênio seria um retorno à civilização da barbárie. Pensando e agindo assim, foram deserdados da Terra.

Na época do surgimento do nazismo, já era de conhecimento amplo nas outras sociedades que o racismo, além de ideia falsa, era produto de uma minoria ideológica com a mente conturbada. Diferenças culturais e genéticas entre indivíduos sempre houve, por assim dizer. Contudo, diferenças culturais são decorrentes de chances desiguais para aprender novos valores. Tais diferenças podem, inclusive, estar localizadas numa mesma raça, em decorrência das condições menos favorecidas de alguns. A diferença cultural não é, definitivamente, causada pela constituição genética de uma raça. A cultura não está no DNA, mas no cérebro de quem a acumulou durante a vida corpórea e, sobretudo, gravada na memória extrafísica desde o início dos tempos do espírito.

Ao longo da história mais recente, após o surgimento do *Homo sapiens* moderno, observa-se que as mudanças ocorridas na cultura do homem vieram das realizações técnicas, não da evolução genética que tenha alterado sua capacidade cerebral. Alterações culturais renovam os registros gravados na memória, mas não expandem a capacidade íntima dessa memória, a qual tem permanecido a mesma desde longos milênios.

A espécie humana não chegou a um ponto de mutação em que, repentinamente, poderíamos observar convivendo juntos dois tipos diferentes de homem, de modo a ficar nítida a existência de humanos com constituição cerebral diferente entre eles. Isso não aconteceu, em absoluto. A espécie continua a mesma, somente a cultura alterou-se.

Portanto, embora a "evolução das espécies" (progresso genético) e a "evolução social" (avanço técnico, interativo e cultural) sejam fenômenos evolutivos, ambos são distintos e qualquer analogia para justificar um registro do segundo no DNA humano é apenas superficial, infundado e sem prova.

Deve-se ter em conta que uma técnica absorve outra por ter o homem inventado algo novo e aprimorado a especialidade anterior; e, no decorrer dos milênios, uma genética absorveu outra por seu patrimônio qualitativo íntimo, sem interferência consciente do homem. Sua evolução genética ocorreu de modo natural, independente da vontade dessa ou daquela espécie. Hoje, embora o homem possa interferir na genética e o espírito absorvê-la em parte, porque uma constituição corpórea mexe com outra mesclando as duas, até o fim do segundo milênio da Era Cristã a mutação definitiva fora produzida pelo espírito com a interferência dos Gênios da genética. Sintetizar a vida, desenvolver a arquitetura, alterar as espécies, fazer novos arranjos e promover constantes melhorias demandaram multimilenárias encarnações do espírito e trabalho incessante dos prepostos do Altíssimo, não é um simples jogo de acaso para benefício de uma raça privilegiada.

Deve-se notar que o ser humano evolui e modifica sua forma física. Assim tem sido desde o início dos tempos. O homem é o animal mais mutável já existente na face da Terra, e seus fósseis assim o atestam. Além disso, o homem possui uma criatividade intelectual não encontrada em animal nenhum, nem mesmo em sua própria genética, pois a criação intelectual é atributo do espírito. A entidade espiritual está em constante evolução, não necessariamente sujeita à genética física para modificar sua intimidade. Ao contrário, ela própria organiza seu arranjo carnal. Sua genética está em outra dimensão, no mundo das partículas espirituais, por assim dizer, distante da atual possibilidade humana de raciocínio científico para poder compreendê-la.

Após a Primeira Grande Guerra (1914-1918), dois anos antes de seu desencarne, Camille Flammarion, em seu *Anuário astronômico e meteorológico para 1923*, escrevera:

> "O crime da guerra mundial não é somente o de ter provocado a morte ou a mutilação de 15 milhões de homens e causado a perda de 600 bilhões de francos; é também o de ter desorganizado o trabalho universal, transtornado a vida de todos trazendo uma carestia restritiva, criado dívidas internacionais, ter dificultado as obras intelectuais, científicas, literárias e artísticas, e substituído o pensamento tranquilo e fecundo do homem pela força bruta e destrutiva, retardando por tempo indeterminado o avanço do progresso."

Ao contrário do que julgavam as nações vencedoras, toda aquela destruição não terminara em absoluto. Conforme efetivamente verificou-se, a Primeira Guerra fora somente o estopim de um artefato destruidor de proporções muito maiores que estava sendo preparado pelo homem para explodir duas décadas depois. E assim aconteceu.

A Segunda Grande Guerra seria a primeira a envolver em conflito todos os continentes: Europa, Ásia, África, América e Oceania. Em todas as partes o homem sofreu suas consequências.

A Terra, quase inteira, fora palco de batalhas com cenários de nacionalismo exacerbado; de orgulho incomum a estabelecer uma superioridade falsa de um povo sobre outro; de ódios e preconceitos raciais buscando uma solução final enganosa baseada no extermínio de raças; de antagonismos religiosos que iam desde a forma fanática de realização dos cultos até a eliminação de Deus com morte do oponente; de interesses econômicos e territoriais em busca de espaço para progredir, ao mesmo tempo que a vida nos espaços ocupados era destruída; de ideologias políticas antagônicas e mortíferas envolvendo, de uma ponta a outra da escala de graduação esquerdo-direita, todas as doutrinas – comunista, democrática e fascista –, cada qual buscando seus próprios interesses e fazendo falsas alianças diplomáticas para enredar ardilosamente o opositor.

A Segunda Guerra fora um confronto monstruoso marcado por bombardeios destruidores, disparados em praias e portos, estações e aeroportos, pontes e estradas, fábricas e refinarias, casas e cidades, nas vias de comunicação e por toda a parte em que houvesse tropa ou contingente humano civil opositor, ali era alvo de ataque mortal.

Um teatro de guerra marcado por cidades totalmente arrasadas, reduzidas à cinza sob o odor fumegante do infernal enxofre e aos gritos de dor de milhares de criaturas feridas. Lei nenhuma de guerra fora respeitada por órgãos nazistas como a Gestapo e a SS, que após a passagem dos exércitos se estabeleciam impiedosas no novo território e prosseguiam a matança de grandes contingentes. A bomba-atômica norte-americana foi impiedosa no Japão, após a guerra já estar ganha pelos Aliados. A Rússia, primeira nação a adentrar Berlim, continuou depois implacável dentro de seu próprio território e fora dele, na Guerra Fria. Por trás de tudo estava a mão impiedosa do homem egoísta e belicoso, cuja mente vinha de há muito em completo desarranjo humanitário.

Crianças órfãs, sem saber para onde ir, vagavam à toa, ao sabor da natureza arrasada pelo homem, até o destino se encarregar de seu paradeiro, que, no mais das vezes, era a morte. Os campos de concentração foram trevas de sofrimento, de carnificina, de assombrosas experiências médicas, de câmaras de gás mortífero e de ardentes fornos crematórios consumidores de corpos cujo estado de magreza mal permitia distingui-los entre homem e mulher, e menos ainda sua verdadeira identidade, em face do estado de inanição cadavérica em que se achavam.

Os campos de extermínio foram para a humanidade o pior de todos os infernos. Nem mesmo Dante, em sua memorável obra, tivera alcance suficiente para registrar *a priori* tão trevosa maldade, porque aquele inferno não fora o do Satã convencional criado pelo "elucidário" da Igreja, mas o da guerra disparada pelos apóstatas da Terra, materialistas malvados e impiedosos. Dante não poderia imaginar em seu tempo um inferno tão trevoso imposto na Terra para amargar a humanidade inteira.

A famigerada guerra culminou com a derrota do nazismo. O mais sanguinário dos embates deixou um saldo de 55 milhões de mortos e um número muito maior de feridos, estropiados, doentes, desabrigados e milhares de crianças órfãs perambulando desnorteadas, famintas e maltrapilhas em busca de mínimo amparo. Em verdade, fora algo próximo do Apocalipse.

O julgamento em Nuremberg pela forças aliadas somente poderia fazer justiça parcialmente, no nível terra-terra, mesmo porque não seria possível aplicá-la aos criminosos não presentes ao julgamento. Tampouco foram julgados os próprios Aliados, vencedores da guerra, que também praticaram crimes. A pena maior aplicada aos nazistas foi a morte.

Mas o que é a morte do corpo para o espírito? Com a morte, ele passa a viver na eternidade, poder-se-ia cogitar de modo insuficiente. Contudo, para distinguir o bem e o mal, com saber de causa, o espírito tem de experimentar. Tem de viver o problema na sua intimidade para saber como de fato é. No lance a seguir vamos verificar como esses espíritos culpados e, por conseguinte, também outros de coração endurecido, praticantes de crime contra a humanidade, devem fazer seu aprendizado depois de esgotadas as chances para seu ajustamento na Terra.

Informações espirituais nos dão conta de que há muito os espíritos belicosos envolvidos nos conflitos mencionados

vinham tendo oportunidade de aprender no educandário terrestre. Todos os esforços empreendidos pelo Cristo de Deus foram insuficientes para modificá-los. Eles próprios desprezaram
todas as oportunidades recebidas. Assim, contraíram pesadas
dívidas que deverão ser ressarcidas nos milênios do porvir.
Eles enveredaram por caminhos cujo retorno não está mais no
ambiente terrestre, mas em outra escola do infinito. Um outro
mundo, em meio às muitas moradas da casa do Pai celestial,
em conformidade com suas possibilidades de evolução, ofere-
ce-lhes a oportunidade de reajuste. Um orbe primitivo, onde
espíritos jovens estão a requerer corpos mais aperfeiçoados
para avançar na escalada de progresso, os aguarda na imensidão cósmica.

A lei de causa e efeito reverteu a situação por eles criada.
Em vez de destruir pessoas, raças e culturas, agora terão o dever de construir novos corpos para melhoria de raças iniciantes
e fazê-las avançar em intelecto e cultura. Os seres trogloditas do
orbe primitivo, em estágio semelhante ao Cro-magnon que habitou a Terra há milênios, serão aperfeiçoados por eles. Lá farão
emergir um homem novo. O aprimoramento da própria raça
que tanto almejaram fazer na Terra, ali poderá ser operado
em benefício de muitos, inclusive deles próprios. A melhoria
social, tão buscada em suas lutas sanguinolentas, lá poderá ser
obtida no curso dos milênios com vantagem mútua: enquanto
os primitivos aprimoram o físico e a cultura rudimentar, os
deserdados da Terra aprimorarão o sentimento fraterno e a
moral precária.

A semeadura é livre, mas a colheita, obrigatória – tal é
a lei. Como os espíritos capellinos exilados na Terra para colo-
nizá-la em épocas recuadas, porque o desenvolvimento moral
em seu mundo já não os comportava, assim também os exilados da Terra o farão de modo semelhante em outro orbe do
infinito. A Terra será para eles seu "Paraíso perdido", ao qual

sonharão voltar quando a saudade lhes bater no peito. Dela foram expulsos, mas encarnarão em outro mundo em condições de progredir e para ela, no futuro, poderão regressar. Embora imersos num primitivismo obscuro e aterrador, ali encontrarão condições adequadas para reparar suas faltas.

Necessário ressaltar aqui que não se trata de castigo interposto pela Divina providência – embora possa parecer castigo aos olhos de quem não examine a questão à luz das leis espirituais –, pois na escalada do espírito não há retrocesso. Ele não reencarna em espécie animal inferior, mas em corpos com potencial inteligente, requerendo apenas melhoria física e avanço cultural. O saber adquirido em experiências anteriores mantém-se nele em estado latente, em estágio de dormência, por assim dizer, para voltar ao consciente na medida em que a chance cultural do novo meio físico lhe favoreça aflorar.

No decorrer da escalada evolutiva, o espírito tem livre-arbítrio para decidir seu caminho; quando atinge o patamar da responsabilidade, contrai o dever moral de responder por todos os seus atos. As faltas cometidas de modo consciente geram nele desorganização na arquitetura psíquica, a qual deve ser reparada para prosseguir na inexorável escalada. A condição mais favorável a ele, para se recompor, é dada no desterro.

A evolução espiritual não dá saltos, mas caminha avançando a seu tempo, e a criatura passa por todas as fases de progresso. Quando não aprende ou não avança o quanto devia, qual criança em idade escolar torna a expiar vivências parecidas, a executar as mesmas lições, tarefas e provas para avançar no aprendizado e superar o marasmo em que ficou. No mundo espiritual, cada qual gravita conforme seu peso específico – tal é a lei. E assim fora.

38

UMA NOVA GERAÇÃO PRINCIPIA NA TERRA

As ciências humanas, notadamente a biologia e a medicina, com auxílio das técnicas de pesquisa ampliadas a cada dia com grande velocidade, são capazes de visualizar o código genético humano decifrado na intimidade do DNA, a mais completa descrição do arranjo da vida já feita pelo homem. Com essa visão, há condições agora de estudar seu composto genético, suas correlações, os entrelaçamentos variantes e as predisposições orgânicas da criatura para procriar, fazer o metabolismo, desenvolver certas doenças e observar o que faltaria ao homem, do ponto de vista genético, para ter um corpo saudável, de bela aparência e longevidade superando a uma centena de anos.

Como desdobramento desses estudos, o homem poderá também conhecer o arranjo da vida de outras espécies, surgidas no planeta desde os mais remotos tempos da sua formação, para melhor compreendê-las do ponto de vista evolutivo. As diferenças entre uma e outra espécie poderão ser notadas em cada letra da ortografia química decifrada. E, mais para frente, em direção ao futuro, poderá sintetizar complexos importantes e interferir na melhoria das espécies, sendo um "criador em miniatura", por assim dizer.

Agindo de modo sério e responsável ao manipular a genética para produzir aperfeiçoamentos inclusive na sua própria espécie, por certo o fará com sensatez, pois sabe que um descuido seria capaz de gerar graves consequências em seu próprio prejuízo.

O descortinar da herança corpórea e suas variações haverão de gerar um verdadeiro emaranhado de saber em que o homem pouco a pouco tece e é envolvido, sem dele ter real conhecimento. Em razão disso, não é demais pensar que possam eclodir graves desarranjos em suas experiências. Para evitá-los, os preceitos éticos de conduta avultam como principal meio de avançar sem cometer injustiça nas novas experiências para melhoria do próprio corpo e, também, das demais espécies do reino animal.

A biologia e as ciências médicas por certo haverão de ser modificadas com o passar dos anos. As diferenças mínimas no composto genômico serão encontradas para manipulação, na tentativa de interferir positivamente na cura de doenças herdadas e na restauração de órgãos comprometidos. Por conseguinte, o homem haverá de alterar até certo ponto sua estrutura, a qual abrigará mudanças decorrentes de incursões ao íntimo do DNA.

O cientista, após detectar o "erro" de programação dos genes que dá causa à má formação orgânica ou à doença, tratará de produzir, além da droga certa para arrumar a desordem, também os meios biológicos capazes de alterar os genes do organismo para eliminar anomalias em gerações vindouras. Assim, certas doenças estarão com seus dias contados, para alívio de milhares de criaturas, enquanto outras desconhecidas haverão de surgir, sem isso constituir obstáculo ao avanço científico, pois haverão de ser estudadas e resolvidas na medida em que avançar o conhecimento.

A previsão de doenças apenas em estado potencial que poderiam acometer o homem no curso da vida e a sua prevenção haverá, forçosamente, de ocupar destaque nos estudos científicos, pois o prognóstico antecipado, a mexida no arranjo genético, a seleção dirigida e o tratamento preventivo das doenças haverão de ser a base das ciências médico-biológicas.

As formas convencionais de tratamento químico haverão de sofrer substanciais mudanças, pois a resistência orgânica do homem será outra, e os microorganismos, responsáveis por grande mortandade, serão atacados com novos e potentes medicamentos associados a combinações técnicas possíveis de realizar com os genes. As novas drogas e os processos biológicos melhorados se encarregarão de corrigir deficiências genéticas causadoras de doenças e de morte prematura do ser humano.

A longevidade será estendida. O homem centenário não será uma exceção. Os bilhões de almas encarnadas no planeta poderão ser aumentados, e em melhores condições de vida. Ao contrário do que se possa pensar, a dificuldade para alimentar uma superpopulação planetária poderá ser superada com ajuda da engenharia genética vegetal, estudada e posta em prática com a devida cautela na produção de alimentos, hoje um mal maior que mata de fome milhares de seres humanos.

É certo que o homem seguidamente aprende e evolui. A cada dia os conhecimentos adquiridos aumentam-lhe a sabedoria. Ele distingue de modo nítido o bem e o mal. E essa distinção, quando presente em sua vida de modo a fazê-lo preferir o bem em vez do mal, associada a um sentimento cada vez maior de fraternidade, haverá de norteá-lo para aplicar os benefícios genéticos em prol da humanidade.

A história recente aponta para ocorrências trágicas vividas no século XX, exemplos negativos cuja repetição seria funesta nesse novo milênio. A discriminação de seres humanos portadores de doença em forma genética potencial e o aperfeiçoamento corpóreo do homem para predomínio de um sobre outro não devem ser cogitados, sob pena de graves consequências. As guerras ainda não foram afastadas e os acidentes genéticos estarão apenas começando, podendo, ambos, afetar as espécies viventes, sem possibilidade de recuperação num futuro milenar. Seria um gravíssimo erro proceder de modo a não garantir os direitos do homem, atualizados e consagrados no grande Fórum Internacional das Nações, e os preceitos de amor fraterno entre os homens.

Façamos aqui um breve parêntese para recordar lances anteriores e acrescentar que os Gênios da genética, de que falamos no decorrer deste livro, guardadas as devidas proporções, serão os homens do porvir.

As fronteiras delimitando o saber humano nos anos futuros serão, inexoravelmente, afastadas para limites mais distantes. O corpo físico é resultado de longa evolução espiritual, e o espírito humano nos milênios recentes caminhou alguns passos importantes, obtendo, nesse novo milênio, o direito de subir um degrau na escalada de progresso e tatear os rudimentos da constituição genética para beneficiar seu veículo de carne. Sua evolução intelectual e sua conduta reta haverão de conceder-lhe tal capacidade. Novos tempos estão apenas começando para o espírito realizar outros magníficos avanços na sua escalada.

A alteração que o homem do porvir poderá provocar no genoma é tão grande quanto o próprio genoma em toda sua formação. Sua estrutura funcional está distante da quantidade de letras encontrada pela ciência, pois, na medida em que o campo energético do núcleo passar a ser estudado na dinâmica genômica molecular, todas as possibilidades aventadas ficarão demasiadamente pequenas. E quando for adicionado ao campo de energia o elemento intelectual que organiza a vida na matéria, o efeito multiplicador será exponencial. Os números até hoje encontrados como unidades principais são apenas a ponta do *iceberg* (no mundo da matéria) que precisará ser observado em toda sua parte "submersa" (oculta, extrafísica) para ser devidamente conhecido. Por conseguinte, num certo instante que haverá de vir, para compreender a eclosão da vida e o metabolismo para mantê-la, o homem terá de considerar, em seus estudos, a existência tanto do "campo energético" quanto do "elemento intelectual" para poder avançar no conceito.

Assim como do arranjo entre elementos químicos singelos nascem formações mais complexas, também do arranjo entre os elementos intelectuais simples nascem formações inteligentes maiores, elaborando, de formação em formação, um todo sempre mais completo e intelectualizado até culminar com a elaboração da forma humana.

A reunião de princípios inteligentes forma unidades maiores na constituição do corpo. Um novo aparato corpóreo começa com a união perfeita de dois complexos inteligentes (óvulo e espermatozoide ou processo genético similar), os quais carregam informações procriadoras. Após a união das partes fundamentais, as células se multiplicam, dividindo-se, organizadamente, uma após a outra, segundo a arquitetura e os limites dados pela constituição genômica e pela ativação do fluxo de energia vital emanado do molde biológico sutil.

Assim, sucessivamente, constituem-se milhões de células formando tecidos, os quais se juntam para formar órgãos (como cérebro, coração, pulmões). Os órgãos, em conjunto, formam sistemas (como o circulatório, o digestivo e outros). Nesse processo, as informações genéticas e as energias sutis do espírito são transmitidas continuamente para as partes componentes. Um novo ser cada vez mais completo é formado no útero até o nascimento, ao comando involuntário do espírito encarnante.

Semelhante ao passado, quando a Terra era um imenso laboratório de provas e os trabalhadores do Altíssimo se sobressaiam na elaboração das formas humanas, tendo a comandá-los os Gênios da genética, agora, no terceiro milênio, muitas entidades especializadas devem encarnar no planeta, com a missão de instruir a comunidade científica na questão genética, dando a ela conhecimento de causa.

Um futuro promissor poderá desenhar-se em todas as partes da Terra, inclusive com recursos vindos da floresta Amazônica, das vastas regiões geladas, como a Antártida, e das águas oceânicas, imensos laboratórios naturais com potencial de ofertar insumos para melhoria da humanidade.

O bom observador, espiritualizado e no uso da razão, notará que está surgindo no planeta uma geração de seres muito especiais. A morada terrestre há pouco começou a ser povoada por espíritos selecionados pelo progresso conseguido em vivências passadas. Um novo contingente humano está gradativamente povoando a Terra. São homens e mulheres marcados pela sensibilidade democrática e pela liberdade de procedimentos.

Quando atualmente se fala de experiências genéticas com alimentos, de bebês de proveta e de clonagem de animais e de seres humanos, essa nova geração vem ao mundo da maneira mais natural possível, alimentando-se com frugalidade e amando a natureza.

Não se trata de seres extraterrestres nem tampouco de qualquer outra forma de vida desconhecida; são seres humanos como quaisquer outros. A diferença está na mentalidade altruísta e na tarefa espiritual a ser realizada.

A criatividade inata, capaz de provocar grandes alterações com o novo que há de vir, por certo impulsionará a humanidade para as mais modernas aquisições em todos os campos do saber. Tal característica é marca dessa nova geração, cuja tarefa de fazer grandes mudanças é irresistível.

Embora muitos possam dar nomes diferentes a esse contingente, na verdade se trata do início de uma nova geração, marcada por ideias novas. Seu sentido mediúnico está mais aguçado. Homens e mulheres que percebem de modo natural a presença de entidades sutis a lhes sensibilizar a mente. São capazes de intuir bons procedimentos nas mais variadas situações.

Sua capacidade natural de prever consequências futuras de atos praticados será responsável por fazê-los agir com segurança e certeza do melhor nas mais variadas situações. A faculdade intuitiva despontará neles naturalmente, na medida em que tiverem de discernir sobre novos conceitos de ordem legal, moral e religiosa.

O dom da cura para eles se fará presente no campo científico, com o desenvolvimento a ser dado nas ciências médico-biológicas, cuja capacidade de curar será aumentada com o avanço da genética, das tecnologias de pesquisa, das modernas intervenções invasivas ao corpo e dos novos medicamentos.

A constituição biológica dessa nova geração está melhorada: seu molde biológico espiritual já fora aprimorado pelos geneticistas do Altíssimo. Nela, os benefícios vertidos à carne se fazem sentir pela maior beleza corpórea, pelo nível intelectual aumentado e pela maior resistência orgânica em lidar com as impurezas criadas pelo próprio homem, as quais campeiam no ar, nas águas e nos recantos da cidade moderna, exigindo solução.

Essa nova geração nasce por toda parte, nas várias camadas sociais, nos diversos países e no seio amoroso das várias religiões. A alma fraterna e a missão a desempenhar são percebidas nela pela bondade de sentimento e pela criatividade inata, qualidades que a caracterizam de modo particular, diferenciando-a fortemente da geração comum. Não fumam, não ingerem álcool e são favoráveis ao alimento vegetal.

Desde a mais tenra idade caracterizam-se por um estado emocional diferenciado; são pessoas amigas, participativas e solidárias nas realizações. Possuem bom humor, evitam comparação com outras pessoas e não gostam de ser disciplinadas com emoção.

Conhecem, no íntimo, outros aspectos de ordem educacional, diferentes dos tradicionais, como também estão dotadas de espiritualidade mais elevada, qualidades que servirão de espelho ao intelecto comum.

Quando em tenra idade, querem amor, afeto e atenção. Em seguida, com o desenvolver do corpo e da mente, procuram por liberdade, respeito e estímulo. Em poucos anos, desapegam-se dos pais, embora por eles guardem o mais profundo amor e respeito. Procuram, desde cedo, por independência, mas sempre com responsabilidade em suas ações. São reflexivas por excelência e comunicativas por espontaneidade. Estão propensas ao estudo das ciências humanas, como a antropologia, a filosofia, a sociologia, a medicina e a psicologia, além de profundo interesse pelas técnicas computacionais.

A sociedade que buscam desenvolver será erguida em princípios fraternos, com garantias ao mínimo indispensável para manter a dignidade humana. Uma sociedade instruída o suficiente para compreender seu papel no concerto evolutivo da vida, igualitária em direitos e deveres, com liberdade e autonomia para progredir. Uma sociedade ética, honesta e responsável, consciente de que a solução para todos os problemas depende apenas homem, de seu progresso como individualidade fraterna para o bem coletivo ser alcançado.

Esses espíritos mais evoluídos apenas começam a encarnar neste planeta. Muito ainda haverá de passar para as alterações que cogitam fazer se façam sentir de modo marcante. Entretanto, promover melhorias em todos os sentidos é a missão dessa nova geração que inicia na Terra.

39

O PORVIR DA HUMANIDADE

No transcurso do extenso caminho percorrido para chegar até aqui, visualizando a evolução do homem em várias de suas passagens, tivemos algumas vezes que retornar um degrau na exposição, como quem recua certa distância, toma impulso e salta mais longe, proposital para fundamentar a partida e lançar-nos em direção ao futuro, local de onde emergem considerações mais avançadas. Ao findar esta obra, cumpre-nos dar continuidade ao mesmo método.

Partindo de um passado recente, na medida em que foi alastrando as fronteiras do conhecimento, o estudioso da evolução dos seres vivos concluiu estar incorreto o ensino bíblico sobre a Criação. Verificou que as espécies viventes não nasceram prontas, assim como encontradas hoje, mas passaram por mudanças e alterações no decorrer das Eras.

O estudioso compreendeu que após o surgimento da vida, a evolução dos organismos seguiu de maneira contínua e a passo largo arranjou formas mais aperfeiçoadas, formando novas espécies. Portanto, o cientista entendeu que as espécies não são nem nunca foram imutáveis. Esse homem de ciência percebeu que elas evoluem e são capazes de, por si sós, dentro de certas condições de vida, produzir outras espécies que, de alguma maneira, por um processo seletivo de melhoramento constante, são superiores às precedentes.

Caminhando em direção ao ponto-chave, o estudioso que não encontrou no materialismo a resposta para todos os seus questionamentos ponderou com seu raciocínio lógico a possibilidade de haver um princípio intelectual irradiando-se na matéria e responsável por originar a vida.

Concluiu a chance de haver na matéria uma "semente intelectual" de potência ampla, diferente da energia que sustenta o movimento atômico. Um "princípio espiritual" responsável por formar um corpo físico à sua imagem interior, dotado de inteligência progressiva e, quando na matéria, tem a capacidade especial de procriar organismos semelhantes. Um "princípio inteligente" que se irradia no corpo físico e nessa condição prospera, desenvolvendo o próprio intelecto por meio das sensações. Um "elemento intelectual" submetido a múltiplas experiências de ida e vinda na matéria, na qual sofre mutações evolutivas e é capaz de constituir novas espécies.

Esse homem estudioso, convencido da existência de uma "inteligência espiritual" regendo o concerto da vida, concluiu que o processo contínuo de avanço intelectual culminou por produzir sua máxima realização material: o organismo humano.

Esse homem espiritualizado verificou que a mais perfeita máquina física conhecida é, simplesmente, a materialização de um "intelecto espiritual" evolucionado no decorrer das Eras nos dois planos de matéria (física e extrafísica), e, agora, evolucionado, recebe a denominação superior de "espírito humano". Em suma, esse homem intelectualizado é adepto do evolucionismo espiritual.

Aqui, há necessidade de maior reflexão. O estudo da anatomia dos organismos, comparando as diferentes espécies e observando os pontos em que uma espécie é superior à outra; o estudo dos fósseis antigos de uma mesma espécie, confrontando o seu estágio anterior com o atual para constatar a ocorrência efetiva de melhorias; o estudo de desenvolvimento do embrião em suas várias fases, em que cada uma delas reproduz rapidamente o caminho de sua extensa jornada evolutiva; o estudo aprofundado da genética, que, mesmo antes da concepção reprodutora, pode definir a constituição de um corpo ainda a ser formado, dando ao homem o vislumbre de novas formas de vida; o estudo da evolução do pensamento e da cultura do homem, desde o início dos tempos, observando seus progressos gradativos e sua capacidade de projetar lances futuros; o estudo metafísico da origem e da evolução do "princípio espiritual" até ele se tornar um "espírito humano", fazendo o homem compreender de onde veio, por que está aqui e para onde vai após a morte, tendo, assim, a visão clara sobre o sentido da vida; – enfim, com esses estudos é possível não só decifrar o passado do homem, mas também abrir a cortina do futuro para projetar a visão rumo aos acontecimentos do porvir, sem isso constituir ficção científica nem visão profética, mas vislumbre de tendências físicas, culturais e espirituais da humanidade, em relâmpagos de lucidez que devem se aproximar muito da realidade vindoura. A profecia, caro leitor, é para os crentes, não para os incrédulos; a nossa linguagem aqui é a da razão (1Co 14: 21-22,31-32); e o fruto da nossa árvore é este livro (Mt 7:15-20), que cabe ao leitor examinar para tirar suas conclusões.

Numa visão filosófica sobre a origem da existência das coisas, a razão nos impele a fazer a seguinte afirmação: o nada simplesmente nada pode produzir. Somente algo existente pode produzir outra existência.

Portanto, primeiro é preciso que a coisa exista, para depois originar uma outra. Assim, o fato de uma coisa existir pressupõe um fato gerador precedente. Nesse mote, se voltarmos o processo do fim para o começo, buscando a existência primeira, a qual dera origem a todas as outras, não há como achar o princípio sem admitir um Criador inicial não-criado, que detém em si toda a matéria, toda a energia e toda a intelectualidade, um ser causador de tudo que existe. Portanto, a razão nos conduz ao Criador não-criado.

Por conseguinte, trata-se de um ser existente e, no mínimo, um intelecto autossuficiente. O ato criador é por si só de natureza inteligente, não comporta o simples acaso. Dessa maneira, o nada e o acaso simplesmente não existem, porque o Criador faz a criatura, e não o nada rolado em lances do acaso. Assim, apenas com o uso da razão, a teoria materialista está aniquilada, e o conceito evolutivo do homem tem de ser atualizado com ótica espiritual, caso contrário, ficará incompleto.

Embora muitas das coisas existentes possam aparentar ser oriundas do acaso, sem o observador notar a origem inteligente do fenômeno, ainda assim é imperioso observar que em tudo há um movimento interior, uma ordem muito bem definida e arranjos inteligentes formando sistemas funcionais maiores, existências coordenadas por leis de precisão impecável. Por trás dessa ordem difícil de ser notada, há uma inteligência regendo o grande concerto de harmonia nos campos da matéria, da energia e do espírito. Ela própria é espírito. O acaso na criação não existe, porque a criação é fruto do intelecto. Não há criação sem intelectualidade. Essa inteligência suprema é a causa primária de todas as coisas: Deus!

O surgimento da vida espiritual é obra inteligente. A vida na matéria é a manifestação da vontade do espírito, onde a ânsia de viver, de aprender e de evoluir exige dele experiências de atuação nas várias formas de vida. Por conseguinte, a potência espiritual está sempre em processo de expansão. A inteligência irradia na matéria seu modelo organizador de vida e nela progride, aos poucos, por meio de experimentos.

A luta pela manutenção da vida no meio físico, onde o elemento espiritual irradiado na matéria busca preservar de todas as maneiras seu veículo corpóreo para superar as dificuldades impostar pelo meio, é fato inquestionável a todo raciocínio lúcido, em cujo comando está o espírito.

No meio vivente, a seleção natural do mais bem adaptado é condição básica ao aprendizado individual e à sobrevivência da espécie. Somente os melhores exemplares superaram as ameaças do meio no transcurso das Eras. A própria alteração no meio físico provoca modificações na forma corpórea e favorece as mutações para melhoria e novo arranjo da vida. E no comando disso está o espírito.

As mutações podem tanto melhorar as espécies, produzindo inclusive outras, quanto exterminá-las. Isso pode ser observado facilmente no mundo dos seres microscópicos. Quando um novo antibiótico é lançado na corrente sanguínea, elimina parasitas e formas de vida sensíveis ao seu combate. Contudo, outros seres insignificantes e frágeis ainda prosseguem vivendo, isoladamente. Essas formas resistentes à droga, embora enfraquecidas e isoladas em determinada região do corpo, se adaptam ao novo meio e se reproduzem, rapidamente, constituindo grandes colônias nocivas ao organismo. Assim, surgem os novos e mais resistentes microorganismos, que o antibiótico anterior não consegue mais aniquilar. Portanto, a vida não cessa de todo; apenas a parte mais fraca perece. A vida seleciona o mais forte. Isola, modifica e transforma. Os espécimes mais aperfeiçoados resistem, alteram-se e tornam a prosperar no concerto da vida. O homem é capaz de controlar e interferir no processo vital, mas não tem o poder de eliminar o gérmen da vida no insólito mundo de onde ele brota, pois a essência espiritual vibra em local inacessível; o homem não a destrói, apenas o intelecto espiritual tem acesso a ela. Nisso tudo avulta o espírito como principal elemento.

Conforme nos dá conta o instrutor espiritual, todos os germens da vida, sem exceção, depois de criados na eternidade, evolvem sem cessar em regime de colônia grupal e passam de estágio a estágio psíquico formando complexos cada vez maiores, até a individualização num corpo único de amplo aspecto.

Dir-se-ia, por comparação, que assim como os elementos químicos ao juntar-se uns aos outros em arranjos estáveis formam novas existências, assim também os elementos espirituais procedem em organização rumo a complexos maiores. O gérmen criado forma colônia. As colônias formam aglomerados maiores e exercem novas funções. E, assim, sucessivamente, prosperam novas formas de vida e avançam galgando estágios maiores e mais diferenciados. O elemento espiritual inicia sempre na mais ínfima simplicidade, mas prospera e transita aprendendo nas várias escolas inferiores, postadas nos vários reinos da natureza, tais como o das moneras, dos protistas, dos fungos e das plantas, sem necessidade de ele transitar pelas miríades de espécies existentes em cada reino.

Enquanto estagia nesses reinos e até chegar ao das plantas, o "elemento espiritual" possui somente vida orgânica, por assim dizer, é apenas um fragmento do "princípio espiritual" ainda em formação. No estádio de planta, o elemento psíquico apresenta-se numa fração de intelecto que precisa ser juntada a outras para formar o "princípio espiritual" completo, o indivíduo singular, capaz de adentrar o reino animal em seu ponto mínimo, para aí iniciar outro estágio de evolução. Os Gênios da genética, utilizando-se desses princípios insipientes, constroem edifícios de vida cada vez mais complexos.

Apenas para fixar essa ideia edificadora, seria como visualizar as menores partículas formando átomos; os quais, por sua vez, constroem moléculas; estas formam as proteínas, as quais elaboram protoplasmas, de onde as células são originadas e vão formar os tecidos; estes formam os órgãos; depois surgem os aparelhos; em seguida, emergem os sistemas com grande autonomia funcional; e assim, sucessivamente, as pequenas unidades vitais aos poucos avançam e tornam-se complexas. Algo semelhante ocorre na percorrida do insipiente "elemento espiritual" até sua chegada ao "princípio inteligente completo", sob manipulação dos Gênios da genética.

Tais elementos são arranjos espirituais dotados de automatismo funcional e de lances psíquicos capazes de escolher, ao seu nível decisório inicial, a melhor alternativa que se lhes apresente. Nesse compasso, por agregação, o processo elaborador prossegue a caminhada e o psiquismo simples torna-se cada vez mais complexo. Assim, avançando em capacidade psíquica, aos poucos elabora uma forma autossuficiente. O "princípio espiritual" então germina, aflora, prospera, frutifica, amplia, amadurece e, sob o comando dos geneticistas do Altíssimo, culmina por congregar em si mesmo, num abraço complementar singularíssimo, uma individualidade espiritual completa, um amplexo único composto de organizações psíquicas menores. Nesse ponto, está apto para entrar no mundo animal insipiente.

Inaugurando uma nova Era, a individualidade completa estagia em reino animal de parco raciocínio. Os bilhões de seres espirituais singularmente formados vão se articular com maior propriedade nos mamíferos vivíparos surgidos no período terciário, há cerca de 65 milhões de anos. Encarnando nos mamíferos, prosperam em conhecimento sem a necessidade de estagiar em todas as suas espécies, mas vão constituir um eixo principal no ramo dos primatas. Embora nesse ramo derive outros ramos secundários, o indivíduo espiritual prossegue calmamente por milhões de anos na estrada principal até sua onda mais proeminente constituir a figura do proto-homem denominado *hominídeo*. Daí prossegue a escalada até se tornar espírito humano, durante o Plistoceno Médio, ao inaugurar a razão em sua faixa mental. E hordas espirituais imensas, compostas de bilhões de criaturas, caminham na retaguarda da vaga espiritual humana para baldear de veículo, cada qual a seu tempo, e adentrar à fase mais desenvolvida de vida na Terra. Aos poucos, a onda humana avoluma-se, até absorver, enquanto comporte seu ambiente físico-mental, as vagas retardatárias do mundo animal em desenvolvimento.

Contudo, caro leitor, não obstante o fato espiritual relatado, o modo de formar, em sua intimidade, o amplexo espiritual único, a inter-relação funcional e inteligente de seus componentes menores, bem como as demais fases de seu desenvolvimento até atingir o ramo primata, são questões dominadas pelos geneticistas do Altíssimo, não comportando aqui outras considerações além das realizadas no transcurso desta obra.

Após a chegada do primata *hominis* e dos tipos primitivos vindos depois, formou-se, gradativamente, no plano extrafísico, uma imensa colônia espiritual humana, a qual naquele plano evolucionou em condições de singularidade e em número muito superior à humanidade encarnada. No evolver de cada tipo humano formado, passaram-se milhares de milênios, inclusive com encarnações daquelas criaturas em diferentes mundos do universo, onde se agruparam com outras para conviver e consolidaram bilhões de personalidades. Na medida em que a espécie humana impunha-se na Terra e conseguia estabelecer nela melhores condições de vida, o espírito humano, já formado, encarnava no plano físico terrestre cada vez com mais constância. A ponto de nos tempos atuais a densidade demográfica aumentar como nunca dantes.

Nesse desenrolar constante, marcado por estágios distintos de progresso, cada orbe do infinito cumpre seu ciclo evolutivo. E, para realizar a adequada evolução intelectiva e moral de seus habitantes, regimes de transmigração são estabelecidos para homogeneizar, em algumas épocas e dentro de certos limites, a humanidade encarnada e desencarnada dos vários mundos, procedimento evolutivo que os espíritos da relatividade terrestre estão, também, inexoravelmente, vinculados para progredir.

Examinando o surgimento dos humanos nos principais aspectos, após termos transposto o obstáculo de a vida eclodir sem uma causa inteligente, na medida em que a ciência procura a origem do homem mais ela se aproxima da verdade, pois o estudo conduz aos fatos. A ciência sempre culmina por encontrar a verdade de modo positivo.

Se o cientista, por um lado, ao subtrair a figura do Criador no concerto da vida, tem como mérito próprio a pesquisa a lhe conferir maior conhecimento, por outro, ao subtrair o elemento espiritual como princípio da vida, acaba por furtar a si mesmo a possibilidade de encontrar a verdade com provas científicas.

Ao excluir o intelecto espiritual na formação da vida, ele toma uma estrada circular perene, onde o fim simplesmente não existe. Sua atitude de excluir o espírito no processo vital, embora lhe traga mais conhecimento sobre as coisas da matéria, não o leva à conclusão desejada. Ele poderá achar a vida, num esforço de síntese, facilitando seu desabrochar em laboratório, mas não compreenderá seu princípio, pois este está em outra dimensão do espaço-tempo. Apenas saberá que, assim como ele a sintetizou, outra inteligência no princípio fizera o mesmo para a vida ser eclodida. Portanto, é forçoso alterar o conceito inicial para trilhar a estrada certa e atingir o fim desejado. A busca do elemento espiritual deve ser priorizada para a verdade aflorar com evidências científicas.

O espírito existe e será encontrado no futuro. Abreviar sua descoberta científica significa beneficiar mais cedo a humanidade. E quando o homem descobrir que o princípio inteligente, procurado nas pequenas formas de vida, evolucionou por longas Eras e encontra-se em si mesmo irradiado; quando descobrir que o espírito sobrevive após a morte e se manifesta em contato mediúnico; quando descobrir cientificamente que, além dessa vida terrena, há outras, em outros mundos, e que há possibilidade de contatá-las; quando conseguir materializar, por meio de processos científicos, a potência espiritual que anima o corpo – então, quando isso acontecer, o homem perceberá que os seus valores terão de ser alterados para dar um novo entendimento à vida. Então, uma nova onda evolutiva se erguerá sobre a Terra. E surgirá daí um novo homem. De maneira semelhante, foi isso que aconteceu no orbe de Capella tratado neste livro, o qual está hoje por volta de vinte cinco mil anos à frente do terrestre.

O homem materialista é um ser interessante e paradoxal. Ao ver-se refletido no espelho, contempla-se orgulhoso e admira a sua forma física; não se observa como entidade espiritual, mas sim como organismo belo e inteligente que evolucionou por si só da matéria universal inerte.

Ao abrir os livros e ligar o aparelho de tevê, ele observa enlevado todas as suas realizações e o seu estágio de cultura atual. Vê a si mesmo como o criador das modernas técnicas, mas não vê em si o elemento espiritual criado por uma inteligência maior. Observa-se de modo ilusório como produto de matéria destituída de consciência, matéria esta organizada por uma energia que ele também não sabe como nasce, mas funciona com precisão absoluta. Acredita que essa energia, atuando seguidamente na matéria, em lances rolados ao acaso e no decorrer de bilhões de anos, em múltiplas tentativas, teria conseguido organizá-la de tal maneira que os seus componentes íntimos foram ordenados por si sós, culminando, num lance de absoluta lucidez, por eclodir a vida na matéria inerte. Concluiu que a vida singela, apenas iniciada, também por si só, sem interferência inteligente, teria evolucionado rumo a intelectos cada vez mais avançados, culminando por formar o próprio homem. Concluiu que todas essas transformações teriam ocorrido sem uma inteligência maior produzindo e gerenciando o processo. Nesse mote, poderíamos dizer que o materialista acredita em tantas coincidências que seria preciso ocorrerem verdadeiros milagres para tudo dar certo.

Ao mesmo tempo, caro leitor, esse cético das coisas espirituais, não obstante ver-se oriundo do acaso, não pode admitir o mesmo acaso produzindo a cultura criada por ele (inventos, técnicas, construções etc.), porque sabe que o acaso não pode produzi-los, mas comete o engano de atribuir ao acaso o surgimento de seu próprio corpo, um invento muito mais difícil. Por isso, o evolucionista sem Deus é um cientista interessante, mas contraditório.

Ao olhar para dentro de si, numa introspecção enganosa, ele se despoja de todos os valores espirituais e intitula-se um intelecto vindo de natureza não-inteligente. Contudo, de modo geral, com todo seu jogo de raciocínio, ao sentir a morte num leito de hospital ou em qualquer outro canto onde viva, se reporta fervorosamente ao Criador, suplicando-lhe a cura da carne doente ou entregando-lhe a alma cansada de sofrer, como última esperança de salvar-se da morte ou de sobreviver na eternidade, como espírito. Por interesse próprio, o materialista se esquece que durante a vida pouco fez para descobrir a si mesmo como individualidade espiritual e para encontrar em suas pesquisas acadêmicas o espírito que vivifica a matéria, mas, ainda assim, roga a Deus por sua vida e alívio do sofrimento.

Ao aportar atônito no outro lado da vida e ver o próprio corpo espiritual que tanto negara a existência, compreende ter perdido precioso tempo divulgando ideias incorretas. Então, chora copiosamente a chance perdida e roga a Deus uma nova oportunidade. Resta-lhe somente encarnar de novo, em campo de aprendizado semelhante, para numa outra existência converter sua falência em vitória do espírito sobre a matéria. Assim, inexoravelmente, o materialista evolui para a espiritualidade.

Caro leitor, são essas ondas antagonistas, rolando agitadas durante certo tempo, que quebram nos oceanos da civilização e fazem soerguer novas ondas de pensamento humano. Então, prosperando sempre, essas vagas abarcam a humanidade inteira e produzem uma consciência coletiva única, cada vez mais aperfeiçoada, a erguer-se ansiosa em direção à espiritualidade maior.

O porvir da humanidade que se nos apresenta aos olhos, como visão de futuro perfeitamente previsível, é de um desenvolvimento técnico incomparável.

Os avanços científicos no campo da eletrônica tendem a transformar a vida do homem de modo magnífico. O processo de desenvolvimento eletrônico, desde meados do século XX, está reduzindo bruscamente o tamanho dos equipamentos, fazendo-os funcionar cada vez melhor. Produto desse moderno avanço técnico é o computador, o qual já trouxe inúmeros benefícios ao homem, mas está apenas iniciando um futuro promissor.

No passado recente, os primeiros computadores tinham dimensões enormes e pouca capacidade de memória para trabalhos importantes. Na medida em que as pesquisas avançaram, o tamanho desses equipamentos foi ficando cada vez menor e sua capacidade aumentou, a ponto de se ter hoje, em cada posto de trabalho, um computador pessoal fazendo o serviço que no passado não poderia ser feito sem enorme número de pessoas. Atualmente, é comum dizer-se que, em poucos anos, haverá computadores tão poderosos que muitas das tarefas humanas serão executadas por eles.

Os avanços da eletrônica haverão de produzir outros equipamentos com enorme redução de tamanho, a ponto de um sistema inteligente completo ficar reduzido ao tamanho de um botão e caber simplesmente na palma da mão, para ser implantado em qualquer parte do corpo e realizar nele importante tarefa, semelhante à minúscula pílula que quando ingerida dá novo arranjo ao organismo.

O passar dos anos virá demonstrar que a tecnologia microscópica produzirá unidades funcionais cada vez mais completas, num tamanho tão pequeno quanto o de uma molécula. Minúsculas partículas de memória, altamente especializadas, serão capazes de atuar no interior do corpo com precisão absoluta, podendo interferir ordenadamente no movimento dos átomos.

Recriações corpóreas específicas surgirão em benefício das estruturas óssea, muscular e circulatória do corpo. As sensações, as glândulas, os aparelhos e os sistemas componentes do organismo humano poderão ser regulados pela tecnologia altamente desenvolvida que emergirá nos tempos do porvir. As alterações no campo da saúde haverão de ter caráter impressionante; muitos dos antigos "milagres" serão obras magníficas do homem no terceiro milênio.

Então, na medida em que isso acontecer, será inevitável ao homem voltar seu olhar no tempo para entender o porquê de se dizer: "Vós sois deuses" (Sl 81-82:6; Jo 1:50; 10:34-35). Enfim, a pessoa esclarecida já pode vislumbrar a ocorrência de tudo isso no porvir.

No entanto, também é sabido que técnicas ultramodernas, em mãos privilegiadas do poder econômico ou de fanáticos incorrigíveis, quando não acompanhadas de apurado senso ético poderão causar graves desarranjos na marcha evolutiva da humanidade.

O egoísmo competitivo e o fanatismo religioso podem excluir e subjugar brutalmente a pessoa. A sociedade democrática, como um todo, terá que se organizar e fazer uma legislação protetora para garantir os direitos do homem, defendendo-o contra os malefícios em todos os quadrantes do globo. As matrizes genéticas e o desenvolvimento da vida com melhoria progressiva pertencem ao homem universal e jamais poderão ser patrimônio de grupos isolados ou de nações privilegiadas, pois a vida é anterior ao homem e patrimônio Divino, pertence a todos e a todos deve ser dada.

O mundo do porvir será diferente. Além da melhoria moral do homem e de condições de subsistência proporcionadas, gradativamente, por atos de erradicação da fome e oferta das coisas básicas, as civilizações adiantadas haverão de promover a paz e a solidariedade entre os povos, concedendo ao próximo outras chances para prosperar e ser feliz.

Há mais de dois mil anos a civilização ateniense, iluminada por espíritos de escol, mostrou ao mundo antigo suas aspirações de povo livre e democrático. Se, àquela época da Antiguidade, o mundo ainda não estava preparado para compreender o alcance daqueles exemplos, hoje não se pode dizer o mesmo. Na verdade, o homem atual anseia pela transformação da Terra num mundo mais harmônico e feliz. A humanidade busca não somente por aqueles ideais, mas por outros ainda maiores, como a paz e a fraternidade que completam os anteriores e os ampliam em dignidade.

Enquanto as primeiras luzes da alvorada repontam os céus acendendo o dia e anunciando o majestoso Sol do terceiro milênio, em meio ao mar da esperança, ao longo do vasto horizonte, erguer-se-á uma imensa onda espiritual de humanidade que haverá de quebrar em todas as praias, inclusive nas mais distantes, para banhar de bondade o bem-aventurado homem do porvir.

Desde remotíssimas Eras o primata *hominis* vem evoluindo sem cessar. O tamanho de seu cérebro e demais composições corpóreas têm passado por transformações constantes, e os fósseis encontrados pela ciência não deixam dúvida quanto a essa questão evolutiva.

Após o surgimento da onda inicial para formar o primata *hominis*, surge outra em que vamos encontrar o *Homo habilis* iniciando o uso da pedra como instrumento; em seguida, vamos observar o *Homo erectus* caminhando de forma erguida grandes distâncias e, assim, sucessivamente, vamos encontrar outras ondas evolutivas até o homem atual.

O progresso no pensamento humano tem sido desde o início o verdadeiro agente de mudança do mundo. Os outros animais não atingiram o mesmo nível intelectual do homem, razão pela qual aquela onda de evolução caminha na retaguarda do avanço humano. Fica evidente no processo evolutivo que, na medida em que o pensamento do homem avança, o mundo se modifica. De início, é a natureza que transforma substancialmente o homem. Mas, quando a técnica emerge e faz a sua parte, o homem passa a transformar a natureza e a modificar o mundo.

Sendo as transformações tecnológicas produtos do cérebro humano, é justo supormos que, em algum lugar do futuro, elas teriam de atingir um ponto máximo, coincidindo com o limite da capacidade humana de pensar, ponto além do qual supostamente não progrediria. Entretanto, o passado do homem nos tem mostrado que, uma vez atingido o limite intelectual, ele é subitamente ultrapassado com o surgimento de um novo tipo humano, com maior capacidade cerebral. A decifração disso tem sido a mais variada possível.

De fato, basta observamos a pré-história para notarmos a oportunidade dessa afirmação. Ao longo da extensa escalada humana, vamos encontrar sempre um tipo que supera o anterior em capacidade cerebral e nas realizações. Suplanta integralmente o anterior e lhe acrescenta novas qualidades. Assim tem sido sempre.

Essa linha evolutiva nos tem revelado, sem mostrar detalhes, que os novos tipos de homem aparecem prontos, pois os elos evolutivos intermediários nunca são achados. Uma inteligência mais avançada passa a predominar no homem de modo totalmente desconhecido da ciência. Como isso seria possível é questão a ser refletida, principalmente quanto ao futuro da evolução do homem.

Façamos aqui dois raciocínios distintos, colocando agentes diferenciados na alteração do corpo, mas um interferindo no outro e, ambos, com papel amplamente renovador. Um dos agentes é a natureza, o outro, o espírito:

No primeiro caso, desconsiderando o intelecto espiritual que precede a matéria e a organiza, justo seria pensar que o corpo físico é produto exclusivo do metabolismo de tudo que o ser ingere, respira e pensa. Tem o corpo, ainda, atuando sobre si e interferindo em sua constituição, as condições climáticas e atmosféricas do globo. Ao olharmos o presente, não resta dúvida de que o berço terrestre está muito diferente daquele de milhares de anos atrás, onde o corpo humano fora gerado. Como decorrência da natureza deveras agredida e do processo alterado em que vive o homem atual, é justo pensarmos que em alguma coisa seu corpo deverá alterar-se no decorrer do tempo.

Façamos rapidamente algumas notas para vermos essa tendência marcante de alteração corporal apresentada hoje, diante de nós, com fatores influindo no homem de modo marcante, diferente do vivido no passado. São elas: A fertilização da terra na agricultura, a seleção das sementes e suas modificações genéticas, os agrotóxicos matando o agente microbiano e a absorção de substâncias tóxicas pela planta, a industrialização com seu processo químico e seus conservantes de longa vida, as novas técnicas impregnando os alimentos de substâncias estranhas ao corpo e fazendo o organismo funcionar de modo diferente; a interferência do homem no DNA e os medicamentos ingeridos que trazem bem-estar e cura de doenças, mas mexem nas funções internas exigindo do organismo novos afazeres; a água e o ar que apresentam composições diferentes das de quando os humanos foram originados; a tecnologia que alterou o clima e devastou florestas, poluiu os mares e as águas doces; as emissões industriais que fizeram as radiações solares projetarem-se com novas propriedades, afetando a pele, a carne e os ossos; raios solares que se projetam como êmulos e injetam vírus e microrganismos no fluxo sanguíneo através da pele; tudo isso está alterando as condições de vida na crosta, mudando o funcionamento dos organismos e das espécies, fazendo os seres vivos buscarem, tenazmente, por nova adaptação.

Não obstante o potencial mutante desses fatores, o pensamento humano, principal agente de mutação corpórea, é exercitado de maneira tão intensa como nunca visto no passado. Esse mesmo pensamento, responsável pelos avanços técnicos da modernidade, exige, de si próprio, melhoria e sofisticação, gerando novos emaranhados em que o intelecto se desdobra em busca de novo progresso. Nesse caminhar constante, o intelecto, exercitado como nunca, tende a desenvolver-se de modo exponencial.

Todos esses fatores atuando hoje sobre o homem, caso permaneçam em atuação por alguns milênios, nos fazem pensar, de maneira apenas lógica, que serão capazes de alterar o organismo e a morfologia humana.

Num segundo raciocínio, considerando agora o intelecto espiritual agindo na matéria, observa-se que no processo

de transformação o pensamento é sempre o agente motor;
embora ele seja característico das espécies vivas, no homem
assume um ponto de gradação superior e é potencializado
pela lucidez do espírito a comandá-lo. O pensamento individual constrói o coletivo. E este, quando amadurecido, retorna para o primeiro, impulsionando-o para novo aperfeiçoamento. Nesse arfar constante em que um aperfeiçoa o outro,
criando, cada vez mais, uma consciência coletiva única, dir-
se-ia própria da espécie, a ideia caminha e se expande. A
ideia fecunda a ideia e dá vida para nova geração de pensamentos. Assim a espécie evolui, caminha como se fosse um
bloco único de consciência. E ativa, num avançar crescente,
camadas cerebrais ainda inexploradas; aos poucos, aumenta
os dados disponíveis no cérebro. Assim, o conhecimento ar-
mazenado prospera, a técnica do homem avança, o cérebro
individual conforma o coletivo e evolui por si só, expandindo em sua intimidade.

As ondas de pensamento se sucedem e, aos poucos, se
renovam. Essas ondas se expandem pelos ares, ao mesmo
tempo que se enrolam no próprio cérebro em busca de novas praias interiores para se estender. O cérebro é o órgão
material responsável pelo pensamento. E o mesmo cérebro
que num primeiro momento comanda, num segundo é co-
mandado por si próprio, como organismo vivo que é, em
busca de sua própria expansão de memória dentro da caixa
craniana em que está inserido. Nesse movimento constante, partindo de um passado pré-histórico, o cérebro (e o
crânio humano), sob ação do pensamento (e este, impulsio-
nado pelo espírito), houvera culminado por aumentar de
volume diversas vezes, adquirindo herança genética e me-
lhorando a espécie ao constituir novos indivíduos. Assim,
é justo pensarmos que no futuro tal fato deveria ocorrer
novamente.

Além desses dois raciocínios, também é justo pensarmos em até que ponto a técnica que o homem cria e melhora a cada dia irá interferir em sua evolução corporal. O trabalho de milhares de anos feito pela natureza, no passado distante, para produzir uma nova expressão corpórea hoje está deveras reduzido, pois a tecnologia se encarregou de comprimir esse tempo. Os rumos da evolução podem ter sido alterados. São exemplos de avanços técnicos em benefício do corpo:

As próteses ósseas, os aparelhos auditivos e visuais, os transplantes de órgãos, os partos de cesariana, os seres desenvolvidos em laboratório, os avanços da genética e outros mais de natureza semelhante, dentre os quais as clonagens que hão de vir. O homem desconhece como sua própria natureza reagirá em meio ao turbilhão gerado por ele mesmo. Não sabe o caminho evolutivo que seu corpo seguirá em meio ao arsenal mutante.

Podemos notar que as possibilidades de alteração corpórea são amplas, e caberá ao homem, em muitos aspectos, conduzir todo esse processo de mudança em seu próprio benefício. Não se pode negar o grande arsenal em movimento para desencadear futura mutação.

A seu turno, a espiritualidade informa que a espécie humana está definitivamente constituída na Terra. Acentua que sua forma corpórea atual não sofrerá grandes mudanças, cabendo somente aprimoramentos capazes de produzir saúde, longevidade e beleza corporal. Explica que não cabe mais alterar a espécie produzindo indivíduos com maior capacidade cerebral, pois a atual já é suficiente para o desenvolvimento do espírito humano enquanto encarnado na Terra; o que tende a ocorrer, segundo os espíritos, no curso dos milênios, é a substituição das raças atuais por outras mais perfeitas em constituição orgânica, mas não a substituição da espécie atual por outra, de modo a ser incompatível a reprodução entre elas, mesmo distanciadas de milênios.

Caro leitor, diante dessa visão, seria natural insistirmos em indagar sobre os novos rumos da evolução humana, já que uma "estagnação", aparentemente, seria contrária ao avanço vivido pela espécie desde o início dos tempos. A resposta obtida para essa dúvida foi clara e sensata:

> "O estágio atual da evolução humana enseja mais necessidade de apurar sentimentos, sob a égide espiritual das leis de amor, do que de aprimorar o corpo físico, embora isso ainda se faça necessário e será realizado com o desenvolvimento da genética. A ascensão da espécie humana ainda continua; apenas o rumo é deslocado para as coisas do coração, com ações cada vez mais inteligentes do homem".

Não obstante os esforços empreendidos buscando palavras para expressar melhor o raciocínio, ainda assim é preciso o leitor refletir aqui mais com a alma, para fazer valer a sua sabedoria íntima, pois se trata de visualizar alguns estágios da evolução humana na esfera extrafísica.

De modo semelhante àquele que não dispõe do sentido visual para observar a luz e ver o mundo à sua volta, a pessoa para tentar visualizar instâncias maiores em que interage o espírito tem de raciocinar, necessariamente, com a alma, se quiser tirar de seu interior o máximo proveito e extrair de lá o melhor entendimento das coisas do mais além.

O instrutor espiritual nos tem informado que a natureza da matéria é um complexo de alcance tão vasto e variado que estamos ainda muito distantes de compreendê-la em seus aspectos de íntimo funcionamento.

No que toca à atuação do espírito na matéria (a energia é também matéria em outra composição), devemos considerar que em razão de a matéria possuir, em seu interior, extremos infinitesimais de composição e, em seu exterior, limites energéticos espraiados pelos confins do universo, e em razão de em ambos os extremos ocorrerem metamorfoses abruptas (como a concentração de matéria e a expansão da energia), toda vez que os limites de um lado ou de outro são ultrapassados (transposição desencadeada em dimensões do espaço-tempo além da esfera sensorial humana) se desenrolam (no campo extrafísico em que se dá o evento) dois tipos de ação, os quais representam para o espírito "vontade de agir" e "resultado da ação".

Na primeira delas, a "vontade de agir", o influxo que vai do espírito para a matéria plasma nela a forma de ser do espírito. Ele imprime na matéria sua vontade, expressando nela seu pensamento através do corpo mental. Assim, o espírito atua na matéria e concretiza nela suas ideias, plasmando corpos. Executa, prova, experimenta, realiza novamente, amadurece e aprimora-se agindo.

Na segunda, o "resultado da ação", o retorno do influxo inicial vindo agora da matéria para o espírito, o faz detectar a reação verificada na matéria, sempre através de seu corpo mental, após a ação por ele mesmo desencadeada. Assim, o espírito toma consciência do ocorrido na matéria para nova decisão em sentido inverso, no intuito de interferir novamente naquele campo para corrigir o evento trabalhado. Recebendo informação de retorno sobre tudo que realiza por sua vontade, pode promover melhorias e aprimorar-se, reagindo seguidamente.

Nesse mundo sutil da existência extrafísica transitam infindáveis pensamentos. O pensamento é matéria em outra constituição, dir-se-ia semelhante às ondas de rádio, porém com características diferentes e velocidade infinitamente superior. O pensamento é ainda matéria que forma e se transforma segundo a vontade do espírito.

O órgão físico emissor e receptor de pensamentos é o cérebro, que se encarrega de repassá-los às demais unidades do corpo (campo interior), unidades que por automatismo são capazes de decodificar pensamentos e de compreender as ordens cerebrais sem o homem saber como isso se processa, mas executam impecavelmente as funções que lhes são comunicadas. Embora o cérebro tenha sua limitação física ao elaborar ideias, dentro dele há um microcosmo eletrônico com alcance estendido ao mundo sensorial extrafísico (campo exterior), de onde o espírito atua no comando, através de seu corpo mental.

No mundo extrafísico, a natureza de constituição do cérebro do corpo espiritual estabelece ao espírito limites de atuação. Todas as realizações humanas são produzidas através daquele corpo sutil pelo espírito. Mas também a capacidade cerebral daquele corpo tende a estabilizar-se no limite da matéria quintessenciada que o constitui, devendo alterar-se para evolucionar.

Dir-se-ia que naquele nível espiritual a capacidade mental de raciocínio amadurece, sem poder ainda transpor o limite imposto pela matéria singular que o constitui. Mas, após longo processo de amadurecimento naquele estádio, angariando sabedoria por meio das vidas sucessivas na mesma espécie, realiza-se um acúmulo constante de aquisições até a capacidade de memória saturar-se em sua organização.

Assim, a onda total de conhecimento que se forma aos poucos se avoluma e atinge um ponto de máxima saturação no campo mental, que não suporta mais o estádio. Aí, nesse ponto máximo, repentinamente, como um desabrochar na primavera, o campo mental colhe do âmago do espírito, da imponderável dimensão de consciência, uma brusca mutação de melhoria.

Nesse ponto, o espírito emana um novo campo mental. Apropriando-se de novos fluidos singulares e especiais da esfera superior, envolve a si mesmo com essa quintessência, ao mesmo tempo em que por ela também é envolvido de modo a modificar todas as estruturas do corpo sutil anterior, desvencilhando-se dele quase por completo, ao rejeitar as energias obsoletas desnecessárias à sua nova composição sutil. Assim o espírito reage à saturação psíquica ocorrida e, por meio de um novo corpo mental, mais apropriado, tece o seu novo corpo espiritual, para nele se infiltrar e enraizar-se, por assim dizer, sem encontrar melhor expressão, mas conforma assim um novo molde biológico.

Realizada a metamorfose na essência extrafísica conforme as possibilidades do intelecto motor, o molde biológico espiritual apropria-se de um "fluido vital" denso, o qual propiciará a sua aderência à matéria física na encarnação, para nela conformar os elementos da nova espécie em geração de vida. Em seguida, os múltiplos renascimentos se encarregarão de completar a obra evolucionista.

Em todas as fases do complexo processo, sem exceção, os missionários do Altíssimo estão presentes para ajudar na tarefa de semear a vida e desenvolver as espécies, seja em que parte for da Terra ou do cosmos.

Assim, em mundos inferiores, sob a regência dos Gênios da genética, os quais sempre atuam no evolver dos entrelaçamentos vitais nos dois planos da matéria, são formadas as novas espécies vivas, portadoras de intelecto cada vez mais expandido. Portanto, consolida-se no mundo físico o progresso incessante do princípio espiritual até este atingir o estágio humano, e ainda outros estágios mais além, nos mais diferentes mundos do universo visível e invisível ao homem.

Em mundos superiores, e aqui destacamos o "orbe de Capella" em gradação próxima a um cenário plenamente evolvido, desenvolvem-se "fases corpóreas de evolução ainda não alcançadas pela humanidade terrestre", as quais também culminam por atingir um limite máximo, ponto no qual o espírito não precisa mais de corpos densos para evolucionar. Avulta, então, no ambiente extrafísico, o intelecto espiritual sublimado, aquele que conformou a matéria rudimentar e estagiou nela por milhões de anos, desvencilhando-se dela por evolução.

Essa matéria, não podendo proporcionar novos conhecimentos ao espírito, é por ele abandonada, seu estado depurado a repele por automatismo, por assim dizer. Mas o espírito prossegue trilhando novos caminhos rumo à perfeição, vivendo no cosmos, nas vastas regiões dos espaços siderais, sem referência material nenhuma, e nas camadas sutis dos orbes físicos universais, em outras dimensões "não percebidas" pela sensibilidade humana, evolvendo aí num regime também de encarnação e desencarnação, por assim dizer.

De modo semelhante à lagarta, que com sofreguidão rasteja pelo solo durante seu pequeno ciclo vital, para, em seguida, produzir seu casulo de metamorfose que vai transformá-la numa delicada borboleta, cuja nova conformação corpórea exprime leveza e graciosidade voando alegre pelos ares em busca das felizes paragens, assim também ocorre com o cérebro em outra dimensão.

O órgão material do espírito, responsável pelo comando do corpo que se desloca com dificuldade no solo, transforma-se, após atingir seu ponto de máxima evolução, em casulo obsoleto do qual o espírito se liberta para evoluir "encarnando em outra onda de vida", numa outra dimensão de matéria que olhos terrestres não podem ver, livre da carne morna e pesada. Assim, prossegue o espírito sempre conforme as leis que regem a vida em todas as dimensões do cosmos.

As humanidades espalhadas pelas muitas moradas do universo passam por diversos estágios de evolução. Os espíritos que habitam essas paragens longínquas migram de um orbe a outro do infinito. E de morada em morada, de escola em escola, avançam na caminhada escalando as mais altas paragens celestiais.

A Terra, como mundo "de expiação e de provas" na atualidade, prepara-se para galgar o posto de "mundo regenerador" no futuro meão. Sua população ainda deverá aumentar muito e estabilizar-se num patamar em que o homem encontre meios de viver em harmonia, resolvendo seus problemas de modo tranquilo e mais livre das dores da carne. O avanço para chegar a esse novo patamar será gradual e somente atingirá a plenitude dessa condição melhorada à época em que as guerras e os homicídios forem eliminados da Terra, quando os seres humanos não mais praticarem o crime de matar a própria espécie. Então, cumprido o "Não matarás" que Moisés trouxe do Sinai, serão "Bem-aventurados os mansos, porque eles herdarão a Terra", conforme profetizou Jesus Cristo no sermão do Monte. E a Terra reorganizada moralmente marchará por milênios rumo ao mundo venturoso de outras épocas do porvir.

No mundo regenerado que há de vir, os novos conflitos não estarão encerrados no sofrimento da carne, como hoje, mas circunscritos no próprio intelecto do homem. As batalhas serão travadas consigo mesmo, em seu psiquismo íntimo. Os sentimentos haverão de bombardear o cérebro, exigindo-lhe pensamentos renovados pela aquisição de uma nova consciência expressa em forma de bondade. E a mente espiritualizada, dotada de discernimento, traçará os novos contornos de convivência na Terra, num abraço envolvente que tenderá a reunir num corpo psicossocial único e evoluído todas as raças. Assim, fundamentadas na verdade do evolucionismo espiritual que conduz a Deus, aos poucos, uma nação acreditará na outra e, juntas, caminharão em busca do bem comum.

Então, desfilando na vida ao compasso da marcha dos milênios, naqueles tempos futuros da Nova Era do Espírito, "haverá na Terra um só pastor e um só rebanho". E o amor, cada vez mais sublimado, haverá de irradiar-se em todos os quadrantes, concedendo ao espírito humano o direito de viver num mundo feliz após cumprir a sua regeneração.

O orbe de Capella, tratado neste livro, está classificado hoje como mundo regenerador, mas em estágio de transformação para mundo feliz. A mudança não é brusca, mas gradativa, porque a natureza não dá saltos, caminha a seu passo. A fronteira de transição de um mundo como aquele, em particular, para outro mais adiantado, fora ultrapassada num ponto de mutação em que a matéria tornara-se ultrafísica. Embora nessa condição, ainda assim aqueles seres devem seguir longa percorrida até atingir o estado pleno de felicidade.

Logo no início da transformação regeneradora daquele orbe, a sinfonia da vida nas etéreas paragens anunciou ao espírito sua remissão da inferioridade e o libertou de renascer em corpo denso para prosseguir, tendo coincidido com o auge de avanço técnico possível de ser alcançado num mundo material evoluído, época em que o espírito alcança apurada melhoria moral e elevação do amor. Então, com méritos próprios, aquelas criaturas da Capella, seguindo no curso das Eras, atingirão o estágio de espírito puro e viverão livremente nas celestiais paragens, com sublimes afazeres a realizar e livres, inclusive, do corpo menos material e da reencarnação verificada nele.

Caro leitor, assim como a evolução da vida na Terra não cessa e a trajetória humana continua na eternidade, a outra morada do espírito humano, este livro obedece ao mesmo princípio e não tem aqui o seu fim em termos de esgotar o assunto. Em matéria de evolução, quem sabe mais, nada sabe.

Na verdade, em face da amplitude do tema, ele é apenas um estímulo ao raciocínio humano para considerar a questão evolutiva. E um convite a outros autores e demais estudiosos do Brasil e de outros países para debatê-lo e desdobrá-lo ainda mais, em benefício do saber que descortina ao homem novas possibilidades sobre si mesmo.

O objetivo principal desta obra foi desenvolver os fundamentos estabelecidos pelo Espiritismo visando não apenas, numa ótica moderna, consolidar o evolucionismo espiritual, mas também trazer a nossa contribuição ao fato histórico-espiritual *Colônia Capella*, que no passado longínquo formou aqui *a outra face de Adão*, dando escultura ao homem, cuja origem ainda é tão enigmática nas Escrituras Sagradas.

Nesse início de novo milênio entregamos a obra ao público, convictos de que os tempos são chegados para seu estudo e entendimento.

Que a paz esteja convosco!

BIBLIOGRAFIA

A *Origem do Homem*. Rio de Janeiro, Biblioteca Savat de Grandes Temas, 1979.

ARMOND, Edgard. *Os Exilados da Capela**. 16. ed., São Paulo, Aliança, 1982.

ATLAS *da História do Mundo*. 1. ed., São Paulo, Folha de S. Paulo, 1995. Encartes ed. de domingo, 12/03-22/12/1995.

ATLAS *Visuais – O Universo*. São Paulo, Círculo do Livro, 1996.

BÍBLIA – de Jerusalém. São Paulo, Edições Paulinas, 1986.

BÍBLIA – de referência Thompson. Florida, Vida, 1995.

BURNS, Edward Mcnall. *História da Civilização Ocidental*. 1. ed., Lisboa, Centro do Livro Brasileiro, 1977. 2 vols.

CHARDIN, Pierre Teilhard de. *O Fenômeno Humano*. 1. ed., São Paulo, Cultrix, 1988.

COON, Carleton S. *A História do Homem*. Belo Horizonte, Itatiaia, 1960.

COULANGES, Fustel de. *A Cidade Antiga*. 1. ed., São Paulo, Martins Fontes, 1981.

DELANNE, Gabriel. *A Evolução Anímica***. 4. ed., Rio de Janeiro, Federação Espírita Brasileira, 1976. Obra escrita em 1895.

DELERUE, Alberto. *Rumo às Estrelas*. Rio de Janeiro, Jorge Zahar, 1999.

DENIS, Léon. *O Espiritismo na Arte*. Rio de Janeiro, Arte e Cultura, 1990.

DIAKOV, V. & KOVALEV, S. *A História da Antiguidade – A sociedade primitiva, o oriente*. Lisboa, Estampa, 1976.

DRIOTON, É. & CONTENAU, Dr. G. & GUILLEMIN, J. D. *As Religiões do Antigo Oriente*. São Paulo, Flamboyant, 1958.

FERNÁNDEZ, Miguel Avilés & MADRAZO & FERNÁNDEZ & MARTÍN. *Prehistoria*. Madrid, Edaf, 1973.

FLAMMARION, Camille. *A Pluralidade dos Mundos Habitados*. 1. ed., Rio de Janeiro, Garnier, 1878. 2 vols. A obra não menciona o Espiritismo.

_____. *Sonhos Estelares*. Rio de Janeiro, Federação Espírita Brasileira, 1941.

_____. *Narrações do Infinito*. 4. ed., Rio de Janeiro, Federação Espírita Brasileira, 1979.

GAARDER, Jostein & HELLERN & NOTAKER. *O Livro das Religiões*. São Paulo, Companhia das Letras, 2000.

GRISOLIA, Miguel. *Índice Geral Alfabético – Remissivo da Coleção da Revista Espírita de Allan Kardec*. 1. ed., São Paulo, Edicel, 1985.

HISTÓRIA *do Homem nos últimos dois milhões de anos*. 4. ed., Porto, Reader's Digest, 1978.

HOWELL, F. Clark & LIFE, Redatores. *O Homem Pré-Histórico*. Rio de Janeiro, José Olympio, 1971.

HUXLEY, Julian. *Ensaios de um Humanista*. Rio de Janeiro, Labor, 1977.

KARDEC, Allan. *O Evangelho Segundo o Espiritismo*. 62. ed., Rio de Janeiro, Federação Espírita Brasileira, 1975.

_____. *O Livro de Allan Kardec*. São Paulo, Opus, s.d. Contém biografia de Allan Kardec e as obras: *O Livro dos Espíritos**, O Que é o Espiritismo, O Livro dos Médiuns, O Evangelho Segundo o Espiritismo, O Céu e o Inferno, A Gênese**, Obras Póstumas*.

_____. *Revista Espírita – Jornal de Estudos Psicológicos: 1858–1869*. São Paulo, Edicel, s.d.

LEAKEY, Richard. *A Origem da Espécie Humana*. Rio de Janeiro, Rocco, 1997.

LIMA, Celso Piedemonte de. *Evolução Biológica – Controvérsias*. São Paulo, Ática, 1988.

LORENZ, Francisco V. *A Voz do Antigo Egito*. 4. ed., Rio de Janeiro, Federação Espírita Brasileira, 1975.

MILTON, John. *O Paraíso Perdido*. Rio de Janeiro, Ediouro, Ilustração de Gustavo Doré, s.d.

OPÁRIN, Alexander. *A Origem da Vida*. 3. ed., Rio de Janeiro, Vitória, 1956.

PELLICER, José Amigó y. *Roma e o Evangelho*. 8. ed., Rio de Janeiro, Federação Espírita Brasileira, s.d. p. 161-220.

POERSCH, P.L. *Evolução e Antropologia no Espaço e no Tempo*. São Paulo, Herder,1972.

RAMACHÁRACA, Yogue. *Jnana Yoga*. São Paulo, Pensamento, s.d. Cap., "A Ascensão do Homem". Trad. Francisco Valdomiro Lorenz.

SANTOS, Jorge Andréa dos. *Dinâmica Espiritual da Evolução***. Rio de Janeiro, Fon-Fon e Seleta, 1977.

UBALDI, Pietro. *A Grande Síntese*. 11. ed., São Paulo, Lake, 1979.

VARELLA, Dráuzio. *Macacos*. São Paulo, Publifolha, 2000.

XAVIER, Francisco Cândido. *A Caminho da Luz**. 10. ed., Rio de Janeiro, Federação Espírita Brasileira, 1980.

_____. *Missionários da Luz*. 14. ed., Rio de Janeiro, Federação Espírita Brasileira, 1981.

_____ & VIEIRA, Waldo. *Evolução em Dois Mundos***. 6. ed., Rio de Janeiro, Federação Espírita Brasileira, 1958.

NOTA: Livros recomendados ao estudo dos temas: *Capella* (*); *Evolucionismo Espiritual* (**).

Obras da médium
Maria Nazareth Dória
Mais luz em sua vida!

A SAGA DE UMA SINHÁ (espírito Luiz Fernando - Pai Miguel de Angola)
Sinhá Margareth tem um filho proibido com o negro Antônio. A criança escapa da morte ao nascer.
Começa a saga de uma mãe em busca de seu menino.

LIÇÕES DA SENZALA (espírito Luiz Fernando - Pai Miguel de Angola)
O negro Miguel viveu a dura experiência do trabalho escravo. O sangue derramado em terras
brasileiras virou luz.

AMOR E AMBIÇÃO (espírito Helena)
Loretta era uma jovem nascida e criada na corte de um grande reino europeu entre os séculos XVII
e XVIII. Determinada e romântica, desde a adolescência guardava um forte sentimento em seu cora
a paixão por seu primo Raul. Um detalhe apenas os separava: Raul era padre, convicto em sua vocaç

SOB O OLHAR DE DEUS (espírito Helena)
Gilberto é um maestro de renome internacional, compositor famoso e respeitado no mundo todo. Casado c
Maria Luiza, é pai de Angélica e Hortência, irmãs gêmeas com personalidades totalmente distintas. Fama, di
e harmonia compõem o cenário daquela bem-sucedida família. Contudo, um segredo guardado na consciên
Gilberto vem modificar a vida de todos.

UM NOVO DESPERTAR (espírito Helena)
Simone é uma moça simples de uma pequena cidade interiorana. Lutadora incansável, ela trabalha em uma
família para sustentar a mãe e os irmãos, e sempre manteve acesa a esperança de conseguir um futuro melhor
a história de cada um segue caminhos que desconhecemos.

JÓIA RARA (espírito Helena)
Leitura edificante, uma página por dia. Um roteiro diário para nossas reflexões e para a conquista de uma pa
vibratório elevado, com bom ânimo e vontade de progredir. Essa é a proposta deste livro que irá encantar o le
de todas as idades.

MINHA VIDA EM TUAS MÃOS (espírito Luiz Fernando - Pai Miguel de Angola)

ESTAMOS SOZINHOS NO UNIVERSO?

LEIA AS OBRAS DE PEDRO DE CAMPOS
E DESCUBRA AS RESPOSTAS...

COLÔNIA CAPELLA
outra face de Adão
(espírito Yehoshua ben Nun)

OS ESCOLHIDOS
da ufologia na
interpretação espírita

**UFO - FENÔMENO
DE CONTATO**
(espírito Yehoshua ben Nun)

UNIVERSO PROFUNDO
seres inteligentes
e luzes no céu
(espírito Erasto)

**UM VERMELHO
ENCARNADO NO CÉU**
(espírito Yehoshua ben Nun)

Leia os romances de Schellida!
Emoção e ensinamento em cada págin
Psicografia de **Eliana Machado Coel**

O Brilho da Verdade
Samara viveu meio século no Umbral passando por experiências terríveis. Esgotada, consegue elevar o pensamento a Deus e ser recolhida por abnegados benfeitores, começando uma fase de novos aprendizados na espiritualidade. Depois de muito estudo, com planos de trabalho abençoado na caridade e em obras assistenciais, Samara acredita-se preparada para reencarnar.

Um Diário no Tempo
A ditadura militar não manchou apenas a História do Brasil. Ela interferiu no destino de corações apaixonados.

Despertar para a Vida
Um acidente acontece e Márcia, uma moça bonita, inteligente e decidida, passa a ser envolvida pelo espírito Jonas, um desafeto que inicia um processo de obsessão contra ela.

O Direito de Ser Feliz
Fernando e Regina apaixonam-se. Ele, de família rica, bem posicionada. Ela, de classe média, jovem sensível e espírita. Mas o destino começa a pregar suas peças...

Sem Regras para Amar
Gilda é uma mulher rica, casada com o empresário Adalberto. Arrogante, prepotente e orgulhosa, sempre consegue o que quer graças ao poder de sua posição social. Mas a vida dá muitas voltas.

Um Motivo para Viver
O drama de Raquel começa aos nove anos, quando então passou a sofrer os assédios de Ladislau, um homem sem escrúpulos, mas dissimulado e gozando de boa reputação na cidade.

O Retorno
Uma história de amor começa em 1888, na Inglaterra. Mas é no Brasil atual que esse sentimento puro irá se concretizar para a harmonização de todos aqueles que necessitam resgatar suas dívidas.

Força para Recomeçar
Sérgio e Débora se conhecem a nasce um grande amor entre eles. Mas encarnados e obsessore desaprovam essa união. Conseguirão ficar juntos?

EQUILÍBRIO EMOCIONAL – COMO PROMOVER
A HARMONIA ENTRE PENSAR, SENTIR E AGIR

Neste livro, a autora nos ensina a conhecer nossos próprios sentimentos, atingindo dessa forma o equilíbrio necessário para uma vida emocional saudável.

EM BUSCA DA CURA EMOCIONAL
"Você é cem por cento responsável por você mesmo e por tudo o que lhe acontece". Esta Lei da Metafísica é abordada neste livro que nos auxilia a trabalhar a depressão, a ansiedade, a baixa auto-estima e os medos.

É TEMPO DE MUDANÇA

Por que somos tão resistentes às mudanças? Por que achamos que mudar é tão difícil? E por que não conseguimos as coisas que tanto queremos? Este livro nos ajuda a resolver os bloqueios emocionais que impedem nossa verdadeira felicidade.

A ESSÊNCIA DO ENCONTRO
Afinal, o que é relacionamento? Por que vivemos muito tempo presos a relacionamentos enganosos em um mundo de ilusão como num sofrimento sem fim? Aqui você encontrará dicas e reflexões para o seu verdadeiro encontro.

ANSIEDADE SOB CONTROLE

É possível deixarmos de ser ansiosos? Não, definitivamente não. O que devemos fazer é aprender a trabalhar com a ansiedade negativa.